KARIN SEEMAYER
Die Tochter
der Toskana

atb aufbau taschenbuch

KARIN SEEMAYER, geboren 1959, machte eine Ausbildung zur Reiseverkehrskauffrau und war beruflich und privat viel unterwegs. Die meisten ihrer Romanideen sind auf diesen Reisen entstanden. Allerdings musste die Umsetzung der Ideen warten, bis ihre drei Kinder erwachsen waren. Heute lebt Karin Seemayer im Taunus.

Italien 1832: Das Leben in den rauen Bergen am Rande der Toskana ist geprägt von Armut und harter Arbeit. Gemeinsam mit ihrer besten Freundin träumt die junge Antonella davon, eine Osteria zu eröffnen. Doch sie ist dem Sohn des Müllers versprochen, der nur wenig von ihren Wünschen hält. Als sie dann noch erfahren muss, dass er sie mit einer anderen Frau betrügt, zerbricht eine Welt für Antonella, denn ihre Eltern bestehen trotz allem auf der geplanten Hochzeit mit dem reichen Erben. In ihrer Hilflosigkeit sieht Antonella keine andere Möglichkeit, als zu fliehen. Marco, der auf seinem Weg nach Genua in ihrem Dorf Station gemacht hat, bietet ihr an, ihn zu begleiten. Eine gefahrvolle Reise beginnt, bei der Antonella sich immer stärker zu Marco hingezogen fühlt, obwohl sie spürt, dass er nicht der ist, für den er sich ausgegeben hat. Und plötzlich muss die junge Frau erkennen, dass sie sich mitten im Strudel der italienischen Freiheitskämpfe befindet.

Karin Seemayer

DIE TOCHTER DER TOSKANA

Historischer Roman

aufbau taschenbuch

ISBN 978-3-7466-3341-1

Aufbau Taschenbuch ist eine Marke
der Aufbau Verlag GmbH & Co. KG

2. Auflage 2018
© Aufbau Verlag GmbH & Co. KG, Berlin 2018
Umschlaggestaltung www.buerosued.de, München
unter Verwendung eines Motivs von © Rekha Garton / Arcangel
Satz Greiner & Reichel, Köln
Druck und Binden CPI books GmbH, Leck, Germany
Printed in Germany

www.aufbau-verlag.de

Für Jürgen:
Mit dir denke ich laut

Auf dem Monte Ventasso gäbe es Feen, erzählten die Alten im Dorf. Wer einen heimlichen Wunsch hatte, ob es sich um eine unerwiderte Liebe oder einen unerfüllten Kinderwunsch handelte, stieg hinauf, stellte ein Schälchen Ziegenmilch und ein Stück Käse an den großen Stein oberhalb der Kapelle der heiligen Magdalena und flüsterte seinen Wunsch in den Wind. Manchmal schien es dann, als trüge der Wind Gesang mit sich. Und manchmal wurde der Wunsch erfüllt.

1. KAPITEL

»Sie kommen! Sie kommen!« Wild mit den Armen rudernd, stürmte der sechsjährige Sohn von Antonellas Freundin Maria den Weg entlang, vorbei am Haus der Battistonis.

Seit drei Tagen liefen die Kinder von Cerreto jeden Morgen zur Weggabelung in Richtung Nismozza. Dort hatte man einen guten Blick auf die sich in Windungen schlängelnde Straße, die nach Aulla führte, von wo die Männer mit den Schafen kamen. Der Junge rannte weiter in Richtung Dorfplatz. Sobald er sicher war, dass seine Nachricht aufgenommen und weitergegeben wurde, drehte er um und lief den Weg zurück.

Antonella warf einen Blick zum Hühnerstall. Ihre Mutter suchte gerade Eier. Hatte sie den Ruf gehört?

Sie hatte. Mit dem Korb am Arm kam sie im Laufschritt aus dem Stall.

»Sie kommen!« Ihre Augen strahlten, ihr Lächeln ließ sie um Jahre jünger wirken. »Antonella, lauf zur Osteria und hole einen großen Krug Wein. Wo stecken deine Schwestern? Teresa soll ein Huhn schlachten, nein zwei, und Giovanna muss zum Bäcker laufen, Brot holen«, sprudelte sie heraus. Ohne auf Antwort zu warten, hastete sie ins Haus. »Sie kommen. Endlich!«, war das Letzte, was Antonella hörte.

Kopfschüttelnd trat Antonellas ältere Schwester Teresa aus der Haustür. »Sie tut, als würden die Hirten jeden Augenblick ankommen, dabei dauert es bestimmt noch eine Stunde.«

Da es in den Bergen nicht genug Futter gab, um die Herden über den Winter zu bringen, wanderten die Männer aus den hoch gelegenen Dörfern jedes Jahr im Spätherbst mit ihren Schafen in die Maremma, wo die Tiere gemeinsam mit den grauen Büffeln weideten. Anfang Mai kehrten sie zurück. Welcher Tag es genau sein würde, wusste niemand. Die Hirten brachen jedes Jahr in der letzten Aprilwoche auf und erreichten das Dorf in den ersten Tagen des Mais.

»Das sagst ausgerechnet du?«, frotzelte Antonella. »Wenn dein Tommaso zu Besuch kommt, bist du drei Tage vorher schon ganz aufgeregt.«

Teresa lachte. »Ertappt. Und ehrlich, ich bin sehr froh, dass ich irgendwann mit ihm in Modena leben werde und nicht so wie unsere Eltern. Ich verstehe sie ja. Aber die letzte Woche bevor Papa heimkommt, ist immer furchtbar.

»Ihr Mädchen sollt nicht schwätzen, sondern euch beeilen!«, rief ihre Mutter aus dem Fenster.

Lachend winkte Antonella hinauf. »Ich gehe schon.«

Teresa und sie waren gerade damit fertig, die beiden Hühner zu rupfen, da hörten sie das Blöken von Schafen. Hastig legten sie die Hühner weg, wuschen sich die Hände. Ihre Mutter kam aus ihrem Schlafzimmer, sie trug ihr Sonntagskleid und das schönste Kopftuch. »Habt ihr es auch gehört?«

»Ja, Mamma.«

Gemeinsam verließen sie das Haus und hasteten die Straße hinauf bis zur Weggabelung. Aus allen Häusern traten festlich gekleidete Frauen, halbwüchsige Kinder und, etwas langsamer, die alten Männer heraus. Das Blöken wurde lauter, begleitet von dem Klingen der Glocken, welche die Leittiere um den Hals trugen, und dem Bellen der Hunde. Obwohl sich das Spektakel jedes Jahr wiederholte, schlug Antonellas Herz schneller. Sie reckte sich, versuchte, einen Blick auf die letzte

Biegung der Straße zu erhaschen. Und dann kamen sie. Zuerst einige Männer mit schwer bepackten Eseln. Sie lächelten und winkten den jubelnden Menschen zu. Doch es waren noch nicht die Ehemänner und Söhne der Frauen von Cerreto. Es waren die Schäfer aus Cervarezza und Marmoreto, die den Zug anführten. Sie würden sich nicht aufhalten, sondern gleich weiterziehen in ihre Heimatorte. Ihnen folgten die Tiere. Eine riesige Herde von Schafen, darunter einige Ziegen und Esel. An ihrem Rand wanderten die großen weißen Hunde, deren Aufgabe es war, die Schafe vor Wölfen zu schützen. Die kleineren dunklen Lupinos umkreisten unablässig die Herde, trieben Ausreißer zurück und sorgten dafür, dass die Tiere auf dem Weg blieben, nur gelenkt durch die Pfiffe der Schäfer. Nach der ersten Herde folgten endlich die Männer von Cerreto mit ihren Schafen.

Rufe mischten sich in den Jubel, wenn die Frauen ihre Ehemänner entdeckten.

»Lorenzo!« Neben Antonella drängte sich Giulia durch die Menge und versuchte, das Blöken der Schafe und Klingen der Glocken zu übertönen. Einer der Männer wandte sich um und winkte. »Giulia! Wie geht es dir? Was ist es?«

»Ein Junge!«, schrie Giulia so laut, dass Antonellas Ohren klingelten. »Wir haben einen Sohn.«

Lorenzo strahlte und verpasste dem Mann neben sich einen Rippenstoß.

»Papa!« Eines der kleinen Mädchen lief auf die Straße. Ein Mann fing es auf und hob es über seinen Kopf. »Chiara! Du bist groß geworden.«

»Paolo!« Ein Stück weiter hüpfte Fiametta auf und ab und winkte einem jungen Mann zu, der ein schwer bepacktes Maultier am Zügel führte.

Paolo war der Sohn des Müllers, einer der wohlhabendsten Familien im Ort. Antonella erinnerte sich, dass er als Kind ein verwöhntes, etwas dickliches Bürschchen gewesen war. Doch mittlerweile war er zu einem gut aussehenden jungen Mann herangewachsen. Zwar wirkte er immer noch gedrungen, doch unter seinem Hemd zeichneten sich deutlich die Muskeln ab. Er hob grüßend die Hand, dann ging er weiter. Sein Blick glitt über die Wartenden am Straßenrand und blieb an Antonella hängen. Überraschung malte sich in seinem Gesicht, als hätte er sie noch nie gesehen. Grübchen zeigten sich in seinen Wangen, als er sie anlächelte.

Dann kam ihr Vater. Neben ihm trottete Nico, der weiße Schutzhund. Auf Antonellas Ruf wedelte er höflich mit dem Schwanz, als wolle er zeigen, dass er sie erkannte, blieb aber an seinem Platz bei den Schafen.

Dem Vater folgte Anselmo, einer der unverheirateten Männer. Jedenfalls war er das im Herbst noch gewesen. Nun ging eine junge Frau an seiner Seite, die scheu die Menschen am Straßenrand betrachtete. Ein unwilliges Raunen zog durch die Menge. Zwar kam es öfter vor, dass einer der Schäfer eine Braut aus der Toskana mitbrachte, doch gerne gesehen wurde es nicht. Immerhin gab es genug heiratsfähige Mädchen im Dorf. Anselmos Mutter stand Antonella gegenüber auf der anderen Seite der Straße. Antonella sah, wie sie missmutig die Brauen zusammenzog, und bedauerte die junge Frau aus der Maremma. Sie würde es in Cerreto nicht leicht haben. Als die letzten Schafe durch die Straße gezogen waren, schlossen sich die Bewohner von Cerreto dem Zug an. Am Ortsausgang hatten die Alten einen behelfsmäßigen Pferch errichtet. Dort hinein trieben die Lupinos die Schafe von Cerreto, während die anderen Hirten mit ihren Tieren weiterzogen.

Am nächsten Tag fand das Fest zur Rückkehr der Schäfer statt. Die jungen Burschen stellten Tische und Bänke auf dem Dorfplatz auf. Aus allen Häusern wurden Töpfe herangeschleppt, aus denen es verführerisch duftete. Jeder spendete etwas für die Feier. Gianna und Francesca schleppten zwei große Töpfe mit Pasta herbei. Francescas Vater brachte ein Fass Wein aus der Osteria. Antonella half ihnen, die Becher während des Essens gefüllt zu halten.

Nach dem Essen kamen Musikanten und spielten. Die ersten Paare drehten sich zur Musik auf dem Platz. Die jungen Mädchen beäugten die Burschen, Augen funkelten, verstohlene Blicke wurden mit kokettem Lächeln beantwortet.

Amüsiert beobachtete Antonella das Treiben. An einem Tisch saßen die älteren Frauen und steckten die Köpfe zusammen. Wahrscheinlich sprachen sie darüber, wer am Ende des Sommers mit wem verlobt sein würde. Bei ihnen saß die Mutter von Anselmo. Grimmig sah sie hinüber zum Tanzplatz, wo ihr Sohn mit seiner Braut tanzte. Die weise Frau von Cerreto, die Hebamme Aminta, redete auf sie ein. Vermutlich versuchte sie, ein wenig Verständnis für die fremde Schwiegertochter zu wecken.

In einer Hausecke drückten sich drei Burschen herum. Einer von ihnen war der Sohn ihres Nachbarn, er hatte dieses Jahr seinen ersten Winter in der Toskana verbracht. Sie schubsten sich gegenseitig, bis schließlich der Nachbarssohn zu ihr hinüberkam und sie zum Tanz bat. Seine Ohren hatten sich verräterisch rot gefärbt. Lächelnd folgte sie ihm auf den Tanzplatz, wo er zaghaft ihre Taille umfasste. Doch er vergaß seine Scheu schnell und wirbelte sie herum.

Neben ihr drehten sich Fiametta und Paolo. Fiametta bedachte sie mit einem triumphierenden Blick. Paolo dagegen musterte sie nachdenklich.

Einige Zeit und ein paar Tänze später stahlen sich Fiametta und Paolo händchenhaltend vom Tanzplatz. Sie blieben nicht die Einzigen. Immer mehr Paare verließen das Fest.

Schließlich saßen nur noch einige sehr junge Männer, fast noch Knaben, und die Alten auf den Bänken.

Antonella half Francesca die Tische abzuräumen und ging nach Hause.

In den nächsten Wochen gab es reichlich zu tun. Die Mutterschafe mussten gemolken werden, um den ersten Pecorino des Jahres zu machen. Dieser junge Pecorino wurde nicht verkauft, er war nur für den Eigenbedarf gedacht. Allerdings brachte Antonella einige Laibe hinüber zur Osteria Sala, um ihn gegen Lardo, den gewürzten Schweinespeck, zu tauschen, den Francescas Mutter Gianna nach einem geheimen Familienrezept herstellte.

Auf dem Heimweg trödelte sie. Sie liebte den Mai und an diesem Tag war er besonders schön. Die Sonne schien, die Luft duftete nach Blumen und nach frischer Erde. Am Wegrand entdeckte sie die ersten Orchideen. Dunkellila ragten ihre Blüten aus dem Gras. Ein paar Schritte weiter leuchtete der Klatschmohn rot wie Glut aus den Wiesen. Schwalben flogen über ihren Kopf hinweg, im Gebüsch saß ein Grünfink und sang. Sie blieb stehen, legte den Kopf in den Nacken und sah hinauf zu den Gipfeln der Berge. Auf dem Monte Cusna lag immer noch ein wenig Schnee.

Ihr Weg führte sie am Fluss entlang und an der Mühle vorbei. Vom Lavatoio her hörte sie eine Frau schimpfen. Es klang ganz nach Fiametta. Tatsächlich entdeckte sie Fiametta und Paolo etwas oberhalb des Waschplatzes. Sie standen einander gegenüber, Fiamettas Gesicht war gerötet, sie gestikulierte heftig. Antonella wollte sich gerade zurückziehen, da fauchte Fiametta: »Glaubst du vielleicht, ich merke es nicht, wie du die Battistoni Tochter anschmachtest? Letzte Woche, als sie hier gewaschen hat, sind dir bald die Augen aus dem Kopf gefallen.«

Antonella hielt inne. Fiametta sprach von ihr. Vorige Woche war Paolo am Lavatoio gewesen, als sie dort gewaschen hatte. Er hatte ein paar freundliche Worte mit ihr gewechselt und sie mit seinem Grübchenlächeln bedacht. Anschmachten hätte sie das nun nicht genannt.

»Antonella ist ein sehr nettes Mädchen und hübsch anzusehen«, gab Paolo jetzt gelassen zurück. »Und vor allem keift sie nicht so rum.«

»Ich keife? Ich habe ja auch allen Grund dazu.«

»Ach ja? Und welchen? Ich darf mich doch wohl mit anderen Mädchen unterhalten.«

In Fiamettas Stimme mischte sich ein hysterischer Ton. »Du weißt genau, was ich meine. Wir sind so gut wie verlobt! Und du schaust ständig anderen Frauen nach.«

»Sind wir das? Ich kann mich nicht erinnern, um deine Hand angehalten zu haben.«

»Aber du hast ... ich dachte ...« Fiametta schnappte nach Luft.

»Da hast du wohl falsch gedacht. Das tut mir leid für dich, aber ich habe nicht die Absicht, dich zu heiraten.«

Alle Farbe wich aus Fiamettas Gesicht. Sie öffnete den Mund, doch sie brachte keinen Ton heraus. Wortlos wandte sie sich ab und rannte den Weg hinunter.

Antonella huschte hastig zwischen zwei Häuser und hielt die Luft an. Hoffentlich bemerkte Fiametta sie nicht.

Das Glück war mit ihr, Fiametta war zu sehr mit sich beschäftigt, um auf ihre Umgebung zu achten.

Wie ein Dieb schlich Antonella sich davon.

»Ich habe schon immer gesagt, dass Fiametta sich nur großtut«, erklärte Francesca energisch. »Nur weil ein Kerl ein paarmal mit einem Mädchen tanzt, ist das noch keine Verlobung.« Die beiden Mädchen hockten in Francescas Kammer über der Osteria. Antonella hatte sich nach dem Abendessen aus dem Haus geschlichen, um mit ihrer Freundin über den Streit zwischen Fiametta und Paolo zu sprechen.

»Wahrscheinlich gefiel es ihm nicht, dass sie schon überall erzählt hat, sie seien so gut wie verlobt.«

»Vielleicht. Sie hat ihm vorgeworfen, er würde mich anschmachten, doch das stimmt gar nicht. Er ist freundlich zu mir, aber mehr auch nicht.«

»Würde es dir denn gefallen, wenn er dir den Hof machte?«

Antonella hob die Schultern. »Darüber habe ich mir noch keine Gedanken gemacht. Für mich war er immer der verwöhnte, etwas einfältige Müllersohn, aber er hat sich sehr verändert.«

»Ja. Er ist sehr stattlich geworden, und ich finde, er hat so etwas ...« Francesca wedelte mit den Händen.

»Charme«, sagte Antonella. »Er hat Charme.«

2. KAPITEL

In den nächsten Wochen zeigte sich Paolo gegenüber nicht nur allen Mädchen im Dorf sehr höflich und aufmerksam, er bezauberte mit seinem Grübchenlächeln auch ihre Mütter. Überrascht und amüsiert zugleich bemerkte Antonella die sehnsüchtigen Blicke, die ihm folgten, wenn er durch die Straßen ging. Ihr schenkte er keineswegs besondere Beachtung. Sicher hatte sich Fiametta getäuscht.

Am 15. August stand nach dem Willkommensfest das zweite große Fest im Jahr an. Ferragosto. Die Kirche feierte an diesem Tag Mariä Himmelfahrt, doch gleichzeitig feierte man den »Wendepunkt des Sommers«, denn der 15. August galt als der heißeste Tag des Jahres.

Aminta, die Hebamme und weise Frau von Cerreto, hatte vor einigen Jahren erzählt, dass Ferragosto auf den Kaiser Augustus zurückging, der Mitte August drei Tage lang seinen Sieg über Cleopatra und Marcus Antonius feierte. Erst später hätte die Kirche Ferragosto als Mariä Himmelfahrt eingeführt. Das hatte den Pater von Cerreto, Don Vincenzo, derartig empört, dass er seitdem jedes Jahr an Ferragosto eine flammende Predigt hielt, in der er das Heidentum anprangerte.

Der Ferragosto dieses Jahres hielt, was sein Name versprach. Der Himmel spannte sich in tiefstem Blau über den Bergen, gegen Mittag brannte die Sonne so heiß, dass den Burschen, die Stühle und Tische auf den Dorfplatz schleppten, der Schweiß die Kleider durchnässte. Jede Familie brachte Essen für das Fest auf den Platz. Tage zuvor waren die Frühjahrslämmer geschlachtet worden, über einem großen Feuer röstete Francescas Vater ein Zicklein, Paolos Familie hatte eines ihrer Schweine geschlachtet und spendete reichlich Braten.

Antonella hatte Agnello Arrosto zubereitet, Lammkeule aus dem Ofen mit Gemüse.

Nach der Abendandacht in der Kirche versammelten sich die Bewohner von Cerreto auf dem Dorfplatz.

Paolo saß mit seinen Eltern in der Nähe der Battistonis und jedes Mal, wenn Antonella aufsah, begegnete sie seinem Blick. Als die Musiker sich nach dem Essen erhoben und nach ihren Instrumenten griffen, stand er bereits neben ihr. »Schenkst du mir diesen Tanz?«

Verlegen stand sie auf und folgte ihm zum Tanzplatz. Sie spürte die neidischen Blicke der anderen Mädchen zwischen ihren Schulterblättern wie Dolche.

Es blieb nicht bei diesem Tanz. Paolo ließ sie nicht mehr gehen, bis die Musiker eine Pause machten. Dann begleitete er sie zu ihrer Familie. »Darf ich mich zu euch setzen?«

Ihre Mutter und Giovanna strahlten ihn entzückt an, nur Teresa zog die Brauen zusammen, ein spöttisches Lächeln spielte um ihre Mundwinkel. Offenbar mochte sie ihn nicht.

»Aber bitte«, antwortete ihr Vater und musterte Paolo ausgesprochen wohlwollend.

Antonella rückte ein Stück und er setzte sich neben sie.

»Die Lammkeule habt ihr doch mitgebracht?«, wandte er sich an Rina. Die nickte.

»Ich habe selten ein so zartes Agnello Arrosto gegessen. Haben Sie es gemacht, Signora?«

»Oh nein. Das war Antonella. Sie ist eine sehr gute Köchin!«

»Das ist wohl wahr«, antwortete Paolo und sein Lächeln zauberte die Grübchen in seine Wangen. »Sie ist fleißig, hübsch und eine gute Köchin! Der Mann, der sie zur Frau bekommt, ist ein glücklicher Mann.«

Antonella kniff sich in den Arm. Träumte sie? Hier saß der begehrteste Junggeselle des ganzen Dorfes und raspelte Süßholz. Verstohlen musterte sie ihn. Was, wenn er ihr nun ernsthaft den Hof machte? Er war wirklich ein hübscher Bursche geworden. Er hatte welliges hellbraunes Haar und dunkelbraune, fast schwarze Augen, die ihm etwas Rätselhaftes gaben.

Kaum begannen die Musiker wieder zu spielen, forderte er sie erneut zum Tanz auf. Und er tanzte den ganzen Abend nur mit ihr. Als die Musikanten ein langsames Liebeslied spielten, zog er sie dicht an sich. »Ich sagte vorhin, wer dich bekommt, ist ein glücklicher Mann«, flüsterte er ihr ins Ohr. »Lass mich dieser Mann sein, Antonella.«

3. KAPITEL
Montescudaio – Toskana, September 1832

Erleichtert zügelte Michele sein Pferd und atmete den würzigen Duft der Zypressen ein, die den Weg zum Herrenhaus säumten. Es bestand kein Grund mehr zur Eile. Er war zu Hause.

Sanft tätschelte er den schweißnassen Hals seines Hengstes. Das Pferd machte den Hals lang, als Michele die Zügel locker ließ und in gemächlichem Schritt auf den Weg zum Herrenhaus einbog. Auf beiden Seiten der Zypressenallee erstreckten sich Olivenhaine. Die silbrigen Blätter der Bäume schimmerten in der Mittagssonne. Ihnen verdankte das Gut seinen Namen: Alberi d'Argento, silberne Bäume. Manche waren Hunderte von Jahren alt; ehrwürdige Gehölze, die noch jedes Jahr Früchte trugen. Das Olivenöl von Alberi d'Argento war beinahe ebenso berühmt wie sein Wein. Als Kind hatte er geglaubt, dass in den alten Bäumen Dryaden, Baumnymphen, lebten.

Eine Woche war es her, dass er die Kavallerieschule in Venaria Reale verlassen hatte. Abseits der Hauptstraßen war er geritten, hatte ausschließlich in kleinen Dörfern, wohin Nachrichten und Gerüchte nur langsam vordrangen, übernachtet. Erst als er La Spezia hinter sich gelassen hatte, war er auf die alte Römerstraße Via Aurelia in Richtung Süden eingebogen und hatte sein Pferd zu äußerster Eile angetrieben. Sein Besuch zu Hause war im Grunde ein Verstoß gegen seinen Befehl, denn dieser lautete, sich auf dem schnellsten Weg nach Lucca und von dort nach Modena zu begeben.

Eine friedliche Stille lag über dem Gut, selbst die Zikaden schienen Mittagsruhe zu halten. Sein Vater betete vermutlich gerade vor der versammelten Familie den Rosenkranz, wie jeden Sonntag. Eine Tradition, die Michele schon als Kind gehasst hatte. Ehe dieses Ritual nicht beendet war, konnte er dem Herrn des Gutes ohnehin nicht unter die Augen treten. Während er sich dem Gebäude näherte, wich seine Erleichterung, unbeschadet nach Hause gekommen zu sein, leiser Nervosität. Inzwischen war er nicht mehr so sicher, wie sein Vater auf das, was er ihm zu sagen hatte, reagieren würde.

Als er sich entschlossen hatte, den Umweg über Montescudaio zu machen, um sich von seiner Familie zu verabschieden, war ihm alles ganz einfach erschienen. Er würde nach Hause kommen und seinem Vater erklären, was ihn bewegte. Natürlich war ihm bewusst, dass der Padrone nicht begeistert sein würde, aber er hatte doch geglaubt, dass er – nach anfänglichem Widerstand – Verständnis haben würde. Doch hier beim Anblick des Herrenhauses, welches sich seit Jahrhunderten im Besitz seiner Familie befand, wurde ihm klar, dass sein Vater den Ideen Mazzinis keinesfalls wohlwollend begegnen würde.

Nun, es war zu spät. Es gab kein Zurück. Er seufzte tief und lenkte das Pferd um das Haupthaus herum zu den Stallungen. Das Klappern der Hufe auf dem Pflaster im Hof lockte Vittorio Falcone, den Pferdeknecht, aus dem Stall. Sein Haar stand ihm in allen Richtungen vom Kopfe ab, als hätte er es gerauft. Vermutlich hatte er im Heu ein Schläfchen gehalten.

»Dio mio, der junge Herr!« Vittorio lief über den Hof und griff nach den Zügeln des Pferdes. »Wir haben Sie nicht vor Weihnachten erwartet. Ist etwas geschehen?«

Michele zog die Füße aus den Steigbügeln und glitt vom Pferd. »Ja und nein, Vittorio. Es ist noch nicht geschehen, aber es wird.«

Verständnislosigkeit zeigte sich in Vittorios Gesicht. Er blinzelte kurz, dann zuckte er die Schultern, wandte sich ab und führte den Hengst in Richtung der Ställe. »Na mein Schöner, du bist ja gut in Form. Das Leben bei der Kavallerie scheint dir zu bekommen«, hörte Michele ihn sagen.

Unwillkürlich presste er die Lippen zusammen. Dem Pferd bekam das Leben dort auf alle Fälle besser als ihm.

Zwei Stunden später saß er im Arbeitszimmer von Don Piero di Raimandi. Zwischenzeitlich hatte er sich gewaschen und rasiert und danach seine Mutter sowie seine jüngere Schwester Emilia begrüßt. Enrico, sein Bruder, war in den Weinbergen unterwegs. Die Lese hatte vor ein paar Tagen begonnen.

»Du willst den Dienst quittieren und dich der Bewegung dieses Verrückten, dieses Mazzini, anschließen?« Die Stimme seines Vaters klang gelassen wie immer, einzig sein kalkweißes Gesicht und die zusammengekniffenen Augen verrieten seinen Zorn.

»Mazzini ist nicht verrückt, er ist ein Visionär. Er und die Giovine Italia kämpfen für ein freies Italien. Unabhängig von der Willkür der Österreicher, der Bourbonen und des Kirchenstaates.«

»Freies Italien! Frei für wen? Für dieses gottlose Gesindel, diese elenden kleinen Liberalen? Hast du Grund, dich zu beschweren? Du lebst gut von diesem Land, hast die Offizierslaufbahn vor dir, die dir ein sicheres Einkommen bringen wird.« Don Piero atmete tief durch. Als er weitersprach, klang seine Stimme eindringlich, beinahe schmeichelnd. »Und vergiss nicht Donata Frattini, sie wartet nur darauf, dass du dich endlich erklärst und bei ihrem Vater um ihre Hand anhältst. Willst du das alles wegwerfen?«

Donatas Name weckte Erinnerungen. Die dunkelhaarige Tochter eines benachbarten Winzers. Bevor er vor zwei Jahren zur Kavallerieschule gegangen war – geschickt worden war –, korrigierte er sich in Gedanken, denn er hatte die militärische Laufbahn keineswegs freiwillig gewählt, hatte er ihr den Hof gemacht. Mehr aus Langeweile und weil seine Eltern diese Verbindung gerne gesehen hätten, als aus Leidenschaft. Donata war hübsch, aber ohne jedes Temperament. Wohlerzogen, ihrem Vater gehorsam, würde sie eine brave, langweilige Ehefrau abgeben. Doch das Weingut ihres Vaters würde ihr Bruder erben. So wie sein Bruder Alberi d'Argento erben würde. Dabei war es dieses Land, das er mehr als alles in der Welt wollte. Er liebte die Reben, die Olivenbäume und auch die fruchtbare rote Erde, die beides hervorbrachte.

Als Kinder war sein Vater mit Enrico und ihm durch die Weinberge geritten und er hatte alles aufgesogen, was Don Piero erzählt hatte. Wann man die Stöcke beschnitt, damit sie kräftig austrieben, wann man die Reben ausgeizte, um den Stock nicht zu schwächen und eine bessere Ernte zu erzielen. Er wusste, wann man düngte, und erkannte am Geschmack der Trauben, welche man September oder Anfang Oktober erntete und welche man bis in den Winter am Stock ließ, um dann eine Trockenbeerenauslese daraus zu machen. Immer hatte er sich als Winzer gesehen. Doch vor vier Jahren, zu Enricos einundzwanzigstem Geburtstag, hatte Don Piero ein großes Fest gegeben, auf dem er Enrico offiziell als seinen Erben und zukünftigen Herren von Alberi d'Argento vorstellte und Michele eröffnete, dass er ihn nach Pisa auf die Universität schicken würde, wo er Rechtskunde studieren sollte. Michele war verzweifelt. Immer hatte er versucht, die Erwartungen seines Vaters zu erfüllen, jetzt rebellierte er. Statt zu studieren, trieb er sich mit seinen Kommilitonen in den schlimmsten Vierteln von Pisa herum, feierte die Nächte durch, trank zu viel und verlor ein Vermögen beim Kartenspiel. Schließlich war es seinem Vater zu bunt geworden. Er hatte kurzen Prozess gemacht und ihn auf die Kavallerieschule in Venaria Reale geschickt.

Er sah auf. »Was werfe ich denn weg? Ein Leben beim Militär, das ich nicht gewählt habe, und die Aussicht auf eine öde Ehe mit diesem Mädchen, das nichts anderes im Kopf hat als Bälle, Kleider und die neueste Haarmode. Das Einzige, was ich jemals wollte, war, Winzer zu werden, auf Alberi d'Argento.«

»Und soeben beweist du mir, wie richtig es ist, dass Enrico das Gut erbt und nicht du. Du bist leichtsinnig und verantwortungslos. Das warst du schon immer. Zu schnell begeistert und ohne Durchhaltevermögen.« Er trommelte mit den Fingern auf die Tischplatte. »Giovine Italia. Das gleiche Gesocks wie diese Geheimgesellschaft, die Carboneria. Pöbel ist das, der sich nur selbst bereichern will.«

»Sie wollen Gerechtigkeit. Ein leichteres Leben für die Bauern, niedrige Steuern, Handel.«

»Dummes Gerede. Die Bauern sind zufrieden, sie kennen es nicht anders. Was weißt du denn über das Leben der Menschen, die du »befreien« willst? Seit Jahren hast du nur dein Vergnügen im Kopf, und plötzlich interessierst du dich für Politik? Ich hatte gehofft, dass sie dir beim Militär die Flausen austreiben, statt dir neue Flöhe ins Ohr zu setzten.«

»Es sind keine Flausen! Ich ...«

»Ich will nichts mehr davon hören!« Krachend landete Don Pieros Faust auf dem Schreibtisch. »Du wirst nach Venaria Reale zurückkehren und, sobald deine Ausbildung dort beendet ist, Donata Frattini heiraten. Sie wird dir eine gute Ehefrau sein.«

Michele erhob sich. »Ich werde nichts von alldem tun. Ich habe einen Eid geschworen, als ich Giovine Italia beigetreten bin, und den werde ich halten. In Venaria Reale wissen sie bereits, dass ich nicht mehr zurückkomme.«

Plötzlich war er sehr froh, dass er Tatsachen geschaffen hatte, bevor er Venaria Reale verlassen hatte. Er hatte nicht geahnt, wie schwer es sein würde, seinem Vater die Stirn zu bieten. Tief in ihm steckte immer noch der Respekt gegenüber dem Padrone, den man ihn gelehrt hatte.

Mit einer heftigen Bewegung schob Don Piero seinen Stuhl zurück und stand ebenfalls auf. Sein Gesicht lief rot an. »Du bist desertiert?«

Michele straffte die Schultern und sah seinem Vater in die Augen. »Jawohl.«

»Du riskierst dein Leben für diesen Mazzini und seine verräterischen Ideen? Wenn sie dich erwischen, werden sie dich an die Wand stellen oder aufhängen.«

»Lieber sterbe ich für die Freiheit und für ein geeintes Italien, als für die Österreicher in den Krieg zu ziehen und dort zu fallen.«

»Du Narr«, schrie Don Piero. »Du bist ein dummer, oberflächlicher Junge. Es reicht, dir die Worte ›Freiheit‹ und ›Republik‹ hinzuwerfen, und schon vergisst du deine Pflichten!«

»Und Sie sind ein alter, einfältiger Mann, der nicht erkennt, dass sich die Zeiten ändern«, brüllte Michele zurück.

Im nächsten Augenblick brannte seine Wange vom Schlag des Vaters. Langsam ließ Don Piero die Hand sinken. Einen Moment lang starrten sie einander stumm an. Dann sprach Don Piero, jetzt sehr leise, doch seine Stimme bebte vor Zorn. »Du wirst das Gut sofort verlassen und nicht mehr zurückkehren. Sollte ich dir jemals wieder auf meinem Land begegnen, werde ich dich den Carabinieri ausliefern. Du bist nicht mehr mein Sohn.«

Michele ballte die Fäuste. Einen Augenblick zögerte er, rang nach Worten, dann drehte er sich um und verließ den Raum.

Er hatte mit dem Zorn seines Vaters gerechnet, doch nicht damit, verstoßen zu werden.

Im Flur lehnte er sich an die Wand und atmete tief durch.

Andrea Mantelli, einer der »Apostel« von *Giovine Italia* und sein vorgesetzter Offizier, hatte ihn gewarnt, ihm gesagt, die Revolution würde Opfer fordern, vielleicht sogar sein Leben. Er hatte den Eid trotzdem geleistet. In Gedanken wiederholte er ihn:

Im Namen Gottes und Italiens – im Namen aller Märtyrer, die für die heilige Sache Italiens unter den Schlägen fremder und einheimischer Tyrannen gefallen sind – im Glauben an die von Gott dem italienischen Volk übertragene Sendung und an die Pflicht eines jeden Italieners, an ihrer Erfüllung mitzuarbeiten – trete ich dem »Jungen Italien« bei, dem Bund von Männern, und schwöre, mich ganz und immer der Aufgabe zu weihen, gemeinsam mit ihnen Italien zu einer einigen, unabhängigen Republik zu machen.

Er hatte die richtige Entscheidung getroffen. Es war etwas Großes, was diese Männer wollten. Ein neues Italien würde entstehen. Eines, in dem es keine Armut mehr gab, in dem die Bauern nicht mehr als bessere Leibeigene dienen mussten, sondern ihr eigenes Land bewirtschafteten. Eine Schule in jedem Dorf. Lehrer, welche die Kinder lesen und schreiben lehrten, um der Unwissenheit ein Ende zu bereiten, damit zukünftige Generationen selbst über ihr Schicksal bestimmen konnten.

Dafür lohnte es sich zu leben – und sogar zu sterben.

»Pst, Michele.« Seine Schwester Emilia lugte um die Ecke. »Warum hat Papa so gebrüllt?«

Er warf noch einen kurzen Blick auf die Tür zum Büro seines Vaters, dann ging er hinüber zu Emilia. »Wir haben uns gestritten.«

»Schon wieder?«

»Ja, schon wieder.«

»Ich mag es nicht, wenn ihr streitet. Mamma weint dann immer. Kannst du nicht wieder reingehen und dich mit ihm vertragen?«

Seine Mutter. Sie würde einen hysterischen Anfall bekommen, wenn sie von dem Zerwürfnis mit seinem Vater erfuhr. »Nein, meine süße Emilia, dieses Mal nicht. Ich gehe fort.«

»Fort, aber wohin denn?«

»Sehr weit weg.«

»Dann bist du an Weihnachten nicht hier?«

»Ich komme nicht mehr zurück.«

Ihre Unterlippe begann zu beben, Tränen glitzerten in ihren Augen. »Nie mehr?«

»Für sehr lange Zeit nicht.« Wenn die Revolution erfolgreich war, wenn Italien frei war, vielleicht sah sein Vater dann ein, dass er für etwas Gutes gekämpft hatte. Womöglich konnte er dann zurückkehren. Er strich Emilia über die dunklen Locken. »Sei brav, kleine Schwester, und sing ein Lied für mich.«

Sie hatte die Stimme eines Engels. Wenn sie sang, war es, als hielte die Welt den Atem an.

»Ich werde für dich singen.« Ihre Stimme war tränenschwer.

»Sag Mamma Lebewohl von mir.« Ein dicker Kloß saß in seiner Kehle. Er küsste sie auf die Stirn, schluckte und wandte sich dann abrupt ab.

In seinem Zimmer packte er ein paar Sachen zusammen. Ein zweites Paar Reithosen, zwei Hemden zum Wechseln und eine schlichte kragenlose Arbeitsjacke. Noch brauchte er sie nicht, doch in den Bergen konnte es auch im September schon kühl werden. Zum Schluss setzte er den breitkrempigen Hut auf, der den Hüten der Butteri, der Rinderhirten der Maremma, glich, und steckte das Geld ein, das Andrea Mantelli ihm für seine Mission gegeben hatte. Es war eine beträchtliche Summe. »Geh in die Dörfer«, hatte Andrea ihn angewiesen. »In die Osterien und Tavernen. Setz dich zu den Bauern und den Tagelöhnern, spendier ihnen Wein und, wenn sie hungrig sind, einen Teller Pasta. Höre genau zu, was sie reden. Sind sie unzufrieden? So unzufrieden, dass sie bereit sind für eine Revolution? Dann erzähle ihnen von Giovine Italia und unseren Zielen. Wir brauchen den Rückhalt in der ländlichen Bevölkerung, in den Städten haben wir genug Anhänger. Es war der Fehler der Carboneria, im Geheimen operieren zu wollen. Deshalb sind die Aufstände gescheitert. Jetzt müssen wir die Massen wachrütteln.« Er würde sich in Lucca mit Luciano treffen, einem Freund aus Kindertagen, der ebenso ein Carbonaro und Mitglied von Giovine Italia war. Gemeinsam würden sie über die Berge nach Modena reiten, um sich dort mit weiteren Carbonari zu treffen. Von Modena aus sollten sie nach Parma, Cremona und Piacenza gehen und schließlich über Alexandria nach Genua zurückkehren. Mazzini hatte gesagt, Italien gleiche einem schwelenden Brand, nur ein Funke fehlte, um einen Feuersturm zu entfachen, der die fremden Könige aus dem Land fegen würde. Es war ihre Aufgabe, diesen Funken in die Dörfer zu tragen. Wenn alles nach Plan verlief, würde im nächsten Frühjahr der Sturm ausbrechen.

Er warf einen letzten Blick aus dem Fenster, dann verließ er den Raum.

Vor den Ställen traf er auf seinen Bruder.

»Michele! Was ist passiert? Emilia sagte, du hättest mit Vater gestritten und gingest fort?«

Michele nickte. »Ich brauche ein Pferd.« Sein Hengst brauchte Ruhe und außerdem wollte er ihm den langen Ritt nach Modena nicht zumuten.

»Wo willst du denn hin?«

»Zunächst in die Berge.« Mehr durfte er auch Enrico nicht sagen. Seine Mission war geheim.

»In die Berge.« Nachdenklich tippte Enrico sich mit dem Zeigefinger an die Unterlippe und blickte sich im Stall um. »Nimm Rinaldo hier.«

Er deutete auf einen Fuchs mit dunkler Mähne und dunklem Schweif. Nicht sehr groß, aber kräftig. Ein typisches Pferd der Maremma. »Er ist ausdauernd und trittsicher.« Er zögerte. »Musst du wirklich gehen? Du kennst doch Vater. Tauche unter. Silvana besitzt ein kleines Stück Land in der Nähe von Castagneto della Gherardesca, ein paar Wegstunden von hier. Dort leben nur ein paar Pächter. Dort könntest du unterkommen, bis der Sturm hier vorbei ist.«

»Dieser Sturm wird nicht vorbeigehen. Er hat mich rausgeschmissen.«

Enrico seufzte. »Was hast du nun wieder angestellt?«

Liebevoll musterte Michele seinen Bruder. Sie sahen einander überhaupt nicht ähnlich. Er selbst kam ganz nach seiner Mutter: groß, schlank und dunkel, mit schwarzen Haaren und blauen Augen. Enrico dagegen glich Don Piero. Er war ebenso untersetzt und kräftig wie sein Vater, seine Haut war hell und sein Haar hatte die gleiche hellbraune Farbe. Zum Glück beschränkte sich die Ähnlichkeit auf Äußerlichkeiten. Im Gegensatz zu dem Don war Enrico warmherzig und großzügig. Er liebte die Menschen, das Leben und seine üppige Frau Silvana. Und natürlich liebte er Alberi d'Argento. Der Zorn, der seit Jahren in Michele schwelte, galt nicht Enrico.

»Nichts habe ich angestellt, großer Bruder. Ich habe endlich wieder ein Ziel.«

Entgegen der Anweisung seines Vaters verließ er das Gut nicht auf dem direkten Weg. Sein Pferd am Zügel führend, wanderte er den staubigen Pfad entlang zu einem Feld am Ende der Weingärten. Hier hatten Enrico und er vor einigen Jahren eine neue Weinsorte angepflanzt, die erst 1820 von Herzog Manfredo di Sambuy aus Frankreich importiert worden war. Ein Experiment, von dem sein Vater zwar wusste, für das er aber nur ein Achselzucken übrighatte. Er hatte es nur zugelassen, weil Enrico es als seinen Plan präsentiert hatte. Niemals hätte Don Piero Land für eine von Micheles verschrobenen Ideen, wie er es nannte, zur Verfügung gestellt. Aber als Enrico dafür plädiert hatte, ein kleines Feld mit Cabernet Sauvignon zu bebauen, hatte er nachgegeben. Der erste Wein vor zwei Jahren war hervorragend gewesen. Anfängerglück hatte Don Piero es genannt. Doch auch aus der zweiten Ernte war ein Wein hervorgegangen, der seinesgleichen suchte. Wenige Flaschen nur, die jedoch bei Weinkennern reißenden Absatz gefunden hatten.

Michele ließ das Pferd stehen und pflückte ein paar Trauben, die dick und dunkelblau an den Reben hingen. Er steckte sie in den Mund und schloss die Augen. Sie schmeckten nach Sommer, nach der Erde der Toskana und nach der Macchia, die an der Küste wuchs und deren würzigen Duft der Wind bis hierher wehte. Aus ihnen würde kein leichter, lieblicher Wein werden, sondern einer, der nach dem ersten Glas trunken machte, weil er sämtliche Aromen dieses Landes in sich trug.

Abrupt wandte er sich um. Er würde nicht erleben, wie aus diesen Trauben Wein wurde. Er spuckte die harten Schalen aus und bestieg sein Pferd. Er hatte eine andere Aufgabe: Nicht mehr Wein zu machen, sondern mitzuhelfen, dieses Land neu zu gestalten.

4. KAPITEL
Cerreto – September 1832

»Hab keine Angst, bei mir bist du sicher.« Eine Männerstimme wie der Klang eines Cellos, melodisch, sanft, ein wenig traurig. Antonella rollte sich unter der Decke zusammen, sie wollte weiterträumen, sich in dieser Stimme verlieren, die so verlockend war wie der Gesang der Feen am Monte Ventasso.

»Los, steh endlich auf!« Das schrille Organ ihrer älteren Schwester schob sich in ihre Träume, verdrängte das Bild des dunkelhaarigen Helden, der sie gerade hatte retten wollen.

»Ja, ja, ich komme gleich«, murmelte Antonella und versuchte, zumindest einige Fetzen ihres Traumes festzuhalten. Doch Teresa zog erbarmungslos die Decke fort und die kühle Morgenluft wehte die Bilder davon wie den Nebel in den Tälern der Apuanischen Alpen. Seufzend öffnete Antonella die Augen und setzte sich auf. Die Fensterläden waren bereits zurückgeschlagen, fahles Licht fiel in das Zimmer, das sie sich mit ihren beiden Schwestern teilte.

Es war ein schöner Morgen. Noch war die Luft rau und brachte eine erste Ahnung vom Winter, denn die Sonne hatte die schroffen Felsen der Berge noch nicht überwunden. Doch der Himmel zeigte bereits jenes makellose Blau, das einen warmen Tag ankündigte. Das laute Kreischen von Perlhühnern zerriss die Stille.

»Diese dummen Faraonas machen mich noch wahnsinnig«, nörgelte Teresa, während sie ihre Bettdecke zusammenfaltete. »Warum können wir nicht normale Hühner halten wie andere Leute auch. Die gackern wenigstens nur.«

Im Stillen stimmte Antonella ihrer Schwester zu. Der Lärm, den die Perlhühner veranstalteten, ähnelte dem Quietschen von verrosteten Türangeln, dagegen war das Gackern normaler Hühner geradezu wohlklingend. Doch das Fleisch der Faraonas hatte ein leichtes Wildaroma, das an Fasan erinnerte, weshalb die Reichen und Vornehmen in Parma oder Modena sie gerne bei ihren Festmahlen servierten.

Widerwillig stieg Antonella aus dem Bett und tappte hinüber zum Waschtisch. Der Holzboden war kalt, ebenso wie das Wasser im Krug. Sie zog das Leinenhemd aus und wusch sich flüchtig, derweil Teresa gerade der jüngsten der Battistonischwestern die Decke fortzog.

»Raus aus dem Bett, die Faraonas warten auf ihr Futter.«

Giovanna rekelte sich und gähnte ungeniert. »Ist ja gut, ich stehe schon auf.«

Während Giovanna sich unter dem kritischen Blick von Teresa wusch, schlüpfte Antonella in ein Unterkleid aus ungefärbtem Leinen, über das sie einen schwarzen Rock und ein rotbraunes Mieder zog. Ihr Haar hatte sie bereits vor dem Schlafengehen gekämmt und zu einem festen Zopf geflochten, der ihr fast bis zur Taille fiel. Immer noch waren ihre Gedanken bei ihrem Traum, sie versuchte, sich an das Gesicht des Mannes zu erinnern, doch sein Bild verschwamm vor ihrem inneren Auge.

Giovanna stupste sie in die Seite. »Na, träumst du noch? Du hast vergessen, dein Bett zu machen.«

»Klar träumt sie noch.« In Teresas Stimme schwang eine Mischung aus Spott und Neid. »Von dem schönen Paolo, den sie im nächsten Jahr heiraten wird.«

Antonella schwieg und blickte aus dem Fenster auf die Berge. Die Stimme, die sie in ihrem Traum gehört hatte, war nicht Paolos gewesen, und auch wenn sie sich sein Gesicht nicht mehr vorstellen konnte, der Mann hatte anders ausgesehen.

»Siehst du, sie hört uns gar nicht zu«, stichelte Teresa. »Sag, nach was hältst du Ausschau, Antonella? Schleicht dein Paolo hinter dem Stall herum, um dort auf dich zu warten?

Macht er dir schöne Augen und träufelt dir süße Worte in die Ohren? Pass auf, du weißt was mit Mädchen passiert, die vor der Hochzeit schwanger werden.«

Heiß schoss ihr das Blut ins Gesicht. »Was schwätzt du da! So etwas würde er nie tun.«

»Du bist ja nur neidisch«, sagte Giovanna patzig. »Weil du schon zwanzig bist und noch mindestens ein Jahr warten musst, bis du deinen Tommaso heiraten kannst und weil er lange nicht so fesch ist wie Paolo.«

Sie sprach aus, was Antonella dachte. Früher hatte Teresa Paolo nie beachtet, doch seit Ferragosto stichelte sie bei jeder Gelegenheit gegen ihn. Sie mochte ihn nicht, aber warum, wenn es kein Neid war?

Teresa schob das Kinn vor. »Pah, ich bin doch nicht neidisch. Es stimmt, Tommaso ist nicht so hübsch wie das Müllersöhnchen, aber dafür ist er ehrlich und anständig und schaut nicht immer anderen Weibern hinterher.«

Antonella fuhr herum. »Was soll das heißen?«

»Was wohl? Hast du noch nicht bemerkt, dass er sich an Waschtagen immer am Fluss herumtreibt? Was will er da, wenn nicht den Frauen auf die Beine und in den Ausschnitt starren? Außerdem hat Francesco erzählt, wie er im letzten Winter mit den Hirten in der Maremma war, da wollte einer der Rinderzüchter Paolo verprügeln, weil er sich heimlich mit seiner Tochter getroffen hat, und dann hatte er noch was mit einer Witwe aus Donoratico – sagt Francesco.«

»Ausgerechnet Francesco«, schnaubte Antonella. »Der ist eine schlimmere Klatschtante als die alte Gemma. Das Lavatoio liegt direkt an der Mühle, warum sollte Paolo nicht dort sein?«

Energisch klopfte sie die mit getrockneten Kastanienblättern gefüllte Matratze zurecht und faltete die Decke zusammen.

»Wen ich wohl mal heiraten werde?« Giovanna zwirbelte einen ihrer Zöpfe zwischen den Fingern. »Ich hoffe, er wird jung und hübsch sein. Ich will nicht so einen Mann wie die arme Maria. Ihr Sergio ist schon fünfunddreißig und hat zwei Kinder von seiner ersten Frau.«

Teresa stemmte die Hände in die Hüften. »Was du da redest! Mit fünfunddreißig ist ein Mann noch nicht alt. Maria hatte Glück, dass sie überhaupt einer genommen hat, mit ihrem kurzen Bein. Wer will schon eine, die hinkt. Wer weiß, vielleicht humpeln ihre Kinder auch.«

»Du bist boshaft«, fuhr Antonella ihre Schwester an. »Du weißt genau, dass Maria nur hinkt, weil sie als Kind schwer krank war. Und sie ist sehr hübsch.«

Scherzhaft zog sie an Giovannas Zopf. »Du bist noch viel zu jung, um ans Heiraten zu denken. Werde erst mal erwachsen.«

Giovanna schob die Unterlippe vor. »Ich bin kein Kind mehr. Immerhin bin ich schon vierzehn.«

Lächelnd wandte Antonella sich ab und stieg die Treppe hinunter. Ihre Holzpantinen klapperten auf den schmalen Stufen. Aus der Küche drang ein intensiver Duft nach Rosmarin und Knoblauch. Ihre Mutter stand am Tisch und knetete den Teig für das würzige Fladenbrot, das es heute Abend geben würde.

»Guten Morgen, Mamma!«

Rina wandte sich um. »Guten Morgen, Lella. Gehst du die Ziegen melken?«

»Ja.« Sie griff nach ihrem Umhang, der neben der Haustür an einem Haken hing und nahm den Eimer für die Milch. Wenn ihre Mutter doch nur endlich aufhören würde, sie Lella zu nennen. Als kleines Mädchen hatte sie diesen Kosenamen geliebt, doch für eine Frau, die im nächsten Jahr verheiratet sein würde, erschien er ihr nicht passend.

Als sie in den Hof hinaustrat, sprang ihr der große Hund ihres Vaters schwanzwedelnd entgegen. Lachend kraulte Antonella das weiße, gelockte Fell. »Nico, wer hat dich denn von der Kette gelassen?«

Nico setzte sich vor sie, zog die Lefzen zurück und ließ die Zunge heraushängen. Es sah aus, als lächelte er. Das war seine Art, um Futter zu betteln. Sie streichelte ihm kurz über den Kopf. »Ich habe nichts für dich.«

Als hätte er sie verstanden, stand der Hund auf, trottete zurück zu seiner Hütte und legte sich davor. Von dort aus hatte er sowohl die Haustür als auch die Ställe im Blick.

Die Ziegen wurden nachts in einem Gatter hinter dem Haus gehalten. Antonella öffnete das Tor, wich dem Bock aus, der versuchte, den Kopf in den leeren Eimer zu stecken, und band die beiden Mutterziegen an. Während sie molk, ließ sie ihre Gedanken schweifen. Paolo sähe den Weibern nach, behauptete Teresa. Gerne hätte sie diese Bemerkung als puren Neid abgetan wie Giovanna, aber ein Stachel blieb. Zwar kannte sie ihren Verlobten seit ihrer Kindheit – wie jeden im Dorf, jedoch hatte er sie bis vor einigen Monaten kaum beachtet. Eigentlich wusste sie nicht viel über ihn. Dank seiner wohlhabenden Eltern galt er als gute Partie und niemand hätte erwartet, dass er die Tochter eines Schäfers zur Braut nehmen würde. Nachdem er an Ferragosto fast ausschließlich mit ihr getanzt hatte, hatte er ihr in den folgenden Wochen den Hof gemacht, in allen Ehren natürlich, und vor drei Tagen hatte sein Vater schließlich bei Roberto Battistoni vorgesprochen und für seinen Sohn um ihre Hand gebeten. Antonellas Vater war entzückt gewesen, galt es doch, drei Töchter unter die Haube zu bringen. Sie selbst konnte es noch gar nicht so recht begreifen, dass einer der begehrtesten und reichsten jungen Männer in Cerreto ausgerechnet sie zur Frau nehmen wollte.

Er hätte jede im Dorf haben können, aber er hatte sie, Antonella, gewählt. Selbst wenn er früher anderen Frauen nachgeschaut haben mochte, seit Ferragosto war es damit vorbei, dessen war sie sicher.

Das Frühstück bestand aus Ziegenmilch und dem Rest Polenta vom Abend zuvor. Antonellas Vater aß schnell und schweigend. Danach griff er nach seinem Umhang und dem Schäferstab. »Wir gehen mit den Schafen auf die Weiden am Fluss. Heute Abend bin ich wieder hier.«

Antonella wartete, bis er das Haus verlassen hatte, dann wandte sie sich an ihre Mutter. »Die Salas wollen einen Laib von unserem Pecorino, für das Essen nach der Weinlese heute Abend. Ich würde ihn gleich hinbringen und vielleicht auch noch bei der Lese helfen. Die Tiere sind gefüttert und beim Kochen wollte dir Teresa helfen.«

Rina seufzte. »Dein Vater sieht es gar nicht gerne, dass du dich ständig in der Osteria aufhältst. Und gerade jetzt solltest du besonders auf deinen Ruf achten.«

»Wieso gerade jetzt?«

»Wegen Paolos Familie, Kind. Weißt du, wie viele dich um diese gute Partie beneiden? Wenn du dir etwas zuschulden kommen lässt, werden sie es sofort Paolos Mutter zutragen, und du weißt, Isolina legt größten Wert auf Anstand und Sitte.«

Nur mit Mühe unterdrückte Antonella ein Kichern. »Sie vielleicht, aber ihr Mann hockt oft genug in der Osteria und bechert.«

»Eben, und deshalb solltest *du* nicht dort sein.«

»Aber Mamma, Francesca ist meine beste Freundin. Soll ich sie nun nicht mehr treffen?«

Die Miene ihrer Mutter verriet deutlich, dass sie es genau so gemeint hatte, doch sie schüttelte den Kopf. »Nein. Natürlich willst du Francesca von deiner Verlobung erzählen. Dann lauf, aber denk daran, dass du rechtzeitig zurück bist.«

Rechtzeitig. Das hieß, bevor ihr Vater mit den Schafen zurückkehrte.

»Und lass dir ein Stück Lardo für den Käse geben.«
»Danke Mamma, du bist die Beste.«

In der Speisekammer wählte sie einen mittelalten Laib Käse, der würzige Geschmack passte gut zu den deftigen Gerichten, die Francescas Mutter Gianna heute Abend auftischen würde.

Barfuß lief sie den schmalen Pfad hinunter, der zur Osteria Sala führte. Was wohl ihre beste Freundin zu ihrer Verlobung mit Paolo sagen würde? Wahrscheinlich wusste sie es schon, solche Nachrichten verbreiteten sich schnell im Ort.

5. KAPITEL

Die Osteria lag am Ortsrand an der Straße, die nach La Spezia führte. Da Cerreto etwa in der Mitte des Weges von Modena nach La Spezia lag, übernachteten immer mal wieder Gefolgsleute des Herzogs von Modena, Händler oder auch Carabinieri dort.

Zur Zeit hatten die Salas keine Gäste, trotzdem wurde Antonella von Stimmengewirr und Gelächter empfangen. Nachbarn und Freunde waren gekommen, um bei der Weinlese zu helfen. Der kleine Weinberg der Salas war unterhalb der Osteria in Terrassen angelegt. Am Eingang der Osteria stand Francescas Vater, übergab den Helfern Körbe und Hippen, mit denen die Reben geschnitten wurden, und schickte sie hinunter. »Ah, Antonella«, begrüßte er sie. »Kommst du auch zum Helfen?«

»Ich bringe den Käse für das Essen nachher. Aber ich habe auch ein bisschen Zeit.«

»Ich glaube, Gianna kann jemanden in der Küche gebrauchen. – Guten Tag, Pia«, begrüßte er die nächste Helferin.

Antonella ging durch die Wirtsstube in die Küche. Francescas Mutter Gianna stand an dem großen Herd und schob eine Pfanne zur Seite, um einen Topf auf das Feuer zu stellen.

»Hallo, Antonella, leg den Käse dort drüben zu dem Gemüse.« Ohne ihre Arbeit zu unterbrechen, wies sie mit dem Kinn auf eine Bank am Fenster, auf der sich Tomaten, Mais und Zucchini türmten.

»Es werden immer mehr«, sagte sie nach einem kurzen Blick aus dem Fenster. »So viele Helfer hatten wir noch nie. Sogar aus Nismozza sind welche gekommen.«

»Wahrscheinlich, weil du die beste Köchin weit und breit bist«, gab Antonella zurück. »Ist Francesca draußen?«

»Sie kommt gleich, ich habe sie geschickt, um Petersilie und Basilikum zu holen. Willst du den Knoblauch hacken?«

Eigentlich hatte Antonella bei der Lese helfen wollen, doch Giannas Küche und ihre Kochkunst übten eine unwiderstehliche Anziehungskraft auf sie aus. Seit sie vierzehn Jahre alt war, half sie gemeinsam mit Francesca Gianna beim Kochen, sobald sich die Gelegenheit ergab. Hier hatte sie gelernt, mit Gewürzen umzugehen. Gianna hatte für jedes ihrer Gerichte Gewürze, die ihm ein unverwechselbares Aroma verliehen. »Benützt man alle Gewürze gleichmäßig, wird es langweilig. Alles schmeckt dann gleich«, hatte sie Antonella erklärt. Zum Lamm gehörte Rosmarin, Salbei zum Huhn oder Faraona, und zu Schweinefleisch passte Lorbeer.

Gianna holte ein Stück Lammschulter aus der Marinade, tupfte es ab und legte es in einen großen Topf. Während es anbriet, öffnete sie die Tür zum Backofen und warf einen Blick hinein. Der Duft nach warmer Schokolade stieg aus dem

Backofen und mischte sich mit dem Geruch nach Braten und Knoblauch. Antonella blickte ihr über die Schulter. »Cioccolatina! Wie schade, dass ich nicht zum Essen bleiben kann.«

Giannas dunkler Schokoladenkuchen war unübertroffen. Fast schwarz, saftig, intensiv nach Schokolade schmeckend, zerging er auf der Zunge. Das Rezept war ein Familiengeheimnis. Gianna hatte es von ihrer Mutter bekommen und außer an Francesca würde sie es niemandem weitergeben.

Die Tür schlug auf. Francesca stürmte in die Küche. »Hier ist die Petersilie, Mamma. – Antonella! Schön, dass du da bist.«

Ohne das Büschel Petersilie aus der Hand zu legen, zog sie Antonella in ihre Arme und küsste sie auf beide Wangen. »Was hört man von dir? Paolo hat um deine Hand gebeten? Du musst mir alles erzählen.«

»Dazu ist später noch Zeit«, sagte Gianna. »Jetzt muss erst mal jemand die Zwiebeln schälen und schneiden. Und gib mir die Petersilie, bevor du sie zerdrückst.«

»Ach Mamma. Wir haben uns die ganze letzte Woche nicht gesehen.«

Gianna griff nach einer Flasche und goss Rotwein auf den Lammbraten. Dann legte sie einen Zweig Rosmarin dazu, schloss den Deckel und schob den Topf zur Seite. »Was ist nun mit den Zwiebeln?«

»Ja, ich mach's ja schon.« Francesca verdrehte die Augen.

»Ich schäle und du schneidest«, bot Antonella an. »Dabei können wir reden.« Sie holte die Zwiebeln aus einem Korb unter der Bank und legte sie auf den Tisch am Fenster.

»Ich habe dir doch gleich gesagt, es ist etwas Ernstes mit dir und Paolo. Seit Ferragosto hatte er nur noch Augen für dich.« Francesca senkte die Stimme. »Und du? Freust du dich?«

»Ja, sehr.« Antonella reichte Francesca eine geschälte Zwiebel und griff nach der nächsten. »Es kommt trotzdem unerwartet. Paolo – ich weiß nicht viel über ihn, er hat mich früher nie beachtet. Ich dachte immer, er würde einmal Fiametta heiraten.«

»Ich glaube, er hat mit Fiametta nur getändelt. Sie ist hübsch, aber ziemlich zänkisch.«

Schniefend tupfte sich Francesca mit ihrer Schürze die Augen. »Verfluchte Zwiebeln. Deshalb mache ich das nicht gerne. Nachher werde ich aussehen wie ein Karnickel.«

Antonella blickte auf. Waren es wirklich nur die Zwiebeln? Seit ihrer Kindheit war sie mit Francesca befreundet. Sie hatten Pläne geschmiedet, dass sie die Osteria gemeinsam betreiben würden, wenn Francescas Eltern zu alt dafür geworden waren. Antonella würde kochen und Francesca die Gäste bedienen. Pläne, von denen Antonella ihren Eltern nie erzählt hatte. Wie viele Männer im Dorf hielt sich ihr Vater gerne in der Osteria auf, doch seine Tochter wollte er dort nicht sehen.

»Bist du traurig, dass ich nun doch nicht als Köchin hier arbeiten werde, wenn deine Eltern zu alt sind?«

»Ach Antonella, was wir uns so ausgemalt haben. Das waren Träume. Meine Eltern sind noch lange nicht alt. Das kam uns nur so vor, als wir vierzehn waren. Bis sie sich zur Ruhe setzen, vergehen bestimmt noch zwanzig Jahre. Dann sind wir so alt wie sie jetzt. Willst du wirklich eine alte Jungfer werden und dein Leben lang am Herd stehen? Nein. Heirate du deinen Paolo. Du wirst Kinder bekommen und glücklich sein.«

»Und du?«

Francesca zuckte die Schultern. »Ich werde hierbleiben und Mamma helfen. Und vielleicht findet sich auch jemand, der mich nimmt, auch wenn ich nicht besonders hübsch bin. Immerhin kann ich kochen und weiß, wie man Wein macht.« Erneut wischte sie sich über die Augen, doch sie kicherte dabei. »Dann muss mein Zukünftiger wenigstens nicht in die Osteria, um zu zechen.«

»Wer behauptet, du seist nicht hübsch! So helles Haar wie deines gibt es kein zweites Mal in Cerreto. Es leuchtet in der Sonne.«

»Danke, Liebes. Aber meine Haare sind das einzige Schöne an mir. Ich bin zu groß und zu kräftig für eine Frau. Ich bin größer als die meisten Männer im Ort.«

Das stimmte. Francescas Vater war außergewöhnlich groß und kräftig und hatte das an seine Tochter vererbt.

»Ich finde dich schön!«, widersprach Antonella entschieden. »Und der Mann, der dich mal bekommt, kann sich glücklich schätzen.«

Nachdem die Zwiebeln geschnitten waren, hackte Antonella noch die Petersilie, dann scheuchte Gianna beide Mädchen aus der Küche. »Ich brauche erst wieder Hilfe, wenn der Bäcker das Brot bringt. Dann muss jemand die Crostinis vorbereiten.«

Antonella folgte Francesca durch den Garten in den Weinberg. Das Wetter war ideal für die Lese. Anfang der Woche hatte es geregnet, seit drei Tagen schien die Sonne. Unter ihren nackten Füßen war die Erde angenehm warm. Die unteren Terrassen waren schon abgeerntet, Korb um Korb wurde in den Keller der Osteria gebracht, wo die Trauben am nächsten Tag eingemaischt werden würden. Francescas Vater wirkte ausgesprochen zufrieden, die Ernte schien gut zu sein.

Antonella und Francesca arbeiteten nebeneinander. Ohne viel zu reden, schnitten sie die Trauben von den Stöcken, achteten darauf, angeschimmelte Früchte auszusortieren.

Am späten Nachmittag verabschiedete sich Antonella von Gianna und Francesca. Gianna packte ein Stück Lardo in das Tuch, das Antonella mitgebracht hatte. Auch das Rezept für den zartschmelzenden würzigen Speck war eines von Giannas Geheimnissen. Ihre Familie stammte aus Colonnata in der Nähe von Carrara. Dort wurde der Speck mit Salz und Kräutern eingerieben und anschließend in Marmortröge eingelagert, wo er sechs Monate reifte. Giannas Mutter hatte einen solchen Marmortrog mitgebracht, als sie ihrem Mann nach Cerreto gefolgt war.

Francesca begleitete Antonella vor die Tür. »Kommst du morgen zum Einmaischen? Wir könnten noch ein Paar saubere Füße gebrauchen.«

Antonella zögerte. Das Stampfen der Trauben mit den bloßen Füßen gehörte zu den Arbeiten, bei denen sie immer gerne geholfen hatte. »Ich weiß es nicht. Ich würd schon, aber …«

»… aber dein Vater sieht es nicht gerne. Ich weiß«, beendete Francesca den Satz.

Antonella seufzte. »Vor allem jetzt, wo ich verlobt bin. Ich soll auf meinen Ruf achten. Dabei hätte Paolo vielleicht gar nichts dagegen, wenn ich euch helfe.«

Ein Ruf von der Straße unterbrach sie. »Ciao, Francesca.«

Maurizio, der Sohn des Bäckers, kam mit drei langen Broten unter dem Arm den Weg hinuntergehastet.

»Tut mir leid, dass ich so spät komme.«

Er nickte Antonella kurz zu und strahlte Francesca an. »Ich bringe eure Brote.«

Das war offensichtlich. Antonella unterdrückte ein Lachen, doch Francescas Wangen färbten sich rosa. »Oh ja. Danke. Ich bringe sie rein.«

Sie griff nach den Broten, doch Maurizio ließ sie nicht los. »Nein, ich trage sie für dich rein.«

»Aber das ist doch nicht nötig.«

So standen sie einen Moment voreinander, Francesca zog an einem Brot, Maurizio hielt es fest.

»Ich – ich wollte sowieso reinkommen, ich habe noch etwas Zeit und könnte helfen«, stammelte er und sein breites, gutmütiges Gesicht nahm die Farbe einer reifen Tomate an.

Verblüfft blickte Antonella von ihrer Freundin zu dem Bäckersohn. Was ging da vor? Francesca bemerkte ihren Blick und ließ sichtlich verlegen die Hände sinken. »Ja, dann …«

Maurizio hastete an ihr vorbei ins Haus.

Lächelnd sah Antonella ihm nach. »Francesca, ich glaube, du hast einen Verehrer.«

»Was?«, kicherte Francesca. Inzwischen waren nicht nur ihre Wangen, sondern auch ihre Ohren dunkelrosa. »Nein, das glaube ich nicht. Er ist einfach nur höflich.«

»Maurizio höflich? Normalerweise legt der den Leuten das Brot vor die Haustür oder drückt es ihnen auf der Straße in die Hand. Und ich habe noch nicht erlebt, dass er freiwillig mehr als drei Worte spricht.«

»Er ist eben sehr schüchtern.«

»Richtig. Und gerade hat er seine Schüchternheit überwunden und dir wie ein galanter Herr das Brot ins Haus getragen. Und bei der Lese helfen will er auch.«

»Vielleicht wegen einem der Mädchen dort …« Francesca wies mit dem Kinn in Richtung des Weinbergs.

Antonella unterdrückte ein Lachen. »Bestimmt wegen einem der Mädchen. Wegen dir! Lauf in die Küche und biete ihm was zu trinken an. Und dann zeigst du ihm, wie man die Reben schneidet.«

Zwischen Francescas Brauen bildete sich eine Falte. »Glaubst du wirklich, er mag mich?«

»Magst du ihn?«

»Ich finde ihn sehr nett. Ich mag es, dass er nicht so freche Sprüche macht wie die anderen jungen Burschen. Bei denen weiß ich nie, was ich sagen soll.« Wie schön ihre Freundin plötzlich war. Die rosa Wangen und das zaghafte Lächeln verliehen ihrem sonst eher farblosen Gesicht einen ganz besonderen Reiz. Antonella umarmte sie. »Dann geh schnell rein. Wir sehen uns. Ciao!«

Auf dem Heimweg begegnete ihr Paolo, der sein Maultier am Zügel führte.

»Antonella! Schön, dass ich dich treffe. Ich bringe Mehl zu den Attolini.« Er deutete auf den Sack, den das Maultier trug. »Willst du mich begleiten?«

Antonella schüttelte den Kopf. »Ich muss nach Hause, Mamma wartet schon auf mich.«

»Schade.« Er blickte sich um, dann beugte er sich zu ihr. »Ich muss mit dir reden – allein«, sagte er leise. »Komm morgen früh nach dem Melken zu der großen Kastanie hinter den Ställen.«

Bevor sie antworten konnte, ging er schon weiter.

Ein wenig unwohl war ihr schon zumute, als sie am nächsten Morgen das Gatter bei den Ziegen schloss und mit dem Eimer in der Hand zu der Kastanie ging. Bisher hatte sie Paolo entweder auf dem Dorfplatz oder in ihrem Haus getroffen, aber niemals waren sie allein gewesen. Was er ihr wohl sagen wollte?

Sie entdeckte ihn im Schatten des Kastanienbaums und winkte ihm zu. »Hallo, Paolo.«

Schnell trat er auf sie zu und legte den Finger auf ihre Lippen. »Leise.« Er nahm ihr den Eimer mit der Milch aus der Hand, stellte ihn ab und zog sie hinter den Baum. »Mein Vater will, dass ich diesen Winter wieder mit den Schäfern in die Maremma gehe«, stieß er hervor.

Verwundert sah sie ihn an. Zwar war Paolo der Sohn des Müllers, doch auch der Müller besaß Schafe. Und im Winter gab es in der Mühle nicht viel zu tun, warum sollte er nicht mit den Hirten gehen.

»Wir wären sechs Monate getrennt«, beantwortete er ihre unausgesprochene Frage.

»Ja, aber …« Ihr fehlten die Worte. Das war nun mal der Lauf der Dinge in den Bergen.

»Aber wir heiraten doch ohnehin erst im Mai«, beendete sie ihren Satz.

»Und wie soll ich es bis Mai ohne dich aushalten?« Er drängte sie gegen den Stamm der Kastanie und presste seine Lippen auf ihre. Antonella erstarrte.

An Ferragosto hatte er ihr Haar gestreichelt und sie zart auf den Mund geküsst, später manchmal heimlich ihre Hand gehalten, wenn sie auf der Bank neben der Haustür gesessen hatten. Doch jetzt schob er ihr die Zunge in den Mund und streichelte nicht ihr Haar, sondern griff nach ihren Brüsten. Wie jedes Landmädchen wusste sie über Fortpflanzung Bescheid, trotzdem erschreckte sie die rohe Berührung. Sie stemmte die Hände gegen seine Brust und drehte den Kopf weg. »Was machst du da?«

Er ließ sie sofort los. »Was denn, hat dich noch nie einer richtig geküsst?« Staunen lag in seiner Stimme, stand in seinen Augen.

Empört sah sie ihn an. »Natürlich nicht. Was denkst du von mir? Dass ich eine bin, die man hinter den Büschen flachlegen kann?«

Paolo lächelte. »Nein, ich weiß doch, dass du ein anständiges Mädchen bist, aber wir sind verlobt. Ein bisschen Küssen und Kosen wird doch wohl erlaubt sein.«

Er zog sie wieder an sich, seine Lippen näherten sich den ihren. Sie schimmerten feucht. Heftig stieß sie ihn von sich, tauchte unter seinem Arm weg und rannte den Pfad hinauf zu ihrem Haus. Auf halbem Weg fiel ihr ein, dass der Eimer mit der Milch noch an der Kastanie stand. Sie hielt inne, stemmte die Hände auf die Hüften und wartete, bis ihr Atem ruhiger wurde. Dann ging sie langsam zurück. Hoffentlich war er schon fort. Wieder fühlte sie seine Zunge in ihrem Mund. Unter den süßen Küssen, die in so vielen Liedern besungen wurden, hatte sie sich etwas anderes vorgestellt.

Er kam ihr entgegen, den Eimer mit der Milch in der Hand. Sein braunes Haar schimmerte in der Morgensonne, und als er sie anlächelte, zeigten sich auf seinen Wangen die Grübchen, die sie so mochte.

»Cara, Liebste, ich wollte dich nicht erschrecken. Du bist so süß und so hübsch, da hat es mich hingerissen, ich musste dich einfach küssen. Du bist mir doch nicht böse, oder?«

Nein, böse war sie nicht. Eher verwirrt und unsicher. Sie erinnerte sich an die Tuscheleien der älteren Mädchen. Wie begeistert sie von heimlichen Küssen mit ihren Liebsten erzählten. Sie dachte an die Lieder. Wenn alle es schön fanden, warum gefiel es ihr dann nicht? Vielleicht stimmte mit ihr etwas nicht?

Sie wollte nach dem Eimer greifen, doch er schüttelte den Kopf. »Ich trage ihn für dich.«

Schweigend gingen sie den Weg bis zu ihrem Haus. Die Tür stand offen, ihre Mutter fegte gerade den Flur.

»Paolo, wie schön dich zu sehen. Komm doch rein, möchtest du einen Becher Milch?«

Paolo neigte höflich den Kopf. »Sehr gerne, Signora Rina. Ich habe den Notaris ihr Mehl gebracht und auf dem Heimweg Ihre schöne Tochter getroffen.« Er zwinkerte Antonella zu und folgte den beiden Frauen in die Küche, wo Teresa den großen Esstisch scheuerte. Sie sah auf. »Na, das nenne ich aber einen Zufall. Ich dachte, der kürzeste Weg von den Notaris zur Mühle führt am Fluss entlang.«

Antonella warf ihr einen flehenden Blick zu. Wenn ihre Mutter erfuhr, dass sie sich heimlich mit einem Mann traf, selbst wenn es ihr Verlobter war, würde sie ihr eine Gardinenpredigt über Moral und Anstand halten und sie zur Beichte schicken.

»Um die Wahrheit zu sagen, ich habe einen Umweg gemacht, weil ich hier vorbeischauen wollte. Ich hatte Sehnsucht nach meiner Braut.«

Wie gewandt er lügt, dachte Antonella. Er wird noch nicht einmal rot dabei.

Teresa lächelte nur spöttisch und beugte sich wieder über den Tisch, doch Giovanna sah ihn mit leuchtenden Augen an. »Wie romantisch.«

Er trat zu ihr und strich ihr übers Haar. »Schade, dass ich keinen Bruder habe, der das zweitschönste Mädchen von Cerreto heiraten kann.«

Vom Tisch her klang ein dumpfes Grunzen, das in einen Hustenanfall überging.

»Hast du dich erkältet, Teresa?«, fragte Antonella bissig.

Das Gesicht ihrer Schwester glich einer reifen Tomate, sie schnappte nach Luft.

»Nein, nein, ich habe mich nur an zu viel Süße verschluckt.«

6. KAPITEL

Mit dem Korb am Arm wanderte Antonella durch den Wald, den Blick auf den Boden geheftet. Trockenes Laub raschelte um ihre nackten Füße, einzelne Sonnenstrahlen fielen durch die Wolken und zeichneten helle Flecken auf den Waldboden. Giovanna suchte sich ihren Weg in einigem Abstand von ihr. Bisher hatten sie nur wenige Steinpilze gefunden, doch sie kannten noch einige versteckte Stellen.

»Antonella, warte!« Giovanna blieb stehen und blickte sich nervös um.

»Was ist denn? Hast du etwas gehört?«

Es gab Wölfe in den Wäldern, doch um diese Jahreszeit hielten sie sich von den Menschen fern. Erst im Winter trieb der Hunger sie in die Nähe der Dörfer.

»Wir sind viel zu weit gegangen«, sagte Giovanna. »Da vorne ist schon der Weg nach Nismozza, du weißt, Mamma hat gesagt, wir sollen nicht allein dorthin gehen. Wegen der adligen Herrschaften dort. Die Manenti.«

»Ach, komm schon. Nur noch ein kleines Stück. Die paar Pilze lohnen das Trocknen nicht. Im Winter bist du froh, wenn du noch etwas anderes zu essen bekommst als Kastanienpolenta. Und die Herren Manenti gehen bestimmt nicht in die Wälder, um dort nach Mädchen zu suchen. Die vergnügen sich mit ihren Dienstmägden.«

Giovanna schauderte. »Anna Galassi war keine Dienstmagd bei den Manentis. Und doch heißt es, ihr Kind sei von einem der Herren dort.«

»Geschwätz. Niemand weiß, wer der Vater von Annas Kind ist.«

In Cerreto hatte man sich die Mäuler zerrissen, als Anna vor zwei Jahren ein Kind bekommen hatte. Sie hatte ihre Schwangerschaft so lange verborgen wie nur möglich, und auf die Frage nach dem Vater hatte sie immer nur den Kopf geschüttelt. Noch nicht einmal die ernsthafte Ermahnung des Priesters, Don Vincenzo, sie würde ihre unsterbliche Seele in Gefahr bringen, hatte sie zum Reden gebracht.

Die meisten im Dorf vertraten die Ansicht, Anna wüsste selbst nicht, wer der Vater ihres Kindes sei, so viele Liebhaber hätte sie gehabt.

Hufschläge schreckten die Mädchen auf. Giovanna lief zu Antonella hinüber und packte sie am Arm. »Da!« Sie deutete auf den Reiter, der den Weg entlanggetrabt kam. »Noch hat er uns nicht gesehen. Wir sollten uns verstecken.«

Vielleicht hatte sie recht. Es musste ein Fremder sein. In Cerreto besaß niemand ein Pferd. Pferde waren zu teuer im Unterhalt. Wer es sich leisten konnte, hielt ein Maultier. Sie waren genügsamer und in den Bergen trittsicherer als Pferde und taugten zum Lasten tragen.

Entweder der Reiter kam aus Modena, oder er war tatsächlich einer der Manentis aus Nismozza. Von beiden war nichts Gutes zu erwarten.

»Er trägt Uniform«, flüsterte Giovanna.

Tatsächlich. Der Mann trug eine dunkelblaue Uniform und einen Helm mit blaurotem Federbusch. Ein Carabiniere. Was wollte er hier? Mit angehaltenem Atem beobachteten die Mädchen, wie er näher kam. Als sie sein Gesicht erkennen konnte, lachte Antonella laut auf.

»Das ist Tommaso. Teresas Tommaso.«

Er musste ihr Lachen gehört haben, denn er zügelte sein Pferd und spähte in den Wald.

Antonella winkte ihm zu und stapfte zwischen den Bäumen hindurch zum Weg.

»Hallo, Tommaso. Was machst du denn hier?«

Der junge Mann zog schwungvoll den Helm und deutete eine Verbeugung an.

»Guten Tag, ihr zwei. Ist Teresa bei euch?«

Giovanna schüttelte den Kopf. »Nein, sie ist zu Hause und hilft Mamma beim Kochen. Kommst du, um sie zu besuchen?«

»Leider nein. Wir suchen nach zwei Verbrechern. Sie verstecken sich hier irgendwo in den Wäldern.«

»Verbrecher?«, fragte Antonella. »Was haben sie getan?«

»Die Carbonari haben einen Anschlag auf den Herzog von Modena geplant. Glücklicherweise hat uns jemand rechtzeitig informiert. Zwei von dem Lumpenpack haben wir gefasst, aber die anderen beiden konnten fliehen.« Er stieg vom Pferd. »Ich treffe mich mit der Kompanie erst in drei Stunden in Castelnovo ne' Monti. Ich bringe euch nach Hause und sage Teresa Guten Tag.«

»Schaut mal, wer da ist«, rief Antonella schon an der Haustür.

Rina kam in den Flur und trocknete sich die Hände an ihrer Schürze ab. »Tommaso, wie schön, dich zu sehen.«

»Ich freue mich auch, Signora Rina.« Er küsste sie auf beide Wangen und folgte ihr in die Küche.

Bei seinem Anblick stieß Teresa einen leisen Schrei aus.

»Tommaso!« Sie zupfte so hektisch an ihrem Kopftuch, dass es sich löste und über ihre Schultern glitt. Als sie es auffangen wollte, rutschte ihr der Kochlöffel aus der Hand und fiel klappernd zu Boden. Giovanna kicherte, was ihr einen bösen Blick von ihrer Schwester einbrachte.

»Wenn ich gewusst hätte, dass du kommst …« Teresa nahm die Schürze ab und strich den Rock glatt. »Setz dich.«

Er setzte sich nicht, sondern umarmte sie. »Ich habe nicht viel Zeit, in einer Stunde muss ich weiter.«

»In einer Stunde schon, aber …« Teresa warf einen ratlosen Blick auf den Herd.

»Schon gut.« Antonella stellte den Korb mit den Pilzen ab und hob den Kochlöffel auf. »Ich übernehme das Kochen.«

»Danke, Schwesterchen. Das vergesse ich dir nicht.«

»Ihr habt sicher viel zu besprechen«, sagte Rina lächelnd. »Geht doch ein bisschen in den Garten.«

Verblüfft bemerkte Antonella, dass ihre sonst so gelassene Schwester nervös kicherte, als Tommaso ihr die Haustür aufhielt. Flüsternd verschwanden die beiden in den Hof.

Antonella ging zum Herd. Lammschulter sollte es heute geben. Am Vorabend hatte sie das Bratenstück in Rotwein eingelegt und Teresa hatte bereits Zwiebeln, Knoblauch und Möhren in Olivenöl in dem großen Topf angebraten. Antonella legte das Fleisch in den Topf und ließ es anschmoren, dann gab sie Rosmarin und Lorbeerblätter dazu, goss die Rotweinmarinade auf und schloss den Deckel. Vielleicht fand sie hinter dem Haus noch etwas wilden Fenchel, er würde gut zu dem geschmorten Fleisch passen.

Mit einem kleinen Messer in der Hand lief sie aus der Tür. Draußen warf sie einen schnellen Blick auf die Bank im Hof. Teresa und ihr Verlobter saßen eng umschlungen, ihr Kopf lag an seiner Schulter. Antonella wollte sich gerade abwenden, da standen beide auf und huschten um die Ecke des Hauses in den Gemüsegarten. Verblüfft starrte sie ihnen nach. Ob Tommaso ihre Schwester jetzt wohl ebenso küsste, wie Paolo sie geküsst hatte? Und wie reagierte Teresa darauf? Ließ sie ihn gewähren? Gefiel es ihr?

In Gedanken versunken ging sie zur Wiese. Paolo hatte seit jenem Mal hinter den Ställen nicht wieder versucht, sie zu küssen. Er begegnete ihr höflich und voller Ehrerbietung. Nur manchmal glaubte sie, ein belustigtes Funkeln in seinen Augen zu sehen. Wenn er dann lächelte, tanzten die Grübchen in seinen Wangen. Sicher bereute er inzwischen, dass er sie bedrängt hatte. Er würde ein guter Ehemann sein. Sie berührte ihre Lippen. Wenn sie erst verheiratet waren, würde sie wohl auch Gefallen an seinen Küssen finden. Wahrscheinlich hatte sie sich nur erschreckt, weil es so unerwartet gekommen war.

In der Nähe des Flussufers fand sie noch einige Fenchelstauden. Sie schnitt sie und kehrte ins Haus zurück. Kurze Zeit später betraten Tommaso und Teresa die Küche wieder.

Teresas Gesicht war gerötet. Aus ihren Zöpfen hatten sich ein paar Strähnen gelöst, ein glückliches Lächeln lag auf ihren Lippen. Tommasos Augen leuchteten, als er sie ansah. Er war vielleicht kein schöner Mann, seine Augen wurden von schweren Lidern halb verdeckt und seine Hakennase war selbst für sein langes Gesicht zu groß, aber Teresa war offensichtlich glücklich mit ihm.

Glücklicher als sie mit Paolo? Bis vor Kurzem hätte sie das bestritten, doch inzwischen war sie nicht mehr sicher.

7. KAPITEL

Die Tage wurden kürzer und kühler. In den Wäldern fielen die Maronen in Massen von den Bäumen. Beinahe jede Familie besaß einige Kastanienbäume und so zogen Frauen, Kinder und die Männer, die keine Schafe hüteten, in den Wald, um Kastanien zu sammeln. Die Bäume von Antonellas Familie lagen in der Nähe des Dorfes. Morgens wanderte ihr Vater mit den Schafen auf die Bergweiden und Antonella und ihre Schwestern gingen in ihre Umhänge gehüllt zu ihren Bäumen. Antonella hasste diese Arbeit. Ihr Rücken schmerzte vom stundenlangen Bücken, ihre Finger wurden wund und bluteten, denn nicht alle Kastanien waren aus ihren stacheligen Schalen gefallen. Am Ende des Tages brachten sie die Maronen ins Dorf zum Metato, der Maronentrocknerei. Paolo und Domenico standen im ersten Stock des Gebäudes, nahmen die Säcke entgegen, wogen sie und verteilten den Inhalt dann auf den Brettern, die den Boden des ersten Stocks bildeten. Im Raum darunter befand sich die Feuerstelle. Dreißig bis vierzig Tage lang würde dort das Feuer brennen, in dessen Wärme die Kastanien langsam trockneten, bis man sie schälen und zu Mehl verarbeiten konnte.

Als Antonella ihren Sack hochreichte, strich Paolo mit dem Daumen über ihren Handrücken. »Kommst du heute Abend? Ich habe Feuerwache bis Mitternacht.«

»Nach dem Essen.« Sie freute sich auf den Abend. Während der Trocknungszeit der Maronen war der Metato der wärmste Raum im Ort. Hier trafen sich die Leute, die nicht genug Holz zum Heizen hatten, um sich aufzuwärmen, andere gingen einfach nur hin, um zu reden.

Nach dem Abendessen aus Maisgriespolenta mit Lardo machten sich Teresa und Antonella auf den Weg zum Metato. Beim Eintritt empfing sie Stimmengewirr, Gelächter und wohlige Wärme. Paolo saß auf einem Stuhl in der Nähe der Feuerstelle. Auf dem Tisch am Fenster standen ein Krug und mehrere Becher. Aminta, die weise Frau und Hebamme des Dorfes, saß auf einem der Stühle und wiegte ein Baby in den Armen. Neben ihr auf dem Boden hockte eine magere junge Frau. Ihr Gesicht war sehr blass, tiefe Schatten zeigten sich unter ihren Augen. An sie gelehnt schlief ein Junge, der nicht älter als ein Jahr war.

Teresa stupste Antonella in die Seite. »Sieh dir das an. Die arme Lieta. Vier Kinder in fünf Jahren. Wenn das so weitergeht, werden sie noch alle verhungern.«

»Man sollte annehmen, Antonio wäre vernünftig genug, sie in Ruhe zu lassen. Aber nein, er macht ihr ein Kind nach dem anderen«, gab Antonella flüsternd zurück. »Wo ist er überhaupt? Ich habe ihn schon lange nicht mehr gesehen.«

»Domenico und er haben einen neuen Meiler angezündet, draußen in der Nähe von Nismozza. Antonio hat die Feuerwache.«

Antonella nickte. Die Brüder Antonio und Domenico gehörten zu den Ärmsten in der Gegend, die ihr Geld als Köhler verdienen mussten. Bis die Kohle fertig war, musste der Meiler ständig überwacht werden.

Der Säugling auf Amintas Arm fing an zu greinen. Lieta hob den Kopf und blinzelte.

»Wenn sie wenigstens eine Ziege hätten, dann könnte Lieta ihm Ziegenmilch geben«, murmelte Teresa, als die Frau ihre Bluse aufknöpfte und das Kind an die Brust legte.

»Schau doch nur, wie dünn sie ist.«

Die Hebamme stand auf, füllte einen der Becher und reichte ihn der jungen Mutter.

»Du musst mehr trinken, sonst kannst du dein Kind bald nicht mehr stillen.«

Ein Kichern aus der anderen Ecke des Raumes lenkte Antonella ab. Dort steckten Pia und Francesca die Köpfe zusammen und tuschelten, wobei ihre Blicke immer wieder zu Domenico, Antonios Bruder, schweiften, der hinter Paolo an der Wand lehnte. Er hatte die Arme vor der Brust verschränkt, sein sonst so gutmütiges Gesicht wirkte ausgesprochen finster. Francesca winkte ihr zu. »Setz dich zu uns.«

Antonella ging hinüber und zog einen Stuhl heran.

»Hast du schon gehört?« Pias Stimme bebte vor Aufregung. »Domenico hat heute der schönen Fiametta einen Heiratsantrag gemacht.«

»Oh je.« Antonella bedauerte den jungen Mann. Dass Domencio Fiametta verehrte, war kein Geheimnis. Doch Fiamettas Vater besaß nicht nur viele Schafe, sondern auch ein Maultier. Außerdem war Fiametta gebildet. Ihre Mutter hatte ihr sogar ein wenig Lesen und Schreiben beigebracht, Domenico dagegen war von eher einfältiger Natur.

»Was hat sie gesagt?«

»Was wohl. Sie hat ihn ausgelacht und gefragt, warum er glaube, sie würde einen Köhler heiraten.«

»Mir tut er leid«, sagte Francesca. »Er ist ein guter Kerl. Dass sie ihn auslacht, hat er nicht verdient.«

»Aber Francesca, würdest du einen Köhler zum Mann nehmen? Oder du, Antonella?«

Antonella zuckte die Schultern. »Vielleicht, wenn ich ihn lieben würde. Ich glaube, wenn man sich nur liebt, kann man auch arm glücklich sein.«

»Ach, die Liebe. Meine Mutter sagt immer, Liebe beginnt mit Klängen und Gesang und endet in einem Meer von Tränen.« Pia zuckte die Schultern. »Guck dir Lieta an, da siehst du, wie glücklich die Liebe macht. Nun ja, darüber brauchst du nicht mehr nachzudenken.« Sie warf einen anzüglichen Blick auf Paolo. »Du hast es gut getroffen. Dein Bräutigam ist nicht nur wohlhabend, sondern auch noch ein schönes Mannsbild.«

Hatten wirklich alle Mädchen nichts anderes im Kopf, als einen möglichst wohlhabenden Mann zu heiraten, fragte sich Antonella. Und was kam danach, wenn sie verheiratet waren?

Sie sah hinüber zu Paolo, der mit Franco sprach. Francos Gesicht glich einer getrockneten Kastanie, braun und verhutzelt, und wenn er lachte, sah man, dass er nur noch einen Zahn hatte. Er war der älteste Mann im Dorf.

Ihr Blick glitt weiter zu Lieta. Das Kind an ihrer Brust war eingeschlafen, sie selbst hatte den Kopf an die Wand gelehnt und die Augen geschlossen. Sie wirkte viel älter als ihre drei- oder vierundzwanzig Jahre. Dabei war sie früher eines der hübschesten Mädchen im Dorf gewesen. Der ständige Hunger und die vielen Schwangerschaften setzten ihr wohl sehr zu.

Vielleicht war es wirklich ein Glück, dass Paolo nicht arm war. So würde sie niemals hungern müssen. Und ganz sicher würde er es nicht zulassen, dass sie jedes Jahr ein Kind bekam und ihre Schönheit so früh verging.

Es war ein langer Arbeitstag gewesen, die Wärme und das Stimmengewirr lullten sie ein und erfüllten sie mit angenehmer Müdigkeit. Sie schloss die Augen und hing ihren Gedanken nach.

Ob sie wohl nach ihrer Hochzeit mit Paolo bei seinen Eltern in der Mühle leben würden? Sie hoffte es. Und wenn er die Mühle übernahm, musste er nicht mehr im Winter in die Maremma ziehen. Dann hätten sie viel Zeit füreinander. Sie könnten abends am Ofen sitzen, die Monaris besäßen genug Geld, sie heizten bestimmt jeden Tag. Er würde ihr erzählen, was er tagsüber getan hatte, und sie würde spinnen und ihm zuhören. Vielleicht konnte er sie sogar lesen und schreiben lehren. Es hieß, seine Mutter habe eine Schule besucht. Und vielleicht würde schon im übernächsten Jahr eine Wiege in der Wohnstube stehen. Sie lächelte bei der Vorstellung, wie stolz Paolo wäre, wenn sie ihm einen Sohn schenkte.

Die Türe öffnete sich knarrend und ein kalter Windstoß fuhr in den Raum. Das Gemurmel um sie herum verstummte.

Antonella öffnete die Augen. In der Tür stand Anna, sie trug ihr Kind auf der Hüfte.

»Was will die hier?«, zischte jemand.

»Einen schönen Abend wünsche ich«, sagte Anna und schloss die Tür. Niemand antwortete ihr. Alle starrten sie an.

Den Kopf hocherhoben, erwiderte Anna die Blicke, ihr Gesicht blieb unbewegt. In der Nähe der Feuerstelle setzte sie das Kind auf den Boden und hockte sich daneben.

Die Männer beachteten sie nicht weiter, doch die Frauen steckten die Köpfe zusammen und tuschelten.

»Sieh sie nur an«, flüsterte Francesca. »Sie sieht nicht halb so verhungert aus wie Lieta.«

Pia zog verächtlich die Mundwinkel herunter. »Das kommt daher, dass sie eine Hure ist. Wer weiß, vielleicht gibt ihr der Vater ihres Balgs Geld. Auf alle Fälle macht sie die Beine breit für die besseren Herren aus Nismozza.«

Verstohlen musterte Antonella die junge Frau. Tatsächlich wirkte sie weit weniger abgerissen und mager als der Großteil der im Raum versammelten Frauen. Ihre Kleidung war zwar geflickt, aber sauber, das Haar sorgfältig unter dem hellen Kopftuch verborgen. Ihre Bluse war bis zum Hals geschlossen, doch zeichneten sich deutlich ihre vollen Brüste darunter ab. Zwei der jungen Burschen im Metato starrten sie an, dem einen stand der Mund offen, der andere hatte einen knallroten Kopf.

»Nur für die in Nismozza?« Teresa gesellte sich zu ihnen. »Bist du sicher, dass nicht auch einige der besseren Herren in Cerreto sie für ihre Dienste bezahlen?«

»Doch nicht in Cerreto.« Francesca schüttelte den Kopf. »So verdorben ist hier niemand.«

»Wer weiß. Meine Mutter sagt, sie sei eine Hexe«, sagte Pia. »Vielleicht behext sie die Männer, damit sie mit ihr ins Bett gehen.«

»Quatsch. Hexen gibt es nicht«, erklärte Antonella ungehalten. »Sie ist hübsch genug, da braucht sie keine Zauberei. Guck dir die an.« Sie deutete auf die beiden Jungen. »Gleich fangen sie an zu sabbern.«

In diesem Moment rauschte eine kräftige Frau an ihnen vorbei, packte einen der Jungen am Arm und verpasste ihm eine Maulschelle. »Mach den Mund zu. Wir gehen nach Hause.«

Sie zerrte den Jungen zur Tür. »Eine Schande ist das, dass eine wie die hier reinkommt und unsere Kinder verdirbt«, zeterte sie. »Vertreiben sollte man die.« Mit einem Knall schloss sich die Tür hinter ihr.

»Tiziana hat recht.« Isolina, Paolos Mutter, erhob sich. »Diese Hure hat hier nichts verloren.«

Sie marschierte zu Anna hinüber und stemmte die Hände in die Hüften. »Pack dich, hier findest du keinen Mann für deine dreckigen Geschäfte.«

Langsam stand Anna auf, ihre Mundwinkel hoben sich zu einem spöttischen Lächeln. »Schon gut, ich gehe, ihr tugendsamen Leute.«

»Nein!« Die Hebamme stemmte ihre massige Gestalt aus ihrem Stuhl. »Jeder hat das Recht, sich im Metato aufzuwärmen.«

Das Getuschel im Raum verstummte, alle starrten auf Aminta. Sie deutete auf ihren Stuhl. »Setz dich hierher und trink etwas.«

Anna neigte den Kopf. »Danke, aber ich glaube, die Kälte draußen ist angenehmer als die Kälte hier drinnen.« Sie hob ihre Tochter auf, setzte sie auf ihre Hüfte und verließ den Raum.

»Schämt euch!« Amintas tiefe Stimme übertönte das einsetzende Getuschel.

»Die sollte sich schämen.« Isolina deutete zur Tür. »Wenn es nach mir ginge, würde man sie aus dem Dorf jagen. Soll sie doch sehen, wo sie bleibt mit ihrem Hurenkind.«

»Genau«, stimmte eine der anderen Frauen zu. »Diese Dirne verdirbt unsere Männer. Mein Luigi starrt ihr immer hinterher.«

»Dann solltest du deinem Luigi die Ohren lang ziehen«, erwiderte Aminta trocken. »Es ist nicht Annas Schuld, wenn die Männer sie anstarren.«

»Doch ist es ihre Schuld. Weil sie nämlich eine Hexe ist. Es heißt, sie betet auf dem Monte Ventasso zu den alten Göttern.«

»Seltsam. Ich sehe sie jeden Sonntag in der Kirche. Und was die alte Kultstätte auf dem Monte Ventasso angeht, so gibt es so manche unter uns, die dort Opfergaben hinterlassen haben. Damit ihr Liebster sie erhört oder eine kinderlose Ehe doch noch gesegnet wird.«

Einige der Frauen erröteten oder senkten den Blick.

Teresa tippte Antonella auf die Schulter. »Komm, wir gehen nach Hause. Das hier artet bald in Streit aus.«

Antonella verabschiedete sich von ihren Freundinnen, die gebannt dem Disput der zwei Frauen folgten, und griff nach ihrem Umhang. Paolo stand auf und folgte ihr vor die Tür.

Dort griff er nach ihrer Hand. »Schade, dass du schon gehst.«

»Ich bin sehr müde. Und morgen müssen wir früh los, Kastanien sammeln.«

»Wenn du erst meine Frau bist, musst du keine Kastanien mehr sammeln, Cara.« Er beugte sich zu ihr. »Gibst du mir einen Kuss zum Abschied?«

Seine Lippen näherten sich den ihren. Bevor er sie küssen konnte, hauchte Antonella ihm einen Kuss auf die Wange. Er lächelte, doch es wirkte gezwungen. »Immer noch so scheu! Du …«

»Komm jetzt endlich!« Teresas Stimme unterbrach ihn.

»Gute Nacht, Paolo.« Hastig wandte sich Antonella um und stapfte Teresa hinterher. Schneidende Kälte biss ihr ins Gesicht. Fröstelnd zog Antonella den Umhang enger um sich und blickte hinauf in den Himmel. Es war eine klare Nacht, die Sterne schienen ungewöhnlich hell, sogar das Band der Milchstraße war deutlich zu erkennen.

»Sieh nur, Teresa. Wie schön das ist.«

Teresa warf nur einen flüchtigen Blick nach oben. »Ja, sehr schön. Komm weiter. Mir ist kalt und ich bin müde.«

Doch Antonella konnte sich nicht von dem wunderbaren Anblick losreißen. Einer der Sterne fiel. Es ging ganz schnell. Er zog eine leuchtende Spur über den Gipfel des Monte Ventasso und verglühte.

»Eine Sternschnuppe!«

»Hast du dir etwas gewünscht?«

Antonella nickte stumm.

»Dass du mit deinem Paolo glücklich wirst?«

»So ähnlich.«

Dass ihr Paolos Küsse und was später folgen würde, gefallen mögen, hatte sie sich gewünscht, aber das würde sie ihrer Schwester nicht erzählen.

Auch die nächsten Tage verbrachten Antonella und ihre Schwestern mit dem Sammeln von Kastanien. Jeden Abend brachten sie ihren Ertrag zum Metato. Wenn die Kastanien getrocknet waren, würde man sie in Säcke packen und dreschen, um sie von ihrer Schale und der Innenhaut zu befreien. Danach würden sie in der Mühle zu Mehl gemahlen werden. Seit Jahrhunderten ernährten sich die Menschen in den Bergen im Winter fast ausschließlich von Kastanienmehl. Man kochte Polenta daraus, man backte Brot und manchmal auch Kuchen.

Wenn der Frühling kam, mochte keiner mehr eine Kastanie auch nur ansehen. Doch die Früchte der großen Bäume sicherten ganzen Dörfern das Überleben.

Abends gingen sie weiterhin in den Metato. Solange das Feuer dort brannte, heizte Rina das Haus nicht. Das Holz wurde für den Winter gebraucht, wenn der Schnee viele Meter hoch lag und die kalten Winde zwischen den Berggipfeln hindurchpfiffen.

Anna erschien nicht mehr in der Kastanientrocknerei. Die Gespräche drehten sich um den üblichen Dorftratsch. Um die Menge der gesammelten Kastanien, um den nahenden Winter und die Hochzeiten, die nach dem ersten Mai, wenn die Männer aus den sumpfigen Ebenen der Maremma zurückkehrten, geplant waren.

Die schöne Fiametta hatte sich mit einem wohlhabenden Witwer aus Busana verlobt.

Teresa sollte nächsten Mai Tommaso heiraten und mit ihm nach Modena ziehen, wo er als Carabiniere ein gutes Auskommen haben würde.

8. KAPITEL

Einige Tage später bat Rina Antonella darum, Holz sammeln zu gehen. Die Kastanienernte würde bald beendet sein, jetzt hieß es Holz einbringen für den Winter. Die Dorfbewohner durften keine Bäume fällen, dieses Recht hatte nur der Herzog von Modena. Aber es war ihnen erlaubt, totes Holz und Reisig zu sammeln. Also zog Antonella mit dem Benna, einem Korbschlitten auf Holzkufen, in die Wälder. An den steilen Berghängen war das schlittenähnliche Gefährt nützlicher als ein Karren auf Rädern, den man ständig festhalten musste, damit er nicht zurückrollte.

Wie fast immer, wenn sie allein war, wanderten ihre Gedanken zu Paolo. Letzten Sonntag hatte sie schließlich dem Pfarrer Don Vincenzo den heimlichen Kuss hinter den Ziegenställen gebeichtet und ihm auch erzählt, dass es ihr nicht gefallen hatte. Don Vincenzo hatte sie wegen ihrer Lüge gegenüber ihrer Mutter gerügt und dann getröstet: Ihr Empfinden zeige nur, dass sie reinen und unschuldigen Herzens war, frei von der Sünde der Wollust.

Für ein paar Tage waren ihr seine Worte ein Trost gewesen, doch inzwischen wuchs ihr Unbehagen, wenn sie an die ehelichen Pflichten dachte.

In der Höhe der Mühle bog sie in den Wald ab. Hier in der Nähe gab es ein Waldstück mit älteren Bäumen. Mit etwas Glück fand sie dort morsche Äste, die der letzte Sturm von den Bäumen gefegt hatte.

Sie hatte die Stelle beinahe erreicht, da hörte sie ein leises Stöhnen. Es klang seltsam. Nicht wie ein Tier. Antonella stellte ihren Schlitten ab. Zwischen den Bäumen entdeckte sie Annas kleine Tochter. Sie saß auf einer moosbewachsenen Lichtung und spielte mit einigen Steinen. Antonella trat näher. Wo steckte Anna? Sie würde doch ihr Kind nicht allein lassen.

Wieder hörte sie das Stöhnen. Suchend sah sie sich um. Vielleicht war Anna gestürzt und hatte sich verletzt? Rasch umrundete sie einen größeren Felsen und erstarrte. Ihr Blick fiel auf das nackte Hinterteil eines Mannes. Seine Hosen hingen über den Knien. Vor ihm stand Anna, über einen Baumstamm gebeugt, ebenfalls mit nacktem Hintern, den Rock über den Rücken geschoben. Er hielt ihre Hüften umfasst und bewegte sich rhythmisch. Wie Schafe bei der Paarung, schoss es ihr durch den Kopf. Anna gab keinen Laut von sich, der Mann war es, der gestöhnt hatte. Jetzt begann er zu keuchen und bewegte sich schneller. Paolo. Sie erkannte seine Statur, sein welliges braunes Haar. Kein Zweifel, er war es. Und er trieb es mit dieser Frau.

»Paolo!« Ihr Schrei zerriss die Stille.

Der Mann fuhr zusammen und wandte den Kopf. Seine Augen wurden groß. »Antonella?«

Ungeschickt trat er einen Schritt zurück und stieß Anna von sich. Antonella starrte angewidert auf sein Glied, das immer noch steif war. Paolo bückte sich, zerrte seine Hose über die Hüften und knöpfte sie hastig zu, sein Gesicht nahm die Farbe einer reifen Tomate an.

Ihr anfängliches Entsetzen wandelte sich zu heißer Wut. Sie stürmte los und verpasste Paolo eine schallende Ohrfeige.

»Du elender Mistkerl.« Ihre Stimme überschlug sich. »Du betrügst mich mit dieser ... dieser?«

Er biss sich auf die Lippen und blieb stumm.

Anna zog gemächlich ihre Röcke nach unten und zupfte die Bluse zurecht. Auf ihren Lippen lag das gleiche spöttische Lächeln wie an dem Abend im Metato.

»Was gibt es da zu grinsen?«, fuhr Antonella sie an. »Macht es dir Freude, es mit den Männern anderer Frauen zu treiben?«

»Antonella, Liebste.« Jetzt, wo sich ihre Wut gegen Anna richtete, schien Paolos Selbstsicherheit zurückzukehren. »Beruhige dich doch erst mal. Ich kann das erklären«, sagte er und schnauzte dann Anna an. »Verschwinde, du Hure.«

Die beachtete ihn nicht, sondern blickte Antonella an. »Du täuschst dich, Freude hat nichts damit zu tun.«

Sie wandte sich um und ging zu ihrer Tochter.

»Cara«, begann Paolo, doch Antonella fuhr ihm über den Mund. »Wenn sie eine Hure ist, was bist du dann? Paarst dich hier mit ihr im Wald, als wärt ihr Schafe oder Ziegen. Und du behauptest, mich zu lieben?«

»Das hat mit dir überhaupt nichts zu tun. Du hast doch die Frauen im Metato gehört. Sie ist durch und durch verdorben. Ich weiß gar nicht genau, wie es so weit kommen konnte. Sie hat mich gebeten, ihr zu helfen, einen großen Ast in ihre Hütte zu tragen, als Feuerholz. Und als wir hier waren, hat sie plötzlich ihre Bluse aufgeknöpft …«

Er blickte ihr treuherzig in die Augen, sein Gesicht wirkte absolut aufrichtig. Genauso aufrichtig wie im September, als er gegenüber ihrer Mutter behauptet hatte, er wäre Antonella zufällig begegnet. Er konnte lügen, ohne rot zu werden.

»Hältst du mich für so dumm, dass ich das glaube? Ich sehe keine großen Äste hier.«

»Natürlich nicht. Das Weib hat gelogen, um mich hierherzulocken und mich zu verführen.«

Auch jetzt war er nicht um eine Ausrede verlegen. Warum sollte Anna so etwas tun? Außerdem gehörten auch zu einer Verführung immer zwei. Selbst wenn Paolo die Wahrheit sprach, hatte er sich leicht verführen lassen. War es nicht viel wahrscheinlicher, dass er Anna für ihre Dienste bezahlt hatte? In ihren Augen brannten ungeweinte Tränen. Sie wollte nichts mehr hören, sie wollte nur noch nach Hause und sich bei ihrer Mutter ausweinen wie ein kleines Kind.

»Ich gehe.«

Sie ließ ihn stehen und ging zurück zu ihrem Korbschlitten.

»Warte, ich ziehe ihn für dich.« Paolo war ihr gefolgt und griff nach der Deichsel.

»Finger weg!« Sie stieß ihn so heftig vor die Brust, dass er zwei Schritte rückwärtstaumelte. »Ich will deine Hilfe nicht. Ich will dich nicht.«

»Hör mal, jetzt übertreibst du. Was ist denn schon passiert? Sie ist doch nur eine Hure. Glaubst du, andere Männer tun das nicht?«

»Was andere Männer tun, ist mir gleichgültig. Ich will keinen Mann, der es mit einer anderen Frau treibt.«

»Antonella!« Schockiert riss er die Augen auf. »Wie redest du denn? So kenne ich dich gar nicht.«

»Dann wird es Zeit, dass du mich kennenlernst.« Sie packte die Deichsel des Korbschlittens und stapfte den Weg entlang, ohne sich noch mal umzudrehen.

Ihr Kopf schwirrte. Alles, was Teresa über ihn gesagt hatte, entsprach der Wahrheit, dessen war sie jetzt sicher. Dass er in der Maremma die Finger nicht von den Mädchen gelassen hatte. Und bestimmt war es auch nicht das erste Mal, dass er es mit Anna trieb. Die Erinnerung an den Anblick seines erschlaffenden Glieds ließ sie schaudern. Sie ging schneller, hastete den Weg entlang, als könnte sie vor dem Anblick davonlaufen, als könne ihr heftiges Atmen das Echo von Paolos Keuchen in ihrem Kopf übertönen.

Was hatte sie sich nicht alles von dieser Ehe versprochen. Nichts davon würde eintreten.

Sie würde ihren Eltern erzählen, was vorgefallen war, und die Verlobung lösen.

»So kenne ich dich gar nicht«, hatte er gesagt. Es stimmte, er kannte sie nicht. Und sie kannte ihn nicht. Worüber hatten sie geredet, wenn sie sich getroffen hatten? Über Alltägliches.

Über die Nachbarn, die Ernte, die Schafe und den kommenden Winter. Im Grunde war es der gleiche Dorfklatsch, wie ihn die Frauen beim Waschen oder die Leute abends im Metato teilten. Sie hatte immer geglaubt, wenn sie erst verheiratet wären, dann würde sich das ändern. Dann könnten sie über ihre Gefühle füreinander reden und ihre Träume miteinander teilen. Das war nun vorbei. Niemals würde sie über ihre geheimen Wünsche und Sehnsüchte mit einem Mann sprechen, der sie derartig hinterging.

Holz sammelte sie an diesem Tag nicht mehr, sie war zu aufgewühlt. Stattdessen ging sie zur Osteria, um mit Francesca zu reden.

Einige Stunden später stand Antonella am Herd und schlug Eier auf. Wenn der Vater mit den Schafen und ihre Schwestern vom Kastaniensammeln heimkamen, sollte es Omelett mit Biroldo, Blutwurst, geben.

Vom Eingang her hörte sie ihre Mutter mit Paolo reden. Er hatte tatsächlich die Frechheit besessen, zu ihrem Haus zu kommen und um ein Gespräch zu bitten, doch sie hatte sich geweigert, ihn zu sehen.

Die Haustür klappte zu und ihre Mutter kehrte in die Küche zurück.

»Natürlich bist du wütend, Lella«, sagte sie zum wiederholten Male. »Jede Frau wäre das. Aber versuch doch auch mal, Paolo zu verstehen.«

Das nächste Ei zerbrach in ihrer Hand, die Schalen fielen in die Schüssel.

»Da gibt es nichts zu ›verstehen‹. Er hat mich betrogen. Hat mir erzählt, dass er mich liebt und es währenddessen mit Anna getrieben.«

Mit den Fingerspitzen fischte sie die Schalen aus der Eimasse.

»Es war doch bloß eine Hure. Er ist ein Mann, Lella. Er hat Bedürfnisse.«

Bloß eine Hure. Genau das Gleiche hatte Paolo auch gesagt. Als sei die Sünde der Hurerei eine Geringere, wenn ein Mann sie beging.

»Von uns Frauen verlangt man, dass wir als Jungfrau in die Ehe gehen, aber die Männer dürfen machen, was sie wollen!«

Ihre Mutter errötete. »So sind Männer nun mal. Paolo ist jung und stark und er muss noch bis nächsten Mai auf dich warten.«

Einen Besen würde sie fressen, wenn der wartete. Wahrscheinlich hatte er in der Maremma mehr als ein Liebchen.

»Mamma, die Ehe ist heilig. Und ein Eheversprechen auch. Das predigt Don Vincenzo jeden zweiten Sonntag. Und nun soll das nur für Frauen gelten?«

»Kind, er ist verführt worden. Er bereut das sehr, er hat es sogar gebeichtet. Verzeih ihm dieses eine Mal. Ich bin sicher, Paolo wird dir ein guter Ehemann sein.«

»Er hat gebeichtet?« Das erstaunte sie nun doch. Sollte er es wirklich bereuen? Rina nickte eifrig. »Ja. Er erzählte mir gerade, dass er bei Don Vincenzo war.«

Erzählen konnte er viel. Woher sollte sie wissen, ob er die Wahrheit sagte. Don Vincenzo konnte sie nicht fragen.

»Was wohl die Buße für Unzucht ist?« Sie stellte diese Frage mehr an sich selbst, doch ihre Mutter antwortete: »Zwanzig Vaterunser und fünfzehn Ave Maria muss er beten. Und Geld für ein neues Altartuch stiften.«

Zwanzig Vaterunser und fünfzehn Ave Maria. Und damit sollte der Verrat an ihr, an ihrer Liebe gesühnt sein?

Und wenn es ihn wieder einmal nach einer anderen Frau gelüstete, würde der Pfarrer ihm ein paar Ave Maria und Vaterunser mehr auftragen?

Und wie büßte Anna?

Plötzlich sah sie Annas unbewegtes Gesicht vor sich. »Freude hat damit nichts zu tun«, hatte sie gesagt. Vielleicht hatte sie den Vater ihrer Tochter geliebt und sich ihm deshalb hingegeben. Und dann war sie schwanger geworden und er hatte sich von ihr abgewandt. Ihre Eltern hatten sie verstoßen, niemand gab ihr Arbeit, weil sie eine Hure war. Konnte sie denn etwas anderes tun, um ihren Lebensunterhalt zu verdienen? Sie würde ihr Leben lang für ihre Sünde bezahlen, während die Männer, die sie für Geld benutzten, beichteten, beteten und dann weiterlebten, als wäre nichts geschehen. Gerecht war das nicht.

Während ihre Mutter versuchte, zu vermitteln, drohte ihr Vater ihr unverhohlen.

»Was soll dieser Unsinn, natürlich wirst du Paolo heiraten«, sagte er, als die Familie abends beim Essen saß. »Du kannst froh sein, dass er dich nimmt. Er hätte eine weit bessere Partie machen können.«

»Soll er doch«, erwiderte Antonella trotzig. »Vielleicht findet er ja eine, die ihn noch haben will.«

»Die wird er finden. Aber dich wird keiner mehr haben wollen, wenn du dich so zänkisch zeigst. Und was soll dann aus dir werden? Wovon willst du leben?«

»Ich werde ihn nicht heiraten. Wenn ich keinen anderen Mann finde, arbeite ich in der Osteria Sala. Oder ich gehe nach Livorno oder Genua und suche mir eine Stelle als Köchin.«

Rina stieß ein erschrockenes Keuchen aus und schlug die Hände vor den Mund.

Die Augen ihres Vaters funkelten vor Zorn. »Da sieht man es«, fuhr er seine Frau an. »Vom selben Blut wie deine verdorbene Schwester. Wie käme sie sonst auf solche Ideen?«

Tränen standen in Rinas Augen. »Sie weiß nichts von Eneide. Ich habe es ihr nie erzählt.«

»Ich will diesen Namen hier nicht hören«, brüllte Roberto und schlug mit der flachen Hand auf den Tisch. Rina begann leise zu schluchzen.

Antonella blickte ihre Schwestern an. In ihren Gesichtern stand Ratlosigkeit, in ihren Augen unverhohlene Neugier.

»Wer ist Eneide?«, wandte sie sich an ihren Vater.

Er richtete sich in seinem Stuhl auf. Einen Augenblick glaubte sie, er würde sie ebenfalls anbrüllen, doch er blieb ruhig. »Die jüngere Schwester deiner Mutter. Ein zänkisches, unzufriedenes Weib. Keiner der Burschen hier im Dorf war ihr gut genug. Sie hielt sich für was Besseres. Wollte lesen und schreiben lernen, als wäre sie eine Dame. Irgendwann ist sie nach Genua gegangen, sie behauptete, sie wolle dort als Dienstmädchen oder Köchin arbeiten. Dabei weiß jeder, dass aus solchen Frauen in der Stadt Huren werden.«

»Sie ist keine Hure!« Rina fuhr aus ihrem Stuhl hoch und funkelte ihren Mann an. Teresa hörte auf zu kauen und Giovannas Augen wurden groß. Antonella ließ den Löffel sinken und vergaß zu schlucken. Noch niemals hatte sie gehört, dass ihre Mutter in einem solchen Ton mit dem Vater sprach.

»Sie hat eine Stelle als Köchin in einem sehr reichen Haus. Das hat sie mir geschrieben.«

»Ach, seit wann kann sie schreiben und du lesen?«, spottete ihr Vater.

»Sie hat schreiben gelernt. Und Aminta hat mir ihre Briefe vorgelesen.« Rina senkte die Augen.

Als hätte sie etwas Verbotenes getan, dachte Antonella. Ihr Blick glitt von ihrer Mutter zu ihrem Vater. Zwischen seinen Brauen zeigten sich zwei tiefe Falten, doch er schwieg und aß weiter.

Antonella starrte auf ihren Teller. Ihre Mutter hatte also eine jüngere Schwester, die als Köchin arbeitete. War ihr Vater deshalb immer so dagegen gewesen, dass sie sich in der

Osteria aufhielt und Gianna ihr das Kochen beibrachte? Hatte er Angst gehabt, dass sie eines Tages in die Fußstapfen ihrer Tante treten würde?

9. KAPITEL

»Paolo war heute Morgen hier«, sagte ihre Mutter zwei Tage später, als Antonella die Küche betrat.

Sie antwortete nicht, sondern goss sich aus der Kanne auf dem Tisch einen Becher Ziegenmilch ein.

»Wie kann man nur so stur sein?« Rina stützte die Hände auf die Tischplatte und beugte sich vor. »Er möchte mit dir reden.«

»Aber ich will nicht mit ihm reden. Es gibt nichts mehr zu sagen.«

»Kind, sprich nicht so unbesonnen«, sagte Rina tadelnd, »Du bist noch sehr jung und weißt noch nicht viel über die Ehe.«

»Ich weiß, was ich will«, gab Antonella zurück. »Ich möchte einen Mann, der mich liebt und respektiert.«

»Aber das tut Paolo doch. Was er mit dieser Anna getan hat, hat mit der Ehe nichts zu tun. Männer sind so.«

»Männer sind so? Alle?«

»Fast alle. Glaubst du, wenn die Schäfer monatelang allein in der Maremma sind, bleiben sie treu?«

Das hatte sie tatsächlich geglaubt. Sie biss sich auf die Unterlippe. »Willst du mir damit sagen, dass auch Vater, wenn er fort ist …?«

Ihre Mutter zuckte die Schultern, ein bitterer Zug grub sich um ihren Mund. »Ich weiß nicht, was er dort treibt, und ich will es auch nicht wissen.«

Antonella wendete den Blick ab. »Ich träumte von einem

Mann, mit dem ich reden kann, der die gleichen Dinge mag wie ich. Ich wollte ihn lieben, und ich wollte, dass er mich liebt. Ich kann Paolo nicht lieben. Nicht nachdem ich ihn mit Anna gesehen habe. Und mir graust vor dem Gedanken, dass er das Gleiche mit mir tun wird.«

»Ach Lella. Die wenigsten Ehen werden aus Liebe geschlossen. Und das, was du dir erträumst, das kommt erst im Zusammenleben. Man lernt sich doch erst kennen, und je länger man zusammenlebt, desto besser kann man den anderen verstehen. Irgendwann kann auch Liebe daraus werden. Und wenn nicht Liebe, so doch Eintracht und Zuneigung. Solange man nicht arm ist und Hunger leiden muss, denn das verursacht sehr viel mehr Unglück und Streit als alles andere. Bedenke, mit Paolo als Mann wird es dir immer gut gehen. Was tut es schon, dass er nicht treu ist, wenn du ohnehin nicht mit ihm schlafen magst.«

»Aber ich wollte mehr.«

»Mehr wirst du nicht bekommen, schon gar nicht, wenn du Paolo ablehnst. Schon jetzt reden sie im Dorf darüber, dass du die Nase hoch trägst, weil du Paolo nicht verzeihst. Denk darüber nach.«

»Das werde ich.« Antonella zog ihre Schuhe an und nahm ihren Umhang vom Haken. »Ich gehe in den Wald, Holz holen.«

Bevor ihre Mutter noch etwas sagen konnte, verließ sie das Haus. Aus dem Schuppen holte sie den Korbschlitten und machte sich auf den Weg.

In der Nacht hatte es geregnet, dichter Nebel stieg zwischen den Bäumen empor und verzauberte den Wald. Winzige Tropfen Tau hingen an den Ästen und verzierten mit glitzernden Rahmen die wenigen Blätter, die noch an den Bäumen hingen. Aus dem Laub, das um ihre Füße raschelte, stieg ein Duft nach Moos, nach nassem Holz und nach Pilzen.

In der Nähe des Dorfes war der Wald so aufgeräumt, als hätte eine gute Hausfrau für Ordnung gesorgt. Hier würde sie kein Reisig finden. Dorthin, wo sie Paolo mit Anna ertappt hatte, mochte sie nicht gehen. Nach kurzer Überlegung schlug sie den Weg zum Monte Ventasso ein. Vielleicht war in den höheren Lagen noch etwas Totholz zu finden.

Tief in Gedanken versunken zog sie den Schlitten den Weg entlang. Egal, was ihre Eltern sagten, sie würde Paolo nicht heiraten. Einen Fehltritt hätte sie ihm verzeihen können, aber die Verachtung, mit der er über die Frau sprach, mit der er zusammen gewesen war, stieß sie ab. Anna mochte eine Dirne sein, aber was waren dann die Männer, die sie benutzten und für ihre Dienste bezahlten?

In einer Woche würden die Schäfer aufbrechen und Paolo mit ihnen. Dann hatte sie mehrere Monate Zeit, ihre Eltern zu überzeugen. Sollte es ihr nicht gelingen, könnte sie im Frühling das Dorf verlassen und nach Genua zu ihrer Tante gehen. Bis Paolo zurückkehrte, wäre sie dann schon lange fort.

Sie war bereits ein ganzes Stück vom Dorf entfernt, als sie an eine Stelle kam, wo wieder totes Holz und Zweige auf dem Boden lagen. An einem Hang entdeckte sie einen umgefallenen Baum.

Sie stellte den Korbschlitten ab und stieg hinauf. Der Baum, eine alte Kastanie, hatte im Fallen die Äste anderer Bäume mit sich gerissen und auch seine Äste waren zersplittert. Sie lachte leise. So viel Holz wie hier fand man selten.

Hinter ihr knackte ein Zweig, raschelte Laub. Sie richtete sich auf und drehte sich um.

Eine Gestalt kam von dem Weg zwischen den Bäumen hindurch auf sie zu. Paolo. Sie packte den Ast, den sie gerade aufgesammelt hatte, fester und richtete sich auf. Er bemerkte die Geste und zauberte ein Lächeln auf sein Gesicht. »Willst du mich etwa verprügeln, Cara?«

»Nenn mich nicht so. Was willst du?«

»Mit dir reden.«

»Es ist alles gesagt.«

Seine Miene verfinsterte sich. »Ich habe es im Guten versucht. Ich habe gebeichtet und gesühnt. Doch jetzt ist es genug. Ich dulde nicht, dass meine zukünftige Frau mich im Dorf lächerlich macht.«

»Das hättest du bedenken sollen, bevor du dich mit Anna eingelassen hast.«

»Dieses Gehabe nur wegen diesem einen Mal mit einem billigen Flittchen. Du hättest es verhindern können, aber ich durfte dich ja noch nicht einmal küssen.«

»Wie?« Sie schnappte nach Luft. »Jetzt ist es meine Schuld?«

Er zog die Oberlippe hoch wie ein zähnefletschender Hund. »Natürlich. Glaubst du vielleicht, dass andere Frauen sich so zieren? Fiametta haben meine Küsse gefallen.«

Fiametta! Und andere Frauen. Mit wie vielen hatte er es wohl getrieben?

»Warum hast du dann nicht Fiametta genommen? Oder eine der anderen?«

Er stand so schnell vor ihr, dass sie noch nicht einmal den Ast heben konnte. Seine Finger schlossen sich wie Eisenklammern um ihre Handgelenke. »*Du* bist meine Verlobte. Du wirst mich respektieren und ehren. Und nächsten Mai werden wir heiraten.«

»Ich werde dich nicht heiraten.«

»Oh, doch das wirst du. Keine Frau sagt Nein zu Paolo Monari. Ich werde dafür sorgen, dass du keine andere Wahl hast. Spätestens im Mai wirst du sehr dankbar sein, wenn ich dich heirate.«

Einen Augenblick starrte sie ihn verständnislos an, dann begriff sie.

»Du Schwein!« Mit aller Kraft versuchte sie, ihre Hände freizubekommen. Als es ihr nicht gelang, legte sie den Kopf in den Nacken und spuckte ihm ins Gesicht. Er zuckte zurück. »Das wirst du bereuen.«

Stumm und erbittert kämpfte sie gegen seinen Griff, doch er drängte sie zum nächsten Baum. Dort zog er ihr die Arme über den Kopf und presste ihre Handgelenke mit einer Hand gegen den Stamm. Mit der anderen Hand riss er ihren Umhang herunter. Durch den Stoff ihrer Bluse betastete er ihre Brüste. Gehetzt sah Antonella sich um. Hier war weit und breit niemand. In der Nähe gab es eine Hütte, doch um diese Jahreszeit stand sie leer.

Paolo ließ von ihren Brüsten ab und zog ihren Rock nach oben.

»Nein! Lass mich los!«

»Stell dich nicht so an. Wir ziehen nur die Hochzeitsnacht ein paar Monate vor.«

»Hilfe!« Ihre Stimme überschlug sich.

»Schrei ruhig. Hier hört dich keiner.«

Er schob seine Hand zwischen ihre Beine. »Mal sehen, ob du wirklich so tugendhaft warst, wie du immer tust.«

Tränen liefen über ihre Wangen. Wieder schrie sie um Hilfe und versuchte, sich seinem Griff zu entwinden.

»Du hast Feuer.« Er lachte. »Ich mag es, wenn eine Frau ein bisschen zappelt.« Er zog seine Hand zurück und begann seine Hose aufzuknöpfen. »Gleich ...« Sein Mund bewegte sich noch, doch er sprach nicht weiter, sondern erstarrte.

Antonella riss die Augen auf. An Paolos Hals lag ein Messer. Wie aus dem Nichts war aus dem Gestrüch hinter ihm ein Mann aufgetaucht.

»Welchen Teil von Nein verstehst du nicht, Idiot?« Der Fremde sprach sehr leise, doch die Drohung in seiner Stimme war nicht zu überhören. »Lass sie los.«

Paolo löste seinen Griff. Das Messer lag immer noch an seiner Kehle. Der Fremde ging rückwärts und Paolo war gezwungen, ihm zu folgen.

Als sie einige Meter Abstand hatten, nahm der Mann das Messer von Paolos Hals und versetzte ihm einen heftigen Stoß. Paolo stolperte und fiel bäuchlings zu Boden. Der Fremde warf einen schnellen Blick zu ihr hinüber. »Bist du verletzt?«

Am ganzen Körper zitternd lehnte sie sich gegen den Baum. Sie versuchte zu sprechen, brachte jedoch kein Wort heraus. So schüttelte sie nur den Kopf.

»Deine Eltern haben dich schlecht erzogen«, wandte sich der Mann an Paolo, der sich inzwischen aufgesetzt hatte und ihn wütend anfunkelte. »Eine Frau, die um Hilfe ruft und sich wehrt, hat kein Feuer, sondern Angst.«

»Was geht dich das an? Sie ist meine Frau. Ich kann mit ihr tun, was ich will.«

»Das ist nicht wahr!« Angst schüttelte sie. Wenn der Fremde das glaubte und jetzt ging, wäre sie Paolos Wut wehrlos ausgeliefert.

Der Mann blickte ihr prüfend ins Gesicht und sah dann zu Paolo. »Und selbst wenn sie deine Frau wäre, so gibt dir das nicht das Recht, sie zu misshandeln.«

»Ich warne dich, verzieh dich lieber, sonst bekommst du Ärger mit mir.«

»Du warnst mich?« Jetzt lag deutlicher Spott in der Stimme des Fremden. »Was willst du tun? Dich mit mir prügeln? Ich fürchte keinen Kerl, der seinen Mut an Frauen beweisen muss.«

Er steckte das Messer weg, packte Paolo am Hemd und zerrte ihn auf die Füße. Einen Augenblick fürchtete Antonella, Paolo würde den Mann angreifen. Doch der Fremde überragte ihn um gut einen Kopf, und auch wenn er lange nicht so gedrungen und muskulös wirkte, sondern eher schlank und sehnig, machte er durchaus den Eindruck, als würde er spielend mit Paolo fertig.

»Das wird dir noch leidtun«, zischte Paolo.

Der Fremde zuckte die Schultern. »Verschwinde.«

Paolo warf Antonella noch einen mörderischen Blick zu, dann wandte er sich ab und stolperte zwischen den Bäumen hindurch hinunter zum Weg. Dort versetzte er Antonellas Schlitten einen Fußtritt, dass er umfiel.

»Armseliger Wicht«, sagte der Fremde kopfschüttelnd. »Ist er wirklich dein Mann?«

Immer noch zitterte sie so sehr, dass ihre Zähne aufeinanderschlugen. »Nein. Er ist – mein Verlobter.« Sie sah zu ihm auf. Würde er nun gehen und sie allein lassen?

Er schüttelte den Kopf. »Keine gute Wahl.«

Zum ersten Mal sah sie ihm bewusst ins Gesicht. Es war schmal und braun gebrannt. Ein mehrere Tage alter schwarzer Bart verdeckte seine Kinnpartie. Seine Haare waren ebenfalls schwarz, lockig und im Nacken zusammengebunden. Er sah aus wie ein Zigeuner. Doch seine Augen waren von einem überraschenden Blau unter den dunklen Brauen. Wie der Winterhimmel an einem klaren Tag. Sie hatte noch nie jemanden mit schwarzem Haar und blauen Augen gesehen. Er lächelte, als er bemerkte, wie sie ihn anstarrte. Verlegen senkte sie den Kopf.

»Ich muss Ihnen danken, Signore.«

»Nicht der Rede wert. Was glaubst du, wird er dir irgendwo auflauern?«

»Ich weiß nicht.«

Er bückte sich und hob ihren Umhang auf. Als er ihn ihr um die Schulter legte, zuckte sie zurück.

»Hab keine Angst«, sagte er leise. »Ich tue dir nichts.«

Er hatte eine angenehme Stimme. Dunkel, melodisch. Seine Worte erinnerten sie an etwas, aber sie wusste nicht, an was. In ihrem Kopf schwirrte es. Was sollte sie tun? Sofort zurückzugehen kam nicht infrage. Vielleicht wartete Paolo tatsächlich irgendwo auf sie.

»Du zitterst immer noch. Komm, setz dich.« Er ergriff ihren Ellbogen und geleitete sie zu dem umgefallenen Baum. »Ich hole dir etwas zu trinken.«

Jetzt erst entdeckte sie das Pferd, das zwischen den Bäumen stand. Ein stämmiger Fuchs mit schwarzer Mähne und Schweif. Der Mann tätschelte dem Pferd den Hals und führte es zu dem Baum. Dann holte er eine Feldflasche vom Sattel und reichte sie ihr. »Hier.«

Antonella nahm einen vorsichtigen Schluck. Es war Wein, zwar mit Wasser verdünnt, aber die Säure prickelte in ihrer Kehle. Währenddessen holte der Mann ein Stück Brot und eine Salami aus der Satteltasche. »Möchtest du etwas essen?«

Beim Anblick der Salami lief ihr das Wasser im Mund zusammen. Er wartete nicht auf ihre Antwort, sondern zog das Messer, schnitt ein paar Scheiben von der Wurst und reichte sie ihr zusammen mit einem Stück Brot. Antonella biss nur kleine Stücke ab und kaute langsam, sie wollte nicht gierig wirken. Wer er wohl war? Niemand aus dieser Gegend, so viel war sicher. Er sprach zwar den Dialekt der Emilia, doch ein leichter Akzent verriet, dass er nicht aus den Bergen stammte.

Vielleicht jemand, der bei den Manenti oder den Dalli zu Besuch war. Verstohlen musterte sie ihn. Konnte sie ihm trauen?

»Wer sind Sie und wo kommen Sie her?«

Er kaute ebenfalls auf einem Stück Salami und so dauerte es ein wenig, ehe er antwortete. »Ich bin Marco ...« Er räusperte sich. »Marco Rossi. Verrätst du mir auch deinen Namen?«

»Antonella Battistoni.«

»Antonella. Ein schöner Name.« Er setzte sich neben sie.

Sofort rückte sie ein Stück von ihm fort. Sie wollte keine Komplimente hören, sie wollte nicht so nahe bei ihm sitzen. Vielleicht war er wirklich ein Verwandter der Manenti oder Dalli und sie saß hier mit ihm allein im Wald.

Hastig stand sie auf. »Ich muss nach Hause.«

»Warte. Ich …« Er lächelte sichtbar verlegen. »Ich muss gestehen, dass ich mich verirrt habe. Ich wollte nach Ranzano, aber ich habe vor zwei Tagen die Richtung verloren. Die letzte Nacht habe ich in einer Schäferhütte verbracht.«

Das erklärte, weshalb er in der Nähe gewesen war.

»Sie haben die Abzweigung nach Ranzano verpasst. Aber es führt auch von hier ein Weg dorthin. Über Cerreto. Das Dorf, in dem ich lebe.«

»Gut.« Er erhob sich ebenfalls. »Ich begleite dich bis zu deinem Dorf und du zeigst mir dann, welchen Weg ich einschlagen muss.«

Er wartete nicht auf ihre Antwort, sondern nahm sein Pferd am Zügel und ging hinunter zum Weg, wo ihr Schlitten lag. Zum Glück war er nicht beschädigt. Der Mann stellte ihn wieder auf und sah sich um. »Wo liegt denn dein Dorf?«

Antonella wies den Weg entlang. »Diese Richtung, etwa eine Stunde Fußmarsch.«

»Und was wolltest du hier mitten im Wald?«

»Holz sammeln.«

»So weit weg von zu Hause?«

Sie hob die Schultern. »Warum nicht. Es gibt nicht viel Holz in den Wäldern, da muss man schon mal weiter laufen.«

»Es gibt nicht viel Holz?« Er hob die Hände und blickte auf die Bäume.

»Die Wälder gehören dem Herzog von Modena. Wir dürfen keine Bäume fällen, nur heruntergefallene Äste und Reisig sammeln.«

»So.« Mehr sagte er nicht, aber für einen Moment wurde sein Mund schmal und das Blau seiner Augen wirkte eisig. Dann lächelte er wieder. »Vielleicht sollten wir die abgebrochenen Äste dort oben mitnehmen, wenn du schon so weit gelaufen bist, um Holz zu sammeln.«

Unschlüssig blickte Antonella sich um. Schon vor drei Tagen war sie ohne Holz nach Hause gekommen, und hier lag so viel. Es würde nicht lange dauern, es einzusammeln. Und wenn Paolo unterdessen wirklich irgendwo auf sie lauerte, verlor er vielleicht die Geduld.

Sie nickte. Zusammen stiegen sie den Hang hinauf und hatten kurze Zeit später eine ansehnliche Menge an Holz in den Korb geladen.

»Wenn du mein Pferd führst, kann ich das ziehen«, sagte der Mann und deutete auf den Schlitten.

Unsicher musterte sie das Pferd. Es erschien ihr sehr groß und ein wenig unheimlich. Was, wenn es ihr nicht folgen wollte, oder sich losriss?

»Nein, ich ziehe ihn schon selbst. So schwer ist er ja nicht.«

Der Mann nickte. Antonella hob die Deichsel des Schlittens an, er nahm sein Pferd am Zügel und ging neben ihr her.

Zum ersten Mal bemerkte sie, dass er die linke Schulter ein wenig nach vorne fallen ließ und auch den linken Arm vor den Körper hielt. Sein Gesicht schien ihr blasser als zuvor.

»Sind Sie verletzt?«

Er winkte ab. »Es ist nichts. Wie kommt es, dass du mit so einem Cretino verlobt bist? Ist er reich, haben dich deine Eltern gezwungen?«

»Er ist der Sohn des Müllers, sie sind nicht unbedingt reich, aber wohlhabend. Nein, meine Eltern haben mich nicht gezwungen. Jedenfalls nicht am Anfang. Ich mochte ihn. Ich – ich wusste nicht, wie er wirklich ist.« Der Gedanke daran, dass sie noch vor ein paar Wochen Paolo angehimmelt hatte wie eine dumme Gans, schnürte ihr die Kehle zu. Teresa hatte ihn von Anfang an durchschaut, und sie hatte immer geglaubt, ihre Schwester sei nur eifersüchtig.

Der Mann blickte sie von der Seite an. »Und was wird nun geschehen?«

»Wie meinen Sie das?«

»Wirst du ihn heiraten müssen, weil er Geld hat? Du sagtest, deine Eltern haben dich am Anfang nicht gezwungen. Was werden sie nun tun?«

Sie blieb so plötzlich stehen, dass er noch ein paar Schritte weiterging und sich dann erst nach ihr umdrehte.

»Er wollte mir Gewalt antun. Wenn ich meinen Eltern das erzähle ...«

»... werden sie auf eine vorteilhafte Heirat verzichten? Ich hoffe es für dich, denn du wirst keine Freude in dieser Ehe haben. Andererseits, die meisten Ehen werden aus wirtschaftlichen Gründen geschlossen. Man arrangiert sich.«

Die kühle Art, mit der er über etwas sprach, das ihr heilig war, machte sie wütend.

»Und Sie, Signore, sind Sie ebenfalls eine Ehe aus wirtschaftlichen Gründen eingegangen? Haben Sie sich mit einer Gemahlin, die Sie nicht lieben, arrangiert?«

»Nein!« Er schüttelte den Kopf. »Ich sollte es tun, aber ich habe mich geweigert.« In seinen Augen brannte eine blaue Flamme. »Ich werde überhaupt nicht heiraten.«

»Auch nicht aus Liebe?« Sie schlug die Hand vor den Mund, als könne sie die Frage zurückhalten. Was ging es sie an, ob und aus welchen Gründen er nicht heiraten wollte.

»Das Leben, das ich führe, kann ich keiner Frau zumuten.«

Was sollte das für ein Leben sein, das er keiner Frau zumuten wollte? Er war gut gekleidet, er besaß ein Pferd und seine Ausdrucksweise ließ drauf schließen, dass er eine gute Erziehung genossen hatte. Sie dachte an Lieta, die Frau des

Köhlers. Antonio hatte sich sicher niemals darüber Gedanken gemacht, ob er seiner Frau dieses Leben zumuten konnte. Er tat es einfach.

»Warum nicht? Weil Sie nicht reich sind? Wenn es danach ginge, dürften nur die Reichen und Adligen wie die Manenti und die Vallisneri heiraten.«

»Ich rede nicht von Armut«, antwortete er knapp und presste die Lippen zusammen. »Ist es noch weit?«

Offenbar wollte er dieses Thema nicht weiterverfolgen. Schweigend setzten sie ihren Weg fort.

Als sie auf den Weg nach Cerreto abbogen, sprang ein Hase aus dem Gebüsch und schlug ein paar Haken, bevor er auf der anderen Seite des Weges im Wald verschwand. Das Pferd scheute und warf den Kopf hoch. Der Mann stolperte, fing sich jedoch gleich wieder und packte die Zügel fester. »Ho, Rinaldo, das war doch nur ein Hase.«

Seine Stimme klang gepresst, als unterdrücke er ein Stöhnen, sein Gesicht war schmerzverzerrt.

Antonella legte ihm die Hand auf den Arm. »Sie sind doch verletzt! Was ist passiert?«

Er verzog die Lippen zu einem schiefen Lächeln. »Ich wollte mir vor ein paar Tagen etwas zu essen besorgen und habe einen Hasen in einer Schlinge gefangen. Jemand hat wohl die Schlinge entdeckt und mir aufgelauert.«

»Oh. Wahrscheinlich der Besitzer des Waldstücks. Die haben nichts übrig für Wilderer.«

»Das habe ich gemerkt. Er hat auf mich geschossen.«

»Eine Schusswunde? Hat jemand danach gesehen?«

»Nein. Ich hielt es nicht für eine gute Idee, in irgendeinem Dorf nach einem Arzt zu fragen. Es ist ein Streifschuss. Das heilt schon.«

Dass er nicht zu einem Arzt gegangen war, konnte sie gut verstehen. Der Arzt hätte die Schussverletzung melden müssen. Aber sein blasses Gesicht ließ darauf schließen, dass die Wunde schmerzhaft war.

»Lassen Sie mich danach sehen.« Ehe er Einspruch erheben konnte, hatte sie seine Jacke zurückgeschlagen. Er trug keine Weste. Auf seinem Hemd zeichnete sich ein Blutfleck ab. Wahrscheinlich war die Wunde bei dem Gerangel mit Paolo aufgebrochen.

»In Cerreto gibt es eine Heilerin. Aminta. Sie kann nach Ihrer Wunde sehen. Und dann …«

Sie zögerte. Er hatte sie gerettet und die Gastfreundschaft verlangte, ihm ein Quartier für die Nacht anzubieten, auch wenn es ihr lieber gewesen wäre, zunächst mit ihren Eltern allein zu reden.

»Es wäre besser, wenn Sie in Cerreto übernachten und erst morgen weiterreiten. Es wird früh dunkel und die Wege sind in der Dunkelheit gefährlich. Meinen Eltern wären Sie sicher willkommen.«

»Danke für das großzügige Angebot. Vielleicht hast du recht, heute komme ich wohl nicht mehr weit. Aber ich breche sehr früh auf und möchte deine Eltern nicht stören. Gibt es einen Gasthof in deinem Dorf?«

»Eine Osteria. Ich kann Ihnen den Weg zeigen. Doch vorher bringe ich Sie zu Aminta.«

»Eure Heilerin, ist sie gut?«

Antonella nickte. »Sie kennt sich mit Pflanzen aus und kümmert sich um Verletzungen, Knochenbrüche, und sie holt die Kinder.« Man munkelte, dass sie auch durchaus wusste, wie man Geburten verhinderte, aber das sprach im Dorf niemand aus.

»Eine Hexe?«

Antonella zuckte zusammen. »Bitte sagen Sie das nicht.« Don Vincenzo, der Pastor würde Aminta gerne der Hexerei bezichtigen. Er sah es nicht gerne, dass sie die Menschen heilte, und vor allem missbilligte er es, dass sie den Frauen half. Aminta kannte Pflanzen, die das Gebären leichter machten, und das widerspräche dem Willen Gottes, sagte er.

10. KAPITEL

Schließlich erreichten sie das Dorf. Amintas Haus lag ein Stück außerhalb vor dem eigentlichen Ortseingang von Cerreto. Es war ein kleines Haus, an das sich ein großer Garten anschloss, in dem sie Gemüse und Kräuter zog. Auf Antonellas Klopfen öffnete Sofia, die achtjährige Enkelin der Hebamme.

»Hallo, Sofia, ist deine Großmutter da?«

Die Kleine schüttelte den Kopf. »Sie ist bei Lieta. Ihre Tochter hat Fieber. Willst du auf sie warten? Was fehlt dir denn?«

»Mir fehlt nichts, aber …« Eigentlich wollte sie so schnell wie möglich nach Hause. Unschlüssig drehte sie sich nach dem Fremden um. Er stand noch auf dem Weg und sein Blick verriet tiefes Misstrauen. Vielleicht hielt er Aminta wirklich für eine Hexe. Oder er traute ihren Fähigkeiten nicht.

Sofia folgte ihrem Blick. »Wer ist das?«

»Ein Fremder, er hat … er war mir behilflich.«

In diesem Augenblick kam Aminta auf ihrem Maultier den schmalen Weg vom Fluss hochgeritten. Vor dem Haus hielt sie an und stieg ab. Als sie den Fremden erblickte, hob sie erstaunt die Augenbrauen. »Grüß Gott. Was führt Sie zu mir?«

Schnell trat Antonella vor. »Guten Tag, Aminta. Ich habe ihn hergebracht. Er ist verletzt.«

Der Blick der Hebamme wanderte flink zwischen Antonella und dem Mann hin und her, dann wandte sie sich an ihre Enkelin: »Bringst du Clara in den Stall und versorgst sie?«

Das Mädchen nickte und führte das Maultier fort.

»Kommt rein, ihr zwei«, sagte Aminta und ging vor zur Tür.

Der Mann zögerte. »Kann ich mein Pferd irgendwo unterstellen? Ich möchte es nicht draußen lassen.«

»Stell es in den Stall neben meine Clara. Sofia soll ihm auch etwas Heu geben.«

Er deutete eine Verbeugung an. »Danke.«

Aminta sah dem Mann nach, als er das Pferd hinters Haus führte, dann wandte sie sich an Antonella. »Ein gut aussehender Mann. Was fehlt ihm?«

»Er ist beim Wildern angeschossen worden. Ich habe ihn beim Holzsammeln getroffen.«

»Ah, ein Wilderer. Darum will er nicht, dass jemand sein Pferd sieht«, sagte Aminta. »Und du, geht es dir gut? Du bist sehr blass und was ist das?« Sie deutete auf Antonellas Hände. Jetzt erst bemerkte sie die Abschürfungen auf ihren Handrücken. Sie musste sie sich zugezogen haben, als Paolo ihre Hände gegen die raue Rinde des Baumes gepresst hatte. Einen Augenblick spielte sie mit dem Gedanken, der Heilerin die ganze Geschichte zu erzählen. Doch nein, es war wohl besser, wenn sie zuerst mit ihren Eltern sprach.

»Mir geht es gut. Wirst du ihm helfen?«

»Ich sehe, was ich tun kann.« Sie winkte dem Fremden, der gerade um die Ecke kam. »Kommen Sie herein. Ich koche einen Tee und dann sehe ich mir Ihre Wunde an.«

Ihre Handbewegung schloss Antonella ein, doch sie schüttelte den Kopf. »Es tut mir leid, aber ich muss nach Hause.«

»Warte.« Der Mann trat vor und griff nach ihrer Hand. »Vielen Dank für deine Hilfe.« Seine Hand war kühl und trocken, sein Griff fest, jedoch nicht unangenehm. Trotzdem versuchte sie, ihm ihre Hand zu entziehen. Er strich mit dem Daumen über die Schrammen auf ihrem Handrücken.

»Ich weiß, es geht mich nichts an, aber du solltest diesen

Kerl nicht heiraten. Ich habe gehört, wie er gesagt hat, dass er es mag, wenn Frauen sich wehren. Ich kenne diese Sorte Mann. Er wird dich niemals gut behandeln.«

»Ich werde ihn nicht heiraten.«

Endlich ließ er ihre Hand los. Wortlos wandte sie sich um und lief zum Weg, wo sie ihren Schlitten abgestellt hatte. Der Himmel war wolkenverhangen und ein leichter Nieselregen hatte eingesetzt. Antonella hastete die Hauptstraße entlang. Sie mied den Fluss, obwohl der Weg kürzer war, denn er führte an der Mühle vorbei. Half Paolo jetzt gerade seinem Vater und tat, als wäre nichts geschehen, oder war er zu Anna gegangen, um seine Gelüste zu befriedigen. Arme Anna. Ein kalter Schauer lief über ihren Rücken, ihr war, als fühle sie Paolos Hände auf ihren Brüsten, zwischen ihren Beinen. Wenn der Fremde nicht eingegriffen hätte, dann wäre sie vielleicht in einem Jahr in der gleichen Situation wie Anna. Als Hure verschrien, mit einem unehelichen Kind. Dann müsste sie Paolo tatsächlich dankbar sein, wenn er sie heiratete. Bei diesem Gedanken fühlte sich ihre Kehle an, als würde sie jemand zudrücken. Sie schnappte nach Luft, Schweiß rann kalt ihren Rücken hinunter. Sie lief noch schneller. Dort vorne war ihr Elternhaus. Dort war sie sicher. Wenn ihr Vater erst wüsste, was passiert war, würde er die Verlobung lösen. Atemlos zog sie den Schlitten in den Hof und stellte ihn ab. Nico sprang ihr begeistert entgegen. Also war ihr Vater bereits zu Hause. Sie streichelte den Hund, dann öffnete sie die Haustür.

»Antonella, du kommst spät!« Ihre Mutter kam aus der Küche, das Gesicht gerötet. »Aber das macht nichts. Ich bin ja so froh, mein Kind!« Unversehens fand Antonella sich in ihrer Umarmung wieder. »Jetzt wird alles gut.«

»Aber …« Sie verstand nicht. Wovon sprach ihre Mutter? Sie schluckte und nahm all ihren Mut zusammen. »Mamma, ich muss mit dir und Vater reden.«

»Aber nein. Wir wissen schon Bescheid.«

Ungläubig blickte Antonella in das strahlende Gesicht ihrer Mutter.

»Paolo ist hier. Er hat uns alles erzählt.«

»Nein!« Paolo war hier. Angst erfasste sie, fraß sich in ihre Eingeweide, schüttelte ihre Glieder, vernebelte ihre Gedanken.

»Doch. Ich bin ja so froh, dass ihr euch versöhnt habt. Ja, eigentlich hättet ihr warten sollen. Er ist auch ganz zerknirscht. Aber, lieber Himmel, junge Liebende, denen ein halbes Jahr Trennung bevorsteht. Ihr seid nicht die Ersten, die die Hochzeitsnacht vorgezogen haben.«

Sie bekam keine Luft mehr. »Mamma, was hat er euch erzählt?« Sie konnte nur flüstern.

Sanft strich ihr die Mutter über die Wange. »Mach dir keine Sorgen. Alles wird gut. Komm erst mal rein.« Sie griff nach Antonellas Hand und zog sie in die Küche. »Da haben wir auch die glückliche Braut«, verkündete sie lauthals.

Am Küchentisch saßen Roberto und Paolo einträchtig beieinander, vor jedem stand ein Becher Wein. Teresa stand am Herd und rührte in einem Topf. Als Rina Antonella in die Küche zog, drehte sie sich um und blickte ihre Schwester stumm an. Ihr Gesicht zeigte keinerlei Regung. Dann wandte sie sich wieder dem Topf zu. Roberto stellte seinen Becher ab. »Tochter, du hast gesündigt. Aber Gott wird dir vergeben und dein zukünftiger Gemahl ebenfalls.«

Fassungslos starrte sie ihrem Vater ins Gesicht. Paolo würde ihr vergeben? Selbst wenn sie die Sünde begangen hätte, deren ihr Vater sie bezichtigte, warum sollte Paolo, der doch genauso daran beteiligt gewesen wäre, ihr vergeben? Und Gott? Wusste er nicht, dass die Sünde der Wollust nur von zwei Personen begangen werden konnte? Warum sollte der Mann weniger schuldig sein als die Frau?

»Danke für dein Verständnis, Padre, und bitte, bestrafe deine Tochter nicht. Es war ebenso meine Schuld«, sagte Paolo. Er stand auf und legte Antonella den Arm um die Schultern. »Gleich morgen gehe ich zu Don Vincenzo und bitte ihn, uns nächste Woche zu trauen.«

Seine Finger kneteten ihre Schulter. Die Berührung ekelte sie an. Sie kämpfte gegen den Drang, sich seiner Umarmung zu entwinden.

In Rinas Augen standen Tränen. »Du bist ein Ehrenmann, Paolo, aber werden deine Eltern mit einer so schnellen Hochzeit einverstanden sein? Und was werden die Leute sagen?«

»Keine Sorge, Mutter Rina. Mit meinen Eltern habe ich bereits gesprochen. Sie lieben Antonella genauso wie ich. Sie werden eine wunderbare Hochzeit ausrichten und niemand wird es wagen, schlecht über meine Frau zu reden.«

Antonella rang nach Luft. Dass er ihre Eltern mit Mutter und Vater ansprach, war mehr, als sie ertragen konnte. Sie wollte schreien, die Wahrheit hinausbrüllen. *Seht ihr nicht, wie er lügt! Wollt ihr nicht wenigstens hören, was ich zu sagen habe!* Doch ihre Brust war unerträglich eng, sie würde keinen Ton herausbringen.

Endlich ließ Paolo sie los. »Ich muss gehen.« Er verbeugte sich vor Roberto. »Dürfte ich noch zwei Worte mit meiner schönen Braut allein wechseln?«

Antonella warf ihrem Vater einen flehenden Blick zu. Sag Nein, bat sie ihn in Gedanken. Doch entweder, er verstand sie völlig falsch, oder er wollte sie gar nicht verstehen.

»Natürlich. Aber ihr bleibt vor der Haustür. Für heute hattet ihr genug Gelegenheit, allein zu sein.«

Paolo neigte respektvoll den Kopf. »Jawohl, Padre.«

Ihr blieb nichts anderes übrig, als ihm in den Hof zu folgen. Draußen griff er nach ihrer Hand und drückte ihre Finger so fest zusammen, dass es schmerzte. »Du wirst mir niemals –

hörst du – niemals mehr widersprechen. Solltest du es wagen, eine andere Geschichte zu erzählen als ich, werde ich berichten, wie du mich im Wald verführt hast. Du bist schön genug, dass mir jeder verzeihen wird, dass ich dir nicht widerstehen konnte. Und jetzt lächle. Ich will eine glückliche Braut.« Er drückte noch fester zu. Antonella hob ihre Mundwinkel, obwohl sie vor Schmerz am liebsten geschrien hätte.

»Na also. Geht doch.« Er hob ihre Hand an die Lippen. »Bis morgen, Liebste.«

11. KAPITEL

Atemlos hastete Antonella die Treppe zur Schlafstube hinauf. Ihre Gedanken hämmerten im Rhythmus mit ihrem Herzen. Weg hier, weg hier, weg hier …

Sie schlug die Tür hinter sich zu und sank auf ihr Bett. Wie konnten ihre Eltern ihm glauben, wie konnten sie so blind sein? Aber vielleicht waren sie gar nicht so blind. Vielleicht sahen sie nur, was sie sehen wollten? War es ihr nicht genauso ergangen? Hatte sie sich nicht ebenfalls von Paolos Charme blenden lassen?

»Er wird dich niemals gut behandeln«, hatte der Fremde gesagt. Wenn sie erst mit ihm verheiratet war, konnte er mit ihr tun, was er wollte. Er durfte sie sogar schlagen. Sie schluckte trocken. Schläge würden nicht das Schlimmste sein.

»Ich mag es, wenn Frauen zappeln.«

Wieder und wieder sah sie ihn im Wald hinter Anna stehen, sah, wie er in sie stieß, sah Annas erstarrtes Gesicht. »Freude hat damit nichts zu tun.«

Was konnte sie tun? Ihre Eltern waren überglücklich, dass ihre entehrte Tochter einen Ehemann hatte. Jeder im Dorf würde Paolo glauben, wenn er seine Version der Geschichte erzählte. Sie dachte an den Fremden. Er könnte die Wahrheit bezeugen, nur – würde er das tun, und würden die Menschen von Cerreto ihm glauben? Und selbst wenn, Paolo war ihr Verlobter. Es wäre ihm ein Leichtes, sich damit herauszureden, dass er von Leidenschaft überwältigt worden war. Damit läge die Schuld bei ihr. Was ging sie auch allein in den Wald?

Paolos Vater würde der Kirche eine große Spende zukommen lassen und mit zehn Vaterunser und fünfzehn Ave Maria wäre alles vergeben.

Es gab nur eine Möglichkeit: Sie musste fort.

Die Tür öffnete sich und Teresa betrat leise das Zimmer. Antonella wandte den Blick ab. Teresas Spott konnte sie jetzt nicht ertragen. Doch ihre Schwester schwieg. Sie setzte sich neben sie auf das Bett und sah sie lange an.

»Du siehst nicht aus wie eine glückliche Braut«, sagte sie schließlich. »Er lügt, nicht wahr? Was ist wirklich passiert?«

Antonella schluckte. Einmal, zweimal. Dann konnte sie die Tränen nicht mehr zurückhalten. Unter fortgesetztem Schniefen und Schluchzen erzählte sie die ganze Geschichte. Angefangen von der Begegnung im Wald bis zu seinen letzten Worten vor der Haustür. »Ich habe Angst vor ihm, Teresa. Und ich habe Angst vor dem, was noch kommt. Wie soll ich es ertragen, wenn er … wenn er seine ehelichen Rechte fordert. Mutter sagt, man gewöhne sich dran.« Sie wischte sich über die Nase. »Ich werde mich niemals daran gewöhnen. Nicht mit ihm.«

Ihre Tränen flossen auf Teresas Schulter, durchnässten ihr Kleid.

»Ich verstehe Vater nicht«, schluchzte sie. »Warum besteht er auf dieser Hochzeit?«

Teresa seufzte. »Er hat Schulden bei den Monaris. Etwas Besseres, als dass Paolo dich zur Frau wollte, konnte gar nicht passieren, denn so wird der alte Monari nicht auf der Bezahlung bestehen. Er bekommt ja deine Mitgift.«

»Vater hat Schulden? Wieso das?«

»Erinnerst du dich an den Sommer vor zwei Jahren? Als die wilden Hunde über unsere Schafe hergefallen sind?«

Sie erinnerte sich. Bis man die drei Hunde verjagt hatte, hatten sie fünf Schafe gerissen, viel schlimmer war jedoch, dass etliche Mutterschafe anschließend gestorben waren, an einem Schock, ausgelöst durch die Hetzjagd der Hunde oder weil die Lämmer in ihrem Bauch nach der Anstrengung und dem Schrecken verendet waren und ihre Mütter vergiftet hatten. Schafe reagierten sehr empfindlich auf Angst und Anstrengung. Ihr Vater war verzweifelt gewesen.

»Im Herbst darauf gab es dann die Missernte bei den Kastanien«, fuhr Teresa fort. »Da hat er Mehl auf Pump gekauft, damit wir über den Winter kommen.«

»Und jetzt soll ich die Schuld bezahlen.« Es war keine Frage. In gewisser Weise verstand sie ihren Vater sogar. Er hatte das sicher nicht geplant, aber natürlich kam es ihm entgegen. Antonella ballte die Fäuste. »Ich werde nicht mein Leben lang für dieses Unglück bezahlen. Lieber gehe ich fort. Dann kann er meine Mitgift dazu benutzen, um seine Schulden zu begleichen.«

Teresas ohnehin blasses Gesicht wurde noch bleicher. »Aber wo willst du denn hin und wovon willst du leben?«

»Nach Genua. Erinnerst du dich, Mutter hat erzählt, ihre Schwester ist vor Jahren dorthin gegangen und hat eine Stelle als Köchin gefunden. Vielleicht kann sie mir helfen, auch eine Anstellung zu bekommen. Ich könnte auch als Köchin arbeiten.«

»Kochen kannst du. Aber du kannst doch nicht allein nach Genua gehen. Und wie willst du unsere Tante dort finden? Die Eltern kannst du nicht fragen.«

»Mamma sagte, Aminta hat ihr die Briefe vorgelesen. Vielleicht weiß sie, wo die Tante arbeitet.«

Sie trocknete sich die Tränen an ihrem Rock ab. »Ich gehe hinüber und frage sie.«

»Antonella, bitte denk noch mal darüber nach. Du hattest Paolo doch lieb. Vielleicht hat er es wirklich nur getan, weil du seinen Stolz gekränkt hast.«

»Das sagst ausgerechnet du? Du hast ihn von Anfang an durchschaut.«

Jetzt war es Teresa, die weinte. »Nein, ich habe nur Gerüchte gehört und ihnen gerne geglaubt. Ich war eifersüchtig, weil du so hübsch bist, und ich nicht. Egal wo wir hingingen, immer warst du diejenige, die von den Männern umschwärmt wurde. Ich war immer nur die große dürre Schwester. Keiner aus Cerreto wollte mich haben. Und Tommaso nimmt mich sicher nur aus Dankbarkeit. Weil wir ihn gesund gepflegt haben, als sein Kommandant ihn vorletztes Jahr hier zurückgelassen hat.«

»Nein!« Energisch schüttelte Antonella den Kopf. »Ich habe gesehen, wie er dich ansieht. Er liebt dich. Und du liebst ihn, nicht wahr?«

»Ja, das tue ich.«

»Magst du es, wenn er dich küsst? Ich habe euch gesehen, als ihr aus dem Garten gekommen seid.«

Teresas bleiche Wangen färbten sich rot. »Hat man mir etwas angemerkt?«

»Du sahst sehr glücklich aus. Paolo hat mich nur einmal richtig geküsst. Ich mochte es nicht.«

»Ach Antonella.«

»Ich habe gehofft, es würde mir vielleicht gefallen, wenn ich mit ihm verheiratet bin, aber als ich dann gesehen habe, was er mit Anna getan hat ...« Sie zog schaudernd die Schultern hoch. »Ich kann ihn nicht heiraten. Ich laufe hinüber zu

Aminta und frage nach den Briefen. Wenn Mamma nach mir fragt, erzähle ihr, ich hätte mich schlafen gelegt.«

»Ich lenke sie ab.« Lautstark klapperte Teresa die Treppe hinunter. »Antonella hat sich hingelegt. Soll ich dir beim Abendessen helfen, Mamma?«

Auf Strümpfen schlich Antonella hinterher, huschte an der Küchentür vorbei und schloss die Haustür hinter sich. Nico war nicht im Hof, also sah ihr Vater wohl noch mal bei den Schafen nach dem Rechten. Sie schlüpfte in die derben Schuhe und lief los. Inzwischen war es fast dunkel und es nieselte immer noch. Sie hätte eine Laterne für den Heimweg mitnehmen sollen. Vielleicht konnte Aminta ihr eine leihen. Gedämpft klang das Blöken von Schafen zu ihr herüber.

Nach zehn Minuten erreichte sie Amintas Haus. Am Eingang stand eine Laterne. Sie brannte immer in der Nacht, damit jeder, der Hilfe brauchte, das Haus auch in der Dunkelheit fand.

Vor der Tür hielt Antonella inne und atmete tief durch. Wenn sie die weise Frau um Hilfe bat, musste sie ihr auch erzählen, warum sie aus Cerreto fliehen wollte. Sie konnte nur hoffen, dass Aminta sie verstand.

Zaghaft klopfte sie an. Dieses Mal öffnete Aminta selbst. »Guten Abend, Antonella, wolltest du dich nach deinem Patienten erkundigen?«

»Nein«, platzte Antonella heraus. »Ich meine doch, natürlich«, fügte sie hastig hinzu, als Aminta erstaunt die Brauen hob. »Wie geht es ihm?«

»Dem geht es gut. Er wollte sogar heute Abend schon aufbrechen, aber ich konnte ihn überzeugen, dass er bei diesem Wetter im Dunkeln nicht weit kommt.«

Sie lächelte breit und ging voraus in das Zimmer, in dem sie die Kranken behandelte. »Sehen Sie mal, Signore, da möchte sich jemand nach Ihrem Befinden erkundigen.«

Nur mit einer Hose bekleidet, lag er auf einer Pritsche an der hinteren Wand des Raumes. Ein Verband bedeckte seine linke Schulter. Bei Amintas Worten richtete er sich auf und ein Lächeln zog über sein Gesicht. »Antonella! Wie schön. Hast du mit deinen Eltern gesprochen?«

Die Hebamme hielt inne und wandte langsam den Kopf, ihre Nasenflügel blähten sich wie bei einem Tier, das Gefahr witterte. »Antonella?« Ihr Blick brannte auf Antonellas Haut wie die Mittagssonne auf den Bergweiden.

Hitze stieg in ihr Gesicht, ihre Wangen, ihre Ohren, bis ihr ganzer Kopf zu glühen schien. Was dachte sich der Fremde nur? Gar nichts, so schien es. Er saß auf seinem Lager, blickte von ihr zu Aminta und wirkte völlig verblüfft.

Antonella holte tief Luft. »Nein!«, sagte sie hastig zu der Heilerin. »Es ist nicht das, was du denkst.«

Endlich begriff auch der Mann, wie missverständlich seine Worte wirken mussten.

»Nein, ich habe nicht um ihre Hand angehalten. Aber ich habe ihr gesagt, dass ihr zukünftiger Ehemann keine gute Wahl ist.«

Amintas Augenbrauen rutschten bis unter den Rand ihres Kopftuches. »So? Und woher kennen Sie Paolo, Signore?«

Eine leichte Röte färbte sein braun gebranntes Gesicht. »Verzeihung. Ich war voreilig. Das soll Ihnen Antonella besser selbst erzählen. Wenn sie es denn möchte.«

»Möchtest du?«

Antonella nickte.

»Dann setz dich.« Aminta wies auf einen der beiden Stühle, die am Tisch vor dem Fenster standen. »Oder willst du allein mit mir reden?«

»Nein. Signor …« Ihr wurde noch heißer. Sie hatte seinen Namen vergessen.

»Rossi«, warf er mit einem Lächeln ein.

»Signor Rossi war ja dabei. Er hat ... er hat ...« Schon wieder stiegen ihr die Tränen in die Augen. Sie schluckte heftig.

»... das Schlimmste verhindert«, setzte er ihren Satz fort. »Der werte Bräutigam wollte nämlich die Braut schänden.«

Auch für das Erröten gab es wohl eine Grenze und die dürfte ihr Gesicht inzwischen erreicht haben. Sie ließ sich auf den Stuhl sinken und erzählte wieder einmal die ganze Geschichte.

Als sie berichtete, was Paolo ihren Eltern erzählt hatte, flammten die blauen Augen des Fremden in heißer Wut. »Ich hätte ihm die Kehle durchschneiden sollen!«

Aminta zupfte sich am Ohrläppchen. »Was für ein Schlamassel. Paolo war schon immer hinter den Frauen her. Deshalb hat ihm sein Vater diesen Mai die Pistole auf die Brust gesetzt: Er solle sich endlich eine anständige Frau suchen, damit das Rumhuren ein Ende hat, oder er würde ihn enterben.«

Das also war die große Liebe, die Paolo angeblich für sie empfand? Eine Anweisung seines Vaters?

»Meine Eltern werden die Verlobung niemals aufheben. Ich muss fort.«

»Und wohin willst du?«

»Nach Genua. Eine Schwester meiner Mutter arbeitet dort als Dienstmädchen.«

»Oh, wie hast du das erfahren? Dein Großvater hat verboten, jemals wieder ihren Namen zu nennen.«

»Mamma hat es kürzlich erwähnt. Sie sagte, du hättest ihr die Briefe, die ihre Schwester aus Genua geschrieben hat, vorgelesen. Weißt du vielleicht noch, wie die Leute hießen, bei denen sie eine Anstellung gefunden hat?«

Die Hebamme schüttelte den Kopf, doch sie lächelte dabei. »Das weiß ich nicht mehr, aber ich habe ihre Briefe. Rina wollte sie nicht bei sich zu Hause aufbewahren, weil Roberto und dein Großvater so zornig waren. Ich hole sie.«

Sie verließ den Raum. Mit dem Fremden allein zu sein, weckte widerstreitende Gefühle in Antonella. Natürlich war sie ihm sehr dankbar für sein Eingreifen im Wald, doch gleichzeitig schämte sie sich, dass er sie in dieser Situation gesehen hatte. Der prüfende Blick, den er ihr zuwarf, verstärkte noch ihre Verlegenheit. Er sollte sie nicht so ansehen.

»Was ist so schlimm daran, wenn eine Frau nach Genua geht, um dort zu arbeiten?«

»Es gilt als unanständig«, beantwortete sie seine Frage, ohne ihn anzusehen.

»Warum?«

»Anständige Frauen heiraten. Nur die, die keinen Mann finden, gehen fort. Arbeiten als Dienstmädchen in den Städten. Hier sagt man, es wären alle Huren – aber das glaube ich nicht. Nicht jeder Dienstherr ist so wie die Manenti.«

»Wer sind die Manenti?«

»Eine adlige Familie aus Nismozza. Sie – sie vergreifen sich an ihren Dienstmädchen.«

»Nein, nicht jeder ist so. Wenn mein Vater...« Er stockte, wandte den Blick ab und starrte die Wand an.

»Was ist mit Ihrem Vater?«

»Ach, nichts. Er arbeitet auf einem Weingut in der Nähe von Cecina. Er hätte dir vielleicht eine Anstellung besorgen können, aber wir haben uns gestritten.«

»Cecina ist zu nahe, dort könnte Paolo mich finden. Ich muss weiter fort. Nach Genua.«

Wieder dieser prüfende Blick. Eindringlich, nachdenklich. »Wenn du wirklich nach Genua willst...« Er brach ab, als Aminta den Raum betrat, in der Hand ein paar Briefumschläge. »Hier bitte. Drei Stück hat sie geschrieben, den letzten vor zehn Jahren.« Sie reichte Antonella einen der Briefe. »Das ist er.«

Einen Moment drehte Antonella den Brief in den Händen,

dann gab sie ihn Aminta zurück. »Ich kann nicht lesen«, sagte sie sehr leise.

Aminta öffnete den Umschlag, zog ein Stück Papier heraus und überflog es.

»Hier ist die Stelle. Sie schreibt: ›Ich habe inzwischen eine Anstellung als Köchin bei der Familie Pietranera gefunden, die in der Nähe vom Hafen ein vornehmes Haus hat.‹«

Sie ließ den Brief sinken und blickte auf. »Das ist zehn Jahre her. Du kannst nicht wissen, ob sie immer noch dort ist.«

»Aber sie könnte nachfragen«, warf der Fremde ein. »Die Familie gibt es und sie wohnen in der Via San Luca.«

Antonella wandte sich zu ihm um. »Woher wissen Sie das?«

»Ich habe Verwandte in Genua.« Wieder musterte er sie prüfend.

Die Hebamme stemmte die Hände in die Hüften. »Wie willst du denn nach Genua kommen? Zu Fuß?«

»Warum nicht? Die Schäfer gehen zu Fuß bis in die Maremma. Ich könnte in drei Tagen in La Spezia sein. Und von da aus …«

»Grundgütiger!«, unterbrach Aminta sie. »Die Schäfer sind keine Frauen und sie gehen nicht allein. Wo willst du übernachten?«

»In den Bergen werde ich wohl Unterkunft finden, die Menschen hier sind gastfreundlich. Oder ich schlafe in einer der Schäferhütten. Und an der Küste gibt es Herbergen.«

»Die Geld kosten. Hast du welches?«

»Nein, aber ich dachte, ich könnte mir das Geld verdienen. Bei der Olivenernte helfen oder vielleicht ein paar Wochen als Köchin in einer Osteria arbeiten. Andere Frauen sind doch auch irgendwie dorthin gekommen.«

»Und du weißt nicht, was ihnen unterwegs zugestoßen ist. Wenn du für irgendeinen Kerl die Beine breitmachen musst, um Geld für Essen und Unterkunft zu verdienen, kannst du es auch hier für Paolo tun. Da bist du wenigstens versorgt.«

Wild schüttelte Antonella den Kopf. »Niemals. Es ekelt mich vor ihm.«

»Nun denn.« Aminta zuckte mit den Schultern. »Wann willst du los?«

»Sobald wie möglich.«

»Du musst damit rechnen, dass Paolo dich sucht.«

»Wenn ich etwas dazu sagen dürfte …«, warf der Fremde ein. »Ich muss ebenfalls nach Genua. Du könntest mit mir reisen.« Er lächelte. »Ich könnte dich als meine Frau ausgeben. Wenn der Kerl dir folgt, wird er nach einer Frau fragen, nicht nach einem Ehepaar.«

Wortlos starrte sie den Mann an. Ihre Gedanken wirbelten durcheinander wie das Laub der Kastanien, wenn die Herbststürme die Hänge des Monte Ventasso hinabrauschten. In seiner Begleitung würde sie wohl sicher nach Genua kommen, und möglicherweise konnte er ihr sogar helfen, ihre Tante zu finden. Doch konnte sie ihm trauen? Vielleicht wollte er sie nur von ihrem Dorf fortlocken, um sie … Um was zu tun?, fragte sie sich selbst. Er hatte sie vor Paolo gerettet, und wenn er sie missbrauchen wollte, hätte er im Wald Gelegenheit gehabt.

Aber warum wollte er ihr helfen?

Hilfe suchend sah sie zu Aminta. Die hatte ihre dichten schwarzen Brauen zusammengezogen und schien das Gleiche zu denken wie sie. »Warum wollen Sie das tun?«

Er wirkte verwundert und verlegen zugleich. »Warum nicht? Wir haben den gleichen Weg.«

»Aber Sie wissen, dass Antonella kein Geld hat, um Sie zu bezahlen.«

»Ich erwarte keine Bezahlung. Weder Geld noch anderes«, entgegnete er, und jetzt klang deutlicher Ärger in seiner Stimme. »Vielleicht gefällt mir einfach der Gedanke nicht, dass dieser Kerl ihr Gewalt antut. Dort, wo ich aufgewachsen bin, zwingt man seine Liebste nicht ins Bett.«

Amintas Blick glitt anzüglich von seinen langen Beinen über den nackten Oberkörper, auf dem sich die Muskeln und Sehnen deutlich abzeichneten, zu seinem Gesicht. Ihre Mundwinkel hoben sich. »Tatsächlich? So wie Sie aussehen, Signor Rossi, müssen Sie die Damen weder zwingen noch bezahlen«, spottete sie.

»Ich habe auch nicht die Absicht, sie zu verführen«, gab er zurück und wies mit dem Kinn auf Antonella.

Soeben reichte es ihr. »Könnt ihr endlich aufhören, über mich zu reden, als wäre ich nicht da!«, fuhr sie auf. »Ich werde über Ihr großzügiges Angebot nachdenken, Signor Rossi.«

»Ich breche auf, sobald der Morgen graut. Wenn du mit mir kommen willst, musst du dich heimlich aus dem Haus schleichen. Deine Eltern dürfen nichts davon erfahren, bevor wir weit genug fort sind.«

Antonella hob den Kopf und sah ihm ins Gesicht. »Ich bin vielleicht nur ein Bauernmädchen, das nicht lesen und schreiben kann, aber ich bin nicht dumm, Signore.«

Das Blau seiner Augen hatte etwas Hypnotisches, es fing ihren Blick ein und hielt ihn fest.

»Das wollte ich damit nicht sagen. Aber ich weiß, wie schwer es ist, ohne Abschied zu gehen.« Die Trauer in seiner Stimme traf eine wunde Stelle in ihrem Herzen. Hastig wandte sie sich ab.

»Ich muss gehen, bevor sie mich zu Hause vermissen.«

Aminta begleitete sie vor die Haustür.

»Was sagst du? Soll ich sein Angebot annehmen?«, fragte Antonella leise.

»Wenn du fortwillst, ist jetzt die Gelegenheit. Ich bin sicher, er wird nichts tun, was du nicht wünschst. Aber sei auf der Hut, er ist einer, der Wünsche wecken kann.«

»Bei mir nicht. Mir reicht, was ich bei Paolo gesehen habe. Ich kann gut ohne Mann leben.«

In Amintas Lächeln lagen Weisheit und milder Spott. »Geh nach Hause und denke nach, mein Kind. Ich werde den jungen Mann im Stall schlafen lassen, damit ihn niemand sieht.«

Mit der Laterne, die Aminta ihr gegeben hatte, in der Hand ging Antonella langsam durch die Straßen. Ihr Blick wanderte über die aus Stein gebauten Häuser. Manche waren groß und gerade, andere kleiner und krumm und schief vom Alter und aus ihren Mauern wuchs Efeu. Dort hinten, in dem winzigen Holzhaus, dessen Schindeln schon vom Dach fielen, wohnten Lieta und Antonio. Nebel zog vom Fluss und verbarg die Mühle und das Lavatoio, die Stelle, an der die Frauen wuschen. *Wenn ich gehe, sehe ich all das nie wieder.* Wut überrollte sie wie eine Lawine, presste ihre Brust zusammen, nahm ihr den Atem. *Verflucht sollst du sein, Paolo. Deinetwegen muss ich fort, muss meinen Eltern Kummer bereiten und meine Schwestern verlassen.* Hoffentlich holte er sich in der Maremma das Wechselfieber. *Gott vergib mir!* Mechanisch fuhr ihre Rechte zu ihrer Stirn, sie schlug das Kreuz. Das waren sündige Gedanken. Jesus hatte seinen Feinden vergeben, sogar denen, die ihn ans Kreuz geschlagen hatten. Ihr Blick schweifte nach links, wo der Kirchturm zwischen den Häusern emporragte. Sollte sie beichten gehen? Don Vincenzo um Rat fragen? Doch was würde er sagen? Wahrscheinlich das Gleiche wie ihre Eltern. Bestimmt würde er Paolo nicht öffentlich bezichtigen und sich weigern, sie zu trauen. Immerhin spendete die Familie Monari regelmäßig größere Summen und hatte letztes Jahr sogar ein neues Becken für Weihwasser gestiftet. Nein, mit Don Vincenzo konnte sie nicht reden. Aber mit

Francesca. Sie konnte Cerreto unmöglich verlassen, ohne ihrer liebsten Freundin Lebewohl zu sagen.

Sie schlug den Weg zur Osteria ein. Dort angekommen, huschte sie durch den Hintereingang in die Küche.

»Ah, Antonella«, begrüßte Gianna sie. »Du möchtest bestimmt zu Francesca. Sie ist gerade nach oben gegangen.«

Antonella nickte und lief die Treppe hinauf. Da Francesca das einzige Kind der Salas war, hatte sie ein kleines Zimmer ganz für sich alleine. Dort hatten sie schon als Kinder gesessen und sich ihre Geheimnisse anvertraut. Ihre Augen brannten. Dieses würde das letzte Geheimnis sein, das sie mit ihrer Freundin teilte. Leise öffnete sie die Tür. »Francesca?«

»Antonella! Ist etwas passiert? Du bist ganz blass.«

»Ich habe nicht viel Zeit.« So kurz wie möglich erzählte sie Francesca von Paolos Überfall und dem Fremden, der sie gerettet hatte.

Sichtlich schockiert starrte Francesca sie an. »Heilige Muttergottes! Niemals hätte ich gedacht, dass Paolo ein solches Schwein ist. Die Sache mit Anna war schon schlimm. Aber dass er dir Gewalt antun wollte ... Was willst du jetzt machen?«

»Ich muss fort. Ich weiß nun, wie eine Ehe mit diesem Kerl sein wird.«

Francescas Augen weiteten sich. »Du willst Cerreto verlassen? Aber sie können dich doch unmöglich zu dieser Ehe zwingen, wenn sie erfahren, was er getan hat!«

»Niemand wird mir glauben. Paolo wird behaupten, ich hätte ihn verführt. Selbst meine Eltern haben ihm seine Geschichte abgenommen.«

Francesca sprang auf und lief im Zimmer auf und ab. »Es muss eine Möglichkeit geben! Dieser Fremde, der dich beschützt hat, der könnte doch bezeugen, was passiert ist.«

Hilflos hob Antonella die Schultern. »Daran habe ich auch

schon gedacht. Doch wem würde man eher glauben, einem Fremden oder dem Sohn einer angesehenen Familie?«

Tränen glitzerten in Francescas Augen. »Das ist wahr. Wann brichst du auf?«

»Morgen früh. Ich will nach Genua und versuchen, eine Stellung als Köchin zu finden.«

Francesca umarmte sie ungestüm. »So bald schon? Wirst du mir eine Nachricht schicken, wenn du sicher in Genua bist?« Antonella schluckte. Ihre Kehle fühlte sich wund an vom vielen Weinen. »Natürlich. Ich muss los, sie dürfen zu Hause nichts merken.«

»Warte.« Francesca lief zu der Kommode, die unter dem Fenster stand, und holte einen beschriebenen Bogen Papier heraus. »Hier, nimm das mit. Das ist mein Abschiedsgeschenk.«

Ratlos starrte Antonella auf die Buchstaben. »Was ist das?«

»Das Rezept für unsere Cioccolatina. Meine Mutter hat es irgendwann aufschreiben lassen. Vielleicht findest du jemanden, der es dir vorlesen kann.«

»Du gibst mir euer Geheimrezept?«

»Ich kann es auswendig. Und wenn du in Genua als Köchin arbeitest, kannst du es vielleicht brauchen.«

»Danke!« Ihre Stimme versagte.

Francesca schluckte heftig und umarmte sie erneut. »Geh mit Gott!«

Stürmisch erwiderte Antonella ihre Umarmung. »Ich wünsche dir alles Glück der Welt. Und nimm den Bäckersohn. Er ist ein feiner Mensch.«

Sie küsste Francesca, dann huschte sie hinaus.

Es gelang ihr, unbemerkt zurück nach Hause zu kommen.

Die Abendmahlzeit wurde zur Qual. Ihre Mutter strahlte vor Glück, ihr Vater sprach davon, Paolo am nächsten Tag zu

Don Vincenzo zu begleiten, um über die Hochzeit zu sprechen, und Giovanna, ihre süße, unschuldige Schwester, griff nach ihrer Hand und flüsterte: »Ich freu mich so, dass ihr euch wieder vertragen habt. Eine Hochzeit im Herbst kann auch schön sein. Und Teresa und ich werden deine Brautjungfern.«

Fest erwiderte Antonella den Druck. »Danke, Kleines.«

Nur Teresa starrte so finster vor sich hin, dass Rina sie tadelte. »Neidest du deiner Schwester etwa ihr Glück? Das ist sehr unchristlich von dir.«

»Entschuldige«, murmelte Teresa und hob ihre Mundwinkel zu einem missglückten Lächeln.

Antonellas Wangenmuskeln schmerzten von der Anstrengung, ihre Gesichtszüge unter Kontrolle zu halten. Sie hätte weinen mögen bei dem Gedanken, dass dies ihre letzte Mahlzeit mit ihrer Familie sein sollte.

Endlich war auch das vorbei. Rina erhob sich. »Legt euch hin, Mädchen, den Abwasch erledige ich.«

Als Giovanna eingeschlafen war, packte Antonella ein Bündel. Zwei Paar Wollsocken, lange Hosen, wie sie die Frauen im Dorf in den kalten Wintern unter den Röcken trugen, eine Bluse und einen Schal, den sie im Frühling gestrickt hatte.

Nach kurzem Überlegen packte sie ihr Sonntagskleid aus leichter Baumwolle dazu. Wenn sie bei vornehmen Herrschaften Arbeit suchte, konnte sie nicht in den groben Bauernkleidern vorsprechen. Vom Bett aus beobachtete Teresa ihr Tun. »Du gehst also wirklich fort«, flüsterte sie.

Antonella nickte. »Morgen früh. Du darfst niemandem von dem Fremden erzählen, hörst du. Er bringt mich nach Genua.«

»Aber du weißt doch gar nichts über ihn. Vielleicht ist er ein Brigant, der dich hier fortlocken will.«

»Das glaube ich nicht. Er sagte, sein Vater arbeitet auf einem Weingut in der Toskana.«

»Sagen kann man vieles.« Selten zuvor hatte Teresas Stimme so verzagt geklungen. »Du wirst mir fehlen.«

»Ach Teresa!« Sie ließ den Unterrock fallen, den sie gerade einpacken wollte, und umarmte die Schwester. »Du wirst mir auch fehlen.«

12. KAPITEL

Es war noch dunkel, als Antonella aufwachte. Das Kreischen der Faraonas drang aus dem Hühnerstall, von ferne hörte sie das Blöken von Schafen und irgendwo schrie ein Esel. Leise erhob sie sich und schlich aus dem Zimmer. Teresa folgte ihr mit dem gepackten Bündel in der Hand. Während Antonella in die Küche ging, stellte Teresa das Bündel unauffällig neben die Haustür.

Ihr Vater saß am Küchentisch und wischte mit einem Stück Brot seinen Teller sauber. Es roch nach Rührei und Schweinespeck.

»Guten Morgen, Vater«, begrüßte Antonella ihn. »Wann sprichst du mit Don Vincenzo?«

»Kannst es nicht erwarten, was?« Lächelnd erhob er sich und griff nach seinem Schäferstab, der in der Ecke des Raumes stand. »Heute Nachmittag. Erst muss ich nach den Schafen sehen.« Im Vorbeigehen kniff er sie in die Wange. »Ein wenig werdet ihr zwei noch warten müssen.« Er öffnete die Haustür und pfiff nach Nico.

Rina warf ihr und Teresa einen prüfenden Blick zu. »Ihr seid früh auf?«

»Ich würde gerne heute zur Beichte gehen. Direkt nach der Frühmesse«, erklärte Antonella.

»Ach deshalb. Das ist eine gute Idee. Dann kannst du Don Vincenzo gleich sagen, dass dein Vater mit ihm reden will. Setzt euch.« Auf dem Tisch standen Brot, Käse und ein Krug mit Ziegenmilch. Antonella zwang sich zum Essen. Es konnte länger dauern, bis sie die nächste Mahlzeit bekam. Schließlich stand sie auf.

»Nach der Beichte gehe ich noch mal in den Wald zum Holzsammeln.« Damit hatte sie genug Zeit, ehe man sie vermisste und suchte, hoffte sie.

»Ich gehe die Hühner füttern.« Teresa folgte ihr nach draußen.

Sie umarmten sich nicht, sondern sahen sich nur an.

»Pass auf dich auf«, sagte Teresa, ihre Stimme klang belegt.

Antonella schluckte. »Sobald sie mich vermissen, erzählst du den Eltern die Wahrheit. Vater soll meine Mitgift nehmen, um die Schulden bei Monari zu bezahlen. Lass nicht zu, dass sie Giovanna an diesen Kerl verschachern. Ich schicke eine Nachricht aus Genua.«

Ohne sich noch einmal umzudrehen, griff sie nach ihrem Bündel und verließ den Hof.

Dichter Nebel waberte durch die Straßen, dämpfte das Geräusch ihrer Schritte und verbarg Amintas Haus zwischen den Bäumen. Auf ihr Klopfen öffnete die Hebamme.

»Er wartet an der Weggabelung nach Cervarezza auf dich«, sagte sie nur und schloss leise die Tür wieder.

Tief atmete Antonella auf, warf einen letzten Blick in Richtung Cerreto. Der Nebel verdeckte die Häuser, sie konnte nur die Umrisse erahnen.

»Lebt wohl, ihr alle«, flüsterte sie. Entschlossen wandte sie sich ab und schlug den Weg nach Cervarezza ein. Es war still im Wald, das einzige Geräusch war das Rascheln des Laubes um ihre Füße. Der Weg schien ins Nichts zu führen, so dicht hing der Nebel zwischen den Bäumen. Erleichtert erkannte sie schließlich die Umrisse eines Pferdes und eines Mannes.

»Wer ist da?«, drang die schon bekannte melodische Stimme des Fremden an ihr Ohr.

»Ich bin es, Antonella.«

Mit dem Pferd am Zügel kam Signor Rossi ihr entgegen. »Du bist eine sehr mutige junge Frau.«

Sie verriet ihm nicht, dass sie die letzte Nacht darüber nachgedacht hatte, dass ihr eigentlich nichts Schlimmeres passieren konnte, als in Paolos Bett gezwungen zu werden. Selbst wenn dieser Fremde ihr Gewalt antäte, würde sie ihm niemals so ausgeliefert sein wie einem Ehemann. Vor Signor Rossi konnte sie jederzeit davonlaufen, vor Paolo nicht.

Lächelnd überreichte er ihr drei Umschläge. »Das soll ich dir von Aminta geben. Die Briefe deiner Tante. Sie meinte, du könntest sie vielleicht in Genua brauchen.«

»Danke.« Sie steckte die Briefe in ihr Bündel.

»Wir sollten möglichst schnell fort von hier«, sagte er und verstaute ihr Bündel in einer Satteltasche. »Du reitest.«

Entgeistert sah sie ihn an. »Aber ich kann nicht reiten.«

»Das macht nichts. Ich führe ihn. Komm, steig auf.«

Sie sah von ihm zum Pferd. Es wirkte riesenhaft, und der Steigbügel schien in unerreichbarer Höhe zu hängen.

Er verschränkte seine Hände und bückte sich leicht. »Setz den linken Fuß in meine Hände.«

Zögernd folgte sie seiner Anweisung und kletterte mit seiner Hilfe in den Sattel. Ihr Rock schob sich bis über die Knie, sie mühte sich ab, um ihn wieder herunterzuziehen. Er verstellte die Länge der Steigbügel und zeigte ihr, wie sie die Füße hineinschieben sollte, dann griff er nach den Zügeln. Sie blickte sich um. Wie hoch sie plötzlich saß.

Der Mann beachtete sie nicht weiter, sondern marschierte los. Er ging ziemlich schnell. Die ungewohnte Höhe und die schaukelnden Bewegungen des Pferdes verursachten ihr Schwindel. Das glatte Leder des Sattels bot keinen Halt. Krampfhaft krallte sie ihre Hände in die Mähne des Pferdes und spannte die Muskeln an. Gleich würde sie fallen. Ihr Atem ging schnell. »Signor Rossi, bitte ...«

Er wandte den Kopf. »Marco. Wenn wir uns als Ehepaar ausgeben, musst du mich Marco nennen, nicht Signor Rossi.«

»M – Marco.« Der Name ging ihr nur schwer über die Lippen. »Ich würde lieber laufen.«

Sein Blick wanderte von ihrem Gesicht über ihre hochgezogenen Schultern zu ihren Händen, die in der Mähne des Pferdes verkrallt waren. »Hast du Angst vor Pferden?«

»Nein, aber ich fürchte, ich falle.«

Er lächelte und hielt das Pferd an. »Nicht im Schritt. Setz dich gerade, nicht nach vorne beugen. Und jetzt atme tief durch und lass die Mähne los.«

Gehorsam folgte sie seinen Anweisungen.

»Ich gehe erst einmal langsam. Nicht nach unten sehen. Schau zwischen den Ohren durch nach vorne.« Er zeigte auf die gespitzten Ohren des Pferdes und lief wieder los.

Er ging mit gleichmäßigen, federnden Schritten wie jemand, der das Laufen gewöhnt war. Nachdenklich starrte Antonella auf das zum Zopf gebundene schwarze Haar. Einzelne Locken hatten sich gelöst und ringelten sich seinen Nacken entlang. Er trug den Kopf erhoben, hielt sich sehr aufrecht. Sein Profil zeigte ein festes, wohlgeformtes Kinn, eine leicht gebogene Nase, wie sie den Römern zugesprochen wurde und schön geschwungene Lippen. Wie der Sohn eines Landarbeiters wirkte er nicht gerade, eher stolz, fast ein wenig überheblich.

Als spüre er ihren Blick, wandte er den Kopf. Ein Lächeln vertrieb den hochmütigen Gesichtsausdruck, ließ ihn jung wirken. Er hatte keine Grübchen. Schüchtern erwiderte sie sein Lächeln.

Plötzlich erschien ihr der Sattel gar nicht mehr so glatt, die Bewegungen des Pferdes nicht mehr so ungewohnt.

Kurze Zeit später wagte sie es, sich umzusehen. Sie hatten schon ein gutes Stück des Wegs zurückgelegt. Bald würden sie den nächsten größeren Ort, Montoduro, erreicht haben.

»Warum gehen wir nicht den kurzen Weg über La Spezia und dann die Küste entlang?«, wandte sie sich an den Mann.

»Wenn sie in deinem Dorf wissen, dass du nach Genua willst, werden sie in dieser Richtung suchen. Deshalb möchte ich lieber über die Berge gehen. Ich hoffe, dass wir vor Einbruch der Nacht in Ranzano sind.«

Plötzlich wurde es hell. Der Nebel um sie herum schien zu leuchten. Der Mann blieb so unerwartet stehen, dass sein Pferd unwillig den Kopf schüttelte. »Was ist das?«

Antonella legte den Kopf in den Nacken und sah hinauf zu den Baumwipfeln. »Die Sonne. Um diese Jahreszeit kommt sie erst spät über die Berge. Wenn sie überhaupt durch die Wolken kommt. In einer halben Stunde wird der Nebel verschwunden sein.«

Staunend blickte er sich um. »Das ist wunderschön.«

»Wenn ich im Sommer die Ziegen melken gehe, warte ich manchmal, bis die Sonne über den Bergen aufgeht. Es ist zwar schon hell, aber die Sonne sieht man noch nicht. Und dann fangen die Ränder der Bergkämme im Osten an zu leuchten, als wären sie aus purem Gold. Erst ist es nur ein schmaler Rand, doch er wird immer breiter und leuchtet immer heller. Bis dann die Sonne aufgeht.« Ihre Stimme brach. Verstohlen wischte sie sich die Tränen aus den Augenwinkeln, doch er bemerkte es. »Warum weinst du?«

Sie schluckte. »Ich werde es nie wiedersehen. Ich werde nie wieder bei der Kastanie am Ziegenstall stehen und auf den

Sonnenaufgang warten. Ich werde niemals mehr die Nebel am Monte Ventasso aufsteigen sehen, von denen die Alten sagen, dass in ihnen die Feen tanzen.«

Der Mann nickte, ruckte leicht am Zügel und ging wieder los. Nach ein paar Minuten begann er zu sprechen. »In meiner Heimat taucht die untergehende Sonne die Ebene in rosafarbenes Licht, während die Hügel schon von der Nacht berührt werden. Die Zikaden hören endlich auf zu lärmen und die kleinen Grillen zirpen ihr Nachtlied. In lauen Mainächten bringen Tausende von Glühwürmchen die Gräben und Hecken entlang der Wege zum Leuchten. Sie blinken so hell, dass sie selbst die Sterne überstrahlen. Und später singen die Nachtigallen – die ganze Nacht hindurch.« Seine Stimme hatte ihren Wohlklang verloren, sie war heiser vor Sehnsucht.

»Du kannst auch nicht zurück?«, flüsterte sie.

Er wandte den Kopf und ihre Blicke trafen sich. Sie verlor sich in den blauen Tiefen, die so ganz anders waren als Paolos schwarze Augen.

»Vielleicht später einmal, wenn ich mein Ziel erreicht habe. Und wenn du dein Ziel erreicht hast, und du wirst es erreichen, dann kannst du auch heimkehren. Dann kann dir dieser Mann nichts mehr anhaben.«

»Glaubst du das wirklich?«

Er nickte. »Ja. Ich bringe dich nach Genua. Warst du schon mal am Meer?«

Stumm schüttelte sie den Kopf.

»Ich glaube, es wird dir gefallen.«

»Ich weiß nicht. Ich habe gehört, das Meer wäre wie eine Einöde, man kann das Ende nicht sehen.«

Sein Lächeln wirkte immer ein wenig schief. Wie sie inzwischen gemerkt hatte, lag es daran, dass er den rechten Mundwinkel höherzog als den linken.

»Das Ende sieht man wirklich nicht, aber es hat nichts von einer Wüste. Wenn du von den Bergen aus auf das Meer blickst, siehst du jede Art von Blau, die du dir überhaupt vorstellen kannst. Am Strand ist das Meer hellblau und manchmal finden sich bernsteinfarbene Streifen darin. Etwas weiter draußen schimmert es türkis und in der Ferne wird es dunkelblau wie der Nachthimmel. Meistens liegt der Horizont im Dunst und du kannst gar nicht erkennen, wo die Erde aufhört und der Himmel anfängt.«

Noch niemals hatte sie einen Mann so reden hören wie ihn über seine Heimat und jetzt über das Meer. Die Leute im Dorf sprachen über pragmatische Dinge. Auf welchen Weiden das beste Gras für die Schafe wuchs. Wie sich der Regen im Sommer auf Obst und Gemüse und im Herbst auf die Kastanienernte auswirken würde. Die Sonne schien entweder zu oft oder zu selten, aber niemand hatte jemals über die Farbe ihres Lichts geredet.

13. KAPITEL

Schweigend setzten sie ihren Marsch fort, bis sie an ein Gebäude kamen, aus dessen Dach leichter Rauch aufstieg. Der Mann hielt das Pferd an. »Ein Haus mitten im Wald?«

»Kein Haus. Ein Metato. Darin werden Kastanien getrocknet, bis man sie schälen und zu Mehl verarbeiten kann. Dieser gehört zu Monteduro. Wir sind ganz in der Nähe.«

Das schien ihm nicht zu gefallen, er runzelte die Stirn. »Kann man es umgehen?«

»Warum?« Sie hatte sich auf eine Rast gefreut, denn inzwischen schmerzten ihre Beinmuskeln von dem ungewohnten Sitzen auf dem Pferd.

»Ich möchte lieber noch nicht gesehen werden. Wenn deine

Leute dich suchen, werden sie in den Nachbardörfern fragen. Es kommen sicher nicht oft Fremde zu Pferd hier durch.«

»So selten auch nicht. Dieses ist der Hauptweg von Lucca nach Modena. Erst kürzlich ist ein Trupp Carabinieri hier durchgekommen. Der Verlobte meiner Schwester gehört zu ihnen.«

»Der Verlobte deiner Schwester ist ein Carabiniere?« Verblüfft starrte er sie an.

»Ja. Warum erstaunt dich das?«

Er schwieg eine Weile, als müsse er über diese Frage länger nachdenken. »Bei uns heiraten die meisten Leute innerhalb eines Dorfes oder jemanden aus dem Nachbardorf. Ich dachte, bei euch sei das genauso.«

»Im Grunde ist es auch so. Manchmal kommt es vor, dass einer der jungen Männer eine Braut aus der Maremma mitbringt. Die haben es allerdings nicht einfach bei uns.«

»Das kann ich mir gut vorstellen.« Er lachte leise. »Und der Verlobte deiner Schwester, kommt er aus eurem Dorf und hat Karriere gemacht?«

»Nein. Er war vor zwei Jahren im Herbst mit seiner Truppe hier unterwegs. Sein Pferd glitt aus, stürzte schwer und er geriet irgendwie darunter. Er brach sich ein Bein und mehrere Rippen. Sein Kommandant brachte ihn zu uns ins Dorf.« Sie lächelte bei der Erinnerung. »Fremden gegenüber ist man bei uns eher misstrauisch, doch meine Eltern erklärten sich bereit, ihn aufzunehmen, bis seine Wunden geheilt waren und er wieder reiten konnte. Es dauerte lange, denn der Beinbruch war kompliziert. Meine Schwester hat sich um ihn gekümmert und sie haben sich verliebt. Nächstes Jahr hat er endlich genug Geld, um zu heiraten. Sie wollen in Modena leben, da ist er stationiert.«

»Eine schöne Geschichte. War er hier, um deine Schwester zu besuchen?«

»Nein. Sein Trupp hat wohl ein paar Banditen verfolgt. Tommaso erzählte etwas von einer Verschwörung gegen den Herzog von Modena.«

»Eine Verschwörung. Interessant. Wenn dies der Hauptweg ist nach Modena, sollten wir ihn besser vermeiden, um nicht gesehen zu werden. Lieber mache ich einen Umweg.«

Antonella dachte nach. Letztes Jahr hatte sie ihre Eltern zum Markt nach Castelnovo begleitet. Bei der Gelegenheit hatte ihr Vater ihr einiges über die Gegend und die Wege erzählt. »Es gibt noch einen anderen Weg nach Ranzano, aber er wird nur selten benutzt. Wir müssen hinter dem Metato links abbiegen.«

»Gut.« Er beschleunigte seinen Schritt, Antonella rutschte unbehaglich auf dem Sattel herum. Mittlerweile schmerzten nicht nur ihre Beinmuskeln, sondern auch der Hintern tat ihr weh. Aber sie scheute sich, ihn um eine Rast zu bitten.

Doch er bemerkte ihre Unruhe. »Es tut mir leid. Du bist das Reiten nicht gewohnt. Möchtest du lieber ein Stück laufen? Rast wollte ich erst machen, wenn wir weiter von Cerreto fort sind.«

»Ja, ich laufe lieber.«

Dankbar ließ sie sich von ihm vom Pferd helfen. Ihre Beine fühlten sich merkwürdig an. Wabbelig wie Panna Cotta. Langsam ging sie die ersten Schritte, bis sie das Gefühl hatte, nicht mehr breitbeinig zu laufen. Sie marschierten rasch und schweigend, er mit dem Pferd am Zügel vorneweg, Antonella hinterher. Der Weg führte sanft bergab, er war schmal, aber überraschend gut erhalten. Es gab kaum querliegende Äste. Die Sonne hatte den Nebel aufgelöst, sie wärmte Antonellas Schultern und tupfte helle Flecken auf den Waldboden, doch ihr Licht verblasste bereits wieder. Bald würde sie hinter den Gipfeln versinken.

Sie wusste nicht, wie lange sie schon unterwegs waren, bestimmt mehrere Stunden, als der Mann an einer Lichtung anhielt. »Hier rasten wir.«

Er schlang die Zügel um einen Ast, entschuldigte sich und ging ein Stück vom Weg fort.

Antonella schlug den Weg in die entgegengesetzte Richtung ein und hockte sich hinter einen Baum, um sich zu erleichtern. Als sie ihre Kleider wieder geordnet hatte und zurückkehrte, schnitt er gerade dicke Scheiben von einem Laib Käse. »Eure Heilerin hat ihn mir verkauft«, sagte er und reichte ihr Stücke von Brot und Käse. »Er ist gut. Macht ihr ihn selbst?«

Antonella nickte. »Pane del Pastore, das Brot des Schäfers. So nennen wir ihn.«

Sie legte ihren Umhang auf den Waldboden und setzte sich darauf. Mit der Feldflasche in der einen und dem Brot in der anderen Hand ließ er sich neben ihr nieder. »Lange können wir nicht bleiben. Es ist schon nach Mittag und ich wollte Ranzano noch vor Einbruch der Dunkelheit erreichen.«

So aßen sie schnell, bevor sie sich wieder auf den Weg machten. Antonella lehnte dankend ab, als er ihr anbot, ihr wieder auf das Pferd zu helfen.

Nach einer halben Stunde erweiterte sich der Weg und gab den Blick auf die verfallenen Mauern eines Hauses frei. Unwillkürlich gingen sie langsamer. Hinter dem ersten Haus standen weitere Ruinen. Sie waren schon älter und offensichtlich gewaltsam zerstört worden, ganze Wände waren eingerissen und viele Mauern wiesen Brandspuren auf. Eine beängstigende Stille lag über dem Ort. Kein Huhn gackerte, nirgends hörte man Schafe blöken oder das Meckern von Ziegen. Der Mann sah sich misstrauisch um. »Du hast mir nicht gesagt, dass ein Dorf auf diesem Weg liegt.«

»Ich wusste es nicht. Es scheint schon lange verlassen zu sein. Sieh doch.« Sie wies auf den Dorfplatz.

Auch dort gab es nur Zerstörung. Keines der Häuser war verschont. Am anderen Ende des Platzes stand eine Kirche.

Vorsichtig näherten sie sich. Die Türe und alle Fenster waren eingeschlagen. Im Inneren musste ein gewaltiges Feuer gewütet haben, die Bänke waren völlig verbrannt, vom Altar erkannte man nur rußgeschwärzte Überreste.

»Was ist hier nur geschehen?«, murmelte Marco.

Gänsehaut breitete sich von Antonellas Nacken über ihren Rücken aus, ihre Kopfhaut prickelte. Sie packte den Mann am Arm. »Lass uns schnell weggehen.«

»Warum?«

»Ich glaube, ich weiß, wo wir hier sind. Bitte, wir müssen fort.« Sie versuchte, ihn vorwärtszuziehen. Auf keinen Fall wollte sie die Dämmerung in diesem geisterhaften Dorf erleben.

Doch statt schneller zu gehen, blieb er stehen und lauschte. »Scheinbar ist es nicht ganz verlassen. Ich höre Stimmen.«

Entsetzt hielt sie die Luft an. »Das sind die Geister.«

Ein ungläubiges Lächeln huschte über sein Gesicht, doch er wurde sofort wieder ernst, als er sie anblickte. »Glaubst du das wirklich?«

So genau wusste sie das auch nicht. Es war eine der vielen Geschichten, die an den langen Winterabenden erzählt wurden, wenn der Schnee meterhoch lag, und der Wind, der um die Häuser pfiff, das Heulen der Wölfe mit sich brachte.

Plötzlich ertönte ein Wiehern und kurz darauf das Stampfen von Pferdehufen.

Der Mann fuhr herum. »Das sind keine Geister«, sagte er. »Komm.«

Sie hasteten um eine der Ruinen herum in eine kleine Gasse. Dort hielt er das Pferd an. Die Hufschläge kamen näher.

»Vielleicht Reisende«, flüsterte Antonella.

Er schüttelte den Kopf und lauschte.

»Es klingt nach vielen Reitern.« Seine Stimme klang angespannt. »Das sind keine Reisenden. Vielleicht ein Trupp Carabinieri.«

Die Stimmen wurden lauter, Rufe und lautes Gelächter ertönten. Der Mann neben ihr atmete auf. »Zu laut für Carabinieri.«

An die Hauswand gedrückt, spähten sie auf die Straße, als der Trupp vorbeiritt. Es waren eindeutig keine Carabinieri. Ihre Kleidung war bunt zusammengewürfelt, manche trugen mit Fasanenfedern geschmückte Hüte, andere einfache Kappen. Die meisten Gesichter wurden von Bärten fast verdeckt, nur der Mann an der Spitze trug einen imposanten Schnurrbart. Aber alle waren bewaffnet. Antonella entdeckte Musketen, Säbel und Pistolen an den Sätteln.

Eines der Pferde wandte den Kopf in ihre Richtung und wieherte. Hastig legte Marco Rinaldo die Hand über die Nüstern. Unwillkürlich hielt Antonella die Luft an, als der Reiter sein Pferd zügelte und mit zusammengekniffenen Augen in die Gasse spähte. Sie hatten Glück, dass sie im Schatten der Hauswand standen, er schien sie nicht zu sehen. Schließlich zuckte er die Schultern und ritt weiter.

Endlich war der Trupp vorbei.

»Wer sind die?«, fragte Antonella.

Marco runzelte die Stirn. »Vermutlich Briganten.«

»Briganten!« Plötzlich erschien ihr der Gedanke an Geister weit weniger furchterregend als vorhin auf dem Marktplatz. Briganten. Banden von Gesetzlosen, die normalerweise weiter südlich ihr Unwesen trieben. Sie überfielen mit Vorliebe die Kutschen reicher Reisender, aber ab und zu plünderten sie auch Dörfer, töteten die Männer und vergewaltigten die Frauen, ehe sie alles niederbrannten. Ihre Brust wurde eng vor Angst. »Wir müssen fort von hier!«

»Warte!« Der Mann legte ihr die Hand auf den Arm.

»Wenn sie nur durchreiten, warten wir einfach, bis sie weg sind. Aber wenn sie ihr Lager hier aufgeschlagen haben, haben sie mit Sicherheit Wachposten an der Straße aufgestellt. Und dann ...« Er sprach nicht weiter. Antonella begriff. Es gab nur diese eine Straße durch das Dorf.

Er drückte ihr Rinaldos Zügel in die Hand. »Ich gehe nachsehen. Halte ihn gut fest.«

Schnell und geschmeidig huschte er zwischen den Mauern hindurch und verschwand aus ihrem Blickfeld. Bebend drückte sie sich an die Hauswand und sprach ein Gebet. Hoffentlich waren die Briganten fort. Wenn ihm etwas zustieß, war sie auf sich allein gestellt. Sie würde es niemals schaffen, diesen Männern zu entkommen. Angestrengt lauschte sie. Waren das Stimmen, die sie hörte, oder nur das leise Rauschen des Windes. Wie lange war Marco nun schon fort? Sie hatte keinerlei Zeitgefühl mehr. Endlich kehrte er zurück, doch sein Gesichtsausdruck verstärkte noch ihre Angst.

»Sie lagern hier. Es gibt Wachen an beiden Ortsausgängen. Wir gehen dort entlang.« Er deutete auf eine schmale Gasse, die in Richtung Wald führte. »Vielleicht können wir ungesehen durch den Wald entkommen.« Sein Gesicht wirkte sehr konzentriert, aber nicht ängstlich, als er ihr bedeutete, sich dicht hinter ihm zu halten.

Noch nie war ihr der Hufschlag des Pferdes auf dem Lehmboden so laut vorgekommen. Es schien unmöglich, dass die Briganten ihn nicht auch hörten. Doch die Stimmen blieben, wo sie waren. Niemand verfolgte sie. Nach endlos erscheinenden Minuten erreichten sie den Waldrand. Sie tat einen tiefen Atemzug.

Im gleichen Augenblick griff ihr jemand von hinten ins Haar und eine Hand legte sich über ihren Mund.

»Ei, ei, wen haben wir denn da? Ich wusste doch, dass ich in der Gasse jemanden gesehen habe. Wolltet ihr spionieren?«

»Nein.« Marcos Stimme klang überraschend ruhig. »Wir sind keine Spione, wir sind Reisende und wir haben auch nichts von Wert bei uns.«

»Na, das würde ich nicht sagen. Dein Pferd sieht viel besser aus als unsere alten Gäule, und das Täubchen hier wird uns den Abend versüßen.«

Sie wollte schreien, brachte aber nur ein entsetztes Stöhnen heraus. Ihre Knie gaben nach, sie sackte zusammen. Der Brigant riss sie an den Haaren nach oben.

Marco trat einen Schritt zurück. »Wenn du mein Pferd haben willst, musst du es dir holen.«

»Keine Sorge, das tue ich. Aber erst erledige ich dich.«

Lachend versetzte der Mann Antonella einen Stoß, der sie zu Boden taumeln ließ. Dann griff er zu der Pistole, die er am Gürtel trug. Doch noch bevor er sie gezogen hatte, sprang Marco vor. Metall blitzte in der Sonne. Der Brigant riss die Augen auf, seine Hände fuhren zu seiner Kehle. Sein Mund schnappte auf und zu wie der eines Fisches, doch das einzige Geräusch, das er hervorbrachte, war ein schreckliches Blubbern. Blut schoss pulsierend unter seinen Händen hervor. Er brach in die Knie.

Marco wischte das Messer mit nassem Laub ab und steckte es zurück in die Scheide an seinem Gürtel. Danach griff er nach Antonellas Arm, zog sie auf die Beine und zu seinem Pferd. Dort drückte er ihr die Zügel in die Hand. »Festhalten.« Er riss ein Hemd aus der Satteltasche. »Schnell. Führ Rinaldo in den Wald. Warte dort auf mich.«

Er lief zurück zu dem Briganten. Sie schauderte, als sie sah, wie er das Hemd um Kopf und Hals des Mannes wickelte, ihn dann an den noch zuckenden Füßen packte und ihn vom Weg fort hinter einen Busch schleifte. Anschließend bedeckte er die Blutspuren auf dem Boden mit Laub. Rasch wandte sie sich ab und zog das Pferd mit sich zwischen die Bäume.

Marco folgte ihr sofort. »Gib mir deinen Umhang.«

Ihr würde kalt werden ohne den Umhang, aber sie wagte nicht zu widersprechen. Er hatte soeben einen Menschen getötet, doch sein Gesicht zeigte keine Angst oder Aufregung, nur kalte Entschlossenheit. Die Lippen fest zusammengepresst, rollte er den Umhang zusammen und legte ihn hinter den Sattel, so dass er ein Polster bildete. Dann stieg er auf und lenkte das Pferd zu einem umgefallenen Baum.

»Los, klettere auf den Baum und steig hinter mir auf.«

Es war nicht einfach, ihr Rock behinderte sie, doch er streckte ihr die Hand entgegen und zog sie hoch.

»Festhalten«, kommandierte er. Zögernd legte sie die Hände auf seine Hüften.

»Nein, richtig. Schling die Arme um mich.«

Sie musste sich an ihn lehnen, um das zu tun.

»Gut.« Ein Ruck ging durch seinen Körper und das Pferd trabte an.

Antonella wurde entsetzlich durchgeschüttelt. Angstvoll klammerte sie sich an den Mann vor sich. Im Trab ging es zwischen den Bäumen hindurch, an dem verfallenen Dorf vorbei, bis sie endlich den Weg erreichten.

Marco beugte sich ein wenig vor, sie spürte, wie er die Muskeln anspannte und das Pferd wechselte vom Trab in den Galopp. Das Tempo nahm ihr den Atem, doch sie wurde weniger geschüttelt als vorher. Nach einiger Zeit folgte sie den Bewegungen des Mannes und des Pferdes und fühlte sich sicherer.

Die Sonne war bereits hinter den Berggipfeln versunken, als Marco endlich das Pferd zügelte und nach ein paar Schritten anhielt. Er schwang ein Bein über den Hals des Tieres und sprang aus dem Sattel, dann half er Antonella beim Absteigen. Anders als das letzte Mal ließ er sie nicht sofort los, sondern zog sie an sich und hielt sie fest. Zitternd lehnte sie sich an seine Brust. Unter ihrer Wange fühlte sie sein Herz viel zu schnell schlagen. Offenbar war er doch nicht so kaltblütig, wie sie geglaubt hatte. Ein wenig erleichterte sie diese Erkenntnis. Immer noch sah sie sein entschlossenes Gesicht vor sich, die Schnelligkeit, mit der er den Briganten getötet hatte. Niemals war dieser Mann ein einfacher Bauernsohn. Doch was war er dann? Sie hob den Kopf und suchte seinen Blick. »Wer bist du?«

Zu ihrer Überraschung wandte er die Augen ab. »Wie meinst du das?«

»Du bist kein Bauer.«

»Ich habe nie gesagt, dass ich einer bin.«

»Du hast gar nichts gesagt. Nur dass dein Vater auf einem Weingut arbeitet. Ich weiß überhaupt nichts über dich. Wie kann es sein, dass du einen Menschen so schnell töten kannst?«

Seufzend ließ er sie los. »Ich hatte einen Freund, der in den Gassen von Neapel aufgewachsen ist. Er brachte mir bei, wie man mit dem Messer kämpft.«

Fast bedächtig zog er den Dolch aus der Scheide und betrachtete ihn. »Mein Vater sah es gar nicht gern. Nun, ohne Lucianos Unterricht wäre ich jetzt tot und du in den Händen dieser Banditen.«

Er steckte ihn zurück und sah auf. »Da vorne sind Häuser. Das muss Ranzano sein. Wir suchen uns besser eine Unterkunft für die Nacht.«

Nachdenklich schritt sie neben ihm die Straße entlang. »Marco …«

»Ja?«

»Musstest du ihn unbedingt töten? Hätte es nicht gereicht, ihn zu betäuben oder zu fesseln?«

Das Pferd warf den Kopf hoch, so plötzlich blieb er stehen und fuhr zu ihr herum.

»Viel Zeit zum Überlegen blieb mir nicht. Er hatte eine Pistole. Und außerdem, sobald er wieder zu sich gekommen wäre, hätte er seinen Kumpanen genau beschrieben, nach wem sie suchen müssen. So bleibt uns die Hoffnung, dass es ein paar Stunden oder gar Tage dauert, bis sie ihn finden. Und dann wissen sie nicht, wer ihn getötet hat.«

Sie grub die Zähne in ihre Unterlippe. Kein Zweifel, er hatte recht, und wenn sie daran dachte, welches Schicksal ihr geblüht hätte, war sie auch nicht besonders traurig über den Tod des Briganten. Trotzdem verfolgte sie das Bild des Mannes, aus dessen Kehle das Blut sprudelte.

14. KAPITEL

Sie hatten Glück, das Dorf erwies sich größer als erwartet. Hier gab es nicht nur eine Osteria, sondern auch einen Gasthof. Zielstrebig steuerte der Mann auf den teureren Gasthof zu. Auch das passte nicht zu dem Bild, welches Antonella von ihm hatte. Doch inzwischen war sie zu müde und zu hungrig, um sich Gedanken zu machen.

Marco band das Pferd vor der Schenke an und hielt ihr die Türe auf. Zögernd betrat sie den Raum.

Die langen Bänke waren fast alle leer, nur an einer saßen drei alte Männer, die bei ihrem Eintreten die Köpfe hoben und sie stumm anstarrten. Hinter der Theke stand eine kräftige Frau mittleren Alters. Ihr Blick glitt abschätzend über Antonella und wanderte weiter zu Marco, der nach ihr die Schankstube betrat.

Anscheinend hatte ihre Musterung ergeben, dass es sich um zahlungskräftige Gäste handelte, denn ihr Gesicht hellte sich auf. Sie strich ihre Schürze glatt und kam um die Theke herum.

»Guten Abend, die Herrschaften. Was kann ich für euch beiden Hübschen tun?«

Marco lächelte sie an. »Wir brauchen etwas Warmes zu essen, ein sauberes Zimmer für die Nacht und einen Unterstand oder Stall und Futter für mein Pferd.«

»Meine Zimmer sind sauber«, verkündete sie und warf den Kopf in den Nacken. »Da können Sie jeden im Dorf fragen. Bei Concetta gibt es keine Flöhe und keine Wanzen.«

»Und was kostet es?«

»Zehn Zechinen.«

Er zog die Augenbrauen hoch. »Das ist nicht billig. Dafür erwarte ich frisch bezogene Betten.«

»Aber sicher, Signore.«

Sie wartete nicht auf Antwort, sondern marschierte zu einer der Bänke an der Wand. Jetzt erst entdeckte Antonella, dass der Haufen Lumpen auf der Bank ein Junge war, der sich darauf ausgestreckt hatte, wohl um ein Schläfchen zu halten. Die Wirtin knuffte ihn in die Seite. »Eh, Luigi! Wach auf, du Faulpelz, bring das Pferd des Herrn in den Stall und füttere es.«

Luigi richtete sich auf und rieb sich die Augen. »Hä?«

»Was heißt hier »hä«? Du hast gehört, was ich gesagt habe, also beweg dich.«

Sie zerrte ihn am Arm auf die Beine und schubste ihn in Richtung Tür, während sie Marco zulächelte. »Setzen Sie sich. Ich bringe Ihnen gleich eine schöne heiße Suppe.«

»Setz du dich schon mal hin«, sagte Marco leise zu Antonella. »Ich gehe mit in den Stall, sonst fehlt mir nachher die Hälfte aus meinen Satteltaschen.« Dann wandte er sich an die Wirtin. »Suppe wäre schön. Und zwei Becher Wein. Aber mein Pferd versorge ich selbst.«

Er zwinkerte ihr zu und folgte Luigi nach draußen.

»Komm, Herzchen, setz dich hier vorne an den Tisch.«

Flink holte Concetta zwei Becher unter der Theke hervor und füllte sie aus einer großen bauchigen Korbflasche.

Sie kam herum und stellte die Becher auf den Tisch. »Ein bisschen misstrauisch ist dein Begleiter, aber ein hübscher Bursche. Ist er dein Ehemann?«

Antonella spürte ihre Wangen heiß werden. Verlegen nickte sie.

»Na, du wirst ja ganz rot. Ihr seid noch nicht lange verheiratet, was?«

»Nein, erst seit Kurzem.« Unruhig blickte sie zur Tür. Hoffentlich kam Marco bald zurück. Sie war überhaupt nicht darauf vorbereitet, Fragen über Marco und ihre angebliche Ehe zu beantworten. Was sollte sie sagen, wenn Concetta jetzt fragte, wo sie herkämen oder wohin sie unterwegs wären?

Zu ihrer Erleichterung rief einer der Männer am anderen Tisch nach der Wirtin. Während Concetta ihn nach seinen Wünschen fragte, nippte Antonella an ihrem Wein. Er war dunkelrot und schmeckte ein wenig nach Beeren.

Die Tür schlug auf, Marco und der Junge kamen wieder. Marco legte Antonellas Bündel und seine Satteltaschen auf die Bank und setzte sich ihr gegenüber.

»Salute!« Er griff nach dem Becher und roch daran. Dann nahm er einen Schluck, doch statt zu trinken, behielt er ihn im Mund, schien ihn zu kauen, dann erst schluckte er.

»Das ist kein schlechter Wein«, rief er Concetta zu. »Er könnte noch ein bisschen länger lagern, dann wären die Tannine nicht so stark.«

Concetta legte kokett den Kopf zur Seite. »Ich habe keine Ahnung, wovon Sie sprechen, Signore. Aber wenn Ihnen der Wein schmeckt, soll's mir recht sein.«

Auf einem Tablett brachte sie zwei Schüsseln, in denen die Suppe dampfte, Besteck und einen Laib Brot an den Tisch. »Wohl bekomm's.«

»Danke.« Marco griff nach dem Löffel und ließ ihn wieder sinken, als Antonella die Hände faltete und ein Tischgebet sprach. »Amen«, endete sie und blickte auf Marco. »Betet man in deiner Familie nicht vor dem Essen?«

»In meiner Familie schon, aber ich tue es nicht.« Er senkte den Kopf und begann zu essen.

Seine Worte riefen ihr in Erinnerung, wie wenig sie über ihn wusste.

Ein paar Minuten lang löffelte sie schweigend ihre Suppe. Concetta hatte ihnen Zuppa di Farro serviert, eine deftige Suppe aus Dinkel mit Schweinespeck darin und mit Pecorino bestreut. Sie schmeckte gut, wenn auch für Antonellas Geschmack mehr Kräuter hineingehörten. Schließlich hob sie den Kopf. »Marco …«

Wenn er lächelte, so wie eben, wirkte er jünger als sonst. »Ja?«

»Wie alt bist du?«

Sein Lächeln vertiefte sich. »Zweiundzwanzig Jahre, und du?«

»Neunzehn.« Sie wies mit dem Kinn auf die Wirtin. »Als du draußen warst, hat sie mich gefragt, ob wir schon lange verheiratet sind. Ich habe gesagt, noch nicht lange. Aber wenn ich mich als deine Frau ausgebe, sollte ich ein wenig mehr über dich wissen als dein Alter. Womit verdienst du deinen Lebensunterhalt – ich meine, ein Bauer bist du nicht, aber was dann? Hast du Geschwister? Warum musst du nach Genua?«

»Oh, das sind eine Menge Fragen.« Er legte den Löffel weg und trank einen Schluck Wein. »Ich komme aus der Nähe von Cecina. Ich habe einen älteren Bruder und eine jüngere Schwester. Mein Vater ist Arbeiter auf einem Weingut. Ich habe ebenfalls dort gearbeitet.«

»Als Landarbeiter?« Sie betrachtete seine Hände, sie sahen nicht aus wie die eines Arbeiters.

»Zunächst ja, aber es gefiel mir nicht. Ich wollte Cantiniere werden.«

»Cantiniere? Was ist das?«

»Ein Kellermeister. Derjenige, der den Wein macht.«

»Wein macht? Was gibt es denn da zu machen, außer zu lesen und zu keltern? Die Eltern meiner besten Freundin haben eine Osteria. Ich habe bei der Weinlese geholfen und auch beim Keltern, aber ich kann mich nicht erinnern, dass Francescas Vater noch etwas anderes getan hat, außer einzumaischen und die Maische irgendwann zu pressen.«

»Irgendwann ...« Er lächelte. »Es ist ein Unterschied, ob du die Maische ein paar Tage oder vier Wochen stehen lässt. Je länger sie steht, desto mehr Tannine lösen sich.«

»Tannine? Du hast vorhin gesagt, der Wein hier hätte viel davon. Ist das schlecht?«

Marco beugte sich vor, in seinen Augen funkelte es. »Schlecht ist es nicht. Tannine sind wichtig für den Geschmack, aber wenn es zu viele sind, dann hast du diese raue Note im Wein. Als wäre die Zunge ein wenig pelzig. Aber ganz ohne Tannine schmeckt der Wein lasch. Man kann die Menge beeinflussen, indem man – « Er unterbrach sich und schüttelte den Kopf. »Entschuldige. Ich langweile dich mit meinem Geschwätz.«

»Aber nein. Ich finde es interessant.«

»Ach ja?« Überraschung und Unglauben klangen aus seiner Stimme.

Antonella nickte nachdrücklich. »Ja. Ich wollte schon immer wissen, wie es kommt, dass aus einer Frucht so etwas Gutes wird.« Sie deutete auf den Becher. »Man pflückt die Trauben, stampft mit den Füssen darauf herum, presst später den Matsch aus. Das Zeug, das man dann hat, schmeckt gar nicht gut. Erst später, wenn es dann Wein ist. Wir hatten gute Weine und schlechte in der Osteria. Ich dachte immer, das läge nur am Wetter. Ich wusste nicht, dass man auch später noch den Geschmack verändern kann.«

»Du interessierst dich tatsächlich dafür.« Er lehnte sich zurück und musterte sie, als sähe er sie zum ersten Mal.

»Warum erstaunt dich das so?«

»Wenn ich sonst mit Frauen über das Weinmachen gesprochen habe, haben sie so getan, als wären sie interessiert, aber ich konnte in ihren Gesichtern sehen, wie sie sich gelangweilt haben. Sie haben mir zwar zugehört, waren aber mit ihren Gedanken ganz woanders.« Er hob seinen Becher und prostete ihr zu. »Eine Frau wie dich habe ich noch nicht getroffen. Schade dass wir uns nicht früher kennengelernt haben.«

Etwas verlegen hob sie auch ihren Becher. Was sollte sie darauf sagen?

»Woher weißt du so viel über Wein?«

»Ich – ähm«, jetzt schien er ebenfalls verlegen. »Der Cantinere des Gutes hat mir alles beigebracht, was er über Wein weiß. Mein Vater sah es nicht gerne.«

»Das war bei mir genauso. Ich war immer gerne in der Osteria, habe Gianna beim Kochen zugeschaut und beim Wein geholfen. Mein Vater machte sich Sorgen um meinen guten Ruf und meinte, ich solle lieber Käse machen und spinnen.«

Ihr fiel etwas ein. »Hast du deshalb mit deinem Vater gestritten? Weil du deine eigentliche Arbeit vernachlässigt hast?«

Sofort verschwand sein Lächeln, er zog die Augenbrauen zusammen. »Woher weißt du, dass wir Streit hatten?«

»Du hast es bei Aminta erwähnt.«

»Ach ja, ich erinnere mich. Es war nur einer der Gründe für den Streit. Wahrscheinlich ging es mir ähnlich wie dir. Mein Vater hat mein Leben geplant. Was ich tun soll, wen ich heiraten soll. Aber ich wollte etwas anderes, etwas, für das er überhaupt kein Verständnis hat.«

»Lesen und schreiben lernen«, murmelte sie.

»Wie bitte?«

Sie schluckte heftig. »Ich wollte so gerne lesen und schreiben lernen, aber meine Eltern sagten, es wäre ein hochmütiger Wunsch für die Tochter eines Schäfers. In den Bergdörfern braucht man das nicht. Wichtiger ist es, dass man gut kochen kann, guten Pecorino macht und im Herbst viele Kastanien sammelt – und einen Mann findet.«

»Ich finde, jeder hat das Recht, lesen und schreiben zu lernen«, sagte er und seine Augen funkelten. »Wir brauchen viel mehr Schulen in diesem Land. Gibt es keine Schule in deinem Dorf?«

»Nein. In Nismozza gibt es eine, aber es ist weit und im Sommer gibt es zu viel Arbeit, um jeden Tag nach Nismozza und zurück zu laufen.«

»Ein Jammer. Wie vielen klugen Kindern geht es wohl so wie dir?«

»Ich bin nicht klug.«

Sein Lächeln kehrte zurück. »Doch, das bist du. Nur kluge Menschen wollen etwas lernen. Erzähl von dir. Hast du Geschwister?«

»Zwei Schwestern, meine jüngere Schwester, Giovanna, ist vierzehn. Teresa ist ein Jahr älter als ich.«

»Teresa ist die Verlobte des Carabiniere? Die bald heiratet?«

Antonella bejahte und sah Concetta hinterher, die dem alten Mann einen Becher Wein brachte. »Wie lange sind wir schon verheiratet?«

»Wie bitte? Ach so, weil die Wirtin danach gefragt hat. Was meinst du? Reichen vier Wochen?«

»Besser zwei Monate. Dann hätten wir im September geheiratet.«

»Aber das ist zu früh, da ist noch die Weinlese. Da hat kein

Arbeiter auf einem Weingut Zeit für eine Hochzeit. Anfang Oktober passt es besser.«

Es war seltsam vertraulich, so mit ihm zu reden. Sie sprachen über ihre Ehe, als wäre sie Wirklichkeit und nicht nur ein Spiel.

Dieser Gedanke holte Antonella ein, als Concetta schwungvoll die Tür zu ihrem Zimmer im oberen Stockwerk öffnete. »Bitte schön, frisch bezogen.« Sie wies auf das einzige Bett im Raum. Antonella schluckte. Wieso hatte sie angenommen, dass man ihnen ein Zimmer mit getrennten Betten geben würde?

»Aber …«, setzte sie zum Widerspruch an, doch Marco griff schnell nach ihrem Arm und schob sie in den Raum. »Das ist ganz wunderbar, Signora Concetta. Eine gute Nacht wünsche ich.« Er nickte der Wirtin zu und schloss die Tür vor ihrer Nase.

»Na, der hat's aber eilig«, hörte Antonella sie sagen. »Na ja, wenn man frisch verheiratet ist …«

Sie starrte auf das Bett. Als wäre ihre Ehe Wirklichkeit und kein Spiel.

»Es tut mir leid«, sagte er. »Aber was hätte sie gedacht, wenn du nach einem Zimmer mit getrennten Betten fragst?«

»Nun …« Ihr fiel nichts ein. Der Anblick des Bettes lähmte sie, ebenso wie der des Waschtisches an der Wand. Sollte sie sich etwa vor ihm ausziehen und waschen? Und sich neben ihn in das Bett legen? Und was dann?

Etwas verlegen blickte er ebenfalls auf den Krug mit Wasser und die Waschschüssel auf dem Tisch.

»Hm … ich gehe noch mal nach dem Pferd sehen. Verriegle die Tür. Ich klopfe.«

Er verließ den Raum so schnell, dass es schon einer Flucht glich.

Antonella verriegelte die Tür, wie er gesagt hatte, dann lehnte sie sich gegen die Wand und atmete tief durch. Was sollte sie tun? Fortlaufen? In der Nacht käme sie nicht weit. Außerdem steckte ihr der Schrecken von der Begegnung mit dem Briganten noch in den Gliedern. Ohne Marco wäre ihr Schlimmes widerfahren.

»Ich bin sicher, er wird nichts tun, was du nicht wünschst«, hatte Aminta gesagt und bisher hatte sie sich auf die Menschenkenntnis der Heilerin verlassen können.

Stimmen vom Hof schreckten sie auf. Statt die Wand anzustarren, sollte sie besser die Zeit nutzen, die er fort war. Hastig zog sie ihre Schuhe aus, streifte die Kleider ab und goss Wasser in die Schüssel. Mit dem Leinentuch wusch sie ihr Gesicht und danach den ganzen Körper. Zum Schluss rieb sie mit einem Zipfel des Tuches über ihre Zähne. Zu Hause kaute sie Salbei und Minze, um ihre Zähne gesund und den Atem rein zu halten. Bei dem Gedanken hielt sie inne. Vielleicht wäre es klüger gewesen, sich nicht zu waschen und eine große Portion Knoblauch zum Abendessen zu verzehren. Zu spät. Sie öffnete das Fenster und kippte das Wasser aus der Schüssel in den Hof.

Als sie ihr Leinenunterkleid wieder überstreifte, klopfte es an der Tür.

»Antonella?«

Auf Zehenspitzen huschte sie zur Tür und schob den Riegel zurück. Dann floh sie zum Bett, und noch bevor er die Tür wieder geschlossen hatte, lag sie darin und hatte die Bettdecke bis zum Kinn gezogen. Ein Duft von Seife stieg ihr in die Nase. Concetta hatte Wort gehalten, die Wäsche war frisch.

Marco sah nicht zu ihr, sondern ging direkt zum Waschtisch. Dort zog er seine Jacke aus und hängte sie sorgfältig über den Stuhl. Verlegen bemerkte sie, dass ihre Kleider auf einem Haufen neben eben diesem Stuhl lagen. Er entledigte sich seines Hemdes und legte es ebenso ordentlich auf den Stuhl. Antonella schloss die Augen. Vielleicht konnte sie ihn glauben machen, dass sie schon schliefe, wenn er fertig war. Wasser plätscherte. Vorsichtig blinzelte sie, gerade rechtzeitig, um zu sehen, wie er sich über die Schüssel beugte und sich das Wasser direkt aus der Kanne über den Nacken goss. Er schüttelte den Kopf, richtete sich auf und zog das Band heraus, das sein Haar im Nacken zusammengehalten hatte. Schlank war er, jedoch nicht dünn oder schwächlich, deutlich zeichneten sich Muskeln und Sehnen unter seiner Haut ab.

Schließlich wandte er sich um und Antonella machte schnell die Augen wieder zu. Seine Schritte konnte sie nicht hören, doch das Bett knarrte und die Matratze senkte sich, er musste sich auf den Rand gesetzt haben. Unwillkürlich hielt sie den Atem an.

»Antonella?«

Sie rührte sich nicht.

»Mach die Augen auf. Ich weiß, dass du nicht schläfst.«

Langsam öffnete sie die Augen. Er saß auf der Bettkante, sein Oberkörper war nackt, aber zumindest trug er noch seine Hose.

»Du musst dich nicht vor mir fürchten. Ich sagte es gestern Abend schon, ich habe nicht die Absicht, dich zu verführen, und ganz bestimmt tue ich keiner Frau Gewalt an.«

Er sah ihr gerade ins Gesicht. Erleichterung durchflutete sie bei seinen Worten.

»Ich könnte auf dem Fußboden schlafen«, fuhr er fort, ehe sie etwas sagen konnte. »Aber ehrlich gesagt, sehne ich mich nach einem Bett. Ich habe die letzten Nächte in Ställen oder unter Büschen verbracht. Meinst du, wir könnten uns dieses teilen?«

Wie konnte sie ihm das abschlagen? Sie nickte stumm und

rückte an den äußersten Rand des Bettes. Ihm den Rücken zuzudrehen, wagte sie nicht.

»Darf ich deinen Umhang haben? Dann hast du die Decke für dich allein.«

Wiederum nickte sie nur.

Er stand auf, hob ihren Umhang vom Boden auf und löschte die Lampe. Dann legte er sich neben sie ins Bett.

Antonella lag stocksteif da und lauschte auf seine Atemzüge. Bestimmt würde sie die ganze Nacht kein Auge zutun, trotz seiner Versicherung. Allein, dass sie mit einem Mann in einem Bett lag, verursachte ihr Unbehagen. Vielleicht besann er sich ja im Laufe der Nacht noch anders.

Das Stroh raschelte, als er sich zu ihr umdrehte. »Kannst du nicht schlafen, Antonella?« Aus seinem Mund klang ihr Name wie ein Lied.

»Nein.«

»Ich auch nicht. Erzähl mir von dem Ort, in dem wir auf die Briganten gestoßen sind. Er ist schon länger zerstört, nicht wahr? Du sagtest, du wüsstest, wo wir waren?«

Sie schluckte den Kloß in ihrer Kehle hinunter. »Der Ort hieß Riano. Es war einmal ein Ort wie so viele hier. Im Sommer verdienten die Männer als Schäfer mehr schlecht als recht den Lebensunterhalt für ihre Familien. Im Herbst wurden Kastanien gesammelt, damit man im Winter nicht verhungerte.« Plötzlich wurde der Abend, an dem Aminta diese Geschichte erzählt hatte, wieder lebendig. Sie selbst war noch ein Kind und saß an das Bein ihrer Mutter gelehnt im Metato. Das Feuer prasselte und es roch nach trocknenden Kastanien. Die Erwachsenen tranken Wein, man erzählte sich den neuesten Klatsch, aber auch Märchen oder Legenden aus der Umgebung. Irgendwann hatte Aminta die Geschichte von Riano erzählt. Antonella sah sie vor sich, wie sie einen Schluck Wein aus ihrem Becher nahm, ehe sie mit ihrer tiefen Stimme zu sprechen anhob. Unwillkürlich ahmte sie Amintas Tonfall nach, sprach mit ihren Worten. »Doch in diesem Ort lebte das schönste Mädchen, das jemals in diesen Bergen geboren wurde. Ihr Haar glänzte wie gesponnenes Gold und ihre Augen waren so blau, dass selbst der Sommerhimmel gegen ihr Leuchten verblasste. Und obwohl sie nur die jüngste Tochter eines Köhlers war, machten ihr alle jungen Männer im Dorf den Hof. Doch sie liebte nur einen, den Sohn des Müllers, und er liebte sie. Eines Tages kamen Reiter nach Riano. Sie ritten auf edlen Pferden und waren gar prächtig gekleidet. Sie hatten sich verirrt und baten um eine Unterkunft für die Nacht. Unter ihnen war der Fürst von Luccese, und als er die schöne Köhlertochter erblickte, entbrannte er in heißer Liebe zu ihr. Gleich am nächsten Morgen hielt er bei ihren Eltern um ihre Hand an. Diese waren überglücklich und versprachen dem Fürsten die Hand ihrer Tochter. Doch das Mädchen weinte, denn sie liebte den Müllersohn, und der Fürst war alt und hässlich. Ihre Eltern schalten sie selbstsüchtig. Wenn sie den Fürsten zum Mann nahm, würde der Vater nie wieder als Köhler arbeiten müssen, ihre Schwestern könnten heiraten, statt als Mägde bei den reichen Herren von Nismozza zu dienen, und ihre Brüder könnten beim Militär ihr Glück machen. Der Hochzeitstag wurde für Oktober festgesetzt.

Die Trauung sollte in der Kirche von Riona stattfinden, und dann wollte die Hochzeitsgesellschaft nach Luccese ziehen, denn dort sollte gefeiert werden. Niemals zuvor hatte eine schönere Braut vor dem Altar gestanden und niemals eine traurigere. Das ganze Dorf war anwesend, nur der Sohn des Müllers fehlte.

Als der Pfarrer die Frage stellte »Willst du diesen Mann...«, tat die Tochter des Köhlers etwas Unerhörtes, das noch keine Frau gewagt hatte: Sie sagte Nein.

Der Fürst wurde sehr zornig, warf ihr den Ehering vor die Füße und verließ Kirche und Dorf ohne ein Wort. Das Mädchen lief zur Mühle. Dort fand sie ihren Geliebten tot unter dem Mühlrad. Er hatte sich ertränkt. Außer sich vor Kummer nahm sie das Messer, mit dem ihr Vater Schafe schlachtete, und schnitt sich die Pulsadern auf.

Eine Woche später kam der gekränkte Fürst mit seinen Soldaten zurück und nahm Rache. Er tötete jeden Mann, jede Frau und jedes Kind im Dorf, riss die Mauern jedes einzelnen Hauses ein und brannte alles nieder. Bis heute, so sagt man, wandern die Seelen des Müllersohns und der Köhlertochter durch das zerstörte Dorf und finden keinen Frieden.«

»Wie traurig«, sagte Marco leise, als sie geendet hatte. »Aber kein Wunder, dass sich die Briganten dort verstecken. Sie wissen, dass niemand freiwillig dieses Dorf betreten wird.«

Das brachte Antonella auf einen anderen Gedanken. »Sollten wir die Menschen hier nicht warnen, dass Briganten in der Nähe sind?«

In der Dunkelheit konnte sie ihn nicht sehen, doch sein Zögern zeigte, dass er von ihrem Vorschlag nicht begeistert war.

»Wenn wir das tun, werden sie uns zum Bürgermeister bringen, der viele Fragen stellen wird.« Das Bettzeug raschelte, als er sich umdrehte und ihr den Rücken zuwandte. »Ich werde Concetta davon erzählen, wenn wir abreisen. Sie wird es an den richtigen Stellen weitersagen. Und jetzt versuch zu schlafen.«

Inzwischen war sie so müde, dass ihr die Augen zufielen. »Heilige Maria Magdalena, beschütze mich in dieser Nacht«, betete sie im Stillen, dann schlief sie ein.

15. KAPITEL

Als sie die Augen aufschlug, war Marco gerade dabei, die Lampe anzuzünden. Sie richtete sich auf. Er hatte Wort gehalten und sie nicht angerührt. Rasch bekreuzigte sie sich und dankte der heiligen Magdalena.

»Guten Morgen, Marco.«

»Guten Morgen, Antonella.« Dunkle Locken fielen ihm wirr in die Stirn und ein verschmitztes Lächeln lag auf seinem Gesicht. Er zog sein Hemd an, kämmte sein Haar mit den Fingern und band es im Nacken zusammen. »Ich gehe schon mal hinunter in die Schankstube und schaue, was Concetta zum Frühstück hat.«

Antonella wartete, bis er die Tür hinter sich geschlossen hatte, dann sprang sie aus dem Bett.

Hastig wusch sie ihr Gesicht mit dem Rest des kalten Wassers aus dem Krug und streifte ihre Kleider über. Sie löste ihren Zopf, entwirrte die Haare zunächst mit den Fingern, dann holte sie einen Kamm aus ihrem Bündel. Es dauerte nicht lange, bis sie wieder einen ordentlichen Zopf geflochten hatte. Sie band das Kopftuch um und machte sich auf den Weg nach unten.

»Guten Morgen, Herzchen«, rief ihr Concetta fröhlich zu, als sie die Schankstube betrat. »Ich hoffe, die Nacht war nicht allzu anstrengend.«

Antonellas Wangen wurden heiß. Ein Mann mittleren Alters, der an einem Tisch vor dem Fenster saß, warf erst Concetta, dann Antonella einen amüsierten Blick zu. Luigi, der Junge, kicherte und schlug schnell die Hand vor den Mund. Doch sein Blick haftete auf ihren Brüsten, als sie durch den Raum zu dem Tisch in der Ecke ging, an dem Marco saß.

Marco lachte nicht, er wirkte selbst ein wenig verlegen. Als sie sich zu ihm setzte, schob er ihr eine Tasse hinüber, in der heißer Kaffee dampfte. Antonella sog genießerisch den Duft ein. Kaffee gab es bei ihr zu Hause nur an hohen Feiertagen. Auf einem Brett lag ein Laib Pecorino. Marco schnitt Scheiben davon ab und reichte sie ihr mit einem Stück Brot.

Sie aßen schnell und schweigend. Antonella trank eben den letzten Schluck Kaffee, da ertönte Hufgetrappel vor der Schenke. Einen Moment später schlug die Tür auf und drei Männer betraten den Raum. Antonella zuckte zusammen, als sie die blaurote Uniform der Carabinieri erblickte. War Tommaso etwa bei ihnen? Nein, sie kannte keinen der Männer. Neben ihr senkte Marco den Kopf und hob die Kaffeetasse an den Mund.

Hastig stellte Concetta einen Kessel auf den Herd und eilte um die Theke herum den Männern entgegen. »Guten Morgen, die Herren. Was kann ich für Sie tun? Möchten Sie ein kräftiges Frühstück?«

Einer der Carabiniere lächelte ihr zu. Er wirkte sehr jung und sah aus, als wäre er einer Mahlzeit nicht abgeneigt, doch der Älteste der Gruppe baute sich vor der Wirtin auf. »Wir haben es eilig, Signora. Wir sind auf der Suche nach zwei entflohenen Verbrechern. Einer dürfte schwer verwundet sein. Sie verstecken sich in den Bergen. Sind in den letzten Tagen Fremde hier vorbeigekommen?«

»Nur ein fahrender Händler und ein junges Ehepaar.« Sie deutete auf den älteren Mann vor dem Fenster und auf Marco und Antonella.

Der Offizier kniff die Augen ein wenig zusammen und spähte in die Ecke, in der Antonella und Marco saßen.

Marco seufzte leise, stellte die Tasse ab und richtete sich auf. »Lass mich reden«, flüsterte er Antonella zu.

Die Sporen des Carabiniere klirrten, als er durch den Raum auf sie zuschritt. »Ihre Papiere bitte.«

»Sofort.« Marco bückte sich und kramte in seiner Satteltasche. Schließlich überreichte er dem Soldaten ein Papier. Der Mann faltete es auf und las. »Marco Rossi. Das sind Sie?«

»Behauptet zumindest meine Mutter.«

Die dreiste Bemerkung ließ den Mann die Stirn runzeln. »Und wohin sind Sie unterwegs?«

»Meine Frau und ich wollen nach Parma. Mein Bruder züchtet dort Schweine und hat Arbeit für mich. Hier in den Bergen gibt es ja keine. Sind diese Männer, die Sie suchen, gefährlich?«

Der Carabiniere gab Marco das Papier zurück. »Sehr gefährlich. Sie gehören zur Geheimgesellschaft der Carboneria. Diese Kerle schrecken vor nichts zurück. Wir suchen sie schon seit zwei Wochen.«

»Vielleicht sind sie inzwischen gar nicht mehr in den Bergen.«

»Das wüssten wir. Wir kontrollieren alle wichtigen Straßen.« Er nickte Antonella zu und zog seine Mundwinkel nach oben, es sollte wohl ein Lächeln werden. »Machen Sie sich keine Sorgen, Signora. Wir kriegen diese Halunken und dann hängen wir sie auf. Genauso wie diesen Ciro Menotti letztes Jahr.«

Er drehte sich auf dem Absatz um, und ging hinüber zu dem Händler. »Sie sind ein Fahrender?«

Der Mann hatte bereits seine Papiere herausgesucht und reichte sie dem Offizier. »Jawohl.«

»Und wohin wollen Sie?«

»Ebenfalls nach Parma. Ich komme von dort.«

»Sie sind doch viel unterwegs hier in den Bergen. Sind Ihnen vielleicht ein oder zwei Männer aufgefallen? Sie sind zu Pferd unterwegs. Wir vermuten, dass sie sich nach La Spezia durchschlagen wollen. Der eine heißt Michele di Raimandi, der andere Carlo Bianchi.«

»Di Raimandi? Doch nicht etwa der Sohn des Marchese von Alberi d'Argento?«

»Doch genau der. Er ist vor drei Monaten aus Venaria Reale desertiert, und wir haben Grund zu der Annahme, dass er der Drahtzieher der Verschwörung ist. Kennen Sie ihn?«

Der Händler schüttelte den Kopf. »Nein, ich kenne ihn nicht. Ich kaufe ab und zu Wein von Alberi d'Argento für einen reichen Kunden in Parma. Aber den hole ich bei einem Zwischenhändler in Cecina.«

Das Klappern der Tür unterbrach das Gespräch der Männer. Ein vierter Carabiniere trat ein. »Im Stall stehen nur zwei Maultiere und ein Maremmagaul. Kein Kavalleriepferd und auch kein Kavalleriesattel. Hier sind sie nicht.«

»Gut.« Der Kommandant nickte in die Runde und deutete eine Verbeugung vor Concetta an. »Ich wünsche noch einen schönen Tag.«

Er winkte seinen Männern und sie verließen die Schenke.

Antonella atmete auf. Zum Glück hatte der Soldat nicht nach ihren Papieren gefragt.

Marco wirkte nicht erleichtert, sondern angespannt und zornig. Er griff nach seiner Tasse, starrte einen Augenblick hinein und stellte sie zurück auf den Tisch. »Wir warten, bis die Kerle fort sind. Dann brechen wir auf.«

›Kerle‹ nannte er die Carabinieri. So ungewöhnlich war das nicht, die meisten einfachen Leute mochten weder die berittene Polizei noch das Militär. Sie misstrauten ihnen. Doch in seiner Stimme schwang ein Unterton, der mehr vermuten ließ als die normale Abneigung.

Marco winkte Concetta herbei und bat um zwei weitere Tassen Kaffee. Als die Wirtin sie brachte, forderte er sie auf, sich zu ihnen zu setzen.

»Ein paar Meilen von hier gibt es ein zerstörtes Dorf, kennst du es?«

Concetta riss die Augen auf. »Sie meinen Riano?«

»Ja. Dort haben Briganten ihr Lager aufgeschlagen. Ich weiß nicht, hinter wem oder was sie her sind, aber seid auf der Hut.«

»Warum haben Sie das nicht den Carabinieri gesagt?«

Verächtlich verzog Marco den Mund. »Was sollen vier Carabinieri gegen zwanzig oder mehr Briganten ausrichten? Du hast sie gehört. Sie verfolgen zwei Carbonari. Es gilt den Herzog von Modena und sein Eigentum zu schützen, was aus den einfachen Leuten wird, ist nicht wichtig.«

»Das sind aufrührerische Worte, Signore, Sie sollten vorsichtig sein. Nicht dass man Sie noch verdächtigt, ein Anhänger der Carboneria zu sein.« Sie stand auf. »Danke für die Warnung.«

Nachdenklich sah Antonella Marco an. Er blickte finster auf die Tür und schien auf das Klappern der Pferdehufe zu lauschen, das sich entfernte.

»Bist du das?«, fragte sie.

»Was?«, erwiderte er, mit den Gedanken offensichtlich woanders.

»Ein Anhänger der Carboneria?«

Jetzt wandte er sich ihr zu. »Was weißt du über Ciro Menotti und die Carbonari?«

»Nicht viel.« Sie nagte an ihrer Unterlippe und versuchte sich zu erinnern, was die Männer in Cerreto erzählt hatten. »Die Carbonari und Ciro Menotti hatten einen Aufstand geplant. Der Herzog von Modena hatte ihnen Unterstützung zugesagt, weil er hoffte, im Falle eines Sieges der Carboneria König von Norditalien zu werden. Doch dann bekam er es mit der Angst zu tun und ließ Menotti verhaften und aufhängen. Die Carbonari wollen die Habsburger aus Italien vertreiben und, ich glaube, auch den Adel abschaffen.«

»Und, findest du es falsch, wenn man als Italiener die Geschicke seines Landes selbst bestimmen möchte und gleiches Recht für alle will?«

»Von Politik verstehe ich nicht viel, aber ein Bauer oder ein Schäfer ist nun mal nicht das Gleiche wie ein Fürst. Sonst könnte ja jeder Fürst sein.«

»Richtig. Wer bestimmt denn, wer Fürst ist und in einem Palast wohnt, und wer sich als Tagelöhner auf den Feldern der Reichen abrackern muss?«

»Gott. Wir werden dorthin geboren, wo Gott es für richtig hält.«

»Nein, Mädchen, nicht Gott, sondern die Herrschenden, die ihren Besitz nicht teilen wollen. Sie sorgen dafür, dass ihr aus der Armut, in der ihr lebt, nicht herauskommt. Ein Fürst oder auch ein König ist genauso ein Mensch wie du und ich.«

»Das ist Blasphemie«, flüsterte sie und bekreuzigte sich.

Don Vincenzo hatte an einem Sonntag vor einem Jahr solche Bestrebungen gegen die gottgewollte Ordnung aufs Schärfste verurteilt. Anlass war eine hitzige Diskussion auf dem Marktplatz gewesen, als die Hinrichtung von Ciro Menotti bekannt geworden war. Einige der jungen Männer hatten unverhohlen ihre Begeisterung für den Carbonaro und seine Ideen kundgetan, sehr zum Ärger des Pfarrers.

»Nein, das ist Aufklärung. In Frankreich haben sie es vorgemacht.« In Marcos Augen blitzte Begeisterung. »Das französische Volk hat bewiesen, dass zwischen einem König und einem Arbeiter kein Unterschied besteht.«

Sie schauderte. »Du solltest nicht so reden.«

»Denken viele in deinem Dorf so wie du?«

»Die meisten. Bei uns erzählt man sich die Geschichte von zwei Köhlern, die einen Wolf aufzogen. Sie zeigt, dass es besser ist, wenn jeder auf dem für ihn bestimmten Platz bleibt.«

»So? Erzählst du sie mir später einmal?«

16. KAPITEL

Marco sattelte das Pferd und führte es aus dem Stall. Etwas steifbeinig ging Antonella neben ihm her. Ihre Beine schmerzten bei jedem Schritt.

Draußen hielt er das Pferd an. »Möchtest du reiten?«

»Nein, ich laufe lieber.« Allein der Gedanke ans Reiten verstärkte die Schmerzen in ihren Beinmuskeln.

Schweigend verließen sie das Dorf. Marco hielt den Blick auf den Weg gerichtet und schien über irgendetwas zu grübeln. Sie dachte über seine Worte von vorhin nach. Wer war er, dass er sich solche Gedanken machte? Gehörte er zu den Verschwörern, gegen die Don Vincenzo ab und zu von der Kanzel wetterte? Sie hatte bisher keine Vorstellung gehabt, wen der Pfarrer eigentlich meinte, wenn er von Terroristen und Feinden Italiens sprach. Leute wie Marco? Jetzt erst fiel ihr auf, dass er ihr am Abend zuvor im Grunde kaum etwas über sich erzählt hatte. Stattdessen hatten sie über das Weinmachen gesprochen und über sie, ihre Familie und ihr Dorf. War es Zufall oder steckte Absicht dahinter?

An einer Wegkreuzung trafen sie auf den fahrenden Händler. Er begrüßte sie freundlich. »Ihr seid doch das junge Ehepaar aus Concettas Gasthaus. Ich habe gehört, dass ihr auch nach Parma wollt. Vielleicht können wir ein Stück des Weges gemeinsam reisen. In Gesellschaft vergeht die Zeit schneller.«

Antonella senkte den Blick. Dass sie nach Parma wollten, war eine Lüge von Marco gewesen. Was würde er jetzt tun?

»Unser nächstes Ziel ist Tizzano. Da wollten wir ein oder zwei Tage bleiben und einen Vetter von mir besuchen.«

»Nach Tizzano wollte ich heute auch. Und morgen dann weiter nach Langhirano«, erklärte der Händler. »Vielleicht möchte Ihre Frau auf meinem Wagen mitfahren?«

»Fragen Sie sie selbst.«

Antonella hob den Kopf und sah Marco an. Das typische, leicht schiefe Lächeln umspielte seine Lippen.

Du magst aufrührerische Gedanken haben und lügen kannst du auch. Doch dafür, dass du nicht über mich bestimmst wie alle anderen, möchte ich dich küssen.

Ihr Blick blieb an seinen Lippen hängen. Hatte sie gerade ernsthaft daran gedacht, ihn zu küssen?

»Wollen Sie, Signora?« Die Stimme des Händlers klang ein wenig ungeduldig.

»Sehr gerne!« Entschlossen raffte sie den Rock und kletterte auf den Kutschbock, wo sie neben ihm Platz nahm.

Der Mann zog seinen Hut. »Mein Name ist Peppone Monti, mit wem habe ich die Ehre?«

»Antonella Ba... ähm Rossi.«

Marco schwang sich in den Sattel seines Pferdes und trieb es neben den Kutschbock. »Hast du dich immer noch nicht an deinen neuen Namen gewöhnt, mein Herz?« Er zwinkerte dem Händler zu. »Wir sind erst seit Kurzem verheiratet. Ich bin Marco Rossi.«

»Schön, Sie kennenzulernen, Signor Rossi.« Peppone schwang die Peitsche und das Maultier zog an.

Der Nachtfrost lag noch in der Luft und hing als Raureif in den Zweigen. Antonella zog ihren Umhang enger um die Schultern. Er roch anders als sonst. Ein warmer Duft nach Holzfeuer und Moos stieg aus dem schweren Wollstoff. Marco hatte darin geschlafen, dann war es wohl sein Duft. Unwillkürlich wanderte ihr Blick zu ihm. Er saß sehr gerade auf Rinaldos Rücken, ließ die Zügel locker. Bei ihm wirkte es, als sei das Reiten ganz einfach.

»Was verkaufen Sie?«, fragte er den Händler.

»Alles Mögliche. Hauptsächlich Dinge, die man für den Haushalt braucht. Töpfe, Pfannen, Messer, aber auch ein paar

Salben und den einen oder anderen Liebestrank.« Er zwinkerte Antonella zu. »Natürlich nicht für Frauen, wie Sie es sind, jung und schön, mit goldenen Augen und einer Figur, als hätte Venus selbst sie geformt. Ihr Gatte kann sich glücklich schätzen.«

Er nickte zu Marco hinüber, der Antonella anlächelte. »Ich bin glücklich.«

Der Händler erwies sich als angenehmer Reisebegleiter und guter Erzähler. Seine Geschichten von den Erlebnissen auf seinen Reisen ließen die Zeit schnell vergehen.

Gegen Mittag rasteten sie und teilten ihre Mahlzeit.

»In ein paar Stunden sollten wir Tizzano erreichen«, sagte Peppone. »Werden Sie bei Ihrem Vetter übernachten? Ansonsten empfehle ich das Il Cacchiatore als Gasthaus. Hervorragendes Essen und saubere Betten.«

»Ich denke, wir gehen erst einmal ins Gasthaus. Mein Vetter weiß nicht, dass wir kommen.«

»Ist es ein Buon Cugino, ein guter Vetter? Einer, der seiner Familie hilft? Dann sollte er euch aufnehmen, selbst wenn er nur eine Baracke sein eigen nennt.«

Einen Augenblick lang starrte Marco den Händler überrascht an. »Ein guter Vetter?« Er beugte sich nach vorn, seine Haltung verriet Anspannung. »Das ist er wohl, und eine Baracke ist besser, als im Wald bei den Wölfen zu schlafen.«

»Ganz meine Meinung.« Peppone lehnte sich zurück und lächelte.

Antonella folgte dem Gespräch mit zunehmender Verwirrung.

Warum interessierte sich der Händler für Marcos Verwandtschaft? Ahnte er, dass der angebliche Vetter gar nicht existierte? Zu ihrer Erleichterung wendete sich das Gespräch wieder anderen Themen zu und bald darauf brachen sie auf.

Als der Weg schmaler wurde, ritt Marco voran, bis sie zwei Stunden später Tizzano erreichten.

»Werden Sie ebenfalls im Il Cacchiatore übernachten?«, fragte Antonella, als Peppone sie vor dem Gasthaus absetzte.

»Jawohl, Signora Goldauge. Vorher habe ich allerdings noch einen Kunden zu beliefern.« Er nickte Marco zu. »Wir sehen uns sicher zum Abendessen.«

Auch in diesem Gasthaus stand nur ein Bett in dem Zimmer, das ihnen der Wirt zeigte. Doch dieses Mal ängstigte sie es nicht.

»Magst du mir die Geschichte von den Köhlern und dem Wolf erzählen?«, fragte Marco, als sie beim Essen saßen.

Der fahrende Händler hatte sich zu ihnen gesellt. »Eine Geschichte? Die möchte ich auch hören.«

Antonella griff nach ihrem Becher und trank einen Schluck Wein.

»Es geschah Ende April, die Schäfer waren noch nicht wieder aus der Maremma zurück, da zündeten der Köhler und sein Sohn den Meiler an. Während sie ihn bewachten, bemerkten sie einen Wolf, der sich immer wieder in der Nähe der Köhlerhütte herumtrieb. Er hinkte und war sehr mager. Als er schließlich versuchte, Nahrungsmittel zu stehlen, nahm der alte Köhler seine Axt und erschlug den Wolf.

Kurze Zeit später hörten sie im Gebüsch ein Winseln. Der Sohn des Köhlers sah nach und entdeckte einen wenige Wochen alten Wolfswelpen. Er hatte Mitleid mit dem Tier und überredete seinen Vater, es nicht zu töten, sondern aufzuziehen.

Der junge Wolf wuchs heran und benahm sich wie ein Hund. Wenn man nach ihm rief, kam er sofort. Nachts schlief er vor der Hütte der Köhler und bewachte sie. Auch mit den Hunden der Schäfer verstand er sich gut. Ab und zu jagte er und brachte Kaninchen oder Fasane zur Hütte des Köhlers.

Als es Winter wurde, teilte der Sohn des Köhlers sein Essen mit ihm. Doch im Frühjahr kam ein Rudel Wölfe in die Nähe des Dorfes und der junge Wolf lief fort und schloss sich dem Rudel an.

Die Alten im Dorf, die schon immer gesagt hatten, man könne aus einem Wolf keinen Hund machen, sahen sich in ihrer Meinung bestätigt. Der junge Köhler war traurig, doch dann dachte er, dass sein Wolf nun unter seinesgleichen lebte und die Alten vielleicht recht hatten. Aber im nächsten Spätherbst kam das Rudel wieder in die Nähe des Dorfes. Es war ein schlechtes Jahr gewesen, für Mensch und Tier, und so fanden die Wölfe nicht genug Nahrung. Zunächst rissen sie nur Schafe, angeführt von einem großen Wolf mit schwarzem Gesicht. Der Sohn des Köhlers erkannte das Tier wieder, das er aufgezogen hatte. Nachdem die Schäfer in die Maremma gezogen waren, wurde der große Wolf dreister. Da er keine Angst vor den Menschen hatte, kam er ins Dorf und riss die Ziegen – und schließlich griff er ein Kind an. Die alten Männer versammelten sich auf dem Dorfplatz und trugen dem Köhler und seinem Sohn auf, den Wolf zu jagen und zu töten. Schließlich hatten sie das Unglück über den Ort gebracht. Die beiden Männer legten einen Köder vor ihre Hütte, und als der Wolf kam, erschlugen sie ihn mit einer Axt. Danach mieden die anderen Wölfe das Dorf.«

Marco blickte sie fragend an. »Und was hat das mit der ›gottgegebenen Ordnung‹ zu tun?«

»Ein Wolf bleibt immer ein Wolf. Auch wenn man ihn ins Haus holt und wie einen Hund aufzieht. Ein Bauer ist ein Bauer und kein Gelehrter oder gar ein Fürst.«

»Grundgütiger«, sagte Marco leise. »Ich dachte, spätestens seit Napoleon und Bernadotte sei der Absolutismus überwunden. Ein General, der Kaiser wurde, ein einfacher Marschall, den ein Volk zu seinem König wählte, weil niemand aus der schwedischen Königsfamilie als Nachfolger geeignet war.«

Peppone schüttelte den Kopf. »In den Dörfern predigen sie das immer noch von der Kanzel. Und viele der Großgrundbesitzer, besonders im Süden, leben danach.«

»Ich komme aus der Toskana, da ist es nicht so«, sagte Marco.

»Euer Herzog Leopold II. ist ein außergewöhnlich liberaler Herrscher. Damit folgt er der politischen Linie seines Vaters. Der hat damals nach dem Wiener Kongress keine Säuberungen der politischen Klasse vorgenommen wie fast alle anderen Herrscher. Im Gegenteil, es gibt keine Zensur und keine Todesstrafe mehr in der Toskana. Leopold gewährt sogar politischen Flüchtlingen aus den anderen Provinzen Zuflucht. Bei den Österreichern ist er nicht beliebt.«

Verblüfft blickte Antonella ihn an. »Woher wissen Sie so viel?«

Er lächelte ihr zu. »Auf den Märkten wird besonders viel geredet und diskutiert. Ich halte einfach meine Augen und Ohren offen.«

»Der Herzog von Modena ist auch ein guter Mensch«, erklärte Antonella. »Er hat in Nismozza sogar ein Scaldatoio errichtet, einen Raum, in dem die Leute sich im Winter aufwärmen können.«

»Sehr nobel!« Der Spott in Marcos Stimme war nicht zu überhören. »Vielleicht sollte er seinen Untertanen erlauben, Holz zu schlagen. Dann könnten sie ihre Häuser heizen.«

Sie senkte den Kopf. Er machte sich über sie lustig. Natürlich, sie hatte keine Ahnung von Politik, und bis vor kurzem hatte sie an die Worte des Pfarrers, der in seinen Sonntagspredigten Francesco IV. von Modena über alle Maßen lobte, geglaubt.

»Ich meinte es nicht böse«, sagte Marco leise. »Wahrscheinlich tut er damit mehr als mancher Herrscher anderer Herzogtümer. Aber es ist nicht genug.«

Sie hob den Kopf und begegnete seinem Blick. In seinen Augen lag die Andeutung eines Lächelns und eine unausgesprochene Bitte um Verzeihung.

Die beiden Männer sprachen weiter über die Politik Leopolds II. und seine Versuche, der Malaria in der Maremma Herr zu werden, indem er die Sümpfe nach und nach trockenlegte. Antonella fielen die Augen zu. Sie entschuldigte sich und verließ die Schankstube. Die letzten beiden Tage hatten sie mehr angestrengt, als sie gedacht hatte. Marco blieb, um sich noch ein wenig mit Peppone zu unterhalten.

Am Abend zuvor hatte sie ihrem Quartier keine Beachtung geschenkt, so sehr hatte sie die Tatsache erschreckt, dass sie sich mit Marco das Bett »teilen« musste.

Jetzt schloss sie die Zimmertür, schob den Riegel vor und blickte sich um. Zwei Öllampen beleuchteten ein geräumiges Zimmer, größer als ihr Schlafzimmer zu Hause, das sie sich mit ihren Schwestern teilte. Es hatte weißgekalkte Wände, deren Unregelmäßigkeiten verrieten, dass sich darunter Mauerwerk befand. Wie fast alle Häuser in den Bergen war auch dieses aus den Steinen, die man hier fand, errichtet.

Die Dielen des Holzfußbodens waren zwar verkratzt, aber sauber geschrubbt. Das Bett stand an der Wand, es war recht breit und wirkte durchaus bequem. Daneben befand sich ein Schrank und an der gegenüberliegenden Wand ein Tisch, auf dem die Waschschüssel stand. Durch ein kleines Fenster konnte man die Häuser gegenüber sehen. Antonella seufzte. Von ihrem Schlafzimmerfenster zu Hause blickte sie auf den Gipfel des Monte Cusna. Inzwischen mussten ihre Eltern wissen, dass sie unterwegs nach Genua war. Was dachten sie über ihre Flucht? Würden sie versuchen, sie zu finden und zurückzubringen? Wahrscheinlich war es eine kluge Entscheidung von Marco gewesen, nicht den direkten Weg nach La Spezia zu wählen. Sie zog sich aus und wusch sich. Dabei dachte sie daran, wie ordentlich Marco seine Kleider am Abend zuvor über den Stuhl gehängt hatte. Selbst seine Hose hatte er zusammengelegt.

Sie schnürte das Mieder auf, faltete ihre Bluse und ihren Rock zusammen und legte sie in den Schrank. Nur mit ihrem langen Unterhemd bekleidet, löschte sie eine der Lampen und ging ins Bett.

Das Klopfen an der Tür weckte sie aus tiefstem Schlaf. Peppone und Marco mussten noch sehr lange zusammengesessen haben. Auf Zehenspitzen tappte sie über die kalten Holzdielen zur Tür und ließ Marco ein. Er roch nach Wein, nach Pfeifentabak und dem Kaminfeuer, das in der Schankstube brannte.

»Es tut mir leid, dass ich dich so spät wecke«, sagte er. »Wir haben die Zeit vergessen.« Er schloss die Tür hinter sich und blickte sie an. »Er hat unrecht.« Seine Stimme klang ein wenig verwaschen, als hätte er zu viel Wein getrunken.

»Wer hat unrecht?«

»Peppone. Deine Augen sind nicht golden, sie haben die Farbe von Kastanienhonig. Und dein Haar schimmert wie die Schalen frischer Kastanien.«

Er musste betrunken sein. Antonella wich zurück, bis sie an das Bett stieß. »Lass das.«

»Was soll ich lassen?«

»Dieses Gerede. Ich mag das nicht.«

Ungläubig schüttelte er den Kopf. »Du bist die erste Frau, die ich kenne, die etwas gegen Komplimente hat.«

Hastig schlüpfte Antonella ins Bett und zog die Decke bis zum Hals. »Ich habe nichts übrig für honigsüße Worte.«

Immer noch kopfschüttelnd ging Marco zum Waschtisch.

Sehr betrunken schien er nicht zu sein, er schwankte nicht, wie ihr Vater es tat, wenn er von einem Besuch in der Osteria Sala nach Hause kam.

»Keine Angst, ich tu dir nichts, Kastanienmädchen.«

Er zog sein Hemd aus. An seiner linken Schulter trug er noch den Verband, den Aminta ihm angelegt hatte. Etwas unbeholfen löst er den Knoten und wickelte den Verband ab.

»Eure Heilerin hat gesagt, ich soll den Verband nach zwei Tagen wechseln und noch mal Salbe auftragen. Kannst du mir helfen?«

Einen Augenblick zögerte Antonella, dann stand sie auf und trat zu ihm. Die Wunde schien gut zu heilen, sie entdeckte keine Rötung der umliegenden Haut. Marco holte einen kleinen Tiegel mit Salbe aus seinem Gepäck. Antonella lächelte, als sie ihn öffnete. Sie kannte diesen Duft nach Arnika, Kamille, Salbei und Ringelblumen. Zu Hause hatten sie stets einen Tiegel mit Amintas Wundsalbe gehabt. Mit den Fingerspitzen verteilte sie die Salbe auf Marcos Wunde und half ihm anschließend, den Verband wieder anzulegen.

»Danke! Leihst du mir wieder deinen Umhang?«

Stumm deutete sie auf den Schrank, dann eilte sie zurück ins Bett. Marco holte ihren Umhang aus dem Schrank, löschte das Licht und legte sich neben sie. Es dauerte nur ein paar Minuten, bis ihr seine regelmäßigen Atemzüge verrieten, dass er schlief.

Sie lag noch einige Zeit wach. Waren ihre Augen tatsächlich honigfarben? Und ihr Haar? Eigentlich war es ein schönes Kompliment, das er ihr gemacht hatte. Sehr viel origineller als Paolos einfallsloses »Du bist so hübsch«.

17. KAPITEL

Am nächsten Morgen wachten sie spät auf. Der fahrende Händler war bereits abgereist, als sie zum Frühstück nach unten gingen.

Ihr nächstes Ziel sei Petrignacola, erklärte ihr Marco. Der Weg führte sie zunächst steil bergauf zu einer Bergkuppe, doch danach ging es in sanften Windungen leicht bergab. Es war sehr viel einfacher zu laufen als die letzten Tage und sie kamen rasch voran.

Petrignacola lag in einem Tal, umgeben von lichten Wäldern und Weiden. Im Sommer musste es hier wunderschön sein. Selbst jetzt, im trüben Novemberlicht, wirkte der Ort einladend.

Hier fanden sie keinen Gasthof, nur eine kleine Osteria.

»Ihr seid heute die einzigen Gäste«, erklärte der Wirt und zeigte ihnen einen Holzschuppen hinter dem Haus, in dem mehrere Strohsäcke lagen. Widerwillig bezahlte Marco dem Wirt den geforderten Preis.

Das Abendessen bestand aus einer wässrigen Suppe, in der ein paar Möhrenstücke und Zwiebelscheiben schwammen, hartem Brot und saurem Wein. Anschließend verbrachten sie die Nacht in dem zugigen Holzschuppen auf mit Maisstroh gefüllten Säcken und unter dünnen Decken. Es wurde so kalt, dass Antonella ihren Umhang holte und ihn zusätzlich zur Decke über sich breitete. Trotzdem fror sie sehr und sehnte sich nach Concettas sauberem Bett mit der dicken Decke in der Herberge in Ranzano. Im ersten Augenblick war sie erleichtert gewesen, dass Marco und sie ein eigenes Lager hatten, doch als sie in der Nacht vor Kälte zitternd aufwachte, ertappte sie sich bei dem Wunsch, Marco würde neben ihr liegen. Es wäre doch um einiges wärmer.

Das Frühstück fiel genauso karg aus wie das Abendessen.

Es bestand aus Ziegenmilch, die der Wirt offensichtlich mit Wasser verdünnt hatte und dem trockenen Brot vom Abend zuvor.

Sie verließen die Osteria und machten sich auf den Weg nach Berceto. Es war kälter als die Tage zuvor, weiße Wolken bedeckten den Himmel. Etwas besorgt beobachtete Antonella, wie sie träge dahinzogen. Sie wirkten, als führten sie Schnee mit sich. Dass es Anfang November schneite, war keine Seltenheit. Im Grunde mochte sie Schnee lieber als Regen, solange es nicht einer dieser Schneestürme war, die dafür sorgten, dass man die Hand nicht mehr vor Augen sah, und die mit heftigen Temperaturstürzen einhergingen.

Eine Stunde später hatten die Wolken sich verdichtet und hingen tiefer. Immer noch waren sie von einem erstaunlichen Weiß. Die kalte Luft prickelte auf ihren Wangen.

»Wie weit gehen wir heute?«, wandte sie sich an Marco.

»Wenn meine Karten stimmen, sollten wir Berceto in sechs oder sieben Stunden erreichen. Möchtest du eine Pause machen?«

»Nein.« Sie deutete auf den Himmel. »Es sieht so aus, als bekämen wir Schnee.«

»Schnee? Jetzt schon? Wie kommst du darauf?«

Sie zuckte die Schultern. »Die Wolken sehen so aus. Und es riecht danach.«

»Du kannst Schnee riechen?« Er legte den Kopf in den Nacken und atmete tief ein.

Etwas verlegen wandte sie den Kopf ab. Oft genug hatte sie die Gespräche der Schäfer über das Wetter gehört. Sie erkannten die Anzeichen für einen Wetterwechsel, ohne sie begründen zu können. »Ich spüre es in meinen Knochen«, hatte der alte Franco oft gesagt und fast immer recht behalten. Ihr erging es ähnlich. Vor einem Regenguss waren die Wolken schwer und grau und die Luft war so feucht, dass man sie auf der Haut spürte. Wenn Schnee in der Luft lag, so wie eben, war die Luft trocken und roch ein wenig nach frischer Wäsche. Aber vielleicht fand dieser Mann aus der Toskana sie jetzt einfach nur verschroben.

Doch er nickte ihr zu. »Wenn das so ist, sollten wir uns beeilen, wir müssen über den Pass am Monte Cirrone«, sagte er und beschleunigte seine Schritte.

Kurze Zeit später frischte der Wind auf. Er kam aus Norden und brachte eisige Kälte mit sich. Die Wolken hingen jetzt so tief, dass sie die Gipfel der umliegenden Berge verdeckten.

Und dann begann es zu schneien. Nicht sachte und allmählich mit sanft fallenden Flocken, sondern mit Sturmböen, die ihnen den Schnee ins Gesicht peitschten.

Die Kapuze ihres Umhangs über den Kopf gezogen, stapfte Antonella hinter Marco durch den Schnee, der rasch höher wurde. Sie hielt sich dicht bei ihm und nahe an dem Pferd. Der Schneesturm nahm ihnen die Sicht, der pfeifende Wind die Luft zum Atmen. Ihre Finger waren eiskalt, sie schob die Hände unter den Umhang, barg sie in den Achselhöhlen. Besorgt blickte sie auf den Mann vor sich. Marcos Haar war von Schnee und Eiskristallen bedeckt. Schaudernd hob er die Schultern und zog seine Jacke höher. Es war eine leichte Arbeitsjacke ohne Kragen, wie man sie im Sommer trug. Wirklich nicht die richtige Kleidung für den Winter in den Bergen. Ihr Umhang dagegen war von der gleichen Art wie die der Schäfer. Aus fester Wolle, die warm hielt und das Wasser abwies. Etwas zaghaft zupfte sie an dem Ärmel seiner Jacke. Er wandte sich um und blickte sie fragend an. Sein Gesicht war von der Kälte gerötet, Schneeflocken hingen in seinem Bart, saßen in seinen Augenbrauen.

»In meinem Bündel habe ich einen Schal«, rief sie, öffnete die Satteltasche, in der er ihre Habseligkeiten verstaut hatte, und zog den Wollschal heraus. Mit einem Zipfel wischte sie den Schnee aus seinem Gesicht, schüttelte mit den Händen die Flocken aus seinem Haar, dann wickelte sie ihm den Schal um den Kopf, dass seine Ohren, Mund und Nase vor der Kälte geschützt waren. »So ist es besser.«

Seine Augen verrieten ihr, dass er lächelte. Kurz strich er ihr mit der Hand über die Wange, bevor er sich wieder umdrehte und das widerstrebende Pferd weiterzog.

Verbissen kämpften sie sich eine weitere Stunde durch den Schnee, der ihnen inzwischen bis über die Knie reichte. Das Gehen wurde immer schwerer. Wenn der Sturm nicht bald nachließ, würden sie es niemals bis Berceto schaffen. Sie brauchten einen Unterschlupf. Wenn sie wenigstens etwas sehen würden, könnten sie nach den Schäferhütten suchen, die hier und dort in den Wäldern standen. Doch die Flocken wirbelten so dicht, dass sie kaum den Weg vor sich erkennen konnten. Ihn in diesem Schneesturm zu verlassen, käme einem Selbstmord gleich.

Irgendwann wurde der Wind schwächer. Doch es schneite weiterhin. Antonellas Füße schmerzten vor Kälte. Längst hatte sie ihr Zeitgefühl verloren, mechanisch setzte sie einen Fuß vor den anderen, hielt den Blick auf den Boden und Marcos Fußspuren gerichtet.

Plötzlich stolperte er und fiel nach vorne in den Schnee. Hastig lief sie zu ihm. »Hast du dich verletzt?«

Er schüttelte den Kopf und hockte sich auf die Knie. Sein Gesicht war blass, seine Lippen leicht bläulich verfärbt. Er atmete schnell und flach.

»Steh auf. Wir müssen weiter.«

»Gleich«, murmelte er. »Nur ein paar Minuten ausruhen.« Seine Lider flatterten, dann fielen ihm die Augen zu.

Antonella packte ihn an den Schultern. »Sofort!«, schrie sie ihn an. »Wenn du einschläfst, stirbst du!«

Er reagierte nicht. Sie schüttelte ihn, ohne Erfolg. Verzweifelt versuchte sie, ihn auf die Füße zu ziehen, doch ihre Kraft reichte nicht aus. Schließlich holte sie aus und verpasste ihm eine Ohrfeige. Das half. Er riss die Augen auf.

»Du musst aufstehen! Wir müssen weiter. Los!«

Stolpernd lief sie zu Rinaldo, packte den Zügel und zog ihn zu Marco.

»Zieh dich am Steigbügel hoch!«

Marco blinzelte und blickte von ihr zu seinem Pferd. Einen Augenblick befürchtete sie, er würde wieder in den Schnee sinken, doch dann griff er zum Steigbügel und kam auf die Beine. Leicht schwankend stand er neben dem Pferd. Antonella überlegte fieberhaft. Sollte sie ihm auf das Pferd helfen? Aber dann würde er sich nicht mehr bewegen und wahrscheinlich einschlafen. Sie musste verhindern, dass er weiter auskühlte, und sie musste ihn dazu bekommen, weiterzugehen. Kurzerhand zog sie ihren Umhang aus und legte ihn Marco um. Sie nahm ihm den Schal ab und zog stattdessen die Kapuze über seinen Kopf. Den Schal wickelte sie sich um Kopf und Schultern. Dann drückte sie Marco den Riemen des Steigbügels in die Hand. »Festhalten. Ich führe ihn.«

Sie packte Rinaldo am Zügel und ruckte leicht. Zu ihrer Überraschung folgte ihr das Pferd sofort, es war gar nicht so schwer, wie sie befürchtet hatte. Mit zusammengekniffenen Augen blickte sie sich um, versuchte sich zu orientieren. Immerhin war der Weg noch erkennbar. Schnee wirbelte um ihre Beine, immer wieder wandte sie den Kopf, um nach Marco zu sehen. Er schien wieder ein wenig wacher zu sein, denn er erwiderte ihre Blicke und seine Schritte waren sicherer. Trotzdem mussten sie bald einen Zufluchtsort finden. Inzwischen spürte auch sie die Schläfrigkeit, die durch Unterkühlung verursacht wurde.

Noch einen Schritt und noch einen. Wie lange würden sie

noch durchhalten? Plötzlich tauchte etwas Dunkles an der Biegung vor ihnen auf. Durch die wirbelnden Flocken erkannte Antonella den Umriss eines niedrigen Gebäudes. Eine Schäferhütte! Sie waren gerettet. Vor Erleichterung traten ihr die Tränen in die Augen. Sie wandte sich um. »Marco, dort!«
Er verzog die Lippen zu einem Lächeln. Kurz bevor sie das Haus erreichten, blieb Antonella stehen. An einem Baum in unmittelbarer Nähe hing etwas.

Was es genau war, konnte sie durch das Schneetreiben nicht erkennen, doch es glich in Form und Umriss einem Menschen.

Sie packte Marco am Ärmel und deutete in die Richtung. »Sieh mal!«

Er fuhr sich mit der Hand über die Augen. Einmal. Und noch einmal. Dann rannte er los. Antonella folgte ihm, stolperte durch den tiefen Schnee. Atemlos kam sie neben Marco zum Stehen. Er beachtete sie nicht. Sein Blick war starr auf den Mann gerichtet, der an dem Baum hing. Er trug die blaurote Uniform der Carabinieri. Und er war tot.

18. KAPITEL

Am Fuß des Baumes entdeckten sie drei weitere Körper, fast vollständig von Schnee bedeckt. Marco bückte sich und wischte den Toten den Schnee aus den Gesichtern. Antonella unterdrückte einen Aufschrei, als sie das Gesicht des jungen Mannes erkannte, der in Concettas Gasthaus so hungrig gewesen war. Tränen stiegen ihr in die Augen. Er war sicher nicht viel älter als sie gewesen.

Die anderen beiden erkannte sie ebenfalls. Auch sie gehörten zu dem Trupp, der die flüchtigen Carbonari verfolgt hatte.

Alle drei waren offenbar erschossen worden. Sie hob den

Blick zu dem Gehängten. Sein Gesicht war zu verzerrt, um es zu erkennen, aber es bestand kein Zweifel, dass er der Kommandant war, der sie befragt hatte.

Was war hier geschehen?

Sie wandte sich zu Marco um, doch er schüttelte nur den Kopf.

»Warte hier.« Seine Stimme klang dumpf. Er stapfte zurück zu seinem Pferd und führte es zu dem Baum.

»Steig auf!«

»Was?«

»Ich will ihn nicht so hängen lassen. Du musst den Strick durchschneiden.« Er half ihr aufs Pferd und drückte ihr seinen Dolch in die Hand. Schaudernd beugte sie sich vor und griff nach dem Strick. Es war ein grob geflochtenes Seil, das in ihrer Hand scheuerte. Unwillkürlich fragte sie sich, wie schrecklich es sich angefühlt haben musste, als man es dem Carabiniere um den Hals geschlungen hatte. Sie setzte das Messer an, Marco umfasste den Mann, und als sie das Seil durchgesäbelt hatte, ließ er ihn neben seinen Kameraden in den Schnee gleiten. Er versuchte, dem Mann die Augen zu schließen, doch es ging nicht, die Leichenstarre verhinderte es. Bevor Marco sich aufrichtete, zog er etwas aus der Jackentasche des Mannes. Antonella erkannte ein Stück gefaltetes Papier. Marco schob es in seine Jacke, griff nach den Zügeln des Pferdes und führte es zurück zum Weg.

Antonella folgte ihm.

Das Gebäude war tatsächlich eine der Hütten, in denen die Schäfer übernachteten, wenn sie mit ihren Schafen auf den Bergweiden waren. Aus groben Natursteinen, mit einer niedrigen Tür und einem winzigen Fenster, das mit einem hölzernen Laden verschlossen war. Dahinter erblickte sie die niedrigen Gatter eines Pferches für Schafe.

Wenn sie Glück hatten, fanden sie in der Hütte ein Schlaflager, eine Feuerstelle, vielleicht sogar etwas Holz. Zumindest konnten sie Schutz suchen, bis der Schneesturm vorbei war. Antonella schwang das rechte Bein über die Kruppe des Pferdes, wie sie es bei Marco beobachtet hatte, und stieg ab.

Sie hatten Glück, die Hütte war offensichtlich bis vor kurzem benutzt worden und in einem guten Zustand. Es gab eine Feuerstelle, über der sogar ein Kessel hing.

Neben der Feuerstelle lagen Holzscheite, und in einer Ecke entdeckte sie zwei Strohsäcke. Vor dem kleinen Fenster standen ein Tisch und zwei Stühle. In einer Nische in der Mauer entdeckte Antonella zwei Teller und Becher aus braunem Steinzeug, daneben lagen Löffel und eine lange Gabel mit zwei Zinken. Erleichtert atmete sie auf. Sie konnten Feuer machen und Wasser kochen, und hierbleiben, ja sogar schlafen, bis der Sturm vorüber war.

Marco trug den Sattel und ihre Habseligkeiten hinein. Anschließend führte er das Pferd in den Pferch hinter die Hütte, wo es vor dem Wind geschützt war. Währenddessen holte Antonella ihr Schlageisen aus dem Gepäck, schichtete dünne Äste in der Feuerstelle auf und schlug Funken. Bald leckten die ersten Flammen an dem trockenen Holz. Vorsichtig packte sie weitere Äste dazu und blies sachte in die Glut. Als die Flammen emporloderten, atmete sie erleichtert auf. Nicht nur Marco war durchgefroren, auch sie glaubte, die Kälte bis in ihre Knochen zu spüren. Anschließend packte sie ihr Bündel aus. Die Kleider darin waren ebenfalls klamm. Ganz unten fand sie das Papier, das Francesca ihr gegeben hatte. Das Rezept für die Cioccolatina. Sie glättete es und legte es auf den Tisch.

Kalter Wind fuhr herein, als Marco die Tür öffnete.

»Hast du einen Platz für das Pferd gefunden?«, fragte sie und legte noch ein Stück Holz auf.

»J-ja, hinter d-dem Haus ist ein Unterstand.« Seine Stimme klang undeutlich, er nuschelte, als wären seine Lippen steif. Antonella drehte sich zu ihm um. Sein Gesicht war bläulich verfärbt und er zitterte. Er zog die Jacke aus und ließ sie zu Boden fallen. Die Feuchtigkeit war bis auf sein Hemd gedrungen und auch seine Hose war durchnässt.

»Du musst die nassen Sachen ausziehen«, sagte sie. »Hast du etwas zum Wechseln?«

Bisher hatte er jeden Morgen das gleiche Hemd wieder angezogen.

»Nur ein zweites Hemd in der Satteltasche. Mein Gepäck habe ich liegen lassen, als ich vor dem schießwütigen Kerl abgehauen bin.«

»Dann gebe ich dir meinen Umhang. Ich hole nur noch Schnee, damit wir Wasser kochen können.«

Sie nahm den Kessel vom Haken und ging hinaus. Vor der Tür schaufelte sie mit den Händen Schnee in das Gefäß. Als sie wieder in die Hütte trat, war Marco immer noch damit beschäftigt, sein Hemd aufzuknöpfen.

»Verdammt, meine Finger, sind so steif, ich kriege die Knöpfe nicht auf.«

Antonella hängte den Kessel über das Feuer und rieb sich die Hände. Dann trat sie zu ihm, griff nach seinen Händen. Seine Finger waren noch kälter als ihre.

»Ich kenne das. Nachher, wenn es warm wird, werden dir die Hände furchtbar wehtun und die Füße sicher auch.« Kurzerhand knöpfte sie sein Hemd auf und half ihm, es auszuziehen. Danach reichte sie ihm ihren Umhang.

»Zieh die Hose aus, wickel dich ein und setz dich ans Feuer.«

»Zu Befehl, Frau Feldmarschall.«

Ihr war nicht nach Scherzen zumute. »So kalt zu werden, ist gefährlich. Du hättest daran denken sollen, dir warme

Kleidung zu besorgen, wenn du im Winter durch die Berge willst.«

»Ich hatte nicht geplant, im Winter noch hier zu sein. Ich sollte schon längst in Genua sein.« Er drehte ihr den Rücken zu und zog gehorsam die Hose aus. Antonella wandte den Blick ab, bis sie hörte, wie er sich am Feuer niederließ. Aus ihrem Bündel zog sie ihre Hose aus grobem Wollstoff, die sie anzog, bevor sie ihren nassen Rock auszog.

»Du besitzt eine Hose?«

»Alle Frauen hier in den Bergen tragen im Winter Hosen unter den Röcken. Es ist viel zu kalt sonst.«

Sie rückte die Stühle näher an die Feuerstelle und hängte die nassen Kleider darüber. Anschließend setzte sie sich Marco gegenüber ans Feuer. Unwillkürlich schweifte ihr Blick zum Fenster, doch der Baum, unter dem die Toten lagen, war nicht zu sehen. »Diese Männer da draußen – wer tut so etwas? Briganten?«

»Ich weiß es nicht. Warte ...« Er stand auf und holte das Papier aus seiner Jacke, das er bei dem Kommandanten gefunden hatte. Seine Augen weiteten sich, als er es auseinanderfaltete.

»Nein«, flüsterte er. Sein Gesicht, das gerade eben wieder etwas Farbe bekommen hatte, wurde weiß wie der Schnee vor der Tür. Seine Hand zitterte leicht.

»Was ist los?« Sie stand ebenfalls auf und blickte auf das Blatt. Es zeigte einen fünfzackigen Stern und darum herum Buchstaben in seltsamer Anordnung. Quer darüber hatte jemand etwas geschrieben.

»Carbonari«, murmelte Marco.

»Woher weißt du das?«

Er fuhr zusammen und starrte sie an, als hätte er ihre Anwesenheit völlig vergessen. Dann deutete er auf das Blatt. »Das ist ihr Zeichen. Und hier steht: Rache für Ciro Menotti.«

Seine Stimme klang rau. Verwundert blickte sie ihn an. Warum traf ihn das so sehr? Ob es nun Carbonari oder Briganten waren, Mord war Mord.

»Briganten sind Verbrecher«, sagte er, als sie ihre Gedanken aussprach. »Die Carbonari kämpfen für ein freies Italien. Gegen die Habsburger, die Bourbonen, aber doch nicht gegen die eigenen Landsleute. Gegen halbe Kinder wie diesen Jungen.«

»Aber vielleicht waren es die beiden Carbonari, die von den Männern gesucht werden?«

»Zwei Männer, von denen einer schwer verletzt sein soll, gegen vier Soldaten?«

»Sie könnten die drei hinterrücks erschossen haben und den Kommandanten aufgehängt. Du hast es gehört, sie wollten den Herzog von Modena ermorden. Diese Leute schrecken vor nichts zurück.«

Er schien etwas sagen zu wollen, doch dann schluckte er, schüttelte den Kopf und starrte wieder auf das Blatt.

Sachte nahm sie es ihm aus der Hand, die immer noch zitterte, und legte es zur Seite.

Der Kessel über dem Feuer begann zu summen. Antonella stand auf und füllte die Becher mit dem heißen Wasser. Einen reichte sie Marco. Er griff nach ihm, doch er konnte ihn nicht halten. Der Becher fiel scheppernd zu Boden. Antonella füllte ihn erneut. »Nimm ihn in beide Hände.«

Sie setzte sich neben Marco und musterte ihn besorgt. Er wirkte verstört und leicht abwesend. Vielleicht hatte ihm die Kälte noch mehr zugesetzt, als sie gedacht hatte. Sie schauderte. Auch sie fror und es würde noch eine ganze Zeit lang dauern, bis das Feuer die Hütte wirklich erwärmt hatte. Wieder sah sie in Marcos Gesicht. Seine Lippen waren immer noch blau und er schien sie gar nicht wahrzunehmen. Mittlerweile zitterte er nicht mehr, doch das war kein gutes Zeichen.

Sie kannte die Symptome des Kältetodes. Immer wieder wurden Bewohner der Dörfer in den Bergen von Schneestürmen und Kälteeinbrüchen überrascht und nicht alle Häuser waren geheizt und boten Möglichkeiten, sich aufzuwärmen. In solchen Fällen war die wirksamste Methode, sie mit jemandem ins Bett zu legen, der nicht unterkühlt war. Das hatte Aminta ihr erzählt. Die Körperwärme half.

Kurz entschlossen schob sie die beiden Strohsäcke vor die Feuerstelle. »Leg dich hin, mit dem Gesicht zum Feuer.«

»W-was?«

Sie deutete auf das Strohlager. Er nickte und wankte zu dem Sack. Als er sich hingelegt hatte, deckte sie ihn mit ihrem Umhang zu. Einen Augenblick zögert sie, dann holte sie das Messer, das an seinem Gürtel in einer Scheide steckte. Danach zog sie Hose und Bluse aus.

»Was ich jetzt mache, tue ich nur, um dich aufzuwärmen. Solltest du mich falsch verstehen, ich habe dein Messer.«

Nur mit ihrem Unterhemd bekleidet, schlüpfte sie hinter ihm unter den Umhang, schmiegte sich an seinen Rücken und legte den Arm um ihn. Heilige Maria, wie war er kalt. Sie fröstelte. Hoffentlich reichten ihre Wärme und der Umhang aus, bis das Feuer die Hütte erwärmt hatte.

Einen Augenblick lang regte er sich nicht, dann tastete er nach ihrer Hand, die über seiner Brust lag. »Danke. Du bist eine außergewöhnliche Frau.« Er nuschelte immer noch. »Wo-woher weißt du solche Dinge?«

»Von Aminta, sie hat schon mehr als einen vor dem Kältetod bewahrt. Sie hat mir erzählt, dass man Menschen, die zu lange in der Kälte waren, nur langsam wieder aufwärmen darf, weil sie sonst sterben.«

»Warum?«

»Das wusste auch Aminta nicht, nur dass es schon passiert ist. Einmal hat ein Arzt einen Jungen, der von einer Lawine verschüttet worden war, in einen Badezuber mit heißem Wasser gelegt. Der Junge ist kurz danach gestorben.«

»Hmm.«

Sie mussten eingeschlafen sein, denn als Antonella die Augen öffnete, war es dunkel geworden, nur das Feuer spendete Licht. Der Wind pfiff mit unverminderter Heftigkeit um die Hütte. Sie stand auf und legte Holz nach. Marco hob den Kopf und blinzelte.

»Wenn du Hunger hast, in meinem Gepäck ist noch ein Stück Salami und auch Käse«, sagte er. »Das Brot dürfte zu alt sein.«

»Du hast keinen Hunger?«

Er schüttelte den Kopf. »Ich bin müde.«

Sie beugte sich zu ihm und legte die Hand an seine Wange. Die Haut war nicht mehr ganz so kalt. »Ich komme gleich wieder.«

»Vergiss den Dolch nicht, für mich wirst du ihn nicht brauchen, aber für die Salami.«

So unpassend es war, sie musste ein Lächeln unterdrücken. Er war so ganz anders als Paolo.

Sie schnitt ein paar Scheiben Salami und eine Scheibe Käse ab und nagte an dem Brot, das in der Tat steinhart war.

Dann zog sie ihre Schuhe an, legte sich seine noch feuchte Jacke um die Schultern und trat ins Freie. Es hatte aufgehört zu schneien und der Wind schien schwächer geworden zu sein. Sie hastete um das Haus herum zum Unterstand.

Rinaldo schnaubte leise, als sie den Pferch betrat. Sie tätschelte seinen Hals. »Leider haben wir nichts zum Fressen für dich.«

Marco hatte Schnee in die Tränke geschaufelt, so musste das Pferd wenigstens nicht dursten.

In einer Ecke erleichterte sie sich, dann kehrte sie in die Hütte zurück.

»Rinaldo geht es gut«, verkündete sie beim Eintreten.

Sie bekam keine Antwort. Marco schlief. Unschlüssig musterte sie die beiden Strohsäcke. Sie könnte einen fortziehen, um ein zweites Lager zu haben. Doch dann hätte sie nichts, um sich zuzudecken, und das Feuer würde nicht die ganze Nacht hindurch brennen, dazu hatten sie zu wenig große Baumstämme. Plötzlich fand sie den Gedanken verlockender, an seinem Rücken einzuschlafen. Sie hängte die Jacke über die Stuhllehne und zog die Schuhe aus. Dann legte sie noch mal Holz auf, wobei sie sich in Gedanken bei den Besitzern der Hütte dafür entschuldigte, dass sie ihre Vorräte verbrauchte. Diese Hütten durfte jeder, der Schutz suchte, benutzen. Allerdings war es üblich, sie so zu hinterlassen, wie man sie vorgefunden hatte. Nur wie sollten sie das Holz, das sie verbrannten, ersetzen, im Winter und ohne Axt?

Sie kroch unter den Umhang. Als sie ihren Arm über Marcos Brust legte, fiel ihr ein, dass der Dolch noch auf dem Tisch lag. Sollte er dort liegen bleiben. Sie würde ihn nicht brauchen.

19. KAPITEL

In der Nacht weckte Marcos Stöhnen sie auf. Er hatte sich auf den Rücken gedreht und warf den Kopf hin und her. »Nein«, hörte sie ihn flüstern. »Doch nicht so.«

Sein Atem ging schwer. Sie legte ihm die Hand auf die Stirn, sie war warm. Auch sein Rücken und seine Arme waren nicht mehr kälter als ihre. Anscheinend war seine Körpertemperatur wieder normal. Er war nicht krank, er träumte einfach nur. Sachte strich sie ihm das Haar aus der Stirn, es fühlte sich seidig und weich an. »Sch, alles ist gut. Du träumst.«

»Emilia«, murmelte er, drehte sich um und legte einen Arm um sie. Sie hielt die Luft an und ballte die Fäuste. Doch er murmelte nur etwas Unverständliches und schlief weiter, den Arm über ihre Mitte gelegt.

Ein kalter Luftzug strich über ihr Gesicht. Sie schlug die Augen auf und erhaschte gerade noch den Anblick von Marcos nackter Kehrseite, bevor er die Tür hinter sich schloss. Er kam sehr schnell zurück und kroch schaudernd zu ihr unter den Umhang. »Nur kurz Aufwärmen«, murmelte er.

Sie rieb sich die Augen und sah sich um. Das Feuer war erloschen, durch die Ritzen des Fensterladens fiel Licht.

»Es hat aufgehört zu schneien«, sagte Marco. »Der Himmel ist blau und die Sonne scheint.«

»Wir sollten trotzdem warten, bis unsere Sachen trocken sind, bevor wir weiterziehen.« Sie setzte sich auf. »Ich mache gleich noch einmal Feuer.«

Während sie in ihre Hose und die Bluse schlüpfte, hängte er sich den Umhang um und ging noch mal nach draußen, um nach Rinaldo zu sehen und den Kessel mit Schnee zu füllen. Bis er wiederkam, hatte sie das Feuer entzündet.

Einige Zeit später saßen sie bei heißem Wasser und den kläglichen Resten von Salami und Käse am Tisch.

»Was ist das?«, fragte Marco und deutete auf Francescas Blatt, das noch auf dem Tisch lag.

»Ein Rezept für einen Schokoladenkuchen. Meine beste Freundin hat es mir gegeben. Eigentlich ist es ein Familiengeheimnis.« Sie schluckte beim Gedanken an Francesca. »Ich muss es auswendig lernen. Kannst du es mir vorlesen?«

Marco nickte und begann zu lesen. Antonella schloss die Augen und stellte sich die Zutaten vor. Dunkle Schokolade, Butter, Eier, Vanille. Beinahe konnte sie den Duft riechen, der Giannas Küche erfüllte, wenn sie buk.

Sie öffnete die Augen und wiederholte die Zutaten und die Zubereitung.

»So schnell kannst du dir das merken?«, sagte Marco erstaunt. »Das klingt köstlich. Jetzt habe ich Hunger.«

Er griff nach seinem Dolch und zog den Käse zu sich. Antonella starrte auf seine Hände, als er dünne Scheiben vom Käse schnitt und zu ihr schob. Es waren kräftige Hände, sie sahen aus, als könne er zupacken, und sie hatte ja bereits gemerkt, wie stark er war, trotz seiner schlanken Gestalt.

Und doch wirkte er nicht wie ein Landarbeiter. Kein einfacher Arbeiter konnte lesen und schreiben. Irgendetwas an der Geschichte, die er ihr erzählt hatte, stimmte nicht.

Und wer war diese Frau, von der er im Traum gesprochen hatte? Sie beschloss, ihn zu fragen. »Wer ist Emilia?«

Er verschluckte sich an einem Stück Käse.

»Wie bitte?«, fragte er, nachdem der Hustenanfall vorbei war.

»Du hast heute Nacht im Schlaf gesprochen.«

»Ich habe geredet? Im Schlaf?« Sichtlich schockiert starrte er sie an. »Was habe ich gesagt?«

»Ich habe nicht viel verstanden. Es hörte sich an, als hättest du Albträume. Du hast dich herumgeworfen und immer wieder Nein gesagt. Und irgendwann nanntest du den Namen Emilia.«

»Ich kann mich nicht erinnern, aber wahrscheinlich habe ich von zu Hause geträumt. Emilia ist meine kleine Schwester.«

»Du hast Albträume von zu Hause?«

Er lächelte auf seine typische Weise, zog den rechten Mundwinkel höher als den linken. »Wenn du meinen Vater kennen würdest, wüsstest du warum. Ich wusste nicht, dass ich im Schlaf spreche.«

»Dann hast du sicher ein Zimmer für dich allein, sonst hätte man es dir schon längst gesagt. Meine Schwester behauptet, ich würde schnarchen.«

»Ich habe nichts gehört. Sicher wollte sie dich nur ärgern.«

»Das kann sein. Teresa und ich haben uns oft gestritten, aber jetzt fehlt sie mir. Giovanna auch. Und Francesca. Besonders Francesca.« Auch ihre Eltern und ihre Freundinnen fehlten ihr. Sie seufzte.

»Bereust du, dass du fortgegangen bist? Noch könntest du umkehren.«

»Nachdem ich mit einem Fremden vier Nächte unterwegs war? Sie würden mich als Hure beschimpfen und meine Eltern würden mich wahrscheinlich verstoßen. Nein, ich kann nicht zurück. Ich will auch nicht. In Genua kann ich meinen Lebensunterhalt selbst verdienen und bin nicht darauf angewiesen, zu heiraten.«

»Willst du denn nicht heiraten?«

Sie schüttelte den Kopf. »Nicht mehr.«

»Es sind nicht alle Männer so wie dein Verlobter.«

»Das kann sein. Aber ich glaube, ich mag das nicht, was die Männer mit Frauen tun. Ich …« Heilige Muttergottes, was tat sie da? Sie redete über Dinge, über die keine anständige Frau sprach, schon gar nicht mit einem Mann. Beschämt senkte sie den Kopf und fuhr mit dem Finger die Holzmaserung auf dem Tisch nach.

»Woher weißt du das? Hat er dich denn vorher schon belästigt?«

»Nein, so kann man es nicht nennen«, sagte sie, ohne ihn anzusehen. »Er hat mich geküsst.«

»Und das hat dir nicht gefallen?«

»Es war so ganz anders, als ich es mir vorgestellt habe.« Sie stockte.

»Ja?«, fragte Marco leise.

Sie antwortete nicht.

»Vielleicht kann er nicht küssen. Oder er war einfach nur der falsche Mann.«

Sie hob den Kopf und sah ihn an. Niemals hätte sie sich

träumen lassen, ein solches Gespräch zu führen. Sie sollte es beenden. Aber gleichzeitig fesselte es sie, seine Meinung zu hören, und außerdem war sie plötzlich sehr neugierig. »Gibt es denn unterschiedliche Arten zu küssen?«

»Aber ja.« Seine Stimme verriet, dass er ein Lachen unterdrückte. »Es ist ein Unterschied, ob ein Vater oder ein Bruder dich küsst oder ein Mann, der in dich verliebt ist.«

»Das weiß ich«, gab sie leicht erbost zurück. Hielt er sie etwa für so naiv?

»Hast du nie einen anderen geküsst? Nur deinen Verlobten?« Das Lachen in seiner Stimme wich Erstaunen. Sie erinnerte sich an Paolos Überraschung, als sie ihm gesagt hatte, dass sie nie zuvor geküsst worden war. Also war es wirklich so. *Sie* war seltsam. Anders als andere Mädchen, die sich mit Burschen trafen, sie küssten und Spaß daran hatten. Etwas stimmte nicht mit ihr. Bevor sie etwas sagen konnte, fuhr er fort. »Kein Wunder, dass du mit Männern nichts mehr im Sinn hast. Vielleicht solltest du das Küssen noch einmal mit einem anderen probieren, ehe du den Männern abschwörst.«

»Ich glaube nicht, dass es mir jemals gefallen wird.«

»Das weißt du erst, wenn du es probiert hast.«

Unwillkürlich wanderte ihr Blick zu seinem Mund, verweilte auf der geschwungenen Linie seiner Lippen. Schon einmal hatte sie sich gefragt, wie sie sich wohl anfühlen würden. »Na gut. Dann zeig du es mir«, sagte sie, ohne nachzudenken.

»Ich?«

»Warum nicht? Wenn ich es einfach nur ausprobieren soll, warum nicht mit dir?«

Seine Wangen färbten sich rot. »Das halte ich für keine gute Idee.«

Seine Worte beschämten sie. Was war nur in sie gefahren? Sie hatte ihn soeben aufgefordert, sie zu küssen. Und er hatte abgelehnt. Wie sollte sie ihm jemals wieder ins Gesicht sehen. Sie schloss die Augen.

»Antonella?«

Wenn er doch schweigen würde.

Doch er schwieg nicht. »Ich habe mich eben sehr ungeschickt ausgedrückt. Was ich eigentlich sagen wollte ...«

Sie hielt die Augen geschlossen. Dass er sich entschuldigte, machte es nicht besser.

»... ach verdammt.«

Er zog sie aus dem Stuhl. Sie spürte seine Hände auf ihren Wangen, sie glitten nach hinten in ihr Haar und dann lagen seine Lippen auf ihren. Weich und warm. Einen Moment tat er nichts weiter, dann spürte sie ein kurzes, schmetterlingszartes Streicheln über ihre Unterlippe. So flüchtig, dass sie nicht wusste, ob es Wirklichkeit war. Sie wartete, doch es wiederholte sich nicht. Sie öffnete ihre Lippen ein wenig und da war es wieder. Strich über ihre Unterlippe, über die Innenseite ihrer Oberlippe, zog sich zurück und hinterließ ein leichtes Prickeln. Wieder wartete sie, doch nichts geschah. Unwillkürlich tastete sie mit der Zunge nach ihm. Fand ihn und wurde von ihm gefunden.

Es war ganz anders als bei Paolo. Plötzlich verstand sie die Lieder, wusste, warum Teresa so glücklich ausgesehen hatte, als sie mit Tommaso aus dem Garten gekommen war, und warum manche Mädchen einfach nur zum Spaß küssten.

Als er sich schließlich zurückzog, hielt sie die Augen geschlossen, spürte der Wärme nach, die sich von ihrem Herzen nach unten ausbreitete. Ihre Lippen prickelten.

»Und? War das nun anders?« Sie hörte das Lächeln in seiner Stimme und öffnete die Augen. Er hielt immer noch ihren Kopf umfasst, strich mit dem Daumen über ihre Wange. Sein Gesicht war so nah, sie konnte ihr Spiegelbild in seinen Augen sehen. Ihr Herz klopfte heftig. Da sie ihrer Stimme nicht traute, nickte sie nur. Sein Lächeln vertiefte sich. Er beugte sich vor und hauchte ihr einen Kuss auf die Stirn. Dann ließ er sie los. »Nicht alle Männer sind so wie dein Verlobter«, wiederholte er seine Worte von vorhin.

Und die wenigsten sind so wie du, dachte sie.

Amintas Worte kamen ihr in den Sinn. »Ich bin sicher, er wird nichts tun, was du nicht wünschst. Aber sei auf der Hut, er ist einer, der Wünsche wecken kann.«

Wie recht du hattest, Aminta. Ich wünschte, er würde mich noch mal küssen.

Was geschah mit ihr? Draußen lagen vier tote Männer, sie hatten einen gefährlichen Weg durch den Schnee vor sich und sie hatte nichts Klügeres im Kopf als den Kuss dieses Mannes?

Abrupt stand sie auf und sah nach den Kleidern. »Sie sind fast trocken. Wir räumen hier auf und dann können wir aufbrechen.«

Schweigend löschte sie das Feuer, während Marco die Strohsäcke in die Ecke trug. Anschließend ging sie nach draußen und reinigte die Tassen und Teller mit Schnee.

Der Tag war wirklich wunderschön. Die Sonne schien und nicht ein Wölkchen trübte den strahlend blauen Himmel. Vom selben Blau wie Marcos Augen. Sie strich mit dem Finger über ihre Lippen. Wie sie sich wohl für ihn angefühlt hatten?

Unwillig schüttelte sie den Kopf, als ihr klar wurde, in welche Richtung ihre Gedanken gingen. Sie brauchte sich nichts einzubilden, er hatte sie nur geküsst, weil sie ihn darum gebeten hatte.

Als sie die Hütte wieder betrat, war er bereits angezogen.

20. KAPITEL

Kurze Zeit später saß sie auf Rinaldo und Marco führte das Pferd. Antonella blickte hinüber zu dem Baum, unter dem die Toten lagen. Der Schnee bedeckte ihre Leichen.

»Wir können nichts für sie tun«, sagte Marco leise. »Außer es im nächsten Ort melden und hoffen, dass sie jemanden schicken, um sie zu holen.«

»Ihre Familien müssen erfahren, was ihnen zugestoßen ist.«

Sie konnte den Blick nicht von dem aufgetürmten Schnee abwenden. Diese Männer hatten Familie. Mütter, Schwestern, die älteren von ihnen sicher auch Frauen und Kinder. Wie furchtbar es für sie sein musste, zu erfahren, dass ihre Leichen irgendwo im Wald lagen. Tommaso war ebenfalls mit seinem Trupp auf der Suche nach den Carbonari. Sie bekreuzigte sich und sprach ein Gebet. Hoffentlich stieß ihm nichts zu. Teresa würde es nicht ertragen.

Sie hatten Glück, der Pfad war trotz des Schnees noch einigermaßen erkennbar, und wie es aussah, hatten sie während des Schneesturms den Pass des Monte Cirrone überschritten, denn ihr Weg führte sie bergab.

Marco schien in Gedanken versunken, er sprach kaum etwas.

Als sie ihm anbot, zu tauschen, dass er eine Zeit lang ritt und sie lief, schüttelte er den Kopf. »Die Bewegung tut mir gut.«

Seine Hose zeigte bereits wieder Spuren von Nässe und sicher hatte er kalte Füße. Sie mussten unbedingt warme Kleidung für ihn besorgen.

Antonella spielte mit ein paar Strähnen aus Rinaldos Mähne und sann über ihr Gespräch von heute Morgen nach. Marco war also der Meinung, dass es Paolos Schuld war, wenn ihr seine Küsse nicht gefielen. Weil er nicht küssen konnte.

Dabei hatte Paolo sich vor ihr noch mit seiner Erfahrung gebrüstet. Sie berührte ihre Lippen. Marcos Kuss hatte ihr gefallen. Sehr sogar. Dass es solche Unterschiede gab, hatte sie nicht geahnt.

Nach etwas über zwei Stunden erblickten sie die ersten Häuser. Erleichtert atmete Antonella auf. Sie hatten den richtigen Weg gefunden.

Es war eine sehr kleine Ortschaft. Ein paar Häuser, eine kleine Kirche, ein Bäcker, jedoch keine Osteria.

Marco half ihr vom Pferd und kramte in seiner Tasche nach Geld. »Sei so lieb und kauf uns irgendetwas zu essen. Ich suche solange den Ortsvorsteher und melde die ermordeten Carabinieri.«

Zu ihrer Freude entdeckte sie in der Bäckerei Bomboloni in Schmalz ausgebackene und mit Zucker bestreute Kringel. Sie waren zwar teuer, aber noch warm und genau das Richtige nach ihrem kargen Frühstück.

Sie kaufte sechs Stück, Marco hatte gewiss einen gewaltigen Hunger, und dazu noch einen Laib Brot.

Als sie die Bäckerei verließ, kam auch Marco die Straße entlang. Während er das Brot in seinen Satteltaschen verstaute, wickelte sie die Kringel aus dem Papier und reichte ihm zwei. Sie blieben vor der Bäckerei stehen, bis sie den letzten Krümel des saftigen Gebäcks aus den Mundwinkeln wischten. Dann erst fragte sie, was der Ortsvorsteher gesagt hatte.

»Es war ihm ziemlich lästig, aber er meinte, er würde jemanden mit einem Karren hinschicken, sobald die Wege wieder passierbar sind. Wahrscheinlich werden sie hier auf dem Friedhof beigesetzt und ihre Familien verständigt.« Er seufzte. »Zumindest hoffe ich das.«

Er deutete die Straße entlang. »Er sagte mir, Berceto läge ungefähr drei Stunden in dieser Richtung. Schaffst du das?«

»Aber ja.«

Sie verließen das Dorf in Richtung Norden. Die Sonne schien immer noch und verwandelte den Schnee in Matsch, der vor allem dem Pferd das Vorwärtskommen erschwerte. Rinaldo stapfte schwer atmend und mit gesenktem Kopf neben Marco her. Dessen Hose war schon wieder bis weit über die Knie nass. Auch Antonellas Rock sog sich mit Feuchtigkeit voll und wurde so schwer, dass sie mehr als einmal stolperte. Schließlich zog sie ihn aus und legte ihn über den Sattel. Nur mit Hosen bekleidet, lief es sich wesentlich leichter. Sie war zu erschöpft, um sich Gedanken darüber zu machen, dass sich ihre Hüften und Beine unziemlich deutlich unter dem Stoff abzeichneten. Marco hielt den Blick ohnehin nur auf den Weg vor ihnen gerichtet. Trotz des Sonnenscheins war der Wind kühl und die Nässe tat ein Übriges. Bis sie Berceto endlich erreichten, zitterte sie vor Kälte und Marco schien es genauso zu gehen. Seine Lippen waren blau und er schauderte immer wieder.

Berceto war ein großer Ort, in dem offensichtlich nicht nur Schäfer lebten, sondern auch Handel getrieben wurde, denn als sie die Hauptstraße entlanggingen, entdeckte Antonella nicht nur Frauen und Kinder, sondern Männer jeden Alters, ein eher seltener Anblick in den winterlichen Bergdörfern. Marco sprach einen wohlbeleibten älteren Herrn an, der in einen pelzgefütterten Umhang gekleidet war, und fragte nach einem guten Gasthaus. Der Mann trat einen Schritt zurück und sein Blick glitt erst über Marcos viel zu dünne und abgetragene Jacke, hinunter zu seinen nassen Hosen, dann hinüber zu ihr, haftete auf ihrem dunklen Schäferumhang, den sie um sich geschlungen hatte, um zu verbergen, dass sie nur Hosen trug, und blieb schließlich an dem Pferd hängen, das einen ebenso erschöpften und verwahrlosten Eindruck machte wie sein Besitzer.

»Es gibt eine Osteria da vorne, da könnt ihr im Hinterzimmer übernachten.«

»Ich beabsichtige nicht, in einem schmutzigen Hinterzimmer einer zweifelhaften Spelunke zu übernachten. Ich suche ein Gasthaus, in dem wir gut essen und in einem sauberen Bett schlafen können«, erwiderte Marco scharf. Etwas in seiner Haltung oder seinem Ton schien den Mann zu beeindrucken, denn als er nun sprach, klang er wesentlich respektvoller. »In diesem Fall empfehle ich Ihnen die Residenza Elisa. Sie ist nicht billig, aber das Essen ist ausgezeichnet und Elisas Zimmer sind sauber.« Er erklärte den Weg. Marco bedankte sich und wandte sich in die Richtung, die der Mann ihnen gewiesen hatte. Antonella folgte ihm. Nachdenklich musterte sie seinen Rücken. Schon in Ranzano hatte er das teurere Gasthaus gewählt. Wie konnte es sein, dass der Sohn eines Landarbeiters, ein Wilderer, über genug Geld für teure Unterkünfte verfügte? War er vielleicht ein Dieb? Seine Hände, die so gar nicht aussahen wie die eines Bauern, waren sie vielleicht die eines Taschendiebes? Und war er nicht ausgesprochen nervös und misstrauisch gegenüber den Carabinieri in Ranzano gewesen? Ein Schauer lief ihr über den Rücken. Wenn er wirklich ein Dieb war und sie mit ihm zusammen erwischt wurde, würde man sie für seine Komplizin halten. Er wandte sich um und lächelte sie an. »Wir sind gleich da.«

Konnte jemand mit einem solchen Lächeln und solchen Augen ein Dieb sein?

Aber natürlich. Hatte sie nichts dazugelernt? Paolos Lächeln, seine Grübchen hatten sie bezaubert und dabei hatte er gelogen, ohne rot zu werden. Hatte Marco nicht den fahrenden Händler, mit dem sie vor zwei Tagen gereist waren, genauso schamlos belogen?

Ihre Ankunft vor der Residenza Elisa unterbrach ihre Gedanken. Marco band Rinaldo an einen Pfosten vor dem Gasthof. Ein Junge von etwa neun Jahren kam aus der Tür. »Suchen Sie eine Unterkunft, Signore? Soll ich Ihr Pferd in den Stall bringen?«

»Mein Pferd bringe ich selbst in den Stall«, antwortete Marco, »aber wenn du hier auf ihn aufpasst, bis ich wieder da bin, bekommst du zwei Zechinen von mir.«

Der Junge verbeugte sich. »Jawohl, Signore.«

»Wenn ich nachher feststelle, dass etwas aus den Satteltaschen fehlt, ziehe ich dir stattdessen die Ohren lang.«

»Keiner wird sich an Ihrem Eigentum vergreifen, Signore, ich bürge dafür.«

Marco reichte Antonella den Arm und führte sie in den Schankraum.

Wohlige Wärme umfing sie. Es war tatsächlich ein besseres Gasthaus. Weiß-blau gemusterte Tischdecken bedeckten die Tische, auf denen Kerzen standen. Auf einem Mauervorsprung lagerten gläserne Karaffen mit Essig und Öl. In einem großen Kamin an der Wand gegenüber der Tür brannte ein Feuer.

Noch war der Schankraum leer, nur hinter der Theke spülte ein junges Mädchen Geschirr. Antonella schätzte sie auf Giovannas Alter, etwa vierzehn Jahre alt. Die Tür zur Küche stand offen, man hörte eine weibliche Stimme lautstark schelten. »Das ist doch niemals ein Frühjahrslamm. Du hast dir einen Hammel vom letzten Jahr andrehen lassen!«

»Ach, ob aus diesem Jahr oder dem letzten, das merken die Leute doch nicht. Ich würze es einfach kräftig und kippe einen guten Schuss Rotwein in die Soße.« Es war ein Mann, der antwortete, und seinem Ton nach zu schließen, führte er diese Art von Gespräch nicht zum ersten Mal.

Beim Anblick der neuen Gäste legte das Mädchen ihr Spültuch weg und hastete in die Küche. Sofort verstummte der Disput und einen Augenblick später trat eine große schlanke

Frau in den Schankraum. Ihr von grauen Strähnen durchzogenes Haar war streng zurückgesteckt, ihre Augen waren von einem klaren Braun, ihre Züge glichen denen des Schankmädchens, dessen Mutter sie offensichtlich war. Eine schöne Frau, fand Antonella.

»Guten Tag, ich bin Elisa. Was kann ich für Sie tun, Signor ...?«

»Marco Rossi ist mein Name. Meine Frau und ich suchen eine Unterkunft für die Nacht«, sagte Marco.

»Da habt Ihr aber Glück, dass die Dragoner heute Morgen abgereist sind.«

»Dragoner? Hier?«, fragte Marco erstaunt. »Welches Regiment?«

Die Frau zuckte die Schultern. »Keine Ahnung, irgendwelche Kerle in schmucken Uniformen aus Venaria Reale. Ihr Hauptmann hat sich als Armando Salviati vorgestellt. Sie sind mit ihren hübschen Pferden in den Schneesturm geraten und haben einen Mann verloren.«

»Hauptmann Salviati war hier?«, sagte Marco. »Wissen Sie, was er hier wollte? Gibt es Unruhen?«

Verblüfft sah Antonella ihn an. Täuschte sie sich oder klang seine Stimme besorgt?

»Kennen Sie ihn?«, fragte Elisa.

»Ich habe von ihm gehört. Ein hervorragender Soldat und loyaler Anhänger von König Carlo Alberto.«

»Das schien mir auch so. Sie suchten nach einem Deserteur, der sich hier herumtreiben soll, und der Hauptmann machte den Eindruck, als läge ihm sehr viel daran, ihn zu erwischen und vor Gericht zu stellen. Aber wenn Sie mich fragen, da können sie lange suchen. Hier in den Bergen kann man sich jahrelang verstecken. Jedenfalls hat ihnen der Schneesturm die Lust auf eine weitere Verfolgungsjagd verdorben. Sie wollten auf dem schnellsten Weg nach Sestri Levante und dann nach Genua. Na ja, es wundert mich nicht. Diese Leute haben keine Ahnung vom Wetter in den Bergen und meinen, weil es bei ihnen im Winter nur regnet, wäre es hier genauso.«

»Ich würde gerne mein Pferd in den Stall bringen, es braucht Futter und Wasser«, unterbrach Marco ihren Redestrom. »Und anschließend wäre ein warmes Essen schön.«

Ihr Blick glitt über seine dünne Jacke nach unten zu den durchnässten Hosenbeinen. »Sie sind genauso unpassend angezogen wie die feschen Kerle aus Venaria Reale. Mein Schwager ist Schneider hier am Ort, bei ihm können Sie Winterkleidung kaufen.«

Marco deutete eine Verbeugung an. »Vielen Dank, Signora, das ist sehr hilfreich.«

Elisa rauschte an ihnen vorbei zur Tür. »Peppone, bring Signor Rossis Pferd in den Stall«, rief sie nach draußen und wandte sich wieder um. »Das Essen wäre in etwa einer Stunde fertig. Wir haben heute Lamm.«

In Marcos Mundwinkeln hockte der Schalk. »Ein als Lamm getarnter Hammel mit viel Rotwein, wollten Sie wohl sagen.«

Elisa war kein bisschen verlegen. »Dieser Nichtsnutz von Mann hat sich übers Ohr hauen lassen. So etwas passiert ihm ständig. Wenn ich nicht wäre, würden wir am Hungertuch nagen. Er strebt nach Höherem. In jeder freien Minute liest er. Gedichte und so was. Aber keine Sorge, kochen kann er, und egal ob Lamm oder Hammel, Sie werden zufrieden sein.«

»Daran habe ich keine Zweifel. Ich versorge mein Pferd selbst. Vielleicht können Sie meiner Frau solange das Zimmer zeigen.«

Eine Stunde später saßen Antonella und Marco an einem der Tische und aßen. Ob es an den Kochkünsten von Elisas Mann lag oder daran, dass sie fast zwei Tage nichts Warmes mehr gegessen hatten, das Fleisch schmeckte köstlich. Es war kräftig mit Knoblauch und Rosmarin gewürzt und in Rotwein mit Oliven gegart. Antonella beschloss, sich die Zutaten zu merken.

Marco legte das Besteck weg und wischte sich mit dem Handrücken den Mund ab. »Das war wirklich gut. Was meinst du, wollen wir vielleicht doch ein paar Tage hierbleiben?«

»Ich dachte, du wolltest so schnell wie möglich weiter.«

»Ich habe es mir anders überlegt. Rinaldo ist in keinem guten Zustand, ihm täte etwas Ruhe gut. Außerdem brauche ich wirklich wärmere Sachen. Ich wollte nachher noch zum Schneider gehen.«

»Ich glaube nicht, dass es die nächsten Tage schneien wird. Es ist noch zu früh.« Zumindest hoffte sie das. Schnee im November gab es immer wieder mal, aber solche Stürme wie der von gestern waren selten. Sie dachte an die Männer von Cerreto, die jetzt wahrscheinlich mit den Herden auf dem Weg in die Toskana waren. Hoffentlich hatten alle den Sturm überstanden.

»Aber warme Sachen brauchst du auf alle Fälle«, fuhr sie fort. »Wenn es nicht schneit, wird es sicher regnen. Und außerdem würde ich sehr gerne ein paar Tage hierbleiben.«

»Heute ist Samstag. Dann bleiben wir bis Montag oder Dienstag.«

Samstag schon? Sie hatte ganz vergessen, die Tage zu zählen. »Oh, dann können wir morgen zur Messe gehen.«

»Du willst in die Kirche?«, fragte er überrascht.

»Aber ja. Du etwa nicht?« Unvorstellbar, dass jemand am Sonntag nicht in die Messe ging.

Er kratzte sich am Kopf. »Ich weiß nicht. Sag, möchtest du etwa auch zur Beichte?«

»Aber ja.« Es war im Grunde das, wonach sie verlangte. Mit jemandem darüber reden, wie sich ihr Leben verändert hatte, und Absolution für den Ungehorsam ihren Eltern gegenüber zu erlangen.

»Ich glaube nicht, dass das eine gute Idee ist. Wir müssen immer noch damit rechnen, dass wir verfolgt werden.«

»Aber es gibt doch das Beichtgeheimnis«, wandte sie ein.

Er lachte spöttisch. »Ja, das gibt es. Aber es gibt auch viele korrupte Pfaffen, die auf der Lohnliste der Carabinieri stehen.« Trotz des Spotts in seiner Stimme wirkte er beunruhigt. »Ich jedenfalls habe keine Lust, wegen Entführung vor dem Richter zu landen.«

»Aber du hast mich doch nicht entführt.«

»Weißt du, wie deine Eltern oder dein ehemaliger Verlobter das sehen? Es wäre klüger, du würdest es nicht tun. Beichten, meine ich.«

Langsam nickte sie. Was er sagte, war sicher richtig, und doch hatte sie das Gefühl, dass mehr hinter seiner Ablehnung stand als nur die Befürchtung, der Pfarrer könne jemandem von ihrer Flucht vor Paolo erzählen.

»Gehst du denn nie zur Beichte?«

»Nicht mehr, seit ich von zu Hause fort bin. Davor hat mein Vater uns gezwungen, zu gehen.«

»Aber hast du denn niemals das Bedürfnis, dein Gewissen zu erleichtern?«

»Mein Gewissen ist meine Angelegenheit. Wenn ich Fehler begehe, muss ich dafür geradestehen. Das geht nicht, indem ich ein paar Vaterunser und Ave Maria bete und dann weitermache, als wäre nichts geschehen.«

Im Grunde sprach er nur aus, was sie gedacht hatte, als Paolo glaubte, mit der Beichte und einigen Gebeten sei sein Verrat an ihr vergeben und vergessen. Und sie war ihm etwas schuldig, denn er hatte sie nicht nur vor Paolo gerettet, sondern er sorgte auch dafür, dass sie sicher nach Genua kam. Ohne sie würde er sicher sehr viel schneller vorankommen.

»Ich werde nicht zur Beichte gehen«, erklärte sie. »Aber zur Messe will ich.«

Erleichterung zeigte sich auf seinem Gesicht. Er nahm seinen Becher und trank einen Schluck Wein.

»Marco?«

»Ja.«

Sie sammelte ihren Mut. »Hast du irgendetwas verbrochen?«

»Wie kommst du darauf? Nur weil ich keine Lust habe, einem Pfaffen im Beichtstuhl Dinge zu erzählen, die ihn nichts angehen?«

»Nein, nicht nur deshalb. Du magst die Carabinieri nicht, das habe ich an dem Morgen in Ranzano bemerkt. Und du wolltest nicht zum Bürgermeister und ihm von den Briganten berichten, sondern hast es stattdessen Concetta gesagt.«

Er sah sie eindringlich an. »Wenn jeder, der nichts für Carabinieri übrighat, ein Verbrecher wäre, säße halb Italien hinter Gittern.«

In seinen Worten lag Wahrheit. Auch die Menschen in Cerreto sahen die Gendarmen des Herzogs von Modena lieber von Weitem, und viele von ihnen hatten die Verlobung von Teresa und Tommaso mit tiefem Misstrauen betrachtet. Erst als Tommaso erklärt hatte, dass er mit Teresa in Modena leben würde, waren die Glückwünsche herzlicher geworden. Keiner hatte gerne mit den Carabinieri zu tun.

Marco deutete ihr Schweigen anders. »Weil ich den Pfaffen misstraue und für Gendarmen nichts übrighabe, denkst du, ich gehöre zu der Sorte lichtscheuen Gesindels, das sich in dunklen Gassen und üblen Spelunken herumtreibt?«

»Ich weiß nicht.«

Er lächelte, ein dreistes, herausforderndes Lächeln.

»Vielleicht ist es ja so. Mein Vater ist jedenfalls dieser Meinung. Er sagt, ich kenne zu viele üble Spelunken und hätte zu viel Zeit an den Spieltischen in den Hinterzimmern verbracht.«

Ein Spieler? Verdiente er damit sein Geld?

»Einer meiner besten Freunde war ein Gassenjunge aus Neapel«, fuhr er fort, »der mir gezeigt hat, wie man mit dem Messer umgeht. Man hat mich beim Wildern ertappt. Vielleicht bin ich ein schlechter Mensch. Einer, der junge Mädchen von zu Hause fortlockt, um sie in den Hinterzimmern zweifelhafter Schenken zu verführen.«

»Nein«, entfuhr es ihr und plötzlich erschienen ihr all ihre Bedenken abwegig. »So habe ich das nicht gemeint. Ich frage mich nur, woher du so viel Geld hast, um diese Herberge bezahlen zu können, wenn du kein Dieb bist.«

»Ich bin kein Dieb. Ich werde für einen Auftrag bezahlt. Ich muss eine sehr wichtige Nachricht nach Genua bringen. Es geht um ein Geschäft und um sehr viel Geld. Mehr darf ich dir nicht sagen, die Sache ist geheim.«

Irgendwo in ihrem Hinterkopf hörte sie eine warnende Stimme, die ihr sagte, dass diese Geschichte nicht wirklich zu der passte, die er ihr in Cerreto erzählt hatte. Doch sie wollte ihm so gern glauben.

»Kommst du morgen mit mir in die Kirche?«

Jetzt lächelte er ehrlich und offen, wie sie es von ihm kannte. »Wenn dir so viel daran liegt.«

21. KAPITEL

Später begleitete sie ihn zu dem Schneider des Ortes, wo er eine Hose aus schwerer gefilzter Wolle, dicke Socken, ein warmes, wollenes Hemd und einen Umhang, wie die Schäfer ihn trugen, kaufte. Die Hose war ihm etwas zu weit, doch der Schneider verkaufte ihm einen Gürtel dazu.

»Brauchst du auch noch etwas?«, wandte sich Marco an sie.

Sie zögerte. Ihr brauner Rock hatte Schneeränder am Saum und war nicht mehr besonders ansehnlich. Ihr leichtes Baumwollkleid, das sie für Genua eingepackt hatte, war zu dünn, um es im Winter zu tragen. Ein zweiter, etwas hübscherer Rock wäre schön, zumal Elisa erzählt hatte, dass es heute Abend Musik und Tanz in ihrer Gaststube gäbe.

Und auch für den Kirchgang morgen wäre ein neuer Rock passend. Der Schneider bemerkte ihre Unschlüssigkeit und holte einen weiten dunkelgrünen Rock mit einer roten Borte am Saum aus einem Regal. »Schauen Sie, Signora. Das ist doch ein schöner Rock. Aus etwas leichterem Stoff als der Ihre. Fühlen Sie mal.«

Er drückte ihr den Rock in die Hand. Der Stoff fühlte sich angenehm weich an. Aber sicher war er sehr teuer.

Probeweise hielt sie ihn an. Er reichte ihr bis knapp über die Knöchel. Er würde wunderbar zu ihrer hellen Bluse mit dem runden Ausschnitt und den weiten Ärmeln passen.

»Gefällt er Ihnen, Signora? Sehen Sie mal hier.« Lächelnd hielt ihr der Schneider ein dunkelrotes Mieder entgegen, dessen oberer Rand mit grünem Stoff eingefasst war. »Das gehört noch dazu.«

Beide Teile waren wunderschön, doch das wenige Geld, das sie hatte, würde sie in Genua brauchen. Bedauernd schüttelte sie den Kopf und reichte den Rock zurück.

»Gefällt er dir?«, fragte Marco.

Sie warf ihm einen Blick zu. »Schon, aber …«

»Packen Sie beides ein«, wandte er sich an den Schneider, bevor sie weitersprechen konnte.

Antonella wartete an der Tür, bis Marco die Kleider bezahlt hatte.

»Das kann ich nicht annehmen«, sagte sie, sobald sie den Laden verlassen hatten.

»Warum nicht?«

»Weil – weil dieser Rock sehr teuer war und …« Und weil ihre Mutter sie immer gewarnt hatte, keine kostspieligen Geschenke von Männern anzunehmen. Wenn Männer wertvolle Geschenke machten, erwarteten sie etwas dafür, hatte sie gesagt. Aber in ihrer Situation waren diese Warnungen geradezu lächerlich. Was sollte Marco erwarten, das er sich nicht schon längst hätte nehmen können.

»Du hast mir gestern wahrscheinlich das Leben gerettet. Sieh es einfach als Dankeschön. Außerdem …«, ein verschmitztes Lächeln nistete sich in seinen Mundwinkeln ein, »… sind wir verheiratet, vergiss das nicht. Da werde ich doch meiner Frau etwas zum Anziehen kaufen dürfen.«

Sie räusperte sich. »Danke.« Sie beschloss, den neuen Rock mit ihrer hellen Bluse und dem roten Mieder beim Abendessen zu tragen. Nachdem sie sich umgezogen hatte, löste sie ihren Zopf und kämmte ihre Haare. Anschließend scheitelte sie ihr Haar und flocht zwei sehr lockere Zöpfe, die sie lose am Hinterkopf verknotete, sodass sie in losen Wellen über ihren Rücken fielen.

Marco hatte nach Rinaldo gesehen und betrat das Zimmer, als sie gerade fertig war. Sein Blick glitt sichtlich bewundernd über ihr Haar und ihre Figur. Zu ihrer eigenen Überraschung freute sie sich darüber. Noch vor einem Jahr hatte sie es genossen, wenn die Blicke der jungen Männer ihr gefolgt waren, doch seit Paolo war das anders, und sie hatte geglaubt, dass sie nie wieder Gefallen an dem Blick eines Mannes finden könnte.

Marco behielt seine inzwischen getrocknete Hose an und wechselte nur das Hemd. Dann bot er ihr den Arm und geleitete sie in den Schankraum. Anders als am Mittag waren alle

Tische besetzt. Auch hier zeigte sich, dass Berceto kein Dorf von Schäfern war, sondern eher vom Handel lebte. An einem Tisch vor dem Fenster hockten vier Männer und würfelten. Am Nebentisch waren zwei Frauen ins Gespräch vertieft, neben ihnen saß ein junges Mädchen, der Ähnlichkeit nach die Tochter einer der Frauen, und starrte gelangweilt in die Luft.

Elisas Tochter brachte Schüsseln mit Suppe zu einem Tisch, an dem zwei vornehm gekleidete Herren über ein Papier gebeugt saßen.

»Wenn du den Vertrag heute noch unterschreibst, bekommst du einen besseren Preis für die Wolle«, hörte Antonella den einen sagen. »Bei diesem frühen Wintereinbruch weiß man nie, wie viele Schafe den Weg in die Maremma überleben. Vielleicht wird die Wolle knapp und dann steigen die Preise.«

Wollhändler also, die jetzt schon die Wolle vom nächsten Frühjahr kauften, damit sie den Schäfern so wenig wie möglich zahlen mussten, und sie dann vielleicht teuer auf den Wollmärkten verkaufen konnten.

Elisa rauschte an ihnen vorbei, sie balancierte ein Tablett mit einem Krug und vielen Bechern zu einem Tisch, an dem eine große Familie versammelt war. Ein sehr alter Mann thronte am Kopfende des Tisches, neben ihm seine Frau und dann folgten drei Generationen bis hin zu einer jungen Frau, die ein Baby stillte.

»Es ist voll heute. Setzt euch doch dorthin.« Elisa war zurückgekehrt und deutete auf den Tisch mit den zwei Frauen und dem jungen Mädchen. »Was darf ich euch bringen? Suppe oder Lamm?«

Marco lächelte Antonella an. »Was möchtest du?«

»Suppe.«

»Also dann zweimal Suppe. Und bring Wein. Einen guten, nicht das Hausgebräu.«

»Ich habe einige Flaschen Alberi d'Argento im Keller. Einen Rotwein für besondere Gäste, aber er ist nicht billig.«

»Alberi d'Argento? Sangiovese oder Cabernet Sauvignon?«

Elisa zuckte die Schultern. »Das weiß ich nicht, ich müsste auf die Flasche gucken.«

»Bring uns eine Flasche, Cabernet Sauvignon wäre mir am liebsten, aber wir nehmen auch den Sangiovese. Und bring Gläser, keine Becher, wenn du hast.«

Elisas Augen funkelten, offensichtlich rechnete sie sich aus, wie viel sie an diesem Gast verdienen würde.

»Sehr wohl, Signore. Eine Flasche von unserem besten Wein und zwei Gläser.«

Marco geleitete Antonella zum Tisch. Dort grüßte er die drei Frauen mit einer angedeuteten Verbeugung und rückte einen Stuhl für Antonella zurecht. Die beiden älteren Frauen erwiderten den Gruß, das junge Mädchen erwachte aus ihrer Langeweile und schenkte Marco ein entzücktes Lächeln.

Kurze Zeit später brachte Elisa eine Flasche Wein, die sie am Tisch entkorkte, und die versprochenen Gläser.

Marco nahm ihr den Korken aus der Hand und roch daran, dann schenkte er Antonella und sich ein. »Das ist der Cabernet. Eine ganz neue Traube. Eigentlich müsste man ihn eine halbe Stunde atmen lassen, aber er schmeckt sicher auch so.«

Er schwenkte den rubinroten Wein in ihrem Glas einige Male, bevor er es ihr reichte.

»Mach die Augen zu«, sagte er. »Und dann atme den Duft ein, bevor du trinkst.«

Sie tat es. Aus dem Glas duftete es fruchtig nach Waldbeeren. Vorsichtig nippte sie. Einen solchen Wein hatte sie noch nie getrunken. Sie hatte erwartet, dass er süß sei, doch das war er nicht. Allerdings auch nicht sauer wie die selbst gekelterten Weine, die sie an den Festen in Cerreto getrunken hatte. Er schmeckte nach dunklen Früchten, wie Brombeeren und Heidelbeeren, aber auch ein wenig nach Holz, nach Mandeln und sogar etwas pfeffrig.

»Und? Schmeckt er dir?«

»Ja«, sagte sie und nahm einen größeren Schluck. Er wärmte ihren Bauch, stieg in ihren Kopf und hinterließ ein samtiges Gefühl auf ihrer Zunge. »Sehr gut.«

Er lächelte so stolz wie ein Koch, dessen Essen gelobt worden war. Natürlich, er kannte sich mit Wein aus, er hatte selbst welchen machen wollen, und jetzt hatte er ihr einen besonders guten ausgesucht.

Kurze Zeit später brachte Elisas Tochter Suppe und Brot an ihren Tisch. Während sie noch aßen, betraten Musikanten den Raum. Zwei Männer, von denen einer eine Gitarre und der andere eine Ziehharmonika bei sich trugen, und eine junge Frau mit einem Tamburin. Sie trug ein tief ausgeschnittenes Hemd unter einem blauen Mieder, einen weiten bunten Rock und ihr Haar schimmerte in einem hellen Bernsteinton.

Elisa begrüßte sie freundlich, offenbar kannte sie diese Leute. Sie stellte drei Becher Wein, Brot und Suppe auf die Theke. Die Musikanten aßen im Stehen und begannen anschließend zu spielen. Die junge Frau sang ein frivoles Lied, über ein Mädchen, das sich heimlich mit ihrem Liebsten traf, wenn ihre Mutter nicht zu Hause war, und nach kurzer Zeit fielen die ersten Gäste in den Refrain ein:

»Meine Mamma will nicht, will nicht, will nicht,
dass ich mit dir Liebe mache, also komm zu mir,
wenn sie nicht daheim ist.«

Die junge Frau schwang die Hüften und tanzte zwischen den Tischen hindurch. An dem einen oder anderen blieb sie stehen und blinzelte den Männern zu, während sie davon sang, was sie mit ihrem Geliebten tat. Als sie an Antonellas und

Marcos Tisch kam, bedachte sie Marco mit einem koketten Augenaufschlag und sang die nächste Strophe:

»Ich liebe schwarzhaarige Burschen,

denn mein Liebster hat schwarzes Haar und ich bin blond.

Was für ein schönes Paar wir doch sind.«

Lachend fiel Marco in den Refrain ein, sang lauthals mit.

»Meine Mamma will nicht …«

Es folgten noch ein paar Strophen, in denen sie beklagte, dass ihr Liebster sie betrog. Die Männer, die bisher gewürfelt hatten, grölten, und einer stand auf und packte die Sängerin um die Taille. »Ich habe auch schwarzes Haar, nimm mich.«

Lachend schubste sie ihn fort und sang die letzte Strophe:

»Für dich springe ich in einen leeren See,

für dich werfe ich mich auf die Gleise –

wenn der Zug vorbeigefahren ist.«

Als Nächstes folgte ein Lied, das Antonella kannte. Es ging um eine Frau, die ihren Mann aus dem Bett scheuchte, weil er bei der Kastanienernte helfen sollte. Allerdings wagte sie es nicht, einfach mitzusingen wie die anderen in der Schenke.

Anschließend legte die Sängerin das Tamburin zur Seite. Die Musiker stimmten eine flotte Weise an. Tanzmusik.

Antonella wippte im Takt mit den Fußspitzen. Ob Marco wohl tanzen konnte? Vielleicht sollte sie ihn einfach fragen?

Doch bevor sie zu einem Entschluss kam, stand die junge Sängerin vor ihm, streckte die Hand aus und zog ihn einfach auf die Beine. Er lachte übermütig, umfasste mit beiden Händen ihre Taille und wirbelte sie herum.

Ihn so unbekümmert lachen zu sehen, versetzte Antonella einen unerwarteten Stich. Bisher hatte er meist ernst und ein wenig angespannt gewirkt.

Nachdem Marco und die Sängerin den Anfang gemacht hatten, begannen noch mehr Paare zu tanzen. Elisa und ihr Mann räumten Tische und Stühle zu Seite, um Platz zu schaffen. Einer der Würfelspieler führte die Frau neben ihr zur Tanzfläche. Das junge Mädchen verfolgte Marco und die Sängerin mit finsteren Blicken und Antonella hatte das Gefühl, dass sie ähnlich ungehalten dreinsah. Warum hatte sie ihn nicht einfach gefragt, ob er mit ihr tanzen wolle? Dann müsste sie jetzt nicht zuschauen.

Ein pickeliger junger Bursche drückte sich in der Nähe ihres Tisches herum, und als die Musiker das nächste Stück anspielten, gab er sich einen Ruck und bat das junge Mädchen neben Antonella zum Tanz. Mit einem letzten bedauernden Blick auf Marco erhob sie sich und folgte ihm. Antonella sah ihnen nach und bemerkte, dass ihre Fußspitzen immer noch im Takt mitwippten.

»Möchten Sie tanzen?« Neben ihr stand einer der Würfelspieler und hielt ihr die Hand hin. Sie wies ihn als Arbeiter aus, sie war schwielig, unter den Fingernägeln lagen Schmutzränder. Aber ansonsten war er recht ansehnlich, mittelgroß und schlank, mit warmen braunen Augen und einem schmalen Schnurrbart. Sie schätzte ihn auf Mitte bis Ende zwanzig.

Warum nicht? Wenn Marco als ihr »Ehemann« mit einer anderen tanzte, dann konnte sie das genauso gut tun. Lächelnd reichte sie ihm ihre Hand. »Sehr gerne.«

Er stellte sich als Pietro Costa, den Schuster von Berceto vor. Er erwies sich als ein recht guter Tänzer, der den schicklichen Abstand wahrte, während er sich mit ihr im Kreis drehte. Die Wärme und der Wein stiegen ihr zu Kopf, ihr war ein wenig schwindelig. Sie lächelte ihren Tänzer an und erhaschte einen Blick auf Marco, der sie über die Schulter seiner Tänzerin hinweg anstarrte.

»Bleibst du länger hier?«, fragte der Schuster.

»Ich weiß es noch nicht. Auf alle Fälle, bis der Schnee getaut ist.«

Sie tanzte zwei Tänze mit ihm, dann stand Marco plötzlich

bei ihnen und schob ihn fort. »Ich möchte auch noch mit meiner Frau tanzen.«

Der Schuster deutete eine Verbeugung an und trat zur Seite. Marco legte seine Hände um ihre Taille und zog sie an sich. Näher als es der Schuster getan hatte. So nahe, dass ihre Körper sich beinahe berührten. Im Grunde war sie nicht überrascht, dass er ein ausnehmend guter Tänzer war, oft genug hatte sie seinen geschmeidigen Gang bewundert, die Leichtigkeit, mit der er sich bewegte. Mit derselben Leichtigkeit führte er sie nun über die Tanzfläche. Das nächste Musikstück war etwas langsamer. Marco schob eine Hand nach oben zwischen ihre Schulterblätter und zog sie noch ein Stückchen näher. Unwillkürlich schloss sie die Augen, spürte der Wärme nach, die von ihm ausging, atmete seinen vertrauten Geruch nach Holzfeuer und Moos ein, ließ sich von ihm führen. Sie öffnete die Augen erst wieder, als die Musik endete.

Die beiden Musiker legten ihre Instrumente zur Seite und griffen nach den Bechern, die auf der Theke standen. »Salute!«

Die Tänzer kehrten zurück auf ihre Plätze, unterhielten sich leise. Der Schuster nickte ihr lächelnd zu, als sie mit Marco zu ihrem Tisch zurückging. Marco hatte den Arm um ihre Schulter gelegt und nahm ihn auch nicht fort, als sie sich setzten. Neben ihm saß nun der pickelige Jüngling und schmachtete das Mädchen an seiner Seite an.

Antonella trank noch einen Schluck Wein. Sie sollte vielleicht aufpassen, der Wein war sehr stark. Aber er schmeckte so gut, und mit Marcos Arm um ihre Schulter fühlte sie sich geborgen und sicher. Sie lehnte sich an ihn.

Leise Gitarrentöne erklangen, gefolgt von den Klängen einer Flöte. Dann begann die Frau zu singen. Dieses Mal nicht frech und frivol, sondern nachdenklich, fast ein wenig traurig.

»Mamma, schicke mich heute Abend nicht zum Arbeiten.

Ich bin ein junges Mädchen, und die gelangweilten jungen Männer dort draußen wollen mich küssen. Sie flüstern mir Dinge ins Ohr und schieben ihre Hände unter meine Schürze.«

Ein Kloß setzte sich in Antonellas Kehle fest.

»Ich bin nur ein junges Mädchen, doch dort draußen tue ich so, als wäre ich eine Frau«, sang die junge Frau weiter.

Antonella schluckte. War es das, was sie getan hatte? Eine Frau zu spielen, ohne eine zu sein? Ohne bereit für das zu sein, was zwischen Männern und Frauen passierte?

Marco fasste ihre Schulter fester, als spüre er, was in ihr vorging. Die Mutter des jungen Mädchens neben ihr warf dem pickeligen Jüngling einen bösen Blick zu, woraufhin der sofort ein Stück von ihrer Tochter abrückte.

Das Flüstern im Schankraum verstummte, einige summten die Melodie mit, andere wiegten sich im Rhythmus des Lieds.

Beim nächsten Lied sang Marco mit. Zuerst dachte Antonella, es sei ein Lied über Olivenbäume, doch es war ein Liebeslied.

»Zwar fallen die Oliven, doch niemals die Blätter der Bäume. Ebenso wird deine Schönheit niemals vergehen.«

Sie hatte seine Stimme vom ersten Augenblick an gemocht, doch seine Singstimme verzauberte sie. Sie griff nach ihrem Weinglas und trank einen großen Schluck. Für wen sang er? Für eine Frau, die er zurücklassen musste, oder für die hübsche Musikerin?

Die Sängerin nahm die Melodie auf, sang die zweite Strophe. In den Refrain fielen auch die Gäste ein.

Die dritte Strophe sangen die junge Frau und Marco gemeinsam.

Als das Lied zu Ende war, nahm die Sängerin ihr Tamburin wieder auf. Die Musiker stimmten nun ein flottes Stück an, und die Leute begannen wieder zu tanzen.

Antonella schwindelte ein wenig, ob vom Wein, vom Tanz oder weil Marcos Stimme sie so bezauberte, wusste sie nicht. Sie dachte an seinen Kuss an diesem Morgen und ertappte sich bei dem Gedanken, dass sie ihn gerne noch einmal küssen würde. Gütiger Himmel, was war los mit ihr? Der Wein musste stärker sein, als sie gedacht hatte. Verstohlen musterte sie ihn.

Er schien über irgendetwas zu grübeln, seine Lippen wirkten schmaler als sonst und eine Falte stand zwischen seinen Augenbrauen. Scheinbar gedankenverloren griff er nach seinem Weinglas, schwenkte den Inhalt, roch daran und trank. Die Falte auf seiner Stirn vertiefte sich.

Antonella griff ebenfalls zu ihrem Glas und trank.

Der Wein schmeckte wirklich hervorragend. Sie schielte auf die Flasche, ob wohl noch etwas darin war? Marco bemerkte ihren Blick und füllte beide Gläser noch mal zur Hälfte, dann war die Flasche leer.

»Er ist ziemlich stark, du wirst heute Nacht bestimmt gut schlafen.«

»Ja, das glaube ich auch.« Ihr fielen jetzt schon beinahe die Augen zu.

»Bist du müde? Soll ich dich nach oben bringen?«

Ja, sie war müde. Die letzten Tage waren sehr anstrengend gewesen. Auch er sah müde aus. Aber …

»Willst du – willst du denn noch bleiben?«

Die Vorstellung, dass er hier unten blieb und mit der Sängerin schäkerte, während sie im Bett lag, gefiel ihr überhaupt nicht.

Er sah sich im Schankraum um. »Nein, ich denke nicht. In der nächsten Stunde werden hier einige sehr betrunken sein. Lass uns ins Bett gehen.«

22. KAPITEL

Auf der Treppe nach oben verfehlte sie eine Stufe und streckte hastig die Hand aus, um sich an der Wand abzufangen. »Hoppla.«

Marco griff von hinten nach ihrem Ellbogen und stützte sie.

»Ich glaube, du bist ein wenig beschwipst«, flüsterte er in ihr Ohr.

»N-nein, binichnich.« Ihre Zunge stolperte. »Bin ich nicht«, wiederholte sie betont deutlich.

Er lachte ein leises, gutmütiges Lachen, und half ihr die Treppe hinauf.

Im Zimmer angekommen, löst sie die Verschnürung des Mieders, zog die Bluse über den Kopf und ließ den Rock über die Hüften zu Boden gleiten. Das Bett sah verführerisch weich und warm aus, sie würde gleich hineinsinken, aber ihre Kleider musste sie noch wegräumen, Marco war immer so ordentlich.

Sie bückte sich, um sie aufzuheben. Dabei glitt der Träger ihres Hemdes über ihre Schulter. Als sie sich aufrichtete, ihre Kleider in den Armen, stand Marco keine Armlänge von ihr entfernt und starrte sie an.

Sie blickte an sich nach unten. Das Hemd war auf der rechten Seite nach unten gerutscht und gab den Blick auf ihren Busen fast bis zur Brustwarze frei. Unwillkürlich presste sie die Arme mit ihren Kleidern darin fester an sich, doch damit drückte sie ihre Brust nach oben, statt sie zu bedecken.

Zögernd streckte er die Hand aus und zog den Träger ihres Hemdes langsam wieder über ihre Schulter. Seine Finger streiften ihre Haut und schienen winzige Feuer darauf zu entzünden. Hitze stieg ihr ins Gesicht und auch seine Wangen wurden glühend rot.

»Ich – ähm – ich gehe noch mal nach Rinaldo sehen.« Hastig wandte er sich ab, griff nach seinem Umhang und verließ das Zimmer.

Sie legte ihre Kleider auf einen der Stühle, stieg ins Bett und wickelte sich in die Decke. Immer noch spürte sie das Prickeln, das seine Finger auf ihrer Schulter hinterlassen hatten. Sie schloss die Augen, doch sie konnte nicht schlafen. Das Gefühl seiner Hand auf ihrer Haut mischte sich mit der Erinnerung an seinen Kuss am Morgen. Ihre Gedanken wanderten weiter. Was, wenn er nun nicht das Hemd hochgezogen, ihre Blöße bedeckt hätte? Eine Mischung von Angst und Neugier erfüllte sie bei der Vorstellung. Was würde geschehen, wenn er zurückkam? Würde er sich wieder in einen Umhang wickeln und neben ihr schlafen? Sicherlich. Wenn er andere Absichten gehabt hätte, wäre er nicht gegangen.

Sie seufzte. Wie lange brauchte er, um nach dem Pferd zu sehen? Oder sah er gar nicht nach Rinaldo, sondern suchte eine Frau, die seine Bedürfnisse befriedigte? Unwillkürlich lauschte sie auf die Geräusche aus dem Schankraum. Sie hörte die Gitarre und die Konzertina, doch nicht die Stimme der schönen Sängerin. War sie mit ihm in den Ställen? Küsste er diese Frau, so wie er sie, Antonella, am Morgen geküsst hatte und streifte er ihr behutsam die tief ausgeschnittene Bluse von den Schultern? War er zärtlich oder nahm er sie roh und hastig, wie Paolo Anna im Wald? Ihre Phantasie zeigte ihr Bilder, die sie nicht sehen wollte. War er auch nicht anders als Paolo? Die Worte ihrer Mutter fielen ihr wieder ein. So sind die Männer nun mal. Und doch, es war enttäuschend, dass auch er nicht anders sein sollte.

Unruhig wälzte sie sich herum. Wie lange war er nun schon fort? Und wenn er nun gar nicht mehr kam, in dieser Nacht?

Sie presste die Lippen zusammen. Was wollte sie eigentlich? Im Grunde war es doch nur gut, wenn er sich woanders suchte, was alle Männer scheinbar brauchten. Dann konnten sie in aller Freundschaft gemeinsam weiterreisen und sie brauchte sich keine Gedanken zu machen, dass er sie vielleicht irgendwann doch mit seinen Gelüsten belästigen würde.

Sie wusste nicht, wie viel Zeit vergangen war, als ein leises Knarren sie aus ihrem Halbschlaf weckte. Antonella fuhr zusammen. In ihrer Aufregung hatte sie vergessen, den Riegel vorzuschieben. Sie packte die Decke fester und schielte zur Tür. Marco trat ein, warf einen schnellen Blick zum Bett und ging zum Fenster, wobei er so leise wie möglich auftrat, anscheinend glaubte er, sie schliefe bereits. Ärger stieg in ihr auf.

»Ist alles in Ordnung mit Rinaldo?«, fragte sie, als er sein Hemd auszog.

Er erschrak sichtlich. »Du bist noch wach?«

»Ja. Ich dachte nicht, dass man so lange braucht, um nach einem Pferd zu sehen«, erwiderte sie.

»Ich habe noch einen Spaziergang gemacht.«

»So?« Ihre Stimme klang so spitz, dass er sich zu ihr umwandte und sie überrascht ansah.

»Hast du auf mich gewartet? Das tut mir leid. Ich dachte, du schläfst gleich ein.«

»Wie kommst du darauf, dass ich auf dich gewartet haben könnte«, gab sie patzig zurück. »Immerhin sind wir nicht wirklich verheiratet. Wir tun nur so. Du kannst spazieren gehen, wann und mit wem du willst.«

»Allerdings.« Nun klang auch seine Stimme deutlich gereizt.

Er kehrte ihr den Rücken zu, zog sich aus und wusch sich. Dann löschte er das Licht und griff nach seinem Umhang, der auf dem Stuhl neben ihm lag. Antonella rutschte an den Rand des Betts. Wortlos legte er sich neben sie und drehte ihr den Rücken zu.

Sie schloss die Augen, doch sie war nicht mehr müde. Im Grunde tat es ihr bereits leid, dass sie ihn so angefahren hatte. Ein paar Minuten vergingen, dann drehte er sich um.

»Antonella, wie hast du das eben gemeint, ich könne spazieren gehen, mit wem ich will?«

Allein die Art, wie er ihren Namen aussprach, ließ ihren Zorn schmelzen wie Schnee unter den warmen Frühlingswinden.

»Nun ja, also, ich dachte, dass du ...« Sie schluckte. Warum nur schwieg sie nicht einfach und strafte ihn mit Verachtung, statt sich zu rechtfertigen?

»Ich traf den Schuster, als ich mir die Beine vertreten habe. Wir haben uns noch ein wenig unterhalten. Er ist ein netter Bursche.«

»Den Schuster also.«

»Was dachtest du? Dass ich mich mit einer Frau getroffen habe?«

Sie nickte, ohne daran zu denken, dass er es im Dunkeln nicht sehen konnte. »Diese Sängerin mochte dich wohl sehr gerne.«

»Bist du eifersüchtig?«

»Ich?« Ihre Stimme kiekste. »Nicht im Geringsten. Wie kommst du darauf?«

»Vielleicht weil ich es war, als du mit dem Schuster getanzt hast.«

»Wirklich?« Plötzlich fühlte sie sich federleicht, schwebte in seinen Armen noch einmal zur Musik durch den Raum, spürte, wie er sie näher und noch näher an sich zog.

»Wir sollten jetzt schlafen, Antonella.«

Die Musik verstummte. Wiederum schluckte sie. »Wie du meinst.«

Als sie erwachte, lag er unter ihrer Decke und ihr Kopf auf seinem Arm. Irgendwann in der Nacht mussten sie zusammengerückt sein. Sie bewegte sich nicht, sondern lauschte auf seine Atemzüge. Zusammen mit ihm war es wunderbar warm unter der Decke, und es dauerte nicht lange, da schlief sie wieder ein.

Es dämmerte bereits, als sie zum zweiten Mal wach wurde.

Sie lagen immer noch so wie vorher, aber Marco war nun ebenfalls erwacht und lächelte sie an. »Gut geschlafen?«

»Herrlich. Ich würde am liebsten den ganzen Tag so liegen bleiben.«

Sein Lächeln vertiefte sich.

Madonna, was hatte sie nun schon wieder gesagt? Dass es ihr gefiel, mit ihm unter einer Decke zu liegen. Nur zu deutlich spürte sie seinen Arm unter ihrer Halsbeuge.

Wie kam es nur, dass sie mit ihm ständig über Dinge redete, über die kein anständiges Mädchen mit einem Burschen sprach? Verlegen wandte sie den Kopf ab. »Ich meine, weil es so schön warm ist, und …« Sie wusste nicht weiter. Außerdem war es die Wahrheit, es gefiel ihr wirklich.

»Wenn du den ganzen Tag im Bett bleibst, verpasst du aber den Gottesdienst.«

Sie sah sein Lächeln und das leuchtende Blau seiner Augen und dachte, dass es vielleicht keine schlechte Wahl war, mit ihm hier zu liegen, anstatt in der Kirche zu frieren. Schon stieg ihr das Blut zu Kopf. Was hatte dieser Mann nur an sich, dass ihr ständig solche Gedanken kamen? Wie gut, dass sie sich entschlossen hatte, nicht zur Beichte zu gehen. Sie würde vor Scham in den Boden versinken.

23. KAPITEL

»Gehet hin in Frieden!«
Die Messe war zu Ende. Antonella senkte noch einmal den Kopf und sprach ein kurzes Gebet. Es war eine sehr schöne Messe gewesen und sie fühlte den Frieden, den der Priester beschworen hatte, in ihrem Herzen. Als sie den Kopf hob, begegnete sie Marcos Blick. Als Fremde hatten Marco und sie weit hinten Platz genommen, Marco rechts bei den Männern und sie bei den Frauen. Sie saßen nur durch den Mittelgang voneinander getrennt. Nah genug, dass sie seine Stimme hören konnte. Zu ihrer Verwunderung hatte Marco alle Lieder mitgesungen und war auch nach vorne gegangen, um die heilige Kommunion zu empfangen. Er hatte wohl gar nicht so viel gegen den Glauben. Kleider raschelten, Schuhe scharrten, leises Gemurmel mischte sich mit dem Läuten der Glocke, während die Gläubigen langsam die Kirche verließen.

Am Ausgang stand der Pfarrer und verabschiedete seine Schäfchen, und nicht anders als Don Vincenzo in Cerreto hatte er für jeden ein persönliches Wort, eine Ermahnung oder Ermutigung.

Marco bot Antonella den Arm und geleitete sie nach draußen.

Der Pfarrer lächelte sie an. »Guten Morgen. Ich freue mich sehr über neue Gesichter in meiner Kirche. Gedenkt ihr, länger in Berceto zu bleiben?«

Marco neigte den Kopf. »Nur ein paar Tage. Wir wollen weiter nach Borgo di Val Taro und wurden vor zwei Tagen von dem Schneesturm überrascht.«

»Ihr habt euch keine gute Zeit zum Reisen ausgesucht. Die Wege ...«

Das Klappern von Pferdehufen auf dem Pflaster unterbrach ihn. Die Menschen vor der Kirche wichen zur Seite, machten Platz für einen kleinen Trupp berittener Gendarmen in der Uniform des Herzogtums Parma, die im Trab die Straße entlangkamen. Sie zügelten ihre Pferde und stiegen ab. Einer zog ein Papier aus seiner Rocktasche, die anderen verteilten sich am Rande des Kirchplatzes, Musketen in den Händen.

Neben sich hörte Antonella Marco zischend Luft holen. Er ließ ihren Arm los und zog sich rückwärts in die Dunkelheit der Kirche zurück.

Der Offizier hob das Papier und las vor: »Signor Pagnella, Signor Bianchi und Signor Costa, treten Sie bitte vor.«

Unruhe verbreitete sich unter den Menschen, sie flüsterten miteinander, manche machten Anstalten zu gehen, wurden aber von den Soldaten aufgehalten.

Ein Mann von etwa vierzig Jahren löste sich aus der Menge. Er gehörte wohl zu den vermögenden Bürgern des Dorfes, denn er trug eine Redingote aus einem dunkel schimmernden Stoff und einen schwarzen Zylinder. »Ich bin Signor Bianchi. Was wollen Sie von mir?«

Auf einen Wink des Offiziers wurde der Mann von zwei der Gendarmen gepackt und gefesselt.

Schlagartig verstummten die Stimmen auf dem Kirchplatz.

Antonella entdeckte einen anderen, noch recht jungen Mann, der versuchte, sich seitlich in eine der Gassen zu stehlen, doch sein Fluchtversuch wurde durch einen der Soldaten vereitelt. Er packte ihn am Arm und zerrte ihn vor die Kirche. Mit einem Aufschrei stürzte eine junge Frau auf ihn zu und hängte sich an seinen Hals. »Gustavo!«

»Ah, Gustavo Pagnella. Festnehmen!«, befahl der Offizier.

Der Offizier blickte sich suchend um. »Wer ist Pietro Costa?«

»Ich bin es.«

Antonella hielt die Luft an. Der Mann, der nun vortrat, war der Schuster, mit dem sie am vorigen Abend getanzt hatte.

Er trug den Kopf hoch und blickte den Gendarmen herausfordernd entgegen. Auch er wurde umgehend festgenommen.

Der Offizier erhob die Stimme. »Ihr werdet beschuldigt, im Besitz des verbotenen Journals ›La Giovine Italia‹ des Aufrührers Mazzini zu sein. Das gilt als Hochverrat.«

Das Murmeln der Menschen klang ein wenig wie fernes Donnergrollen und auch die Stimmung vor der Kirche glich einem aufziehenden Gewitter. In einigen Gesichtern zeigte sich deutlich Empörung, andere wirkten unangenehm berührt und wichen vor den drei Gefangenen zurück. Aus dem zischenden Flüstern um sie herum glaubte Antonella die Worte Carbonari und Verräter herauszuhören. Sie blickte sich nach Marco um, doch der war nicht mehr zu sehen und auch der Pfarrer stand nicht mehr neben ihr.

Ein Soldat zerrte die weinende Frau von Gustavo Pagnella fort. Ihr Bauch wölbte sich deutlich unter dem Mantel. Gustavo wehrte sich erbittert. »Nein, das dürft ihr nicht. Ich schwöre, ich habe dieses Journal niemals gelesen.«

Ein bitterer Geschmack füllte Antonellas Mund. Krampfhaft schluckte sie die Galle hinunter, die sich den Weg in ihre Kehle bahnte. Hochverrat? Darauf stand die Todesstrafe. Und das nur, weil sie eine Zeitung gelesen hatten?

Wo steckte Marco? Er hatte schon früher ganz offen über seine Sympathien für Giovine Italia geredet. War er etwa auch im Besitz dieser Zeitung? Versteckte er sich deshalb?

Plötzlich stand der Pfarrer wieder neben ihr, nahm sie am Arm und zog sie in die Kirche. »Es ist besser, wenn ihr jetzt nicht als Fremde hier auffallt.« Er deutete auf den Beichtstuhl in der Ecke. »Setz dich dort hinein. Dann kannst du behaupten, du hättest nichts mitbekommen, weil du auf den Beichtvater gewartet hast.«

Stumm huschte sie hinüber, öffnete die Tür und kniete sich auf die Fußbank. Fast hatte sie erwartet, Marco neben sich oder auf der anderen Seite vorzufinden, doch er war nicht da. Sie faltete die Hände und versuchte ein Gebet zu sprechen, aber ihr fehlten die Worte. Was würde mit den drei Männern dort draußen geschehen? Was war das für ein Land, in dem man für den Besitz einer Zeitung verhaftet wurde?

Durch die hölzernen Wände hörte sie die Stimme des Pfarrers, offensichtlich war er hinausgetreten.

»Mit welchem Recht werden hier unbescholtene Bürger des Hochverrats bezichtigt und verhaftet? Ich kenne jeden dieser Männer schon seit Jahren und verbürge mich für ihre aufrechte Gesinnung.«

»So?« Hohn lag in der Stimme des Kommandanten. »Dann kennen Sie Ihre Schäfchen wohl weniger gut, als Sie glauben. Oder …«, der Tonfall des Mannes wechselte, klang jetzt deutlich drohend, »… Sie verstehen unter aufrechter Gesinnung etwas anderes als die treuen Untertanen der Herzogin von Parma.«

»Ich fordere Beweise!«

»Sie haben gar nichts zu fordern, Hochwürden! Aber es gibt Beweise. Wir haben die Häuser der Betreffenden heute durchsucht.«

Das Murmeln auf dem Platz vor der Kirche wurde lauter, grollender.

»Untertanen der Herzogin von Parma?«, rief jemand. »Marie Louise kommt aus dem Hause Habsburg. Wie kann eine Österreicherin sich anmaßen, über Italien und italienische Bürger zu herrschen und zu richten?«, ertönte eine Stimme, die Antonella nicht erkannte.

»Immerhin haben diese Österreicher euch von Napoleon befreit«, erwiderte der Kommandant.

»Pah! Wir brauchen die Habsburger nicht. *L'Italia farà da se*! Italien befreit sich selbst!«

Antonella zuckte zusammen. Die Stimme, die dort draußen so stolz widersprach, würde sie unter hundert anderen erkennen. Marco! Er musste durch einen Hinterausgang ins Freie gekommen sein.

Andere nahmen den Ruf auf: »Italien befreit sich selbst!«

Immer mehr Stimmen folgten. Sie klangen nicht länger wie ein fernes Gewitter, sondern wie das Dröhnen eines Erdrutsches. »Italien befreit sich selbst!«

»Viva l'Italia!«

Das Nächste, was sie hörte, waren Schüsse und der schrille Aufschrei einer Frau. Weitere Schüsse, gefolgt von Rufen und Hufschlägen auf dem Pflaster. Antonella kauerte sich in dem Beichtstuhl zusammen und presste die Hände an die Ohren.

Ebenso schnell, wie es begonnen hatte, wurde es wieder still. Nur das Schluchzen einiger Frauen war zu hören. Doch dann ging ein Raunen durch die Menge, erst leise, doch es wurde schnell lauter, verdichtete sich, bis sie verstand, was die Leute riefen. »Mörder – Mörder – Mörder!«

Immer lauter wurden die Rufe, immer drohender klangen die Stimmen. Was war passiert und wo steckte Marco?

Sie huschte aus dem Beichtstuhl zur Kirchentür und spähte hinaus. Bewegung kam in die Menschenmenge auf dem Platz vor der Kirche. Zornig reckten sie den Soldaten die Fäuste entgegen. Die standen mit den Gewehren im Anschlag, doch es war nur ein kleiner Trupp, Antonella schätzte ihre Zahl auf etwa zwanzig Mann. Die erboste Menge vor der Kirche zählte jedoch mehr als hundert Menschen.

Das schien auch dem Kommandanten des Trupps klar zu sein. Er wendete sein Pferd und beorderte seine Leute zurück. Mit den Gewehren immer noch im Anschlag bewegten sich die Soldaten rückwärts zu ihren Pferden.

Zwei Gefangene wurden mitgezerrt, der Dritte lag auf dem Boden, über ihn beugte sich eine weinende Frau.

Die Menschen machten Anstalten, die Soldaten zu verfolgen, doch die Stimme des Pfarrers hielt sie zurück: »Haltet ein! Es hat bereits einen Toten gegeben. Lasst uns nicht noch mehr Menschenleben opfern.«

»Wir schießen auf jeden, der uns folgt!«, rief der Kommandant wie zur Bestätigung.

Die Menge murrte, immer noch klangen vereinzelte »Mörder«-Rufe auf, doch die Leute ließen die Soldaten ziehen.

Antonella stand noch vor Schreck gelähmt in der Kirchentür, als Marco hinter ihr auftauchte. »Schnell, komm mit.«

»Wo warst du? Was ist passiert?«

Statt einer Antwort schüttelte er den Kopf, griff nach ihrer Hand, hastete mit ihr nach vorne zum Altar und zog sie durch eine seitliche Tür in die Sakristei. Dort ließ er sie los und verschloss die Tür zur Kirche. »Sie haben diesen jungen Mann erschossen.«

»Gustavo?«

»Hieß er so? Einer der Verhafteten. Er wollte die Unruhe nutzen und fliehen, da haben sie auf ihn geschossen.«

»Mein Gott.« Sie bekreuzigte sich. »Ich verstehe überhaupt nicht, was passiert ist.«

Marco blickte sie an, Trauer und Zorn malten sich in seinem Gesicht. »Was heute hier passiert ist, geschieht fast jeden Tag irgendwo in Italien. Wenn die Menschen sich wehren, weil sie von der Freiheit träumen, werden sie ins Gefängnis geworfen oder ermordet.«

»Wehren? Wogegen?«

»Gegen die Österreicher, die Bourbonen und die Mitläufer aus dem Kirchenstaat. Gegen die fremden Könige, die über unser Land bestimmen möchten. Hast du gehört, was sie gerufen haben?«

»Italien befreit sich selbst.«

Er nickte. »Die Devise von Giovine Italia.« In seinen Augen

funkelte es. »Es wird ein Tag kommen, an dem dieser Ruf auf allen Plätzen in allen Städten erklingt. Spätestens dann werden die Habsburger begreifen, dass sie hier nichts verloren haben, und Italien wird frei sein.«

»Du hast es als Erster gerufen«, stellte sie fest. »Gehörst du etwa dazu? Zu Giov…«

Rasch legte er ihr zwei Finger auf die Lippen. »Nicht jetzt. Wir gehen zurück zu Elisa.« Er deutete auf eine Tür, die anscheinend ein Hinterausgang war. »Sie werden diesen jungen Mann in der Kirche aufbahren, hat Don Leonardo gesagt.«

»Wer ist Don Leonardo?«

»Der Pfarrer. Er hat mir den Hinterausgang gezeigt.«

»Was ist mit den Soldaten? Sind sie fort?«

»Bestimmt. Die bringen erst einmal ihre Gefangenen in ›Sicherheit‹.« Er verzog verächtlich den Mund. »Aber ich wette, danach kommen sie mit Verstärkung wieder. Verdammt, ich wünschte …«

»Was?«, fragte sie, als er nicht weitersprach.

»Ein paar Pferde und einige mutige Männer, und wir könnten sie befreien.«

Die Glocken begannen zu läuten. Die Tür zur Sakristei wurde geöffnet und der Pfarrer trat ein.

»Hier seid ihr. Gut. Das war sehr leichtsinnig von dir, mein junger Freund.«

Marco blickte ihn an, immer noch stand das Funkeln in seinen Augen. »Warum haben Sie eingegriffen? Die Menschen waren bereit, sich zu wehren. Wir hätten diese Männer befreien können.«

»Aber um welchen Preis? Es wären noch mehr Menschen gestorben.«

»Manchmal geht es nicht ohne Opfer. Wir hätten sie besiegen können. Sie waren nicht genug, um gegen eine aufgebrachte Menge zu bestehen.«

»Sie hatten Musketen.«

»Die hätten wir ihnen weggenommen!«

Der Pfarrer schüttelte den Kopf. »Die Menge da draußen besteht nicht aus Soldaten, die das Kämpfen gewohnt sind. Es sind Bauern, Schäfer, Händler. Du scheinst mir ein ziemlicher Hitzkopf zu sein, junger Mann.«

Marco zuckte die Schultern. »Zumindest wissen sie jetzt, dass das Volk ihre Willkür nicht ohne Widerstand hinnimmt.«

»Sie werden wiederkommen. Mit mehr Soldaten. Schlimm, dass Gustavo den Kopf verloren hat. Wenn er nur nicht versucht hätte zu fliehen.« Der Pfarrer senkte den Kopf und bekreuzigte sich. Antonella tat es ihm nach.

»Ihr beide solltet jetzt besser gehen«, wandte sich der Pfarrer an Marco. »Sie werden Gustavo gleich in die Kirche bringen. Wir haben einen Denunzianten unter uns. Wenn er dich vorhin gesehen hat, könnte er dich wiedererkennen.«

Er ging zurück zur Kirche. An der Tür wandte er sich noch einmal um. »Kommt heute Abend zu mir ins Pfarrhaus zum Essen.«

»Gerne«, antwortete Marco. Er öffnete die Hintertür und spähte hinaus. Dann winkte er. Vom Kirchplatz drangen Stimmen, die Menge hatte sich noch nicht zerstreut. Marco nahm ihre Hand und zusammen hasteten sie die Gasse entlang. Auf einem Umweg erreichten sie die Residenza.

24. KAPITEL

Am Abend wurde Elisas Schankstube zum Treffpunkt der aufgebrachten Bürger, die den Vorfall heftig diskutierten. Die Meinungen waren durchaus geteilt. Es gab viele Stimmen, die das Vorgehen der Soldaten verurteilten, aber auch einige, welche die drei Männer als Verschwörer bezeichneten. Marco beteiligte sich einige Zeit an den Gesprächen und machte dabei keinen Hehl daraus, dass er mit dem Vorgehen der Soldaten keinesfalls einverstanden war.

Antonella hörte zu. Bisher hatte sie sich nicht für Politik interessiert und sie war schon gar nicht auf die Idee gekommen, die einfachen Menschen könnten irgendwie Einfluss darauf nehmen. Doch Marco hatte schon nach dem Zusammentreffen mit den Carabinieri in Ranzano behauptet, dass alle Menschen gleich seien und dass die Italiener die Geschicke ihres Landes selbst bestimmen sollten. Offensichtlich stand er mit dieser Meinung nicht alleine. Erstaunt lauschte sie den leidenschaftlich vorgebrachten Forderungen nach einer freien Republik Italien.

»Hört bloß auf!«, rief Elisa irgendwann dazwischen. »Eine Republik wird es ohne Bürgerkrieg nicht geben. Wollt ihr das?«

»Wenn es nötig ist!«, antwortete ihr ein älterer Herr, seiner Kleidung nach ein Händler. »Willst du, dass alles so bleibt, wie es ist?«

Elisa warf den Kopf zurück. »Allerdings. Ich lebe davon, dass Leute in meine Herberge und in mein Restaurant kommen. Reisende, Händler, aber auch Carabinieri und Soldaten. Wenn es Krieg gibt, reist keiner mehr, die Soldaten müssen kämpfen und ich kann meinen Laden schließen und verhungern.«

Marco zupfte Antonella am Ärmel. »Ich habe genug gehört. Lass uns gehen.«

Was meinte er damit, er habe genug gehört? Sie wollte ihn fragen, doch er war schon hinausgegangen.

»Warum hast du vor der Kirche das Motto von Giovine Italia gerufen«, fragte sie ihn auf dem Weg zum Pfarrhaus. »Gehörst du zu ihnen?«

Er verlangsamte seinen Schritt. »Und wenn es so wäre? Fändest du es schlecht?«

»Don Vincenzo behauptet, es seien alles Verräter. Aber ...« Don Vincenzo hatte Paolos Hurerei nur mit ein paar Gebeten vergeben, während er Anna verdammt hatte. Für ihn waren keineswegs alle Menschen gleich. Er wetterte gegen Giovine Italia und lobte den Herzog von Modena, doch wer sagte denn, dass er damit im Recht war?

»Aber?«, unterbrach Marco ihre Gedanken.

»Ich weiß im Grunde gar nichts darüber. Warum wollen sie die Regierungen stürzen?«

»Weil Italien schon zu lange von Leuten regiert wird, die sich weder für das Land noch für seine Bewohner interessieren, sondern es als ihren Privatbesitz betrachten. Als Fundus, aus dem sie ihre Verbündeten entschädigen oder belohnen können. Napoleon hat Italien unter seinen Verwandten verteilt, die sich bereichert haben. Er hat unsere Städte geplündert, zahllose Kunstschätze gestohlen, um sie nach Paris zu bringen, hat die Steuern erhöht und Soldaten für seine Kriege ausgehoben. 27 000 Italiener zogen mit der Grand Armee nach Russland – und nur 1000 kehrten zurück.«

»Das wusste ich nicht.«

»Und dann wurde Napoleon vertrieben und die Sieger teilten Italien wiederum unter sich auf. Die Habsburger bekamen die Lombardei und Venetien als Entschädigung für die Niederlande. Das Königreich Sardinien bekam Genua, damit es einen starken Staat an der französischen Grenze gibt. Metternich!«, er spuckte den Name geradezu aus. »Seine ›Restauration‹ ist dafür verantwortlich, dass es uns schlechter geht als je. Wusstest du, dass die Fürsten und Könige in

Norditalien noch nicht einmal italienisch sprechen? In den hohen Häusern parliert man Französisch.«

Antonella schwirrte der Kopf. »Und Giovine Italia möchte das ändern.«

»Ja. Findest du das verkehrt?«

»Nein, aber ich verstehe, warum die Habsburger so sehr dagegen sind. Sie würden ihre Pfründe verlieren. Kein Wunder, dass ihnen so viel daran liegt, dass möglichst wenig Leute über Giovine Italia Bescheid wissen. Deshalb verbieten sie diese Zeitung und bestrafen ihren Besitz.«

Marco blieb stehen und blickte sie an. »Du bist wirklich sehr klug. Und aus diesem Grund habe ich das Motto gerufen. Damit die Leute wissen, dass es Widerstand gibt. – Und jetzt sollten wir uns beeilen, Don Leonardo wartet auf uns.«

Das Pfarrhaus lag in einer Seitenstraße in der Nähe der Kirche. Auf ihr Klopfen öffnete eine Frau, die Antonella nicht viel älter zu sein schien als sie selbst.

»Gott zum Gruß. Kommt herein.« Sie führte sie in ein Zimmer, in dem ein Esstisch und vier Stühle standen, und huschte hinaus. Marco hob die Brauen, als er ihr nachblickte.

»Na, da hat Hochwürden aber eine junge Haushälterin.«

Selbiges hatte sie auch gerade gedacht. Die Haushälterin von Don Vincenzo in Cerreto war eine Matrone von über fünfzig gewesen. Diese hier war nicht nur jung, sondern auch sehr hübsch.

»Machst du dir etwa Sorgen um mein Seelenheil?« Don Leonardo hatte unbemerkt den Raum betreten und lächelte Marco an.

»Das musst du nicht. Das ist Rosa, meine Nichte. Leider hat sie sich in den falschen Mann verliebt und bekam vor zwei Jahren ein uneheliches Kind.«

»Erlaubt die Kirche denn, dass Sie eine Sünderin als Ihre

Haushälterin beschäftigen?« Die Art, wie Marco das Wort Sünderin betonte, verriet, dass er nicht viel davon hielt, wie die Kirche üblicherweise mit gefallenen Frauen umging.

»Aber natürlich. Hat nicht unser Herr Jesus Christus Maria Magdalena ihr sündiges Leben vergeben und sie in seine Gesellschaft aufgenommen. Probleme gab es eher mit einigen Leuten im Dorf, die das arme Mädchen am liebsten gesteinigt hätten.«

Rosa brachte Kastanienpolenta und gebratenen Schweinenacken und setzte sich dann ebenfalls zu Tisch.

Amüsiert beobachtete Antonella, wie Marco den ersten Löffel der Polenta in den Mund schob und kurz das Gesicht verzog. Der süß-salzige Geschmack dieser Art von Polenta war nicht jedermanns Sache.

Die junge Frau hatte es ebenfalls gesehen. »Schmeckt es nicht?«, fragte sie besorgt.

»Ungewohnt. Was ist das?«

»Polenta«, sagte Rosa.

»Aus Kastanienmehl«, setzte Antonella hinzu. »Im Winter gibt es in diesen Bergen alles aus Kastanienmehl. Polenta, Crêpes, Pasta, Kuchen. Einfach alles.«

Marco nahm den zweiten Bissen. »Ungewohnt, aber gut. Ein bisschen rauchig oder holzig. Man glaubt fast, man könne den Wald schmecken.«

Rosa lächelte zufrieden und aß weiter.

Nach dem Essen half Antonella ihr, den Tisch abzuräumen.

In der Küche saß ein Kind auf dem Boden und kaute auf einem Brotkanten.

»Mein Sohn, Angelo«, stellte Rosa ihn vor.

Auf dem Herd summte ein Kessel. Rosa goss heißes Wasser in den Spülstein und spülte das Geschirr, Antonella trocknete ab.

Aus der Stube klang leise das Gespräch der Männer. Ob

sie wohl wieder über Politik redeten? Jedenfalls schienen sie sich gut zu verstehen und im Gegensatz zu Don Vincenzo war Don Leonardo scheinbar kein Freund der Habsburger. Überhaupt unterschied er sich sehr von dem Dorfpfarrer von Cerreto. Schließlich hatte er Rosa aufgenommen und ihr Arbeit gegeben, obwohl sie ein uneheliches Kind hatte. Wogegen Don Vincenzo der Meinung war, dass Anna für ihre Sünden zu büßen hatte und sie damit zu einem Leben als Hure verdammt hatte. Im Grunde war es seine Schuld, wenn sie weiterhin sündigte. Überrascht zwinkerte sie. Waren das wirklich ihre Gedanken? Noch im Sommer wäre es für sie undenkbar gewesen, die Ansichten des Pfarrers in Frage zu stellen. Doch mit Paolos Betrug hatte sich etwas verändert. Für Männer und Frauen galten in Cerreto nicht die gleichen Gesetze und alle fanden das in Ordnung. Dagegen vertrat Marco die Ansicht, dass alle Menschen gleich waren und er behandelte sie ganz anders, als sie es bisher gewohnt war.

»Wann wollt ihr weiter?«, fragte der Pfarrer gerade, als Antonella in die Stube zurückkehrte. Beide Männer hatten ihre Stühle vor den Kamin geschoben und streckten die Füße dem Feuer entgegen. Don Leonardo hatte sich eine Pfeife angezündet. Der Duft nach Holz und Pfeifentabak füllte den Raum.

»Wir wollten eigentlich erst übermorgen aufbrechen«, antwortete Marco. »Aber nun denke ich, es ist besser, wenn wir morgen schon gehen.« Er stand auf und holte noch einen Stuhl heran. »Setz dich zu uns.«

Sie ließ sich nieder und schob ebenfalls die Füße ans Feuer. Die Wärme brachte ihre Zehen zum Prickeln und ließ ihre Glieder angenehm schwer werden.

Don Leonardo blies eine Rauchwolke in die Luft.

»Bei diesem Wetter braucht ihr mindestens zwei Tage bis Borgo di Val Taro, und es treiben sich allerlei Leute auf den Straßen herum, wie man sieht.«

Meinte er nun die Soldaten oder die Anhänger von Giovine Italia, fragte sich Antonella.

»Es gibt einen kleinen Ort, Ghiare, abseits der Hauptstraße und etwa ein Drittel des Weges nach Borgo«, fuhr der Pfarrer fort. »Es gibt dort kein Gasthaus, doch ich kenne ein Ehepaar, das etwas außerhalb wohnt. Wenn ihr sagt, dass ich euch schicke, könnt ihr bei ihnen übernachten.«

»Was denkst du, Antonella? Wollen wir es so machen, statt zu versuchen, an einem Tag bis nach Borgo zu kommen?« Marco blickte sie fragend an. Dankbar nickte sie. Der Gedanke gefiel ihr sehr. Ihr graute davor, wieder stundenlang durch den Schneematsch zu stapfen und nicht zu wissen, ob sie ihr Ziel vor Einbruch der Dunkelheit erreichen würden. Noch besser gefiel ihr, dass er sie nach ihrer Meinung fragte. Sie konnte sich nicht erinnern, dass ihr Vater jemals um die Zustimmung ihrer Mutter gebeten hatte, wenn Entscheidungen anstanden. Er hatte bestimmt, was getan wurde.

»Das ist eine gute Idee.« Sie unterdrückte ein Gähnen.

Don Leonardo beschrieb Marco den Weg. »Sie heißen Nunzio und Valeria Lombardi.«

Antonella schloss die Augen und lauschte dem Knistern des Kaminfeuers und dem Gespräch der Männer.

Die Stimme des Pfarrers war sehr tief und ein wenig rau, Marcos melodisch und weich. Sie verlor sich im Rhythmus seiner Worte, ohne darauf zu achten, was er sagte.

»Ich glaube, deine Frau schläft gleich ein.«

Die Worte des Pfarrers schreckten sie auf. »Entschuldigung.«

»Aber nicht doch. Es war ein schlimmer Tag. Ich muss gleich noch mal in die Kirche, mit der Familie von Gustavo reden. Seine Frau erwartet in zwei Monaten ihr erstes Kind.«

25. KAPITEL

Am nächsten Morgen brachen sie früh auf. Der Weg, den ihnen Don Leonardo beschrieben hatte, führte vom Dorf erst steil bergab bis zu einem kleinen Bachlauf und dann auf der anderen Seite wieder bergauf. In der Nacht hatte es gefroren, und auf dem Schnee hatte sich eine dünne Eisschicht gebildet, die das Gehen erschwerte. Der Himmel war immer noch blau, doch im Westen entdeckte Antonella Wolken, die sich hinter den Gipfeln sammelten.

Eine halbe Stunde später waren die Wolken dichter. Es schien, als wirbelten sie auf der Stelle und warteten nur darauf, dass der Ostwind nachließ und den Weg über die Berge freigab. Im Sommer würden sie Regen bringen, doch bei dieser Kälte würde es schneien. Sie machte Marco darauf aufmerksam.

Dieses Mal wunderte er sich nicht mehr über ihre Wettervorhersage. »Wann ist es soweit?«

»Noch hält der Wind sie zurück, doch heute Nacht wird er nachlassen und dann schneit es.«

»Sie sind schön«, sagte Marco und blickte auf die Gipfel. »Sie sehen aus wie die Schaumkronen der Wellen, wenn sie brechen.«

Antonella zuckte die Schultern. Wolken von Westen brachten immer entweder Regen oder Schnee. Auf die Idee, sie schön zu finden, war sie bisher nie gekommen.

Sie erinnerte sich daran, wie er das Abendlicht in seiner Heimat und das Meer beschrieben hatte und sah erneut zu den Gipfeln. Der Anblick war tatsächlich schön. Dort, wo sie die Sonne beschien, schimmerten die Wolken in einem blendenden Weiß, durchzogen von dunkelgrauen Schatten an ihrer Unterseite. Seltsam, dass sie diese Schönheit bisher nie wahrgenommen hatte. »Wenn es länger schneit, sitzen wir erst einmal bei diesen Leuten fest«, sagte sie. »Der Winter kommt sehr früh dieses Jahr. Ich hoffe, unsere Männer sind rechtzeitig aufgebrochen.«

»Eure Männer? Aus eurem Dorf? Warum, wohin brechen sie auf?«

Er wusste gar nichts von der Lebensweise in den Bergen.

Während sie weitergingen, erzählte sie ihm, dass die Schäfer mit ihren Herden in der Toskana überwinterten, während Frauen, Kinder und Alte in den Dörfern blieben.

»Aber warum das? Schafe vertragen doch Kälte?«

»Das schon, aber es gibt kein Futter. Wir machen zwar Heu, doch das reicht nur, um die Ziegen, Esel und ein paar Rinder über den Winter zu bringen.«

»Ein seltsames Leben. Deshalb habe ich so wenige junge Männer in den Dörfern gesehen.«

»Sie kommen erst Anfang Mai wieder.«

»Und die Frauen bringen ihre Kinder und die Alten ganz alleine über den Winter?«

»Ja. Wir haben das Kastanienmehl und manche Familien halten Ziegen, sodass wir auch Milch haben. Fleisch gibt es allerdings nur selten.«

»Das heißt, ihr ernährt euch im Winter fast nur von Maronen?«

Sie zuckte die Schultern. »Es gibt ja nichts anderes. Das bisschen Weizen und Mais, das in unserer Gegend wächst, reicht nicht über den Winter. Etwas wohlhabendere Leute halten sich Schweine. Meine Eltern halten Hühner. Aber die Tiere brauchen auch Futter, und wenn man selbst nicht genug zu Essen hat, bleiben nur die Kastanien.«

Erinnerungen. Das ausgemergelte Gesicht des Köhlers. Lieta, die so mager war, dass Aminta gesagt hatte, sie würde eine weiter Schwangerschaft nicht überleben. Marias Sohn, dessen dünne Beine sich nach außen bogen.

»Die Kastanien sind unser Leben«, fuhr sie fort. »Mit den getrockneten Blättern zünden wir unser Feuer an und stopfen unsere Matratzen aus. Aus dem Holz bauen wir Dachstühle, Möbel, Karren, Fässer; aus ihrer Rinde gewinnen wir Gerbstoff. Es gibt in Nismozza sogar jemanden, der Bier aus Kastanien braut.«

»Erzähl mir mehr darüber.«

Überrascht sah sie ihn an. Meinte er das ernst? In seinem Gesicht stand ehrliches Interesse. Also erzählte sie ihm von den Kastanienhainen, die zum Teil schon vor über achthundert Jahren von Mönchen angelegt wurden, sprach von den Tagen, in denen jeder, der laufen konnte, Maronen sammelte. Von den Metati, in denen sie dreißig bis vierzig Tage trockneten. Wie sie anschließend in große Säcke gepackt und auf dem Boden gedroschen wurden, bis die Schalen abplatzten.

»Danach sortieren wir die verdorbenen Früchte aus und der Rest wird gemahlen. Jeder Haushalt hat eine große Holztruhe, in die das Mehl hineingepresst wird. Sie ist abschließbar und die Hausfrau hütet den Schlüssel, damit sich nicht hungrige Mäuler daran vergreifen.«

»Was für ein Leben. Kein Wunder, bist du so tüchtig. Sind alle Frauen in euren Dörfern so wie du?«

Lachend schüttelte sie den Kopf. »Meine Mutter hielt mich nicht für tüchtig. Ich kann nicht besonders gut spinnen oder stricken, ich habe mich immer mehr fürs Kochen interessiert und war gerne in der Osteria, um zu helfen. Aber im Winter kommen kaum Gäste. Da bleibt man zu Hause, spinnt, strickt oder stopft.«

Er erwiderte ihr Lächeln. »Du bist tüchtig und du hast Mut. Ohne deine Hilfe wäre ich nicht weit gekommen. Ich weiß nichts über das Leben in den Bergen.« Er sprach aus, was sie vorhin gedacht hatte. »Ich bin sehr froh, dass ich dich getroffen habe.«

Errötend senkte sie den Kopf. Immer noch machte es sie verlegen, wenn er ihr Komplimente machte.

Sie erreichten das Haus der Lombardis nach etwas über zwei Stunden. Es war recht klein und nicht aus Naturstein, wie die meisten Häuser in den Bergen, sondern aus Holz.

Antonella runzelte die Stirn.

»Stimmt etwas nicht?«, fragte Marco.

Sie deutete auf das Haus. »Die Leute, die dort wohnen, sind sehr arm, wenn sie noch nicht mal ein Haus aus Stein haben. Ich weiß nicht, ob wir ihnen zur Last fallen sollten.«

»Wir bezahlen ja dafür.«

»Ich fürchte, sie werden keine Bezahlung annehmen. Gastfreundschaft ist heilig in den Bergen, vor allem im Winter.«

Auf ihr Klopfen öffnete eine Frau, die sie misstrauisch musterte. Ihr Alter war schwer zu schätzen. Ihr Haar war von grauen Strähnen durchzogen, doch ihr Gesicht wirkte, abgesehen von kleinen Fältchen um die Augen, noch jugendlich.

Marco verbeugte sich leicht. »Signora Lombardi? Ich bringe Grüße von Don Leonardo aus Berceto. Er sagte uns, wir könnten hier vielleicht eine Nacht bleiben. Natürlich gegen Bezahlung.«

Das Misstrauen wich aus ihrer Miene. »Kommt herein. Viel Platz können wir euch nicht bieten, aber für eine Nacht wird es reichen.«

Sie trat einen Schritt zurück und winkte sie herein. »Nunzio, wir haben Besuch!«, rief sie nach drinnen.

»Um diese Jahreszeit?« Der Mann, der den Raum durch eine andere Tür betrat, blickte ihnen beinahe ebenso argwöhnisch entgegen wie seine Frau zuvor.

Marco stellte Antonella und sich selbst vor und erklärte erneut, dass sie auf Empfehlung des Pfarrers von Berceto hergekommen waren.«

»Don Leonardo hat euch geschickt?«

»Jawohl, Signore. Er sagte mir, ihr seid ein entfernter Verwandter von ihm. Ein Vetter.«

Sofort veränderte sich der Gesichtsausdruck des Mannes. Jetzt lag deutliches Interesse in seinem Gesicht. »Das ist wahr. Und wenn mein Vetter euch schickt, seid ihr natürlich willkommen. Es ist gefährlich in den Wäldern, nicht nur wegen der Wölfe.«

Marco nickte. »Das ist richtig.«

Die beiden Männer lächelten sich an, als wären sie Freunde, die sich nach Jahren wieder trafen.

»Gut, dann holt mal euer Gepäck rein, damit wir die Tür zumachen können«, schaltete sich Valeria resolut ein. »Euer Pferd könnt ihr zu unserem Esel in den Stall stellen. Nunzio, kümmerst du dich darum?«

»Die Herrin des Hauses hat gesprochen.« Nunzio zwinkerte seiner Frau zu. »Ich kümmere mich um das Vieh, du um die Menschen.«

Zusammen mit Marco ging er hinaus und brachte kurz darauf die Satteltaschen und Antonellas Bündel herein. »Der junge Mann kümmert sich selbst um sein Pferd.«

Antonella blickte sich um. Der Raum, in dem sie stand, diente als Küche und Wohnstube. An der Wand links neben der Eingangstür entdeckte sie eine Kochstelle, einen großen gemauerten Kamin, in dem ein Kessel an einem Haken hing.

Daneben hingen Büschel von getrockneten Kastanienblättern zum Anfeuern. An der Wand gegenüber befanden sich Regale, in denen Töpfe, Pfannen und Teller standen. An Haken darunter hingen Kochlöffel, Schöpfkellen und die gusseisernen Platten am Stiel, auf denen man Crêpes aus Kastanienmehl buk.

So, wie sie das Haus von außen gesehen hatte, gab es wohl nur noch einen weiteren Raum.

»Bring das Gepäck der jungen Leute ins Schlafzimmer«, wies Valeria ihren Mann an.

»Und wo werdet ihr schlafen?«

Valeria lächelte. »Hier in der Stube.« Sie deutete auf eine Ecke, in der eine Art Pritsche stand. Antonella wollte protestieren, doch Valeria schnitt ihr das Wort ab. »Keine Widerrede. Wir stehen früh auf und würden euch stören. So, dann gehe ich mal die Ziegen melken und anschließend gibt es Crêpes.« Sie deutete auf eine Schüssel, die auf dem Tisch neben dem Herd stand. »Wenn ich noch ein bisschen mehr Teig anrühre, reicht's auch für vier Leute.«

»Die Ziegen kann ich melken«, bot Antonella an.

»Wirklich? Das wäre nett. Nunzio, zeig ihr doch den Weg.«

Als Antonella etwas später mit dem Eimer Ziegenmilch in der Hand die Stube betrat, strich Valeria gerade den Teig auf dünne runde Steinplatten, die sie in einem Gestell aufeinanderstapelte und anschließend dicht ans Feuer stellte.

»Crêpes«, erklärte sie auf Marcos erstaunten Blick hin.

»Drei oder vier Stück mache ich mit diesen Dingern.« Sie deutete auf zwei Eisenplatten, die an der Wand hingen. »Aber mehr gehen mit den Steinplatten schneller.«

Antonella goss die Ziegenmilch in einen Krug, während Valeria den Tisch deckte. Kurze Zeit später holte sie mit einer Zange den Ständer mit den Crêpes vom Feuer und verteilte die dünnen Teigfladen auf den Tellern. Nunzio öffnete ein Glas Honig. »Unser eigener. Wir haben ein paar Bienenstöcke. Damit schmecken die Crêpes besonders gut.«

Nach dem Essen spülte Valeria das Geschirr. Anschließend goss sie das Spülwasser in ein Becken in der Ecke, das mit einem Tuch ausgekleidet war. Neugierig trat Antonella näher heran. In dem Becken lag Asche aus der Feuerstelle.

»Wozu machst du das?«

»Das wird unser Wasser zum Wäschewaschen.« Valeria deutete auf den Ablauf des Beckens. Darunter stand ein Eimer. »Das Wasser sickert durch die Asche und läuft dann in den Eimer. So brauchen wir keine Seife für die Wäsche.«

Marco stand auf und sah sich die Konstruktion an. »Das ist großartig. Durch die Asche wird das Wasser zur Lauge.«

Valeria zuckte die Schultern. »Wie es funktioniert, weiß ich nicht. Meine Eltern haben es schon so gemacht.«

»Ich kannte es noch nicht«, sagte Antonella. »Aber es ist eine gute Idee, besonders, wenn man keinen Fluss mit einer Waschstelle in der Nähe hat.«

Valeria lächelte sie an. »Du kommst aus den Bergen, nicht wahr?«

»Ja.«

»Dein Mann aber nicht. Er hat einen fremden Akzent.«

»Ich komme aus dem Großherzogtum Toskana«, erklärte Marco.

»Und wieso seid ihr ausgerechnet im Winter in dieser abgelegenen Gegend unterwegs? Es gibt doch wirklich bessere Zeiten zum Reisen.«

Lachend schüttelte Nunzio den Kopf. »Valeria, nun sei doch nicht so neugierig. Das geht dich nichts an. Sie werden sicher Gründe haben.«

Antonella bemerkte, wie er einen schnellen Blick mit Marco tauschte. Hatten die Männer über den Grund ihrer Reise gesprochen?

»Ja, und die will ich wissen«, gab Valeria unbekümmert zurück.

Eigentlich konnte sie es erzählen. Inzwischen waren sie so weit fort von Cerreto, dass ihnen mit Sicherheit niemand mehr folgte.

»Ich bin fortgelaufen«, begann sie. »Ich sollte den Sohn des Müllers heiraten, eine gute Partie, doch stattdessen …« Sie verlor den Faden und warf einen unsicheren Blick zu Marco hinüber.

»Stattdessen hast du dich in einen schönen Fremden verliebt, und euren Eltern war das nicht recht«, beendete Valeria den Satz.

Antonella wollte eben widersprechen, da fiel ihr ein, dass Marco und sie sich als Ehepaar ausgaben. »Ja, so in etwa war es.«

Nunzio und Valeria lächelten einander zu. »So war es bei uns auch. Vor über zwanzig Jahren. Nur dass Nunzio eine reiche Frau heiraten sollte und sich in ein armes Mädchen verliebte. Deshalb habe ich mein Dorf verlassen und er seine Heimat und wir haben uns hier niedergelassen.«

»Und ich habe es niemals bereut«, erklärte Nunzio. »Auch wenn ich hier nur der Köhler bin.«

Der Köhler. Das erklärte, warum er den Winter hier verbrachte. Ein paar Schafe, drei Ziegen und einen Esel hatte sie im Stall gesehen. Mehr besaßen Valeria und Nunzio nicht. Aber sie schienen glücklich miteinander zu sein.

Verstohlen blickte sie zu Marco. Er lächelte ein wenig.

Nach dem Abendessen, das aus Kastanienpolenta und etwas Pecorino bestand, zogen sich Marco und Antonella in das Schlafzimmer des Paares zurück. Es war klein und schloss an den Stall an. Der strenge Geruch der Ziegen drang durch die Ritzen im Holz. Die mit Kastanienlaub gefüllte Matratze raschelte leise, als Antonella sich hineinlegte, und weckte eine ziehende Sehnsucht nach ihren Schwestern und ihrer Mutter. Was dachte man zu Hause über ihre Flucht? Hatte ihr Vater verboten, ihren Namen auszusprechen, wie er es bei ihrer Tante Eneide getan hatte, oder glaubte er Teresa, die inzwischen sicher erzählt hatte, warum sie ihre Heimat verlassen hatte. Und wie ging es Francesca? Sie dachte an den Tag der Weinlese. Wahrscheinlich würde sie niemals erfahren, ob Maurizio seine Schüchternheit überwunden hatte und Francesca um ihre Hand gebeten hatte. Seufzend zog sie die Decke über sich.

Im Nebenraum hörte sie Nunzio und Valeria leise miteinander reden. Später sanken die Stimmen zu einem Flüstern, Valeria kicherte. Dann verstummten Flüstern und Kichern, stattdessen ertönten leise Seufzer, die Matratze raschelte.

Die Seufzer wurden lauter, jemand stöhnte. Auch die Matratze raschelte lauter, gleichmäßiger. Endlich begriff Antonella, was die beiden im Nebenzimmer taten. Verwirrt lauschte sie auf das Stöhnen der Frau und das leise Keuchen des Mannes. Schlief Marco schon oder hörte er es auch?

Sie öffnete die Augen. Er lag auf dem Rücken und ein Lächeln spielte um seine Lippen. Als spüre er ihren Blick, wandte er den Kopf. Die Geräusche von nebenan schienen ihn nicht im Geringsten zu verwirren. »Sie haben die Wahrheit gesagt«, flüsterte er und deutete mit dem Kinn auf die Tür. »Sie lieben sich immer noch.«

Ihr fiel keine kluge Antwort ein, also nickte sie nur und schloss die Augen wieder. Doch ihre Ohren konnte sie nicht verschließen, so gerne sie es getan hätte. Die Geräusche weckten die Erinnerung an Paolo und Anna, gleichzeitig bewirkten sie ein seltsames Kribbeln in ihrem Bauch, das sie nicht einordnen konnte. Doch dann hörte sie einen halberstickten Aufschrei von Valeria und fuhr hoch.

Marco setze sich ebenfalls auf. »Was hast du?«

Verständnislos starrte sie ihn an. Wie konnte er das fragen, er musste den Schrei doch auch gehört haben. Wieder blickte sie zur Tür. Immer noch hörte sie das Keuchen.

Marco griff nach ihrer Hand. »Es ist gut. Er tut ihr nicht weh.«

»Sie hat doch geschrien?«

»Aber nicht, weil es wehtut.«

»Nicht?« Warum sollte jemand sonst schreien?

»Nein. Es ist etwas anderes. Wenn Mann und Frau das tun, dann ist das ... es ist wie ...« Er räusperte sich. »Ich kann das nicht erklären.«

Aus der Stube drangen noch ein paar leise Seufzer, die allerdings nicht nach Schmerz klangen, dann wurde es still.

Langsam legte sie sich zurück.

Es ist etwas anderes, hatte Marco gesagt. Aber was?

»Warum erschreckt es dich so sehr?«, fragte er leise. »Hast du niemals gehört, wie deine Eltern es getan haben?«

Ihre Eltern? Keuchend und stöhnend im Bett? Unvorstellbar.

»Unser Zimmer war im ersten Stock, meine Eltern haben im Untergeschoss geschlafen. Aber ich habe Paolo gesehen, wie er ...« Sie schluckte.

»Wie er?« Marco wartete einen Moment. »Du musst nicht antworten. Ich kann es mir wahrscheinlich denken. Dein Verlobter scheint nicht gerade ein Musterexemplar von einem Mann zu sein.«

»Er ist nicht mehr mein Verlobter«, wandte sie ein, und dann erzählte sie ihm von Paolo und Anna.

Als sie geendet hatte, schwieg er lange.

»Ach Antonella«, sagte er schließlich. »Das machen wirklich sehr viele Männer, und wenn die Frau damit ihr Geld verdient, hat er sie wohl nicht dazu gezwungen.«

»Aber er war mit mir verlobt.«

»Aber noch nicht verheiratet.«

Sie richtete sich auf. »Verteidigst du ihn gerade? Meinst du, ich hätte ihn doch nehmen sollen?«

»Nein.« In der Dunkelheit ahnte sie sein Kopfschütteln mehr, als dass sie es sah. »Auf keinen Fall. Was er dir antun wollte, ist nicht zu entschuldigen.«

Dass er zu einer Hure geht, aber wohl schon, dachte Antonella, als sie sich wieder hinlegte.

Sie schloss die Augen und schlief jetzt auch sofort ein.

26. KAPITEL

Das Klappern von Geschirr weckte sie auf.

Einen Augenblick blieb sie liegen, unsicher, wo sie sich befand. Seit sieben Nächten schlief sie jede Nacht woanders. Das gedämpfte Meckern einer Ziege, das durch die Wand hinter dem Bett drang, brachte die Erinnerung an den gestrigen Tag zurück. Sie waren bei Valeria und Nunzio, dem Köhler.

Marco lag nicht mehr neben ihr, sie hörte seine Stimme aus der Wohnstube. Wie lange hatte sie geschlafen?

Rasch stand sie auf. Es befand sich keine Waschschüssel im Zimmer, also kleidete sie sich an und öffnete die Tür. Marco und Nunzio saßen am Tisch. Nunzio schnitzte an einem Stück Holz. »Valeria braucht einen neuen Kochlöffel«, erklärte er Marco, der interessiert zusah.

Durch das kleine Fenster fiel helles Licht. Antonella begrüßte die Männer und sah hinaus. Ihr Verdacht bestätigte sich, es hatte in der Nacht wieder geschneit, die Welt draußen war weiß.

»Tja, ihr werdet wohl ein paar Tage bleiben müssen«, sagte Nunzio. »So wie es aussieht, wird es nachher wieder schneien.«

Marco lächelte. »Das ist gar nicht schlecht. Dann kann Rinaldo sich ausruhen. Und wir auch.«

Die Haustür schwang auf und Valeria kam mit einem Eimer herein. »So, Milch fürs Frühstück. Die Kani scheint tatsächlich trächtig zu sein. Sie ist in den letzten Tagen ein wenig runder geworden und auch das Euter ist größer.«

»Fein, dann haben wir im Januar ein Zicklein oder zwei. Hoffentlich wird es kein Bock.«

Die beiden lächelten sich an. Ob sie ahnten, dass man sie gestern Abend hatte hören können? Wenn, so war es ihnen wohl gleichgültig.

Nunzio legte sein Schnitzzeug beiseite und holte ein Stück Käse aus einem Regal, Valeria kramte aus einem Schrank ein längliches Brot, von dem sie Stücke abbrach. »Taucht es am besten in die Milch, es ist schon sehr hart. Eigentlich wollte ich heute nach Roccamurata gehen, um frisches zu kaufen.«

Sie warf einen Blick aus dem Fenster und seufzte. »Dann gibt es heute Abend wohl nur Panella mit Ricotta.«

»Panella?«, fragte Marco.

»Brot aus Kastanienmehl und Wasser«, erklärte Antonella und wandte sich dann an Valeria. »Statt Panella könnte ich Troffie machen. Fingernudeln. Die Zutaten sind die Gleichen. Du hast doch bestimmt Olivenöl im Haus. Und Zwiebeln und getrocknete Pilze sicher auch?«

Valeria nickte. »Wenn du dir die Arbeit machen willst.«

»Aber ja. Wenn wir euch schon länger zur Last fallen müssen, kann ich mich auch nützlich machen.«

Sie würde die Pilze einweichen und sie anschließend mit gehackten Zwiebeln und Knoblauch, sofern Valeria welchen hatte, in Öl anbraten. Danach kamen die gekochten Nudeln dazu und etwas geriebener Pecorino. Abgesehen vom Formen der Nudeln, das etwas Zeit brauchte, war es ein schnelles und schmackhaftes Gericht.

Nach dem Frühstück half Marco Nunzio, den Stall auszumisten. Antonella kehrte die Stube und Valeria spülte das Geschirr. Anschließend holte Valeria ihr Strickzeug und strickte Sohlen für Socken.

»Wieso strickt sie nur die Sohlen?«, raunte Marco Antonella zu.

»Sie laufen sich durch. Wir stricken Strümpfe in zwei Teilen. Den Strumpf und die Sohle. Sie werden zusammengenäht, und wenn die Sohle durchgelaufen ist, trennt man sie ab und näht eine neue dran.«

»Unglaublich. So einfach, und doch habe ich nie davon gehört. Ebenso wenig wie von der Methode, Waschlauge herzustellen.« Er wies mit dem Kinn auf das Becken in der Ecke.

»Armut macht einfallsreich«, sagte Nunzio, der den neuen Kochlöffel glatt schliff.

Nunzio war nicht immer arm gewesen, erinnerte Antonella sich. Marco dagegen, dessen war sie inzwischen sicher, war nicht der Sohn eines Landarbeiters. Dafür wusste er zu wenig. Er kannte weder die typischen Speisen der Armen noch die Kniffe, mit denen man sich das Leben leichter machen konnte.

Auch redete er anders als die Leute, die sie kannte. Am Anfang hatte sie es darauf zurückgeführt, dass er aus der Toskana kam und dort ein anderer Dialekt gesprochen wurde. Doch seine Ausdrucksweise unterschied sich sehr von derjenigen der Bauern. Sie dachte daran, wie er mit dem fahrenden Händler gesprochen hatte oder dem Pfarrer. Und er konnte lesen und schreiben. Ob er es ihr wohl beibringen würde, wenn sie ihn darum bat?

»Aber natürlich«, antwortete er, als sie ihn fragte. »Nunzio meinte, es würde morgen auch noch schneien. Wir werden ein paar Tage hierbleiben. Zeit genug. Papier, Tinte und eine Schreibfeder habe ich mit. Wir fangen heute Nachmittag an, und wenn wir weiterreisen, können wir abends weitermachen. Es ist gut, wenn du schon mal das Alphabet kennst, wenn du in Genua bist.«

Er hielt sein Versprechen. Am späten Nachmittag holte er

einen Bogen Papier, Feder und Tinte aus seinem Gepäck und setzte sich mit ihr an den Esstisch.

»Wir fangen mit deinem Namen an. Antonella Battistoni. Das ist das »A«. Er malte den Buchstaben auf das Papier. »Das A ist der erste Buchstabe im Alphabet. Das B ist der zweite. A wie Antonella und B wie Battistoni.«

Die Tage vergingen und jeden Nachmittag setzte sich Marco mit ihr an den Tisch, zeigte ihr, wie man die Buchstaben schrieb, und ließ sie selbst schreiben. Sie merkte sich jeden Buchstaben mit einem Begriff oder einem Namen. Am dritten Tag waren sie bei M wie Metato oder Maroni angelangt. Bei dem Buchstaben P fiel ihr zuerst Paolo ein, dann Papa, aber schließlich wählte sie den Pfad als Merkwort. Der Pfad, der sie von zu Hause fortgeführt hatte. Es war auf merkwürdige Weise tröstlich, die Namen derer aufzuschreiben, die sie vermisste. Francesca, Giovanna, Rina und Roberto, Teresa. Und auch Nico, den Hund.

»Du lernst sehr schnell«, sagte Marco am Abend. Antonella saß über das Blatt gebeugt und kniff die Augen zusammen. Wirklich zufrieden war sie nicht. Zwar fand sie es leicht, Namen zu schreiben und zu lesen, doch Wörter, die Tätigkeiten beschrieben oder wie die Dinge waren, bereiteten ihr noch Probleme.

»Das ist Übungssache. Je öfter du versuchst, zu lesen, desto besser wird es.«

Nunzio hatte zugehört, jetzt stand er auf und holte ein Buch aus einem Regal.

»Wir haben hier nur die Bibel, ein Geschenk von Don Leonardo, aber zum Lesenüben eignet sie sich auch.«

Also buchstabierte sich Antonella durch die ersten Sätze des Buches Mose, bis sie glaubte, nur noch Rauch im Kopf zu haben. »Ich muss ein bisschen an die Luft.«

»Ich komme mit«, sagte Marco.

In ihre Umhänge gehüllt, stapften sie durch den Schnee.

Es war kalt und sehr trocken, ihr Atem bildete Wölkchen vor ihrem Mund. Am Himmel hingen ein paar Wolken, doch sie sahen nicht nach Schnee oder Regen aus.

»Wir sollten aufbrechen, solange es trocken ist«, sagte Antonella. »Es geht sich leichter, wenn der Schnee leicht und pulvrig ist.«

Marco nickte. »Ich würde auch gerne weiter. Damit wir aus den Bergen raus sind, bevor es richtig Winter wird. Außerdem haben wir die Gastfreundschaft der beiden lange genug genutzt.«

Sie wanderten ein Stück auf dem Weg in Richtung Borgo. Er war leicht erkennbar und würde wohl für das Pferd kein Problem sein, meinte Marco.

Schließlich kehrten sie zurück zum Haus der Lombardis.

»Ich begleite euch bis nach Roccamurata«, sagte Nunzio, als Marco verkündete, dass sie am nächsten Tag aufbrechen wollten. »Wir brauchen dringend ein paar Lebensmittel.«

Valeria lachte. »Ich komme auch mit. Damit Nunzio das Richtige einkauft, und wer weiß, wann ich sonst wieder aus dieser Hütte komme.«

Am nächsten Morgen versorgten Nunzio und Marco die Tiere mit Futter, während Antonella die Ziegen molk und Valeria das Frühstück machte. Anschließend sattelte Marco Rinaldo und verstaute ihr Gepäck in den Satteltaschen.

Nunzio verschloss das Haus, holte den Esel aus dem Stall und sie marschierten los. Nunzio ging vorneweg. In der Hand einen Schäferstab, den Esel mit den noch leeren Packtaschen auf dem Rücken hinter sich herziehend, bahnte er einen Weg durch den Schnee. Antonella und Valeria folgten ihm, und den Schluss bildete Marco, der Rinaldo am Zügel führte. Das Wetter war unverändert kalt und trocken, sie kamen flott voran und erreichten nach einer Stunde Roccamurata.

Es war ein kleiner Ort, aber es gab einen Bäcker und einen Alimentari, einen Laden, der Lebensmittel und allerlei Gebrauchsgegenstände verkaufte.

Marco und Nunzio banden das Pferd und den Esel fest.

»Zuerst zum Bäcker«, erklärte Valeria und zog Nunzio am Arm zur Ladentür.

Marco hielt Antonella zurück. »Nunzio will kein Geld von mir annehmen«, sagte er leise. »Ich würde ihnen gerne etwas kaufen, aber ich weiß nicht, was wirklich nützlich für sie ist.«

Das war kein Problem, ihr fielen sofort einige Dinge ein, über die sich das Paar freuen würde. »Komm mit.«

Marco folgte ihr in den Alimentari.

Hinter der Theke schnitt ein beleibter Mann dünne Scheiben von einem Schinken. »Bitte schön, Signora Risi, darf es sonst noch etwas sein?«

Die Frau hatte sich bei Marcos und Antonellas Eintreten umgedreht und musterte sie abschätzig. Sie war groß und dünn und trug einen dunklen Mantel, dicke Stiefel und einen Hut. Eine wohlhabende Bürgersfrau, so schätzte Antonella sie ein.

»Signora Risi, möchten Sie noch etwas?«, wiederholte der Mann, als sie nicht antwortete. Die Signora presste ihre ohnehin schon schmalen Lippen zusammen und wandte sich wieder um.

»Ja, eine Handvoll Zwiebel und sechs von diesen Äpfeln, aber suchen Sie mir welche ohne Druckstellen aus. Haben Sie Rosinen? Ja? Dann bitte eine Packung.«

Während der Mann alles zusammenpackte, glitt der Blick der Frau immer wieder hinüber zu Marco.

»Haben Sie gehört, dass die Briganten inzwischen auch hier in den Bergen ihr Unwesen treiben?«, sagte sie zum Verkäufer.

»Mein Schwager kam letzte Woche von La Spezia und berichtete von Überfällen auf fahrende Händler. Und auf dem Weg von Aulla nach Modena haben sie eine Kutsche ausgeraubt.«

»Hm«, brummte der Verkäufer und drehte die Äpfel in den Händen, bevor er sie in den Korb legte.

»Finden Sie es nicht auch ungewöhnlich, wie viele Fremde sich in diesem Winter hier herumtreiben? Man weiß ja nie. Denken Sie nur an den Deserteur, den die Dragoner suchen, die letzte Woche hier durchgeritten sind. Er soll gefährlich sein, sogar vor Mord nicht zurückschrecken. Früher kamen kaum Fremde hier vorbei, und nun …« Wieder glitt ihr Blick zu Marco, der ihn mit einem dreisten Lächeln erwiderte. Die Signora kräuselte die Lippen und richtete sich auf. Ihr langer Hals schien noch um ein paar Zentimeter länger zu werden. Sie glich einer Ziege, die etwas Falsches gefressen hatte.

»Briganten, Deserteure, Bettler. Lichtscheues Gesindel. Sogar Anhänger dieser politischen Vereinigung, Giovine Italia, treiben neuerdings ihr Unwesen in unseren friedlichen Bergen. – Packen Sie mir doch auch noch ein Stück von Ihrer wunderbaren Lavendelseife ein. – Stellen Sie sich vor, in Berceto gab es letzten Sonntag einen Aufstand dieser Leute. Es gab sogar Tote, sagte mein Schwager. Ist das nicht schrecklich?«

»Hm, hm. Ja, schlimm.«

»Geben sie mir doch noch zwanzig Unzen Maisgries. Wenn Sie mich fragen, die gehören allesamt eingesperrt. Mein Schwager sagt, in Wirklichkeit sind das alle Mitglieder dieser Geheimgesellschaft Carboneria oder wie die heißen. Die wollen den Papst abschaffen, stellen Sie sich das mal vor.«

»Hm«, machte der Verkäufer erneut und reichte ihr den Korb mit ihren Einkäufen. »Möchten Sie die Waren gleich bezahlen oder soll ich sie anschreiben?«

»Schreiben Sie es auf die Rechnung.«

»Sehr wohl, Signora Risi. Einen schönen Tag noch.«

»Wünsche ich Ihnen auch. Und schließen Sie Ihren Laden gut ab. Man weiß ja nie …«

Mit einem letzten Blick auf Marco und Antonella rauschte sie hinaus.

Der Verkäufer atmete einmal tief durch und fuhr sich mit der Hand über die Stirn, dann wandte er sich an Marco. »Sie wünschen?«

Er deutete auf Antonella. »Meine Frau kauft ein.«

»Ich hätte gerne ein Pfund weißes Mehl und ein Pfund Maisgries. Ein Stück von dem gepökelten Schweinenacken und eine Scheibe Lardo.« Sie deutete auf ein Stück geräucherten Schweinespeck. Dann sah sie sich um, worüber würden Valeria und Nunzio sich noch freuen? Sie besaßen Schafe und Ziegen, also machten sie ihren Käse selbst. Honig bekamen sie von ihren Bienen.

Neben dem Speck, den sie soeben gekauft hatte, hingen Würste mit einer weißen Haut. Salami Fiorettino.

»Wie viel Geld willst du ausgeben?«, wandte sie sich an Marco. »Ich würde gerne noch die Salami dazunehmen. Und ein Stück von der Lavendelseife.«

»Dann mach das.« Er wirkte ein wenig abwesend. Seine Lippen hatten ihren Schwung verloren, sie schienen schmaler als sonst. Irgendetwas beschäftigte ihn.

Der Besitzer des Ladens packte alles zusammen und verabschiedete sie freundlich.

Marco nahm das Paket. »Warum so viel Mehl?«

»Damit Valeria auch mal etwas anderes backen kann als Brot aus Kastanienmehl. Weizenmehl für Kuchen oder Brot und Maisgries für Polenta oder Gnocchi. Bis auf die Reichen, die sich das ganze Jahr über feines Weizenmehl kaufen können, ernähren sich die Bewohner der Berge im Winter ausschließlich von Kastanienmehl.«

Valeria und Nunzio warteten schon auf sie. Antonella zog Valeria auf die Seite. »Wir haben ein paar Sachen für euch eingekauft, als Dank für eure Gastfreundschaft.« Sie wies mit dem Kinn auf Marco, der die Einkäufe in den Packkörben des Esels verstaute. »Maisgries, Weizenmehl und ein paar Kleinigkeiten.«

Valeria umarmte Antonella und küsste sie auf beide Wangen. »Vielen Dank. Ich freu mich. Endlich mal etwas anderes als Kastanien.« Sie war kein Mensch, der sich zierte oder sich mit höflichen Floskeln abgab.

Sie umarmten sich noch einmal.

Nunzio küsste Antonella auf die Wangen, Marco drückte Valeria an sich und küsste sie, dann klopfte er Nunzio auf die Schultern. »Du bist ein großartiger Mensch. Mach weiter so. Pass auf die Wölfe in den Wäldern auf, damit dir nichts passiert.«

27. KAPITEL

Valeria und Nunzio machten sich auf den Heimweg nach Ghiare, Marco und Antonella schlugen die Straße nach Borgo di Val Taro ein. Die Straße führte leicht bergab, bis sie auf einen Fluss stieß, dem sie folgte. Hier lag kein Schnee mehr. Zum Glück war der Weg befestigt, sodass er trotz der Nässe nicht matschig war. Marco fragte sie, ob sie reiten wolle, und dieses Mal nahm sie das Angebot dankbar an. Seine Nähe, als er ihr in den Sattel half, löste dieses seltsame Kribbeln in ihrem Bauch aus, das sie schon beim Tanz mit ihm empfunden hatte. Ihr Herz schlug plötzlich sehr viel schneller.

Marco griff nach Rinaldos Zügel und ging los. Sie blickte auf seinen Rücken und dachte darüber nach, wie sehr ihr Leben sich verändert hatte. Statt zu Hause zu sitzen und an ihrer Aussteuer zu arbeiten, zog sie mit einem Fremden durch die Berge. Mit einem Wilderer, der sich offensichtlich für die Ideen von Giovine Italia begeisterte. Und doch fühlte sie sich in seiner Gegenwart sicherer und unbefangener als im Sommer mit Paolo.

Da sie keine Steigungen mehr zu überwinden hatten, kamen sie flott voran und erreichten die Stadt nach vier Stunden.

Sie überquerten den Fluss auf einer großen steinernen Brücke.

Antonella stieg vom Pferd und blickte sich um. Borgo di val Taro war ebenso groß wie Castelnovo ne Monti.

Marco wandte sich zu ihr um. »Den schwierigsten Teil des Weges haben wir geschafft. Die nächsten Tage gehen wir einfach weiter am Taro entlang.« Er deutete auf den Fluss unter ihnen. »In drei Tagen sollten wir San Siro Foce erreichen, da müssen wir noch einmal über einen Pass und in fünf bis sechs Tagen müssten wir in Rapallo sein. Von da aus brauchen wir noch ein oder zwei Tage bis Genua.«

»Rapallo?«

»Ein schöner Badeort am Meer. Vielleicht können wir ein paar Tage dort bleiben und uns ausruhen.«

Auf der anderen Seite des Flusses waren auf einem Platz Marktstände aufgebaut. Aus einem Stand roch es verführerisch nach frischem Gebäck, von einem anderen wehte der Duft von gebratenen Hühnchen herüber. Antonellas Magen knurrte so laut, dass Marco den Kopf wandte und sie anlachte.

»Wenn du Rinaldo hältst, hole ich uns etwas zu essen. Was möchtest du?«

Sie deutete auf einen der Stände, an dem ein Mann Scheiben von einem entbeinten, gegrillten Spanferkel schnitt.

»Wenn es nicht zu teuer ist, hätte ich gerne von dem Porchetta.«

Marco übergab ihr Rinaldos Zügel und ging hinüber.

Antonella sah sich um. Neben dem Porchettastand verkaufte eine Frau verschiedene Käsesorten. Unter einem Zeltdach hingen große getrocknete Fische, davor stand ein Fass mit eingesalzenen Sardinen. Ihr gegenüber fuchtelte ein dicker Mann mit den Armen und zeigte auf die großen Schinken vor ihm. Was er rief, verstand sie nicht. Vermutlich pries er seine Ware an.

Zwei Frauen mit Körben am Arm schlenderten plaudernd an ihr vorbei. Die Worte klangen fremd. Unwillkürlich lauschte sie.

Tatsächlich, was die Frauen sagten und was der Schinkenverkäufer rief, klang anders, als sie es von Cerreto kannte. Offensichtlich wurde hier ein anderer Dialekt gesprochen.

Marco kam zurück, in jeder Hand ein kleines Brot mit Porchetta belegt. Das warme Fleisch roch nach Kräutern und Knoblauch und schmeckte wunderbar.

»Ich kann die Leute hier nicht verstehen. Was ist das für eine Sprache?«, fragte sie Marco, nachdem sie fertig gegessen hatte.

»Eine Form des Ligurischen.«

Nachdenklich lauschte sie auf ein Gespräch zwischen dem Fischhändler und einer Kundin. Nur wenige Worte kamen ihr bekannt vor, weil sie ähnlich klangen wie in ihrer Heimat. Sie presste die Lippen zusammen. Bisher hatte sie sich keine Gedanken darüber gemacht, dass in jedem Herzogtum, in jedem Staat eine andere Sprache gesprochen wurde.

»Welchen Dialekt spricht man in Genua?«

»Auch Ligurisch«, sagte Marco. »Und Zenéize, einen Dialekt, den außer den Genuesern niemand versteht.«

Sie schluckte.

»Was hast du?«, fragte er.

»Ich spreche kein Ligurisch. Nur den Dialekt der Emilia

und ein wenig Toskanisch. Wie soll ich mich denn in Genua verständigen?«

»In den großen Häusern sprechen fast alle Französisch und das florentinische Toskanisch. Es ist sozusagen die Landessprache. Und Ligurisch ist der Sprache in der Emilia recht ähnlich. Das lernst du schnell.«

»Kannst du mir ein paar Sätze beibringen? Damit ich wenigstens etwas verstehe?«

»Aber natürlich. Du bist klug, du schaffst das.«

Dass er sie für klug hielt, hatte er schon mehr als einmal gesagt. Zuerst hatte sie es für eine Schmeichelei gehalten, doch inzwischen wusste sie, dass er nicht schmeichelte. Er meinte, was er sagte. Dankbar lächelte sie ihn an.

In Borgotaro, wie die Bewohner ihre Stadt nannten, gab es mehrere Gasthäuser. Um diese Jahreszeit kamen kaum Gäste, weshalb der Wirt äußerst zuvorkommend war. Antonella ging früh zu Bett, Marco entschuldigte sich, er sei noch nicht müde und blieb in der Schankstube.

Das Bett war weich und die Decke warm. Doch obwohl sie sehr müde war, fand sie keinen Schlaf.

Immer wieder schweiften ihre Gedanken zu Marco. Was tat er jetzt? Trank er und redete mit den Männern über Politik? In Berceto hatte er das Motto von Giovine Italia in die Menge gerufen. Jetzt erst fiel ihr auf, dass er zwar mit ihr über die Gesellschaft und ihre Ziele gesprochen hatte, aber ihrer Frage, ob er ein Mitglied sei, ausgewichen war. Stattdessen hatte er sie gefragt, ob sie es schlimm fände, wenn es so wäre. Sie dachte darüber nach, was er ihr über die Vergangenheit Italiens erzählt hatte. Hätte sie das schon früher gewusst, hätte sie nicht alles geglaubt, was Don Vincenzo von der Kanzel gepredigt hatte. Doch im Grunde wussten die Schäfer und die Bauern wenig über dieses Land, das ihr Vaterland war.

So etwas lernte man wohl nur in der Schule. »Wir brauchen viel mehr Schulen in diesem Land«, hatte er an ihrem ersten Abend gesagt. Sie dachte an die Liebe, mit der er ihr seine Heimat beschrieben hatte, an die Leidenschaft, mit der er für die Rechte der einfachen Leute eintrat. Bestimmt gehörte er zu Giovine Italia.

Sie schloss die Augen und sah sein Gesicht vor sich. Seinen Mund, wenn er lächelte, rechts mehr als links. Sah seine Augen, wie sie leuchteten, wenn er sich für etwas begeisterte.

In zehn Tagen wären sie in Genua, hatte er gesagt. Plötzlich wünschte sie sich, die Reise wäre nicht so bald zu Ende. Die Gespräche mit ihm würden ihr fehlen. *Er* würde ihr fehlen. Mit keinem Mann hatte sie jemals so offen reden können. Keiner hatte sie bisher so gut verstanden, sich so für sie interessiert. Im Grunde, ja im Grunde war es mit ihm so, wie sie sich in ihren Träumen die Ehe mit Paolo vorgestellt hatte.

Ein Schauer lief über ihren Rücken. Sie lag ganz still und lauschte dem Schlag ihres Herzens. Plötzlich fügte sich alles zusammen und sie fragte sich, warum sie es nicht schon früher bemerkt hatte. Deshalb hatte sie seinen Kuss so sehr gemocht, daher kam das Kribbeln, das sich jedes Mal in ihrem Bauch ausbreitete, wenn er ihr nahekam. Und auch ihre Eifersucht, als er mit der Sängerin getanzt hatte, hatte einen Grund gehabt.

So also fühlte es sich an, wenn man den Richtigen traf. Sich verliebte. Und nun? Was empfand er für sie? Er mochte sie, das war klar, aber war es auch bei ihm mehr?

Sie seufzte. Wahrscheinlich war sie für ihn nichts anderes als ein nettes Mädchen, dem er half. Denn auch wenn ihr in den letzten Tagen aufgefallen war, dass er ihr manchmal mit den Blicken folgte, wenn er glaubte, sie merke es nicht, ließ nichts in seinem Verhalten darauf schließen, dass er ihre Gefühle erwiderte. Er hatte nie mehr versucht, sie zu küssen, und er berührte sie auch nicht »zufällig«, so wie Paolo es getan hatte. Im Gegenteil, nach dem Tanzabend in Berceto war er aus ihrem Zimmer regelrecht geflohen.

Ein leises Klopfen an der Tür unterbrach ihren Gedankengang.

»Antonella?«

Marco. Ihr Herz schlug plötzlich viel schneller, ihr Gesicht schien zu glühen. Rasch schlug sie die Decke zurück, lief zur Tür und ließ ihn ein, ohne ihn anzusehen. Ihre Miene würde ihre Gefühle für ihn verraten, ganz sicher. Wortlos wandte sie sich ab und versteckte sich im Bett.

Er schwieg ebenfalls. Nachdem er sich gewaschen hatte, griff er wie üblich zu seinem Umhang und legte sich neben sie. »Gute Nacht.«

»Gute Nacht«, erwiderte sie.

Es wurde keine gute Nacht. Stunde um Stunde lag sie wach und grübelte. Jetzt endlich war sie einem Mann begegnet, in den sie sich verliebt hatte, nach dessen Berührung, nach dessen Küssen sie sich sehnte, und er schien nicht im Geringsten an ihr interessiert.

28. KAPITEL

Marcos sanftes Rütteln an ihrer Schulter weckte sie. »Guten Morgen. Tut mir leid, dass ich dich nicht länger schlafen lasse, aber ich möchte früh aufbrechen.«

Er hatte sich bereits angekleidet.

Müde wickelte sie sich aus ihrer Decke und tappte hinüber zum Waschtisch, während Marco ihr rücksichtsvoll den Rücken zudrehte. War es wirklich so kalt im Zimmer oder fror sie nur, weil sie zu wenig geschlafen hatte? Sie schauderte, als sie sich das Gesicht mit dem kalten Wasser wusch. Schnell zog sie Bluse, Hose, Rock und Mieder an. Ein paar Strähnen hatten sich aus ihrem Zopf gelöst, doch wenn Marco es eilig hatte, blieb ihr keine Zeit, ihn auszukämmen und neu zu flechten.

Das Frühstück bestand aus Panini al Burro, weichen süßen Brötchen, Milch und einer kleinen Tasse starken Kaffees.

Nachdem Marco den Wirt bezahlt hatte, holten sie Rinaldo aus dem Stall und brachen auf. Zu Antonellas Verwunderung verließen sie Borgotaro nicht, wie sie erwartet hatte. Stattdessen ging Marco zielstrebig eine der Seitenstraßen entlang, bis sie an ein Haus kamen, hinter dem Ställe und Weiden lagen.

»Was wollen wir hier?«

»Ich will ein zweites Pferd kaufen, damit wir etwas schneller vorankommen, jetzt wo wir den schwierigsten Teil des Weges hinter uns haben. Gestern Abend traf ich in der Schenke einen Mann, der Bardigianopferde verkauft.«

Antonella hatte von ihnen gehört. Eine kleinere, sehr robuste Pferderasse, die in diesen Bergen heimisch war. Sehr ausdauernd und trittsicher.

Ein Mann bog um die Ecke des Hauses. »Hallo, da bist du ja«, begrüßte er Marco und deutete eine Verbeugung an. »Guten Morgen, Signora! Dann kommt mal mit.«

Er führte sie hinter den Stall, wo auf einer Koppel sechs Pferde standen. Alle waren schwarz oder dunkelgrau mit schwarzer Mähne und Schweif.

»Willst du eine Stute? Da hätte ich eine hübsche Siebenjährige.« Der Mann deutete auf eines der schwarzen Pferde, doch Marco schüttelte den Kopf.

»Keine Stute. Wir brauchen ein unkompliziertes Pferd. Was ist mit dem Grauen dort hinten?«

Der andere warf Marco von der Seite einen abschätzenden Blick zu. »Du kennst dich aus mit Pferden, was? Das ist ein zehnjähriger Wallach. Eines meiner besten Pferde. Der wird dich ein bisschen was kosten.«

Marco grinste. »Immer noch weniger als eine Stute. Darf ich ihn ansehen?«

»Aber sicher.«

Mit einem Halfter in der Hand betrat der Händler den Pferch und holte den Grauen heraus. »Er heißt Ombra, Schatten.«

»Sehr passend.« Marco hielt dem Pferd die Handfläche entgegen. Sofort schnupperte der Graue daran, dann hob er den Kopf und beäugte Marco. Der kraulte ihn hinter dem Ohr, was dem Pferd sichtlich behagte. Anschließend bückte er sich und tastete die Beine des Pferdes ab, hob nacheinander die Hufe an. »Kann ich ihn kurz reiten?«

»Ich hole das Zaumzeug. Leider habe ich keinen Sattel für ihn. Doch in der Stadt gibt es einen Sattler. Wenn ihr noch ein bisschen Zeit habt, kann er einen meiner Sättel umarbeiten.«

Marco strich über den breiten Rücken des Grauen. »Nicht nötig, den kann ich ohne Sattel reiten.«

Der Händler kehrte mit dem Zaumzeug zurück und legte es dem Grauen an.

Marco schwang sich auf den breiten Rücken und ritt los. Bewundernd blickte Antonella ihm nach, wie er das Pferd im Schritt, Trab und schließlich im Galopp den Weg entlangritt. Er saß zu Pferd, als hätte er nie etwas anderes getan, als zu reiten, lenkte das Pferd unsichtbar, wie von Zauberhand.

»Ich kaufe ihn«, sagte er, als er abstieg.

Während die Männer über den Preis verhandelten, trat Antonella näher und betrachtete den Grauen. Er war kräftig, beinahe massig, mit einem schön gewölbten breiten Hals und schmalem Kopf. Die großen dunklen Augen mit den langen Wimpern wirkten sanft. Trotzdem war ihr der Gedanke unheimlich, ein solches Kraftpaket zu reiten, wenn Marco es nicht führte.

Die Männer waren sich schnell einig.

»Und«, wandte sich Marco an Antonella. »Gefällt er dir?«

»Schon, aber ich glaube nicht, dass ich ihn reiten kann.«

»Du hast recht, ich denke, es ist besser, wenn du Rinaldo nimmst, und ich reite Ombra, bis ich weiß, wie zuverlässig er ist.«

Eine halbe Stunde später verließen sie Borgo di Val Taro. Marco ritt auf Ombra vorneweg, Antonella folgte ihm auf Rinaldo. Im flotten Schritt folgten sie dem Flusslauf. Auf Marcos Rat hatte Antonella ihren Rock ausgezogen und in der Satteltasche verstaut und trug jetzt nur die lange Hose und ihren Umhang. Obwohl es ihr zu Anfang unangenehm gewesen war, musste sie zugeben, dass es sich ohne Rock sehr viel angenehmer ritt. Und da sie ihren Umhang trug, würde es wohl kaum jemandem auffallen.

Gegen Mittag verdichteten sich die Wolken und kurze Zeit später fielen die ersten Tropfen. Es begann als leichter Regen, doch im Laufe der Zeit steigerte er sich zu einem prasselnden Wolkenguss, wie er für die Westseite der Berge typisch war.

Am Anfang hielten ihre wollenen Umhänge die Nässe noch ab, doch der Regen nahm kein Ende. Die Wolken hingen so tief, dass sie die umliegenden Berge verbargen. Allmählich drang die Feuchtigkeit durch ihre Umhänge. Sie schauderte.

Vor ihr ritt Marco, den Kopf gesenkt. Wasser lief aus seinen Haaren, tropfte auf seinen Umhang. Das Fell des Grauen wirkte vor Nässe fast schwarz. Der Boden wurde weich und matschig und die Pferde schlitterten mehr als einmal. Antonella zog die Kapuze tiefer in die Stirn, doch der Regen peitschte in ihr Gesicht. Ihre Hände waren klamm, sie hatte Mühe, die Zügel zu halten.

Wie lange waren sie nun unterwegs und wie weit war es noch bis zum nächsten Ort? Sie wischte sich das Wasser aus den Augen und sah sich um. Immer noch folgten sie dem Taro und bisher waren keine Häuser in Sicht. Nur Bäume und Wolken.

Als sie nach vier Stunden endlich Piane di Carniglia erreichten, waren sie beide durchnässt. Auf den Straßen war niemand zu sehen. Nicht verwunderlich bei diesem Regen. Sie folgten der Hauptstraße des Dorfes und entdeckten endlich ein Haus, über dessen Tür ein Schild hing. Antonella versuchte, es zu entziffern: Osteria Angelo.

Auf Marcos Klopfen öffnete ein alter Mann, der sie kurz musterte und sie dann in einem unverständlichen Dialekt begrüßte. Es klang ähnlich wie die Sprache, die Antonella in Borgotaro gehört hatte. Marco schien keine Probleme zu haben, ihn zu verstehen und antwortete in der gleichen Sprache. Der Mann nickte und rief etwas nach drinnen.

Ein jüngerer Mann erschien und führte sie zu einem Stall hinter dem Haus, in dem bereits zwei Maultiere standen.

»Wir sollen die Pferde hier unterstellen«, übersetzte Marco.

Er nahm Rinaldo den Sattel und die Packtaschen ab. Dann holte er eine Handvoll Stroh und rieb erst Rinaldo und danach Ombra damit ab. Antonella half ihm dabei. Der junge Mann füllte derweil die Tränke mit Wasser und brachte Heu, über das sich die Maultiere und die Pferde sofort hermachten.

Anschließend zeigte der Mann ihnen das Hinterzimmer, in dem sie schlafen sollten.

Seufzend ließ Antonella sich auf einem der Strohsäcke, die als Schlaflager dienten, nieder und wrang das Wasser aus ihrem Zopf. Ihre Kleidung war durchnässt und auch die Kleider, die sie in den Packtaschen verstaut hatten, waren klamm und feucht.

»Am besten, du ziehst die nassen Sachen aus und legst das hier um.« Marco reichte ihr eine dünne Decke von einer der Schlafstätten. »Ich hole uns etwas zu essen und zu trinken.«

Während er in die Schenke ging, zog Antonella sich aus und hängte die nassen Kleider über den Tisch und die beiden Stühle. Vielleicht würden sie wenigstens einigermaßen trocknen, ehe sie morgen aufbrachen.

Kurze Zeit später kehrte Marco mit zwei Schalen Suppe und einem kleinen Laib Brot zurück. Er stellte sie ab, ging noch mal hinaus und brachte eine Korbflasche mit Wein und zwei Becher mit.

Dann zog er sich ebenfalls aus und wickelte sich in seine Decke. Da Tisch und Stühle mit ihren Kleidern behängt waren, hockten sie sich nebeneinander auf einen der Strohsäcke, aßen, und tranken den Wein. Aus der Schenke drang kein Laut, nur das gleichförmige Prasseln des Regens auf dem Dach war zu hören. Es war ein einschläferndes Geräusch. Doch zum Schlafen war es noch zu früh und so bat sie Marco darum, ihr einige Begriffe auf Ligurisch zu sagen. Sie begannen mit den Gebrauchsgegenständen. Teller, Löffel, Becher, die Betten.

Er hatte recht, es unterschied sich gar nicht so sehr von ihrem Dialekt.

29. KAPITEL

Das Läuten der Kirchenglocken drang durch das Rauschen des Regens, als Antonella am nächsten Morgen erwachte. Es war schon wieder Sonntag, stellte sie überrascht fest. Widerwillig schälte sie sich aus der Decke und stand auf. Marco hob den Kopf und blinzelte.

Wie erwartet, waren ihre Sachen von gestern noch nicht ganz trocken. Missmutig starrte sie aus dem Fenster auf den Hof.

Es war dämmrig und wahrscheinlich würde es den ganzen Tag weiterregnen. Wenn das Zimmer etwas gemütlicher wäre, hätte sie vorgeschlagen, hierzubleiben, bis das Wetter sich besserte. Fröstelnd schlüpfte sie in die klammen Kleider. Marco verzog das Gesicht, als er seine Hose anzog.

»Aber heute gehen wir nicht in die Kirche oder möchtest du?«

Dafür, dass er sie fragte und nicht einfach entschied, flog ihm ihr Herz zu. Sie schüttelte den Kopf. Unter anderen Umständen wäre sie gerne gegangen, doch die Vorstellung in feuchten Kleidern in der kalten Kirche zu sitzen und zu frieren, war alles andere als verlockend.

»Nein, ehrlich gesagt nicht.«

Nach einem kargen Frühstück brachen sie auf. Etwa drei bis vier Stunden würden sie bis zu ihrem nächsten Ziel brauchen.

Der Weg führte weiterhin am Taro entlang und es regnete ohne Unterlass.

Santa Maria del Taro hieß der Ort, und da er an einer alten Römerstraße lag, gab es nicht nur eine Osteria, sondern auch eine Herberge mit mehreren Zimmern, von denen ihres sogar einen Kamin hatte.

Während Marco die Pferde versorgte, zündete Antonella ein Feuer an. Dieses Zimmer war wesentlich besser ausgestattet als das Hinterzimmer in der Osteria. Die Wände waren verputzt, am Fenster hingen Gardinen. In der Mitte stand ein richtiges Bett, vor dem Fenster Tisch und Stühle. An einer Stange, die von der Decke hing, baumelten Kleiderbügel. Antonella zog die nassen Sachen aus und hängte sie auf die Bügel, ebenso wie ihren Umhang. Nur im Hemd setzte sie sich vor den Kamin, löste ihren Zopf und schüttelte ihr Haar aus. Feucht fiel es über ihren Rücken. Aus ihrem Gepäck holte sie den Kamm und begann, es vorsichtig zu entwirren.

Es klopfte an der Tür, dann trat Marco ein. Er hielt inne und starrte sie an. Verwundert erwiderte Antonella seinen Blick. Was war los mit ihm, er hatte sie doch inzwischen oft nur im Hemd gesehen? Oder war es etwas anderes?

Er senkte den Kopf und sah in den Kamin.

»Du hast schon Feuer gemacht, wie schön. Ich weiß gar nicht mehr, wie es sich anfühlt, nicht nass zu sein.«

Sie lächelte und deutete auf die Kleiderstange. »Dort kannst du deine Sachen aufhängen.«

Während er sich auszog, drehte sie ihm den Rücken zu und kämmte ihr Haar fertig aus.

Nur mit einem Tuch um die Hüften bekleidet, ließ er sich neben ihr nieder. Dieses Mal stand offene Bewunderung in seinem Blick.

»Du hast wunderschönes Haar. Als ich ein Kind war, hat meine Mutter mir Märchen über Dryaden erzählt. Baumnymphen. Jede von ihnen hatte einen Baum, zu dem sie gehörte. Ich habe sie mir immer so vorgestellt, wie du jetzt aussiehst. Mit langen gewellten Haaren und Augen, die zu ihrem Baum passen. Grün, wie Olivenöl, bei den Dryaden der Olivenbäume. Goldgelb, wie Kastanienhonig, bei den Kastanienmädchen.«

Nun war es an ihr, verlegen den Kopf zu senken. Doch gleichzeitig stahl sich ein Lächeln in ihre Mundwinkel.

Eine Stunde später schlüpfte sie in den dunkelgrünen Rock, den sie in Berceto gekauft hatte, in die helle Bluse und das passende Mieder. Die Sachen waren immer noch leicht klamm, doch inzwischen war es so warm im Zimmer, dass sie es kaum spürte. Marco zog seine dünne Sommerhose und sein zweites Hemd an.

Eigentlich war es unüblich, sich mit offenem Haar in der Öffentlichkeit zu zeigen, doch Antonella wollte es richtig trocken lassen, bevor sie es wieder flocht.

In der Schankstube saßen nur ein paar ältere Männer, die Wein tranken. Marco führte Antonella an einen Tisch vor dem Kamin, in dem ebenfalls ein Feuer brannte. Eine junge Frau eilte herbei und zündete die Kerze an, die auf dem Tisch stand. Auch sie sprach diesen Dialekt, den Antonella nicht verstand.

»Sie fragt, ob wir etwas essen wollen«, übersetzte Marco. »Sie haben *Cinghiale arrosto con castagne*, gebratenes Wildschwein mit Maronen.«

Ihr lief dabei das Wasser im Mund zusammen. »Ja, sehr gerne.«

Während sie auf das Essen warteten, fragte sie Marco wieder nach ligurischen Begriffen. Dieses Mal ging er mit ihr die Körperteile durch. A bràsso, der Arm, a gànba, das Bein.

»A tésta«, sagte er und zeigte auf ihren Kopf. »A bócca: der Mund.« Er berührte ihre Lippen und ihr Herz schien plötzlich doppelt so schnell zu schlagen. Sie senkte den Blick, damit er nicht merkte, wie nervös sie plötzlich war.

Bei manchen Begriffen musste auch er überlegen. Dummerweise verstärkte sich mit jedem neuen Wort, das er ihr sagte, das Gefühl, überhaupt nichts zu können.

Die junge Frau brachte zwei Teller, auf denen dicke Scheiben Fleisch lagen. Die Soße war mit Wein zubereitet worden. Die Kastanien waren geröstet und geschält und in der Soße nachgegart. Es schmeckte köstlich.

In Gedanken wiederholte Antonella die Zutaten, die sie herausschmeckte. Rosmarin, Lorbeer und natürlich Knoblauch. Doch auch noch eine andere ungewohnte Note. Schokolade. Tatsächlich, die Soße schmeckte nach Schokolade. Was für eine außergewöhnliche Idee. Vielleicht kam sie irgendwann dazu, das Rezept nachzukochen.

Nach dem Essen bestellte Marco zwei Grappa. Antonella kannte den Schnaps natürlich, die Männer in Cerreto tranken ihn oft, doch sie hatte ihn bisher nicht probiert. Er roch ein wenig nach Traube. Als sie einen kleinen Schluck nahm, raubte er ihr den Atem. Brennend rann er ihre Kehle hinunter. Sie wartete einen Moment, dann trank sie den Rest. Wohltuende Wärme breitete sich in ihrem Bauch aus, stieg bis in ihre Wangen. Marco lächelte, seine Augen leuchteten blau unter den schwarzen Brauen.

Wie üblich wusch Antonella sich zuerst, während Marco noch einmal nach den Pferden sah. Er wirkte merkwürdig still, fast bedrückt, als er anschließend ins Zimmer trat und sich ebenfalls wusch. Sie saß auf dem Bett und beobachtete ihn. Schon lange fand sie den Anblick seines schlanken Rückens, der sehnigen Arme und des lockigen schwarzen Haars nicht mehr so befremdlich, dass sie den Blick abwandte, im Gegenteil. Er war ihr so vertraut, als kenne sie ihn schon seit Jahren. Ihr gefiel, was sie sah.

Er hängte das Handtuch über den Stuhl und drehte sich zu ihr um, sein Gesicht war nachdenklich. »Es hat aufgehört zu regnen. Wenn wir gut vorankommen, müssten wir in fünf Tagen Genua erreichen.«

»Schon?«

Ein flüchtiges Lächeln streifte seine Mundwinkel. »Ja. Dort zeige ich dir das Haus, in dem deine Tante arbeitet, und dann bist du endlich am Ziel.«

Am Ziel, aber ohne dich.

»Freust du dich nicht?«

Sie zuckte mit den Schultern. »Ich weiß nicht, was mich dort erwartet.«

Einen Moment zögerte sie, dann stellte sie die Frage, die sie seit Tagen beschäftigte. »Was wirst du tun? Bleibst du länger in Genua?«

Sein Gesicht verschloss sich. »Nur ein oder zwei Tage, dann muss ich weiter.«

Ihre Stimme zitterte ein wenig. »Und du kommst auch nicht zurück?«

»Ich weiß es noch nicht. Vielleicht. Aber du wirst auch ohne mich gut zurechtkommen.«

Zweifelnd sah sie ihn an. »Meinst du?«

Er wich ihrem Blick aus. »Genua ist eine schöne Stadt. Es wird dir dort gewiss gut gehen. Und früher oder später lernst du einen netten Mann kennen und verliebst dich. Dann wirst du heiraten, viele Kinder haben und nicht mehr an diesen Idioten in deiner Heimat denken.«

»An den denke ich schon lange nicht mehr«, entfuhr es ihr. »Und ich glaube nicht, dass es einen netteren Mann als dich gibt.«

Seine Schultern verkrampften sich, als balle er die Fäuste. »Du irrst dich. Ich bin nicht nett. Ich bin ein Taugenichts, der von seinem Vater aus dem Haus gejagt wurde, ein Wilderer, ein Abenteurer. Leichtsinnig und verantwortungslos.«

»Hat das dein Vater gesagt?«

Er zuckte die Schultern. »Ja, und manchmal glaube ich, er hatte recht.«

»Das glaube ich nicht. Wir sind seit beinahe zwei Wochen Tag und Nacht zusammen. Ich habe mehr Zeit mit dir verbracht als mit irgendeinem anderen Mann, außer vielleicht mit meinem Vater. Du hast mich beschützt, mich sicher bis hierhergebracht. Kein Mann hat sich jemals so für mich interessiert, hat so mit mir geredet, mich so ernst genommen wie du.« Etwas atemlos hielt sie inne. War sie gerade dabei, ihm ihre Liebe zu gestehen?

Nun sah er sie doch an. »Sprich nicht weiter, Antonella. Du weißt nichts über mich.«

»Ich weiß, dass du ein ehrenhafter Mann bist. Seit zwei Wochen schläfst du mit mir in einem Bett, und du hast nie versucht … was andere Männer vielleicht schon längst getan hätten.«

Er lächelte, ein wenig schief wie immer. »Das liegt vielleicht weniger an meiner Ehrenhaftigkeit als daran, dass ich eurer Heilerin versprochen habe, dich unberührt nach Genua zu bringen. Damit du dort einen Mann finden kannst.«

Sie schnappte nach Luft. »Aminta? Sie hat es sicher gut gemeint, aber sie hat nicht das Recht, über mich zu bestimmen. Ich sagte bereits, dass ich nicht heiraten will. In meinem Dorf gelte ich ohnehin als Hure, wie alle Frauen, die in die Städte gehen, und als was man mich in Genua ansehen wird, weiß ich nicht. Aber ich weiß, dass ich nicht *irgendeinen* Mann will. Marco …«

Vielleicht war es der Grappa in ihrem Blut oder die Erinnerung an seinen Blick, als er sie mit einer Dryade verglichen hatte, die ihr den Mut gaben, aufzustehen und zu ihm zu treten. »Sag mir, willst du wirklich, dass ich in Genua einen netten Mann kennenlerne und heirate?«

Sein Gesicht war ausdruckslos wie eine Maske. »Aber ja.«

Sie stand jetzt dicht vor ihm und sah ihm in die Augen. »Wirklich?«, wiederholte sie.

Die Maske fiel. In seinen Augen spiegelte sich Leidenschaft und zugleich Kummer.

»Nein, verdammt noch mal. Ich kann den Gedanken kaum ertragen, weil«, er griff nach ihren Schultern und zog sie an sich, »weil *ich* dich haben will. Seit dem Kuss an jenem Morgen denke ich daran, wie gerne ich dich noch einmal küssen würde.« Er schluckte. »Und nicht nur einmal – und nicht nur küssen …«

Sie hob ihr Gesicht zu ihm. Zögernd senkte er den Kopf, bis ihre Lippen sich berührten. Er küsste sie ebenso sanft wie das erste Mal. Erst als sie seinen Kuss erwiderte, wurde er drängender, fordernder.

Er streichelte ihre Schulter, streifte den Träger ihres Hemdes herunter und umfasste ihre Brust. Anders als Paolo knetete er sie nicht, sondern streichelte und strich mit dem Daumen über die Spitze. Die Berührung jagte einen Schauer über ihren Rücken, ihre Brustwarzen wurden hart, als würde sie frieren. Doch sie fror nicht, im Gegenteil, sie glaubte zu glühen. Als er den Kopf senkte, mit seinen Lippen ihre Brustwarze umschloss, wurden ihre Knie weich. »Marco …«

Er sah auf. »Soll ich aufhören?«

Ja, wäre die richtige Antwort, doch sie wollte nicht, dass er aufhörte. Ihm zu sagen, er solle weitermachen, sie weiterhin so streicheln, wagte sie nicht, also schwieg sie.

»Antonella.« Seine Stimme klang rau und ein wenig atemlos. Sachte legte er die Hand an ihre Wange, strich mit dem Daumen über ihre Lippen und hob ihr Kinn, um sie erneut zu küssen. Wärme durchflutete sie, sammelte sich in ihrem Bauch, wanderte weiter nach unten. Ihre Scham fühlte sich seltsam schwer an und schien zu pochen. Er zog ihr das Hemd über den Kopf. »Wie schön du bist.«

Inzwischen waren ihre Knie so weich, dass sie fürchtete, ihre Beine würden jeden Augenblick nachgeben. Er schob sie die paar Schritte bis zum Bett. Die Matratze raschelte leise, als sie zusammen daraufsanken. Wieder streichelte er ihre Brüste und küsste sie, dann ließ er seine Hand nach unten gleiten. Ihre Beine schienen sich ohne ihr Zutun zu öffnen. Wiederum fühlte es sich völlig anders an als Paolos Berührung.

Das also war es, wovon Aminta gesprochen hatte. So musste es sein, einen Mann zu begehren. Keine Sache, die man über sich ergehen ließ, sondern eine, die man mehr wollte als alles andere in der Welt. Unwillkürlich drängte sie sich gegen ihn, wollte mehr von ihm spüren.

Er rutschte nach unten, küsste die zarte Haut oberhalb ihrer Scham und dann ließ er seine Lippen noch weiter nach unten wandern. Sie zog scharf die Luft ein.

Was macht er da?, dachte sie noch. Und dann dachte sie gar nichts mehr.

»Ich sagte dir doch, es gibt viele Arten zu küssen«, sagte er später, als sie mit einem tiefen Seufzer die Augen öffnete. Sein lächelndes Gesicht war dicht über ihrem.

Irgendwann musste er sein Hemd ausgezogen haben. Sie griff in sein Haar, zog ihn an sich und küsste ihn, spürte ihn, Haut auf Haut, und immer noch wollte sie mehr.

»Es wäre klüger, wenn wir nicht weitermachen«, flüsterte er, doch es klang nicht überzeugt.

Plötzlich fielen ihr die Warnungen ihrer Mutter wieder ein. Das erste Mal tut weh. Am besten man macht die Augen zu und hofft, dass es schnell vorbeigeht. Doch dann dachte sie daran, dass mit ihm bisher alles anders gewesen war. Vielleicht würde es schmerzhaft sein, aber bei ihm fühlte sie sich sicher und geborgen. Er würde ihr nicht wehtun.

»Ich will jetzt nicht klug sein«, erwiderte sie.

So schnell wie eben hatte sie ihn die Hose noch nie abstreifen sehen. Sie erhaschte nur einen kurzen Blick auf sein steifes Glied, dann lag er wieder neben ihr.

Als er sich auf sie legte, schloss sie die Augen, erwartete den Schmerz.

»Nein, mein Kastanienmädchen, ich will dir in die Augen sehen. Mach sie auf.«

Sie gehorchte, versank in leuchtendem Blau.

Er drang in sie ein. Es tat weh. Doch er war behutsam, bewegte sich langsam, streichelte sie, flüsterte ihr Liebesworte ins Ohr, und allmählich ließ der Schmerz nach, machte Platz für etwas anderes.

30. KAPITEL

Sie erwachte in seinen Armen. Er schlief wohl noch, sein Atem ging tief und gleichmäßig.

Nun war sie also eine Frau. Im Grunde fühlte sie sich nicht anders als vorher. Gut, ihre Lippen schienen ein wenig geschwollen von seinen Küssen und zwischen ihren Beinen fühlte es sich etwas wund an. Aber weder fühlte sie sich besonders weise noch in irgendeiner Art reifer als vorher. Sie war immer noch Antonella. Doch als sie sich aufrichtete und in Marcos Gesicht sah, überkam sie ein Glücksgefühl, wie sie es noch nie zuvor gespürt hatte. Sie liebte ihn, und er liebte sie, er hatte es mehr als einmal gesagt in dieser Nacht.

Er blinzelte und öffnete die Augen. Das Lächeln, das sich über seinem Gesicht ausbreitete, war überwältigend.

»Guten Morgen.«

Er zog sie enger an sich. Sie spürte etwas Hartes an ihrem Bein. Erstaunt blicke sie ihn an. Nach dieser Nacht konnte er doch unmöglich schon wieder?

Er schien ihre Gedanken zu lesen. »Das heißt nichts, das ist bei Männern morgens immer so. Ich komme gleich wieder.«

Rasch stieg er aus dem Bett, schlüpfte in seine Hose, warf das Hemd nur lose über und verließ das Zimmer.

Jetzt erst fiel ihr auf, dass er auch sonst jeden Morgen vor ihr aufgestanden war. Wohl aus diesem Grund.

Sie kuschelte sich tiefer in die Bettdecke, schloss die Augen und genoss die Wärme, die er hinterlassen hatte. Das Bett roch nach ihm.

Als er wiederkam, stand sie auf. Sie schlug die Decke zurück und ihr Blick fiel auf einen kleinen Blutfleck auf dem Laken. Mehr war es nicht? Sie hatte immer geglaubt, es würde viel mehr Blut fließen.

Marco trat zu ihr. »Ich werde der Wirtin sagen, dass ich mich verletzt habe.«

Antonella nickte stumm und starrte weiterhin auf das Laken. Eine Ausrede für ihre Jungfernschaft statt Jubel über den Beweis.

»Bereust du es?« Seine Stimme klang anders als sonst, beinahe schüchtern.

Sie hob den Kopf und sah die Sorge in seinen Augen.

»Nein – nein, ich bereue nichts. Ich wünschte nur …«

Sie wusste nicht weiter. Was wünschte sie? Dass er sie bitten würde, ihn zu heiraten? Sie wusste, dass er das nicht tun würde, sie hatte es vorher schon gewusst.

»Was?«, fragte er.

»Dass du in Genua bleiben könntest.«

»Das wünschte ich auch. Und ich wünschte …« Nun sprach er nicht weiter und sie fragte: »Was?«

Er rang sichtlich mit sich. »Ich wünschte, ich hätte dich früher getroffen. Ich liebe dich, mein Kastanienmädchen.«

»Aber wenn du mich liebst, warum …?«

Er unterbrach sie. »Ich liebe dich, aber ich darf es nicht. Mein Leben gehört nicht mir allein.«

Ein schrecklicher Verdacht kam ihr. »Bist du etwa ein abtrünniger Priester?« Das würde erklären, warum er so gebildet war.

Verblüffung malte sich in seinem Gesicht. »Ein was? Nein, das nicht.« Er zog sie an sich und fuhr mit den Händen in ihr Haar. »Wenn es nur das wäre, Liebste.«

»Aber was ist es dann? Warum kannst du nicht in Genua bleiben?«

»Das kann ich dir nicht sagen. Aber ich werde versuchen, so schnell wie möglich zurückzukommen. Mehr kann ich dir nicht versprechen. Noch nicht.«

»Du musst mir nichts versprechen. Ich wusste, worauf ich mich einlasse. Ich kenne dich doch.«

Urplötzlich ließ er sie los und ballte die Fäuste. »Ich danke dir für dein Vertrauen.« Dann wechselte er das Thema.

»Das Wetter ist gut, wir sollten bald aufbrechen.«

Sie verließen Santa Maria und den Taro und ritten wieder bergauf.

Es sei der letzte schwierige Abschnitt ihres Weges, erklärte Marco, danach würde es einfacher werden.

Die Befangenheit, die sich nach ihrem Gespräch am Morgen zwischen ihnen breitgemacht hatte, wich im Laufe des Tages. Auf ihre Bitte hin nannte ihr Marco wieder einige Begriffe auf Ligurisch und ließ sie die gängigen Begrüßungs- und Vorstellungsfloskeln wiederholen. Allmählich hatte sie das Gefühl, sie könne es vielleicht doch schaffen, in Genua zurechtzukommen. Immerhin musste ihre Tante es ebenfalls geschafft haben.

Ihr Ziel, San Siro Foce, war ein winziger Ort, der an einem Berghang klebte. Er bestand aus einer auffälligen weißen Kirche und etwa zehn Häusern.

»Ich fürchte, hier werden wir noch nicht mal eine Osteria finden«, sagte Marco und er behielt recht. Immerhin verwies sie der Dorfpfarrer an einen Ziegenhirten, der ihnen erlaubte, die Nacht in seinem Stall zu verbringen, und ihnen Käse und Brot verkaufte.

Marco versorgte die Pferde, Antonella schüttete als Nachtlager Stroh in einer Ecke des Stalls auf. Trotz der Ziegen war es so kalt, dass sie in Kleidern schliefen und auch die Umgebung tat nichts dazu, romantische Gefühle entstehen zu lassen.

Am nächsten Morgen zogen sie durchgefroren und müde weiter nach San Pietro. Hier fanden sie zumindest eine Osteria, wo sie sich mit drei Pilgern einen Raum teilten.

»Man könnte meinen, der Herrgott hat beschlossen, uns keine Gelegenheit mehr zum Sündigen zu geben«, raunte Marco ihr zu, als sie sich auf ihr Lager zurückzogen. Antonella bekreuzigte sich. Vielleicht war es ja Sünde, mit Marco das Bett zu teilen, aber dann würde sie in Genua beichten und auch mit Freuden so viele Vaterunser und Rosenkränze beten, wie ihr auferlegt wurden. Wenn Männern wie Paolo ihre Sünden damit vergeben wurden, sollte es für Frauen auch möglich sein. Doch jetzt spürte sie ein Sehnen, ein Verlangen danach, in Marcos Armen zu liegen, das stärker war als der Gedanke an Sünde.

»Morgen erreichen wir das Meer. Und in Rapallo finden wir bestimmt eine schöne Unterkunft. Ich will mindestens drei Nächte dort bleiben«, flüsterte er in ihr Ohr und zog sie an sich.

Am nächsten Tag folgten sie dem Lauf eines Flusses. Die Landschaft änderte sich, wurde lieblicher, je näher sie der Küste kamen. Die Berge hier waren niedriger, wirkten sanfter. Es gab keine Kastanien- oder Buchenwälder mehr, stattdessen entdeckte Antonella terrassenförmig angelegte Olivenhaine. Anders als die Bäume in den Bergen waren die Oliven im Winter nicht kahl, ihre Blätter schimmerten silbrig. Zwischen ihnen wuchsen vereinzelt riesige Pinien mit schirmförmigen Kronen und neben den Wegen, die zu den wenigen Häusern in der Gegend führten, ragten die schmalen Silhouetten von Zypressen in den Himmel. Neben einem Haus fielen ihr seltsame Bäume auf, aus deren Spitzen Äste wuchsen, die großen grünen Federn glichen. Sie beugte sich hinüber zu Marco. »Was sind das für seltsame Bäume?«

»Das sind Palmen. In Genua wirst du noch mehr von ihnen sehen.« Auch das Wetter zeigte sich von seiner freundlichen Seite, die Wolkendecke riss auf und ab und zu schien die Sonne. Am Nachmittag verließen sie den Fluss, der Weg führte sie wieder bergauf. Oben angekommen, hielt Marco die Pferde an und deutete in das Tal, das vor ihnen lag.

»Schau, das ist Chiavari.«

Ockerfarbene Häuser mit flachen roten Dächern schmiegten sich an den Fuß eines Hügels. In der Mitte erhob sich ein Kirchturm, daneben eine Kuppel.

Und dann sah sie das Meer.

»Oh«, hauchte Antonella. »Wie wunderschön!«

Marco hatte nicht übertrieben, als er es ihr am ersten Tag ihrer Reise beschrieben hatte. Endlos dehnte es sich aus. Eine schimmernde dunkelblaue Fläche, in welche die sinkende Sonne eine gleißende Spur malte.

»Ja, es ist wunderschön«, sagte Marco. »Wenn man es einmal gesehen hat, vergisst man es nie wieder.«

Er ritt wieder voraus, einen schmalen Pfad hinunter zur Stadt. Auf der Hauptstraße hielt er an und wandte sich zu ihr um. »Hättest du Lust, ein Stück am Strand entlangzureiten?«

»Oh ja.«

Hier wirkte das Meer noch viel größer. Lange Wellen rollten heran und brachen sich leise rauschend am Ufer. Sie konnte das Ende nicht sehen, der Horizont verschwand im Dunst.

Ein paar Vögel flogen über sie hinweg in Richtung Land. »Schade«, sagte Marco. »Bei klarem Wetter kannst du sehen, wie die Sonne im Meer versinkt. Aber heute wird sie der Dunst vorher verschlucken.«

Er lenkte Ombra zurück zur Straße und eine Stunde später erreichten sie Rapallo.

Inzwischen war es dunkel geworden, doch die Straßen der Stadt waren von Laternen erleuchtet.

Marco schien sich hier auszukennen, er lenkte die Pferde zielstrebig von der Hauptstraße, die am Meer entlangführte, fort, in eine der Seitengassen. Vor einem zweistöckigen Gebäude hielt er an. Das Schild über dem Eingang zeigte einen Löwen mit einem Olivenzweig. Eine Herberge Zum Löwen.

Antonella hielt die Pferde, während Marco in den Schankraum ging. Kurze Zeit später kam er in Begleitung eines Jungen wieder heraus.

»Wir können hierbleiben. Ich versorge die Pferde, lass du dir schon mal unser Zimmer zeigen.«

In der Gaststube herrschte überraschend viel Betrieb, Rapallo musste ein recht belebter Ort sein.

Ein junges Mädchen sprach Antonella an. »Sie sind die Gemahlin des Herrn, der gerade nach einem Zimmer gefragt hat?« Sie sprach beinahe akzentfrei Toskanisch.

Sie nickte stumm, das Ja wollte ihr plötzlich nicht über die Lippen gehen.

Das Mädchen führte sie durch den Raum, die Treppe hinauf in den ersten Stock und öffnete die zweite Tür im Flur.

»Bitte sehr, das ist Ihr Zimmer. Wünschen Sie auch zu speisen?«

Wie gewählt diese junge Frau sich ausdrückte. Vielleicht sollte sie das ebenfalls lernen, wo sie doch bei einer vornehmen Familie arbeiten wollte.

»Sehr gerne«, antwortete sie. Marco war sicherlich ebenso hungrig wie sie selbst.

Das Mädchen nickte. »Ich sage in der Küche Bescheid.« Dann zog sie sich zurück.

Antonella sah sich um. Unwillkürlich fiel ihr Blick zuerst auf das Bett. Es war breit, die Bettwäsche war weiß und duftete frisch. Am Fenster stand der übliche Tisch mit Krug und Waschschüssel, über dem Stuhl daneben hingen Leinentücher.

Das Zimmer erinnerte sie lebhaft an die Unterkunft in Ranzano. War das wirklich erst sechzehn Tage her? Wie sie sich gefürchtet hatte in jener ersten Nacht.

Von der Treppe her hörte sie Schritte, dann betrat Marco mit ihrem Gepäck das Zimmer. Ein zufriedenes Lächeln zog über sein Gesicht.

»Sehr schön. Ein richtiges Bett und kein Strohsack. Das Mädel unten hat gesagt, dass wir zum Essen kommen können, aber erst will ich mich waschen.«

Völlig unbefangen zog er sich aus, hängte seine Sachen über die dafür vorgesehene Leine im Zimmer und trat zum Waschtisch. Die letzten beiden Tage hatten sie keine Gelegenheit zum Waschen gehabt, trotzdem zögerte sie, sich ebenfalls auszuziehen. So unbefangen wie er war sie lange nicht.

Als Marco fertig war, saß sie immer noch bekleidet auf dem Bett. Er holte seine leichte Hose und das andere Hemd aus seinem Gepäck.

»Ich gehe mal die Wirtin fragen, ob sie ein paar von unseren Sachen waschen kann. Ich würde gerne bis übermorgen bleiben, wenn es dir recht ist.«

Es war ihr sogar sehr recht. Wenn es nach ihr ginge, würde sie noch Wochen mit ihm in irgendeiner abgelegenen Herberge bleiben.

Als er den Raum verließ, streifte sie flink die Kleider ab und wusch sich vom Kopf bis zu den Füßen. Das Wasser war angenehm lauwarm. Sie hatte gerade ihr frisches Hemd angezogen, da kam er zurück.

»Wir sollen ihr die Sachen nachher bringen.« Er sah sie an und holte hörbar Luft. »Antonella …«

Sein Blick und seine Stimme reichten, um sie vergessen zu lassen, dass sie eigentlich hungrig war. Stumm trat sie zu ihm und strich die schwarzen Locken zurück, die ihm wie immer in die Stirn fielen. Er umfasste ihre Taille und zog sie vorsichtig an sich. »Können wir auch etwas später zum Essen gehen?« Seine Pupillen waren so groß, dass die Augen fast schwarz wirkten. Er senkte den Kopf, verhielt kurz, bevor ihre Lippen sich berührten. »Ja?«

Seine Frage bezog sich nicht nur auf das Essen.

»Ja«, sagte sie leise.

Jetzt erst küsste er sie.

Eine Stunde später gingen sie hinunter.

31. KAPITEL

Die drei Tage in Rapallo waren die erholsamsten und die schönsten ihrer Reise. Sie schliefen lange und machten nach dem Frühstück Spaziergänge am Strand, wo Antonella das Meer bewunderte, das sich immer wieder von einer anderen Seite zeigte. Am Morgen nach ihrer Ankunft war es spiegelglatt, hellblau am Strand und weiter draußen von einem tiefen Dunkelblau.

Gegen Abend schlug Marco vor, zur Strandpromenade zu gehen. »Wir können uns den Sonnenuntergang ansehen und anschließend in einer der Tavernen etwas essen.«

Antonella zog die Sachen an, die er ihr in Berceto gekauft hatte. Lächelnd und mit einer Spur Wehmut erinnerte sie sich an den Abend in Elisas Herberge. Ob sie wohl jemals wieder Gelegenheit haben würde, mit ihm zu tanzen?

Arm in Arm schlenderten sie durch Rapallo, vorbei an prachtvollen Häusern mit Fenstern, so groß wie Türen. »Villen« nannte Marco sie. Die Winter hier mussten ausgesprochen mild sein, denn in den Gärten entdeckte Antonella Bäume, auf denen Orangen und Zitronen wuchsen.

Die Strandpromenade war überraschend belebt. Viele Paare flanierten am Meer entlang. Die Damen in bunten Kleidern mit Röcken, die so weit waren, dass Antonella sich fragte, wie sie darin sitzen konnten. Darüber trugen sie Umhänge, die ebenso bunt und kostbar schienen wie ihre Kleider. Dagegen wirkten die Herren in ihren hellen Hosen und dunklen Fräcken wie Krähen.

Sie wichen einem Paar aus, das ihnen entgegenkam. Das weite Kleid der Dame streifte Antonellas Rock. Sichtbar angewidert betrachtete die Frau Antonella und Marco, rümpfte die Nase und sagte etwas zu ihrem Begleiter.

Marco bedachte sie mit seinem dreisten Wilderer-Lächeln und beugte sich danach zu Antonella. »Sie beschwert sich, dass nutzloses Gesindel wie wir überhaupt die Strandpromenade betreten darf«, erklärte er. »Dabei hat sie vermutlich in ihrem ganzen Leben noch nie gearbeitet. Wenn jemand nutzlos ist, dann die.«

Antonella drehte sich um und sah der Frau nach. »Wovon leben sie dann, wenn sie nicht arbeitet.«

»Diese da? Wahrscheinlich vom Geld ihrer Familie. Die meisten Menschen dieses Schlags sind schon so lange reich, dass sie gar nicht mehr wissen, woher ihr Vermögen kommt.«

»Kein Wunder, dass sie so hübsch ist, wenn sie niemals arbeiten musste.« Sie dachte an ihre Mutter, an Lieta und die vielen anderen Frauen, die älter wirkten, als sie es waren, weil sie ihr Leben lang gearbeitet hatten.

»Du findest sie hübsch? Das Gesicht ist doch vor lauter Puder und Schminke kaum zu erkennen. Du bist viel schöner als sie, mein Kastanienmädchen.«

Sie fühlte sich plötzlich so leicht, als könne sie mit dem Wind davonfliegen. An seine Schulter gelehnt, betrachtete sie das Farbenspiel des Sonnenuntergangs über dem Meer. Über ihr war der Himmel noch blau, doch die Wolken am Horizont leuchteten in allen Schattierungen von gelb und rot. Kurz bevor die Sonne in ihnen versank, zeigten sich sogar Spuren von lila. Zu Antonellas Überraschung wurde es nicht gleich dunkel, als die Sonne untergegangen war, stattdessen begannen der Himmel und die Wolken am Horizont noch einmal orange zu leuchten.

»So, und jetzt gehen wir hinüber zum Hafen und essen in einer Taverne, in der sich die Fischer und anderes Gesindel herumtreiben«, sagte Marco und zwinkerte ihr zu, als das Schauspiel vorüber war. »Oder möchtest du lieber in eines der Restaurants, in dem die feinen Leute essen?«

Übermütig lachte sie ihn an. »Lass uns mit dem ›Gesindel‹ essen.«

Die Taverne bestand aus einem kleinen Raum mit nur vier Tischen. Sie aßen gegrillte Sardinen und Trenette, Nudeln mit nach Basilikum duftendem Pesto und tranken perlenden Weißwein dazu. An den Tischen neben ihnen saßen Fischer in grober Kleidung, mit bärtigen Gesichtern und prosteten ihnen zu.

Am zweiten Tag nahmen sie die Pferde und ritten den Strand entlang. Marco beugte sich zu ihr hinüber.

»Wie ist es? Traust du dir einen Galopp zu?«

»Ich weiß nicht.« Unsicher blickte sie auf Rinaldos Mähne. Sie fühlte sich inzwischen recht sicher auf dem Pferd, aber ein Galopp am Strand schien ihr doch zu gewagt. Zumal beide

Pferde jetzt etwas unruhig wurden. Anscheinend hatten sie Lust zu laufen.

»Du setzt dich einfach vor mich auf Ombra. Ich halte dich.«

»Was ist mit Rinaldo?«

»Der läuft so mit. Pferde bleiben gerne beieinander.«

Er beugte sich hinüber zu Rinaldo und löste den Zügel vom Halfter. »Damit er nicht stolpert.«

Übermut blitzte aus seinen Augen, als er ihr von Rinaldo hinunter und auf den Grauen hinaufhalf. Ohne Sattel fühlte sich der Pferderücken sehr rutschig an. Sie griff in die Mähne.

Marco schwang sich aus dem Stand hinter ihr auf das Pferd, griff mit einer Hand nach dem Zügel und legte den anderen Arm fest um ihre Mitte. »Bereit?«

Sie nickte. Mit ihm hinter sich fühlte sie sich schon bedeutend sicherer.

»Gut.« Er rutschte noch ein bisschen näher zu ihr und beugte sich vor. Sie spürte, wie er die Muskeln spannte, und Ombra lief los. Kurz wurde sie durchgeschüttelt, aber dann wechselte das Pferd vom Trab in den Galopp. Der Wind blies ihr die Kapuze vom Kopf. Immer schneller wurde das Pferd. Ihr war schwindlig, aber Marco hielt sie fest und allmählich merkte sie, wie er den Bewegungen des Pferdes folgte. Sie lehnte sich gegen ihn, spürte die Wärme seines Körpers an ihrem Rücken. Immer noch nahm der Wind ihr schier den Atem, doch gleichzeitig versetzte das Tempo von Ombra und Marcos Nähe sie in eine Art Rausch. Neben ihnen galoppierte Rinaldo und versuchte, sie zu überholen, doch Ombra steigerte sein Tempo und blieb an der Spitze, obwohl er zwei Reiter trug.

Fast war sie enttäuscht, als Marco sich aufrichtete und die Zügel anzog. Sie hätte ewig so weiterreiten können, sicher in seinen Armen. Doch sie hatten das Ende des Strandes erreicht, vor ihnen befanden sich Felsen.

Marco lenkte Ombra im Schritt zur Straße zurück. Dort stieg er ab und half ihr hinunter. »Hat es dir gefallen?«

»Ja. Am Anfang hatte ich Angst, doch dann war es einfach nur herrlich.«

Liebevoll tätschelte Marco den Hals des Pferdes. »Du bist ganz schön schnell, mein Schöner.« Ombra schnaubte und rieb seinen Kopf an Marcos Arm.

In der Nacht regnete es und Wind kam auf. Am nächsten Morgen hörte sie das Meer bis zu ihrer Herberge rauschen. Weiß schäumende Wellen brachen sich am Strand, und das Wasser in Ufernähe zeigte alle Schattierungen von grau, während es zum Horizont hin grünlich schimmerte.

Nachmittags brachte Marco ihr weiterhin ligurische Begriffe und Redewendungen bei, und in den Nächten liebte er sie voller Zärtlichkeit und Ausdauer.

Am Morgen ihres Aufbruchs nach Sori entdeckte Antonella, dass sie in der Nacht ihre Monatsblutung bekommen hatte. Eigentlich hatte sie gehofft, es würde erst nach ihrer Ankunft in Genua passieren, doch auch wenn es lästig und ärgerlich war, war sie gleichzeitig sehr erleichtert. In ihrer ersten Nacht mit Marco hatte sie nicht an eine mögliche Schwangerschaft gedacht, in den Nächten danach hatte Marco »aufgepasst«, wie er es nannte. Trotzdem hatte sie das Gefühl, einer drohenden Gefahr entronnen zu sein.

Sie verbrachten die nächste Nacht in Sori und erreichten Genua am späten Nachmittag des folgenden Tages. Beim Anblick der Stadt hielt Antonella die Luft an.

Es schien, als wolle Genua sich von seiner schönsten Seite zeigen. Türkisblau spannte sich der Himmel über der Bucht, einzelne rosarote Wolken schwammen darin, die Sonne stand bereits dicht über dem Horizont und tauchte die Stadt in warmes goldfarbenes Abendlicht. Anders als die Dörfer in den Bergen, war Genua bunt. Außer den üblichen terrakottafarbenen Häusern entdeckte Antonella in Meeresnähe rosa und rote, aber auch hellgrüne und blaue Häuser. Die Berge reichten bis dicht ans Meer und es schien, als klettere die Stadt die Hänge hinauf. Hinter den Häusern schützte eine gewaltige Stadtmauer die Stadt vor möglichen Angreifern aus den Bergen. In einer kleinen Bucht dümpelten Fischerboote, im Hafen der Stadt streckten sich die Masten großer Schiffe gleich einem Wald in den Himmel. Noch nie hatte sie etwas Vergleichbares gesehen. Und diese Stadt sollte ihr neues Zuhause werden. Ein wenig bange war ihr schon zumute. Wenn Marco bleiben würde, wäre es etwas anderes. An seiner Seite fühlte sie sich jeder Herausforderung gewachsen. Doch ohne ihn würde sie sich sicher in dieser riesigen Stadt verloren fühlen. Marco zügelte den Grauen und drehte sich zu ihr um. »Ist sie nicht schön?«

»Atemberaubend schön.«

»Man nennt sie auch ›La Superba – die Stolze‹. Sie hat jahrhundertelang den Seehandel im Mittelmeer beherrscht. Warte bis du die Palazzi siehst. Sie sind großartig.«

»Heute übernachten wir in einem Gasthaus«, sagte er, als sie weiterritten. »Bis wir in der Stadt sind, ist es zu spät, um deine Tante aufzusuchen. Morgen früh bringe ich dich dann zum Palazzo Pietranera.«

Und danach würde er Genua verlassen. Der Gedanke daran verdarb ihr den Anblick der Stadt.

Als sie den Stadtkern von Genua erreichten, war die Sonne bereits untergegangen. Die Straßen, anfangs noch breit, wurden immer enger, je weiter sie in die Stadt hineinkamen. Wie schon in Rapallo waren sie von Laternen erleuchtet. Staunend betrachtete Antonella die riesigen Häuser, die nicht wie in Cerreto aus Natursteinen erbaut waren, sondern aus gigantischen Steinquadern. Sie zählte die Fenster und kam auf sieben Reihen, manchmal sogar acht übereinander. Acht Stockwerke! Wie viele Menschen mochten in solch riesigen Gebäuden leben?

»Wer wohnt hier?«, wandte sie sich an Marco.

»Reiche oder Adlige oder reiche Adlige«, gab er lachend zur Antwort. »Wir sind hier in der Via Aurea, eine der schönsten Straßen von Genua. Linker Hand ist der Palazzo Rosso, Wohnsitz der Familie Brignole Sale, und rechts siehst du den Palazzo Bianco.«

Antonella blickte in die Richtung, in die er zeigte. Noch niemals hatte sie derart prächtige Gebäude gesehen. Der Palazzo Rosso verdankte seinen Namen seinen dunkelroten Mauern, die von helleren Steinen durchbrochen waren. Die Fenster waren sicher drei Mann hoch, über ihnen entdeckte sie aus Stein gemeißelte Löwenköpfe.

Der Palazzo Bianco noch prunkvoller, die Fassade mit Marmor, Stuck und Malereien verziert.

Kurze Zeit später bogen sie in eine der schmaleren Gassen ab. Unrat lag auf den Pflastersteinen, sie war froh, dass sie nicht laufen musste.

Rechts und links entdeckte sie kleine Tavernen, in denen Männer Karten spielten oder diskutierten. Ein leichter Wind kam auf, er brachte einen Geruch mit sich, den sie nicht kannte. Würzig und ein wenig nach Fisch. Sie hob den Kopf und atmete tief ein.

Marco lächelte sie an. »Du riechst den Hafen. Wir sind gleich da. Dort kenne ich eine Taverne, in der wir auch übernachten können.«

»Warst du schon öfter in Genua?«

Er nickte. »Ich habe Verwandte hier.«

»Etwa einen Vetter?«

»Was?« Er zügelte sein Pferd und starrte sie an. Das Lächeln war verschwunden. »Wie kommst du darauf?«

Warum wirkte er so ernst, sie hatte doch nur einen Scherz machen wollen. »Nun ja, ich dachte, weil du dem fahrenden Händler in Ranzano diesen Bären aufgebunden hast, du hättest einen Vetter in Berceto.«

»Ach so. Dieses Mal ist es tatsächlich ein Vetter. Der Bruder meiner Mutter lebte hier, und sein Sohn hat sein Geschäft übernommen.«

Mittlerweile hatten sie eine Kreuzung erreicht.

»Was für ein Geschäft?«

Marco hielt an, um eine Kutsche vorbeizulassen, die Räder ratterten auf den Pflastersteinen.

»Was hast du gesagt?«, fragte er, nachdem der Lärm verklungen war.

Antonella wiederholte ihre Frage.

»Fisch. Er ist ein Fischhändler. Schau, dort ist der Hafen.«

Sie sah kein Wasser, nur sehr viele Schiffsmasten und etwas entfernt einige Schornsteine. Sie folgten der Straße, die an der Hafenmauer entlangführte. Träge schwappte das Wasser gegen Schiffsrümpfe und an den Kai. Es wirkte irgendwie ölig und roch nicht gut. Antonella rümpfte die Nase. In Chiavari hatte ihr das Meer besser gefallen.

Marco lenkte sein Pferd in eine Seitengasse und hielt nach einigen Metern an. »Hier sind wir.«

Sie standen vor einem dreistöckigen Haus. Unten befand sich eine Taverne, die recht gut besucht war, die Fenster in den oberen Stockwerken waren dunkel.

Er bat sie, die Pferde zu halten, und verschwand im Inneren der Schenke.

Kurze Zeit später kam er in Begleitung eines Jungen wieder

heraus. Marco nahm den Pferden die Packtaschen ab und der Junge packte die Zügel und führte sie fort.

»Wohin bringt er sie?«

»Die Schenke hat keinen Stall, er bringt sie ein paar Straßen weiter in einen Mietstall. Komm rein.« Er hielt ihr die Tür auf.

Der Schankraum glich denen, die sie auf ihrer Reise so oft betreten hatte; nur dass die Männer hier offensichtlich Matrosen waren. Marco ging zielstrebig zu einem Tisch am Ende des Raums, der ein wenig im Dunkel lag. Der Wirt folgte ihnen. »Guten Abend, Signora.« Er neigte den Kopf und lächelte sie an. »Ich bringe das Gepäck schon mal auf euer Zimmer. Wollt ihr etwas essen?«

Zu ihrer Überraschung bestand Marco nicht wie sonst darauf, das Gepäck selbst fortzubringen, sondern überließ ihm ohne Weiteres die Packtaschen. Er musste den Mann kennen, wenn er ihm vertraute.

»Was hast du denn heute zum Essen, Matteo?«

Also kannte er ihn tatsächlich. Warum auch nicht, wenn sein Vetter Fischhändler war, würde er vielleicht auch die Tavernen beliefern.

»Meine Frau hat eine Bourrida gekocht, die ich sehr empfehlen kann.«

»Frischer Fisch?«

»Aber natürlich, vom Fang heute Morgen.«

»Dann bring uns zwei Schüsseln und Wein.«

»Rot oder weiß?«

»Weiß. Hast du einen Cortese?«

Der Wirt nickte und griff nach dem Gepäck. »Nerina, bring den guten Leuten zwei Schüsseln Bourrida und eine Flasche von dem Cortese aus Alessandria«, rief er in Richtung einer Tür.

Antonella setzte sich auf die Bank an der Wand und Marco nahm ihr gegenüber Platz.

»Was ist eine Bourrida?«

»Genueser Fischsuppe. Köstlich, wenn der Fisch frisch ist, und Nerina kann sie ausgezeichnet zubereiten.«

Es dauerte nicht lange und eine Frau mittleren Alters stellte zwei Schüsseln auf den Tisch, aus denen es wunderbar nach Knoblauch, Thymian und Basilikum duftete. In einer rötlichen Brühe schwammen weißfleischige Fischstücke, Zwiebeln, Möhren und zwei seltsame Tiere mit vielen Beinen, die sie noch nie gesehen hatte. Bestreut war das Ganze mit gerösteten Pinienkernen und Basilikum.

Vorsichtig tauchte sie den Löffel in die Brühe und probierte. Marco hatte recht, es schmeckte ganz ausgezeichnet. Würzig, ein wenig nach Zitrone und Wein und nach einem Aroma, das sie nicht kannte. Es war der Fisch, stellte sie fest, als sie ein Stück in den Mund schob. Er war fest und zart zugleich und schmeckte lange nicht so penetrant wie der Stockfisch, den die Schäfer ab und zu aus der Toskana mitgebracht hatten. Etwas Vergleichbares hatte sie bisher nicht gegessen.

»Und, schmeckt es dir?«

»Hmmm.« Kauend nickte sie. »Nur was ist das?«, fragte sie dann und deutete auf die seltsamen Tiere mit den vielen Beinen.

Marco lachte. »Garnelen. Sie sehen nicht schön aus, aber sie schmecken sehr gut. Ich zeige dir, wie man sie isst.«

Er nahm eines der Tiere, drehte den Kopf ab und löste den Panzer, indem er ihn aufbog. Dann hielt er ihr den Inhalt hin.

Sehr vorsichtig biss sie ein Stück ab. Der Geschmack war ganz anders als der von Fisch, aber nicht minder köstlich.

Sie redeten nicht viel, sondern aßen und tranken wunderbar kühlen Weißwein dazu.

Als Antonellas Schüssel leer war, erhob sich ein Mann, der ein paar Tische weiter mit einigen Matrosen zusammengesessen hatte, und kam zu ihnen hinüber. Selten hatte sie einen

Mann mit solch breiten Schultern gesehen. Sein rotbraunes Haar war im Nacken zu einem Zopf gebunden. Wie bei Marco waren einige Locken entkommen und ringelten sich eigenwillig um sein Gesicht. Mit einem seltsam wiegenden Gang kam er zu ihrem Tisch und legte Marco die Hand auf die Schulter. »Schön, dich hier zu sehen, Ragazzo.«

Marco zuckte zusammen, dann begann er zu strahlen. »Peppino! Welche Freude. Ich dachte, du seist im Schwarzen Meer.«

»Da bin ich offiziell auch«, antwortete der Fremde. »Aber es gab ein paar Dinge zu erledigen, deshalb bin ich froh, dich zu treffen. Doch zuerst sag mir, wer deine schöne Begleiterin ist.«

Er verbeugte sich vor Antonella, die ihn fasziniert anstarrte. Er war nicht nur eine beeindruckende Erscheinung, sondern auch ein schöner Mann. Unter der hohen Stirn funkelten dunkle Augen. Seine Nase war groß wie alles an ihm, aber schmal. Ein dichter Vollbart verbarg seine Kinnpartie, doch sein Lächeln war hinreißend.

»Gerne. Das ist Antonella Battistoni aus den Apuanischen Alpen. Sie sucht ihre Tante und außerdem eine Stelle als Köchin oder Küchenhilfe. – Antonella, das ist mein Freund Giuseppe Garibaldi. Er ist Seemann und normalerweise im Schwarzen Meer unterwegs.«

Garibaldi griff nach ihrer Hand und führte sie an seine Lippen. »Enchanté, Mademoiselle. Ich wusste nicht, dass es so schöne Frauen in unseren Bergen gibt. Macht es Ihnen etwas aus, wenn ich M… Ihren Begleiter für eine Viertelstunde entführe?« Er sprach Toskanisch, jedoch mit einem deutlichen Akzent, den sie nicht zuordnen konnte.

Nicht nur groß und gut aussehend, sondern auch sehr liebenswürdig, dachte sie. Laut sagte sie: »Nein, natürlich nicht.« Und sah dann beiden Männern nach.

Sie nahmen am Nebentisch Platz, der Seemann winkte dem Wirt, der zwei Becher brachte. Die Männer stießen an und begannen zu reden. Unwillkürlich spitzte sie die Ohren, doch sie sprachen weder Toskanisch noch den Dialekt der Emilia.

Gegen den Seemann mit seinen gewaltigen Muskeln wirkte Marco sehr schlank, seine Hände, mit denen er gerade heftig gestikulierte, waren viel schmaler als Garibaldis.

Unwillkürlich lächelte sie bei der Erinnerung an die letzten Nächte. Seine Hände waren nicht nur schön, sondern auch sehr geschickt.

Immer noch redeten die beiden Männer. Sie blickte sich in der Schankstube um. Die Männer an den Tischen schienen ausschließlich Seeleute zu sein. Fast alle trugen Vollbärte, viele die gestreiften Hemden der Matrosen, aber sie entdeckte auch einige Männer in der Uniform der Marine. Ein paar Tische weiter saß eine Frau zwischen zwei Matrosen und schäkerte ungeniert mit beiden. Ihr Gesicht war grell geschminkt und ihre Bluse schamlos weit ausgeschnitten. Einer der Männer griff zu und zog ihr den Ausschnitt noch weiter herunter, sodass die vollen Brüste für jeden sichtbar waren.

Statt empört zu sein, lachte die Frau und reckte ihm ihren Busen entgegen, eine Einladung, die der Mann sofort annahm.

Während er den Busen der Dirne befingerte, setzte sich eine zweite, ebenso grell geschminkte Frau zu dem anderen Mann und ließ ihn einen Blick in ihren Ausschnitt tun. Er nutzte die Gelegenheit und griff ihr nicht nur in den Ausschnitt, sondern auch unter die Röcke.

Das schrille Auflachen der Dirne erregte die Aufmerksamkeit von Marco und Garibaldi. Sie unterbrachen ihr Gespräch. Marco warf einen schnellen Blick zu den Huren, dann stand er auf und kehrte zu Antonellas Tisch zurück, gefolgt von Garibaldi.

Die Empörung musste ihr deutlich im Gesicht stehen,

denn Garibaldi verbeugte sich. »Verzeihen Sie, Mademoiselle, dies ist eine Hafenkneipe. Die Männer haben monatelang keine Frauen gesehen und sind hemmungslos. Das ist nicht der richtige Aufenthaltsort für ein unschuldiges Mädchen.«

Seine Worte rauschten an ihr vorbei. Sie konnte den Blick nicht von den beiden Paaren wenden. Der eine Mann hob die Frau auf seinen Schoß und schob ihr den Rock über die Beine so weit nach oben, dass Antonella ihre weißen, fleischigen Schenkel sehen konnte.

Das also wurde aus den Frauen, die keine Anstellung fanden. Davon hatte ihr Vater geredet, als er von den Huren in den großen Städten gesprochen hatte. Anna hatte man in Cerreto ebenfalls eine Hure genannt, doch Anna hatte sich niemals vor allen Leuten so befingern lassen.

»Antonella?« Beim Klang von Marcos Stimme schaffte sie es endlich, sich vom Anblick der Szene am anderen Tisch loszureißen.

»Komm, wir gehen nach oben.«

32. KAPITEL

Du bist so still. Haben dich die Frauen erschreckt?«, fragte er, als sie nebeneinander im Bett lagen.

»Ja. Ich hatte keine Ahnung, dass es so etwas gibt. Ich meine, dass sie sich vor den Leuten begrapschen lassen. Ich dachte immer, Huren verstecken sich und machen das … also das, was sie tun, heimlich.«

Sie schauderte und er zog sie an sich.

»Denkst du daran, was sie in deinem Dorf sagen? Dass alle Frauen, die in die Städte gehen, Huren sind oder werden? Das stimmt nicht. Aber es ist schwer, eine Arbeit zu finden, wenn man keine Verwandten oder Freunde in der Stadt hat. Und wahrscheinlich gibt es viele, denen dann nichts anderes übrig bleibt, als ihren Lebensunterhalt auf diese Weise zu verdienen.«

Stumm nickte sie.

»Mach dir keine Sorgen. Du hast deine Tante hier. Morgen bringe ich dich zum Palazzo Pietranera. Es ist eine sehr reiche Familie und sie brauchen sicher immer Hilfe in der Küche.«

»Und wann reist du ab?«

»Morgen oder übermorgen. Ich muss nach Marseille. Aber in ein paar Wochen bin ich wieder hier und dann besuche ich dich.«

»Wirklich?«

»Ja, mein Kastanienmädchen. Ich verspreche es.«

Der Himmel war grau verhangen und es nieselte, als Antonella am nächsten Morgen aus dem Fenster sah. Das Wetter passte zu ihrer Stimmung. Heute würde Marco sie verlassen. Er hatte versprochen, wiederzukommen, und bisher hatte er seine Versprechen immer gehalten, doch es würde lange dauern. Wie lange, wusste sie nicht, sie hatte keine Vorstellung, wie weit es nach Marseille war. Ab morgen war sie das erste Mal wirklich auf sich alleine gestellt, ohne Marcos Schutz und Hilfe, und sie hatte keine Vorstellung, was sie im Palazzo der Pietranera erwartete. Was war ihre Tante für ein Mensch? Würde sie sich freuen, sie zu sehen?

Sie schlüpfte in ihr Sonntagskleid. Die groben Schuhe passten überhaupt nicht dazu, doch vielleicht achteten die Herrschaften nicht auf ihre Füße.

Auch Marco wirkte sehr bedrückt. Während des Frühstücks saß er ihr gegenüber und zerkrümelte sein Hörnchen, statt es zu essen. Schließlich steckte er ihr ein paar Geldscheine zu.

»Du brauchst ein bisschen Geld, denn sie werden dich erst

am Ende des Monats bezahlen. Kost und Logis bekommst du im Palazzo, aber vielleicht brauchst du sonst noch irgendetwas. Mehr kann ich dir leider nicht geben.«

Sie dankte ihm und steckte das Geld ein. »Ist diese Reise nach Marseille gefährlich?« Es war nur ein Gefühl, das ihr die Frage eingab.

Er zuckte die Schultern. »Nicht gefährlicher als der Weg durch deine Berge. Mir passiert schon nichts.«

Schließlich brachen sie auf. Der Regen hatte zum Glück aufgehört, auch wenn der Himmel immer noch grau war.

Antonella hüllte sich in ihren Umhang, Marco nahm das Bündel, das ihre Habseligkeiten enthielt.

Von ihrer Unterkunft aus führte er sie zunächst durch eine schmale Gasse, die kurz darauf in eine breitere Straße mündete, in der die riesigen Palazzi standen, die sie am Vortag schon bestaunt hatte. Vor einem dieser Gebäude blieb er stehen. »Das ist der Palazzo Pietranera.«

Staunend ließ Antonella ihren Blick nach oben wandern. Das Erdgeschoss bestand aus großen hellbraunen Quadern, darüber erhoben sich fünf Stockwerke, deren Mauern zartgrün gestrichen waren. Die Fenster waren so groß wie die Eingangstür zu ihrem Elternhaus und alle waren sie mit einer doppelten hellgelben Einfassung verziert. Die innere bestand aus einem flachen, geneigten Giebel, der wie ein winziges Dach über dem Fenster thronte, während die äußere das Ganze mit einem Rundbogen umrahmte, über dem rechts und links aus dem Stein gehauene Engel schwebten. Das Dach schien flach zu sein, sie entdeckte eine Balustrade, über der die Wipfel von Palmen zu sehen waren.

»Sie haben einen Garten auf ihrem Dach?«

»Das haben viele der Palazzi. Genua ist sehr dicht bebaut, deshalb legt man die Gärten dort an, wo Platz ist. Auf den Dächern oder in Innenhöfen.«

»Und warum sind das mittlere und das letzte Stockwerk niedriger als die anderen?«

»Dort wohnen die Dienstboten«, antwortete Marco. »Die Straße heißt Via San Luca, kannst du dir das merken?«

Via San Luca, wiederholte sie in Gedanken. »Und da soll ich hinein?« Sie deutete auf die riesige bogenförmige Tür.

Marco schüttelte den Kopf. »Das ist der Haupteingang. Dienstboten benutzen einen anderen Eingang. Dort.«

Er führte sie in die schmale Gasse rechts vom Palazzo und stellte ihr Bündel ab. »Hier musst du klopfen. Frag nach dem Küchenmeister und den fragst du dann nach deiner Tante. Ich wünsche dir viel Glück. Falls es irgendwelche Probleme gibt, du findest mich in der nächsten Stunde in dem Café dort an der Ecke.«

Erschrocken riss sie die Augen auf. An diese Möglichkeit hatte sie nicht gedacht. Wie selbstverständlich war sie davon ausgegangen, dass sie ihre Tante finden würde und diese ihr bei der Arbeitssuche behilflich sein würde.

Marco schien ihre Gedanken zu erraten. »Ich wollte dich nicht erschrecken. Lass dich einfach nicht abweisen, bestehe darauf, den Küchenmeister zu sprechen, und frage ihn nach deiner Tante.« Er küsste sie auf die Stirn. »Alles wird gut. Ich bin in spätestens zwei Monaten wieder hier. Dann komme ich dich besuchen.« Seine Stimme klang rau, als fiele ihm der Abschied ebenso schwer wie ihr.

Sie sah ihm nach, als er mit seinen typischen federnden Schritten davonging. Wie oft hatte sie ihn auf ihrer Reise so vor sich hergehen sehen. Nun ging er fort und er fehlte ihr jetzt schon. Auf halbem Weg drehte er sich noch einmal nach ihr um und hob grüßend die Hand. Der Wind wehte ihm die Locken ins Gesicht. So wollte sie ihn in Erinnerung behalten, bis sie sich wiedersahen. Sie winkte zurück und bat die Jungfrau Maria, ihn auf seiner Reise zu schützen. Dann wandte sie sich um und klopfte entschlossen an die Tür. Heute begann ein neues Leben für sie.

Da auf ihr erstes Klopfen niemand öffnete, schlug sie mit der Faust gegen die Tür. Sie wurde aufgerissen und ein junges Mädchen, gekleidet in ein dunkelblaues Kleid mit weißer Schürze, starrte sie an. Unter ihrer blütenweißen Haube quollen hellbraune Locken hervor. »Was gibt es denn?«

Antonella knickste. »Ich möchte bitte den Küchenmeister sprechen.«

»Signor Perrini? Der hat heute leider gar keine Zeit. Wir haben heute Abend ein großes Bankett. Am besten, du kommst morgen wieder.«

Sie machte Anstalten, die Tür zu schließen, doch Antonella hielt sie auf.

»Es dauert auch gar nicht lange. Ich möchte ihn nach einer Verwandten fragen, die hier arbeitet.«

»Du suchst eine Verwandte? Na, wenn du ein bisschen warten kannst, dann komm rein. Ich sage ihm Bescheid.«

Vom Eingang aus führte ein Korridor geradeaus zur großen Eingangshalle am Hauptportal und ein weiterer nach rechts zu einer Tür, hinter der sich vermutlich die Küche verbarg, denn aus dem Raum drangen Stimmen, klapperte Geschirr und sie hörte auch das Brutzeln von Fett. Das Mädchen deutete auf einen Stuhl im Flur. »Dort kannst du warten.«

Während das Mädchen in die Küche lief, nahm Antonella Platz und stellte ihr Bündel neben sich.

Aus der Küche klang das lautstarke Schelten einer Frau.

»Accipicchia! Zum Donnerwetter, was ist das? Wer hat heute den Fisch besorgt?«

»Das war Monica.«

»Du hast dir alte Ware aufschwätzen lassen, du dummes Ding. Diese Fische kann ich unmöglich den Herrschaften servieren, die sind nicht von heute.«

»Aber man hat mir gesagt, sie seien ganz frisch«, erwiderte eine Mädchenstimme.

»Papperlapapp. Siehst du die Augen? Sie sind eingefallen und trübe. Bei frischem Fisch sind sie noch rund und glänzend. Lauf zum Hafen und besorge andere, aber flott.«

Das Mädchen, das Antonella eingelassen hatte, hastete im Laufschritt an ihr vorbei, am Arm einen Korb.

Hoffentlich hatte sie dem Koch noch Bescheid sagen können, dass sie hier auf ihn wartete.

Eine halbe Stunde verging, ohne dass sich jemand um sie kümmerte. Schließlich stand sie auf, ging zur Küchentür und spähte in den Raum.

Die Küche war riesig. In der Mitte stand nicht nur einer, sondern gleich zwei Herde. Auf dem einen standen drei Töpfe, auf dem anderen zwei Pfannen.

Ein Mädchen in der gleichen Tracht wie Monica stand vor den Töpfen, rührte in dem einen, schob den anderen ein Stück zur Seite und goss aus einem Krug Milch in den dritten.

In den Pfannen brutzelte Fett, eine ältere Frau wendete dünne Scheiben Fleisch in der einen und rührte zwischendurch das Hack um, das in der anderen briet.

»Pass auf, dass die Béchamel nicht klumpig wird«, rief sie dem Mädchen an den Töpfen zu.

Auf den Arbeitsplatten vor den Fenstern lag Gemüse, das wohl noch geputzt werden musste.

Niemand beachtete sie.

Unsicher trat sie einen Schritt näher. »Entschuldigung …«

Eine kräftige Frau, die auf einer der Arbeitsplatten Teig knetete, blickte auf. »Ja …?«

»Ich habe eine Frage an den Küchenmeister.« Wie hatte das Mädchen ihn genannt? »Signor Perrini.«

Die Frau musterte sie von oben bis unten. Ihre Zöpfe, das Kopftuch, das Kleid und die derben Schuhe. Dann hob sie eine Augenbraue. »Er ist ein viel beschäftigter Mann. Was willst du von ihm?«

»Ich glaube, dass er eine Verwandte von mir kennt, die hier im Haus arbeitet.«

Vielleicht war diese resolute Frau gar ihre Tante? Das Alter mochte stimmen, doch sie konnte keinerlei Ähnlichkeit mit ihrer Mutter oder ihren Schwestern feststellen.

»So? Dann warte draußen, wenn er Zeit hat, wird er sich darum kümmern.«

Wieder nahm sie auf dem Stuhl Platz und wartete. Die Zeit verrann. Sie wäre gerne nach draußen gegangen, um Marco zu sagen, dass sie noch nichts erreicht hatte, aber sie wagte es nicht. Wenn der Mann ausgerechnet dann Zeit hatte und sie nicht antraf, wäre er gewiss sehr verärgert.

Nach einiger Zeit kam das Mädchen Monica zurück. Am Arm hatte sie den Korb mit Fischen. »Du wartest immer noch?«

Antonella zuckte die Schultern.

»Wie heißt deine Verwandte? Vielleicht kenne ich sie ja.«

Dankbar lächelte Antonella sie an. »Sie heißt Eneide Morelli. Sie ist meine Tante.«

Monica zog die Augenbrauen zusammen. »Den Namen habe ich noch nie gehört. Aber ich bin auch erst seit drei Jahren hier im Dienst.«

Antonella schluckte heftig. Wie sollte sie ihre Tante finden, wenn sie gar nicht mehr hier arbeitete?

Das Mädchen schien ihre Gedanken zu erraten. »Mach dir keine Sorgen. Signor Perrini ist seit über fünfzehn Jahren hier und er hat ein sehr gutes Gedächtnis. Er schreibt ja auch die Empfehlungen, wenn jemand die Stelle wechselt. Wenn deine Tante hier gearbeitet hat, wird er sich an sie erinnern. So und nun muss ich dem alten Zankteufel die Fische bringen. Viel Glück.«

Wie nett sie war. Mit solchen Menschen ließ es sich bestimmt gut zusammenarbeiten. Sie fasste wieder ein wenig Mut.

Es verging noch eine gute halbe Stunde, bis ein kleiner dunkelhaariger Mann mit einem schmalen Schnurrbart aus der Küchentür kam. »Man sagte mir, du suchst nach einer Verwandten, die hier beschäftigt sein soll?«, sprach er sie ohne Begrüßung an.

Antonella erhob sich und knickste. »Jawohl, Signor Perrini. Meine Tante, Signorina Morelli, hat vor sechzehn Jahren unser Dorf verlassen und schrieb uns, dass sie hier in der Küche arbeite.«

»Morelli?« Er kniff die Augen zusammen und schüttelte den Kopf.«Nie gehört.«

Ihre Beine verloren die Kraft, sie zu tragen. Sie sank auf den Stuhl und starrte den Mann mit offenem Mund an.

»Aber – wie kann das sein? Ich habe ihre Briefe hier. Ich kann sie Ihnen zeigen.«

»Vielleicht war sie ja Stubenmädchen.«

»Sie schrieb, sie sei Köchin. Eneide Morelli.«

»Eneide? Ja, eine Eneide hat hier gearbeitet. Allerdings hieß sie Eneide Manari.«

Natürlich. Erleichtert seufzte Antonella auf. Ihre Tante hatte einen falschen Namen angenommen. Sie selbst gab sich als Antonella Rossi aus und nicht als Antonella Battistoni. Sicher hatte ihre Tante ebenfalls damit gerechnet, verfolgt zu werden, und hatte deshalb einen falschen Namen angegeben.

»Und wo ist sie nun?«

Bedauernd schüttelte er den Kopf. »Ich weiß es nicht. Sie hat unsere Dienste vor fünf Jahren verlassen, ohne mitzuteilen, wohin sie geht.«

»Und wie soll ich sie nun finden? Ich kann doch nicht in ganz Genua nach ihr suchen.« Ihre Hände zitterten.

Mitleid stand in seinem Gesicht. »Ich kann dir leider nicht helfen«, sagte er und wandte sich um.

Antonella sprang auf. »Einen Moment bitte!«

Widerstrebend drehte sich der Küchenmeister wieder zu ihr um.

»Ich bin hergekommen, weil ich Arbeit suche. Ich kann gut kochen.«

»Bedaure, wir haben genug Hilfsköche und ich glaube auch nicht, dass die Kochkünste eines Landmädchens den Ansprüchen der Herrschaften gerecht werden.«

»Ich kann auch putzen oder als Dienstmädchen arbeiten.« Flehend hob sie die Hände.

»Hast du denn Referenzen?«

»Wie bitte?«

Wieder seufzte der Mann. »Referenzen. Zeugnisse von deinen vorherigen Arbeitgebern oder Empfehlungsschreiben.«

Sie senkte den Kopf. »Nein.«

»Warst du überhaupt schon mal in Stellung?«

»Nein.« Ihre Stimme war nur noch ein Flüstern.

»Dann kann ich leider nichts für dich tun. Ich kann dir nur raten, wieder nach Hause zu gehen. Ohne Empfehlung oder Zeugnisse wirst du in ganz Genua keine Stellung finden.«

Nach Hause gehen. Abgesehen davon, dass sie im Winter den Weg durch die Berge allein gar nicht schaffen würde, zurückkehren zu den Eltern und zugeben, dass sie gescheitert war? Den Rest ihres Lebens als alleinstehende Frau verbringen, die von der Familie durchgefüttert werden musste? Sicher, sie konnte in der Osteria der Salas aushelfen, doch damit würde sie nicht genug verdienen, um ihren Lebensunterhalt zu bestreiten. Und einen der Männer aus Cerreto zu heiraten, kam für sie nicht mehr infrage.

Dieser Gedanke führte zu einem ganz anderen, den sie viel erschreckender fand. Wenn sie jetzt ging, konnte Marco sie nicht finden, wenn er nach Genua zurückkehrte. Sie würde ihn nie wiedersehen.

Sie sprang auf. Vielleicht wartete er ja noch auf sie in dem Café. Hastig knickste sie vor Signor Perrini. »Vielen Dank für Ihre Zeit.« Mit ihrem Bündel in der Hand verließ sie den Palazzo und eilte die Gasse entlang zur Via San Luca.

33. KAPITEL

Atemlos riss sie die Tür zum Café auf. Es war ein kleines Café, nur fünf Tische standen darin. An einem saß ein älterer Herr, rührte in einer Tasse und starrte aus dem Fenster. Am anderen blätterte ein Mann in einer Zeitung. Als sie hineinstürmte, blickte er auf und musterte sie. Marco war nicht dort. Ihr Blick irrte durch den Raum, gab es vielleicht ein Hinterzimmer?

»Entschuldigung«, sprach sie den Kellner an, der geschäftig hinter der Theke herumwuselte. »War vielleicht ein junger Mann hier? Groß, schlank, dunkle Haare.«

Der Mann sah auf und grinste. »So sieht jeder Dritte in Genua aus. Aber ja, so einer war da. Der ist vor etwa einer halben Stunde gegangen.«

»Danke.« Sie drehte sich auf dem Absatz um und hastete hinaus. Eine halbe Stunde. Heftig atmend blickte sie sich um. War er noch in der Nähe? Vielleicht hatte er jemand getroffen und unterhielt sich. Die Straße war belebt. Dienstmädchen mit Körben am Arm eilten in die Richtung, aus der sie gekommen waren. Wahrscheinlich wollten sie zum Hafen. Ein Ehepaar schritt gemächlich auf die Tür des Cafés zu. Eine Pferdekutsche ratterte über das Pflaster. An der Kreuzung zur nächsten Straße entdeckte sie zwei Männer, die heftig gestikulierend miteinander sprachen. Einer war schlank und hatte dunkles Haar. Sie packte ihr Bündel fester und lief los. Drängte sich an einem sehr dicken Mann vorbei, der ihr empört hinterherschimpfte. Gerade als sie in Rufweite war, verabschiedeten sich die Männer und trennten sich. Der Dunkelhaarige ging die Via San Luca weiter. Enttäuschung machte ihre Beine weich wie Pudding. Es war nicht Marco. Seine Haltung und sein Gang waren ihr so vertraut, sie würde ihn auch von hinten unter hundert anderen Männern erkennen. Dieser Mann bewegte sich gänzlich anders.

Atemlos stellte sie ihr Bündel ab. Es brachte nichts, kopflos hier herumzurennen und nach Marco zu suchen. Am Ende verlief sie sich noch in den engen Gassen. Denk nach, befahl sie sich. Wohin würde er gehen? Er hatte sie zum Palazzo Pietranera begleitet, doch sein Gepäck befand sich noch in der Taverne. Natürlich! Sie schlug sich an die Stirn. Warum war sie nicht gleich darauf gekommen? Bevor er abreiste, musste er es holen. Sicher war er noch dort. Suchend blickte sie sich um. Waren sie aus dieser Gasse gekommen oder aus jener, eine Ecke weiter? Und wie hieß überhaupt die Straße, in der die Taverne sich befand? Wie dumm von ihr, dass sie sich den Namen nicht gemerkt hatte. Aber sie wusste, wie das Haus aussah, und sie würde es sicher finden. Mit neuem Mut ging sie in die Richtung, in der sie den Hafen vermutete. Sie erreichte ihn nach zehn Minuten und fand auch bald die Schenke.

Erleichtert öffnete sie die Tür. Es war Mittag und die Tische waren fast alle von Männern besetzt, die wirkten wie Matrosen oder Hafenarbeiter.

Antonella ging zum Tresen und ignorierte die Blicke und die Bemerkungen, die ihr folgten. Der Wirt begrüßte sie höflich, aber so, als habe er sie noch nie gesehen. Als sie nach Marco fragte, schüttelte er den Kopf.

»Marco Rossi? Nie gehört.«

Das ganze Geschehen nahm allmählich die Züge eines Albtraums an. »Aber wir waren gestern hier und haben gegessen und übernachtet. Sie müssen sich doch an uns erinnern.«

»Kann schon sein. Habe viele Gäste. Merke mir nicht jedes Gesicht oder Namen.«

Ungläubig blickte sie in das ausdruckslose Gesicht des Mannes. Marco hatte ihn mit Namen begrüßt und ihm sogar sein Gepäck überlassen. Natürlich kannten sie sich.

»Ich möchte nur wissen, ob er noch hier ist oder ob er sein Gepäck schon abgeholt hat.«

»Hat er abgeholt. Keine Ahnung, wo er hin ist.«

Wenn das keine Lüge war, fraß sie einen Besen. »Sind Sie sicher?«

Der Mann stemmte die Hände auf den Tresen und beugte sich vor. »Jetzt hören Sie mal zu, Signorina. Hierher kommen sehr oft Kerle mit einem Mädchen. Sie übernachten, bezahlen und möchten keine Fragen gestellt bekommen. Wenn er Ihnen nicht gesagt hat, wo er hingeht, wird es einen Grund geben. Vielleicht ist er verheiratet oder ein reiches Bürschchen, das sich ein Vergnügen gegönnt hat. So etwas interessiert mich nicht. Mich interessiert nur, ob jemand bezahlt.«

Er ließ sie stehen und brachte ein paar wohlgefüllte Teller zu einem der Tische.

Antonella strich sich das Haar aus der Stirn. Ihre Knie wurden weich. Und nun? Was sollte sie tun? Ihre Tante war nicht auffindbar und Signor Perrini hatte gesagt, dass sie ohne Referenzen niemals eine Anstellung bekommen würde. Sie dachte an die beiden Huren vom vorigen Abend. Vielleicht waren sie ebenso wie Antonella voller Hoffnung auf ein freieres Leben nach Genua gekommen. Ein Zittern lief über ihren Rücken. Nein, so würde sie nicht enden.

An dem Tisch, der dem Tresen am nächsten stand, saß eine

Gruppe von vier Männern. Einer grinste sie an, dann winkte er ihr. »He du, hübsches Vögelchen, suchst du Gesellschaft?«

Demonstrativ drehte sie ihm den Rücken zu. Kurze Zeit später spürte sie, dass jemand neben sie trat.

»Aber, aber, was tust du denn so stolz?« Sein Atem strich warm über ihre Wange, er roch nach Fisch und nach Schnaps. »Wenn du ein bisschen nett bist, geb ich dir ein Mittagessen aus.«

»Verschwinde«, zischte sie ihn an und trat einen Schritt zurück. Er lachte, griff nach einem ihrer Zöpfe und zog sie dicht zu sich. »Gib mir einen Kuss.«

Sie versuchte sich zu befreien, doch er riss so heftig an ihren Haaren, dass ihr die Tränen in die Augen traten. Dann ließ er urplötzlich los. Ein anderer Mann hatte ihn am Kragen gepackt, zerrte ihn zu seinem Stuhl und setzte ihn sehr nachdrücklich darauf. »Falls du es nicht gemerkt hast: Die Dame legt keinen Wert auf deine Gesellschaft.«

Vor Erleichterung wurde ihr ganz schwindelig, als sie den gut aussehenden Seemann vom Abend zuvor erkannte.

»Signor Garibaldi.« Ihre Stimme bebte, sie hielt sich am Tresen fest.

»Was tust du denn hier, Täubchen?«

»Ich suche Marco.« Nun konnte sie die Tränen nicht länger zurückhalten.

»Sch, sch. Nicht weinen.« Garibaldi nahm sie in die Arme und zog sie ohne weitere Umstände an seine breite Brust. Sie lehnte den Kopf an seine Schultern, spürte seine Arme um sich und fühlte sich geborgen.

»Komm, setz dich erst einmal. Matteo, bring eine Schüssel Suppe für das Mädel.«

»Kann sie bezahlen?«

»Ich bezahle.« Er führte sie zu einem freien Tisch und rückte ihr den Stuhl zurecht.

»Ich kann auch bezahlen«, sagte sie.

»Nein, das geht schon in Ordnung. Erzähl, was ist passiert?«

Schnell berichtete sie von ihrem Besuch im Palazzo Pietranera.

»Merde!«, sagte er, als sie geendet hatte. »Was für ein Schlamassel.«

»Ich hatte gehofft, Marco wäre noch hier.«

»Hm.« Garibaldi zog die Brauen zusammen und kratzte sich am Bart, dann winkte er einen Jungen heran, der die Tische abwischte. Er drückte ihm eine Münze in die Hand und flüsterte ihm etwas ins Ohr. Der Junge nickte und huschte aus der Tür.

Unterdessen hatte der Wirt eine Schüssel mit Minestrone gebracht, die mit reichlich Parmesan bestreut war und wunderbar duftete. Jetzt erst merkte sie, wie hungrig sie war. Zum Frühstück hatte sie fast nichts gegessen.

»Guten Appetit, Täubchen.«

Ihre Schüssel war noch nicht leer, da trat der Junge durch die Tür, dicht gefolgt von Marco. Verblüfft starrte sie ihn an. Seine Locken waren straff zurückgekämmt und im Nacken zusammengebunden. Außerdem hatte er sich rasiert und neu eingekleidet. Nichts erinnerte mehr an den verwegenen, jungen Wilderer, dem sie in den Bergen begegnet war, er glich eher dem Sohn eines Kaufmanns.

»Antonella!« Er hastete durch den Raum, setzte sich neben sie und griff nach ihren Händen. »Was ist passiert? Ich habe fast zwei Stunden gewartet, und als du nicht kamst, dachte ich, es sei alles geregelt.«

Sie hatte bisher nicht gewusst, dass auch Glück wehtun konnte. Ihr Herz schmerzte vor Freude, ihn zu sehen. Er war noch hier, er ließ sie nicht im Stich. Sie legte den Löffel aus der Hand und erzählte ihm, was passiert war.

34. KAPITEL

Garibaldi hatte sich verabschiedet. Marco und Antonella saßen noch am Tisch.

»Du kannst entweder zurück in dein Dorf gehen oder versuchen, woanders eine Stellung zu finden.«

»Ich will nicht zurück.«

»Hm.« Er runzelte die Stirn. »Mein Cousin, der Fischhändler, erzählte mir heute, dass die Familie Barrati wohl jemanden für die Küche sucht. Sie sind lange nicht so reich wie die Pietranera, aber vielleicht macht es das leichter für dich.«

»Aber der Küchenmeister hat gesagt, keiner wird mich ohne Referenzen nehmen.«

Er lächelte und glich plötzlich wieder dem Wilderer aus den Bergen. »Ich schreibe dir ein Zeugnis.«

»Du? Aber wie soll das gehen?«

»Ganz einfach. Du hast in der Toskana in der Küche eines Weinguts gearbeitet. Sagen wir, ein Jahr lang? Sie werden es nicht nachprüfen. Es ist zu viel Aufwand und dauert viel zu lange, jemanden hinzuschicken, nur für eine Küchenmagd.«

»Und wo soll ich gearbeitet haben? Ich kenne kein Weingut in der Toskana.«

»Aber ich. Es muss ja nicht so ein großes wie die Villa Antinori sein. Wie wäre es mit Alberi d'Argento? Das ist nicht ganz so bekannt, aber trotzdem ein guter Name.«

Zweifelnd blickte sie ihn an. »Glaubst du, das klappt?«

»Bestimmt. Warte hier. Ich brauche nicht lange.«

Zu ihrer Überraschung verließ er die Schenke nicht, sondern ging durch die Tür, welche nach oben zu den Zimmern führte.

Also wohnte er durchaus noch hier.

Als er wiederkam, legte er einen versiegelten Brief vor sie auf den Tisch. »Das geben wir nachher im Palazzo der Barrati ab, und morgen früh gehst du hin und fragst nach. Sie werden dir die Stelle geben, da bin ich sicher. Ich habe geschrieben, dass du sehr fleißig bist und eine außerordentlich gute Köchin dazu. Wenn sie dich fragen, warum du nach Genua gekommen bist, erzähle ihnen ruhig, dass du nach deiner Tante suchst.«

Er strich ihr über die Wange. »Heute Nacht habe ich das Zimmer noch. Du kannst hier schlafen.«

»Und du?«

»Ich natürlich auch. Wenn uns schon eine Nacht geschenkt wird, sollten wir sie nutzen.«

Sie brachte ihr Bündel hinauf in Marcos Zimmer. Anschließend begleitete er sie zum Palazzo Barrati. Wie laut diese Stadt war. Ständig ratterten Kutschen oder Pferdefuhrwerke durch die Gassen. Hufschläge hallten zwischen den Häusern. Abgesehen von der großen Prachtstraße, auf der sie in die Stadt gekommen waren, waren die Straßen eher schmal, die Häuser standen sehr dicht.

Der Palazzo der Barrati befand sich an der Piazza San Lorenzo und war kleiner als der Palazzo Pietranera, aber ebenso aufwendig verziert.

Dieses Mal klopfte sie nicht am Dienstbodeneingang, sondern am Hauptportal und überreichte den Brief einem streng blickenden Bediensteten in dunkler Livree. Er warf einen Blick auf die Anschrift, dann nickte er ihr zu.

»Ich werde ihn Signor Barrati aushändigen.«

»Ich komme morgen Vormittag wegen der Antwort vorbei«, sagte sie, so wie Marco es ihr empfohlen hatte.

Der Mann musterte sie misstrauisch, doch dann zuckte er die Schultern. »Wie Sie wünschen«, antwortete er gleichmütig und schloss die Tür.

Am nächsten Morgen machte sie sich erneut mit ihrem Bündel auf den Weg. Marco brachte sie bis zum Palazzo Barrati.

»Dieses Mal klappt es«, versicherte er. »Aber ich warte auf alle Fälle dort drüben an der Ecke.«

Auf ihr Klopfen öffnete derselbe Diener, der am Vortag ihren Brief entgegengenommen hatte. »Ah, Signorina. Kommen Sie herein. Der junge Herr erwartet Sie.«

Rasch wandte sie sich um und winkte Marco zu. Er warf ihr eine Kusshand zu.

Sehr verlegen folgte sie dann dem Bediensteten durch die Eingangshalle. Warum wohl erwartete der »junge Herr« sie und nicht der Küchenmeister oder die Köchin?

Der Mann führte sie eine breite Treppe hinauf in einen Gang, in dem sich rechts und links je drei Türen befanden. An der ersten klopfte er, bevor er sie öffnete. »Signor Barrati, hier ist die junge Frau.«

»Ah«, antwortete eine Männerstimme. »Sie soll reinkommen.«

Der Diener bedeutete ihr, einzutreten.

Antonella holte tief Atem und versuchte, trotz ihrer Nervosität zu lächeln. Jetzt galt es.

Das Erste, was ihr auffiel, war ein riesiges Fenster, drapiert mit schweren Vorhängen aus rotem und grünem Stoff. Davor standen eine Couch, ein Tisch aus rötlichem Holz mit geschwungenen Beinen und zwei Sessel. In dem einen saß oder besser fläzte sich ein junger Mann. Er hatte die Beine weit von sich gestreckt und musterte sie ungeniert. Gekleidet war er in eine hellbeige Hose und ein Hemd in der gleichen Farbe, über dem er eine glänzende dunkelrote Weste mit aufgestickten gelben Rosenknospen trug. Er sah aus wie ein Stutzer, ein Modenarr. Der schmale Schnurrbart, die kurzen braunen Haare und die blasse Haut verstärkten noch diesen Eindruck.

Sicher gehörte er zu der Sorte Herrensöhnchen, die noch niemals in ihrem Leben gearbeitet hatten.

»Du suchst also eine Stellung«, sprach er sie ohne Gruß an.

Antonella knickste. »Jawohl, Signore.«

»Nicht so schüchtern. Komm ein bisschen näher, damit ich dich ansehen kann.«

Sofort erwachte ihr Misstrauen. War er etwa vom gleichen Schlag wie die Herren von Nismozza? Sie hob den Kopf, doch sie blieb, wo sie war. »Ich suche eine Stelle als Hilfsköchin oder Küchenmädchen.«

Er griff nach einem beschriebenen Blatt, das vor ihm auf dem Tisch lag, und stand auf. Es war der Brief, den Marco geschrieben hatte.

»Hier steht, du warst als Küchenmädchen auf Alberi d'Argento.«

»Jawohl.«

»Ich kenne das Gut, ich war vor zwei Jahren dort zu Gast.«

Ihr Magen zog sich schmerzhaft zusammen. Was sollte sie tun, wenn er Einzelheiten über das Gut oder das Haus wissen wollte?

»Ein sehr schönes Anwesen«, fuhr er fort. »Aber der alte Herr ist ziemlich schwierig, stimmt's?«

»Das weiß ich nicht. Ich hatte niemals mit ihm zu tun.« Sie hielt den Kopf erhoben und sah ihm in die Augen. Nur nicht verlegen oder unsicher wirken.

»Natürlich nicht.« Jetzt lächelte er. »Für das Küchenpersonal hat er sich nie interessiert, Hauptsache, das Essen war gut.«

Vorsichtig erwiderte sie sein Lächeln. »Ja, so war es.«

Er erhob sich und trat auf sie zu. »Nun, wie du siehst, interessieren wir uns durchaus für unser Personal. Dein Name ist Antonella Battistoni und du kommst aus dem Herzogtum Modena?«

»Jawohl, Signore.«

»Du hast ungewöhnliche Augen. Eine Farbe wie Honig oder Bernstein.«

Rasch senkte sie den Blick. Komplimente von den Söhnen reicher Herren waren nie ein gutes Zeichen, hatten sowohl ihre Mutter als auch Aminta immer wieder gepredigt.

»Nun gut. Du kannst gleich anfangen. Andrea wird dich in die Küche bringen. Frag nach Gloria Santos, sie ist die Köchin. Sie wird dir alles Weitere erläutern. Sag ihr, dass ich dich eingestellt habe. Mein Name ist Fabrizzio. Fabrizzio Barrati.«

»Danke, Signor Barrati.« Sie knickste erneut und ging rückwärts zur Tür.

35. KAPITEL

Eine Küchenmagd?! Warum sollte ich noch eine Küchenmagd brauchen?«

Die Köchin erinnerte Antonella an Aminta. Sie war groß, mit breiten Hüften, auf die sie nun ihre Hände stützte, während sie Antonella einer kritischen Musterung unterzog.

Der Diener, der sie in die Küche gebracht hatte, zuckte die Schultern. »Keine Ahnung. Mir wurde nur gesagt, dass ich sie herbringen soll.«

»Und wer hat dich eingestellt?«, wandte sich die Köchin an Antonella.

»Signor Barrati.«

»Signor Barrati? Seit wann kümmert sich der Don um das Küchenpersonal?«

»Es war der junge Herr«, schaltete sich der Diener ein. »Signor Fabrizzio.«

Erneut musterte die Köchin Antonella, doch dieses Mal auf andere Weise. Hatte ihre Aufmerksamkeit zuvor ihrer Kleidung gegolten, beäugte sie nun ihr Haar, ihr Gesicht und ihre Figur.

»Ah!«, sagte sie dann. »Nun, wenn das so ist. Die Herrschaften erwarten über die Weihnachtsfeiertage viel Besuch, da ist eine weitere Hilfe durchaus nützlich. Lass mich mal überlegen. In der Kammer von Farina und Celeste ist noch Platz, da kannst du schlafen. Für den Anfang bekommst du fünfzehn Genueser Lire im Monat, zwei Kleider und zwei Schürzen und ...« Wieder blickte sie auf Antonellas Füße. »... ein Paar Schuhe. Mit diesen will ich dich nicht in der Küche sehen. Ich erwarte, dass du dich jeden Tag wäschst und deine Hände immer sauber sind. Hast du verstanden?«

»Jawohl, Signora.«

»Das Haar wird geflochten und hochgesteckt. In der Küche trägst du eine Haube.«

Ohne eine Antwort abzuwarten, drehte sie sich um. »Farina?«

Ein Mädchen in einem grauen Kleid und weißer Haube erhob sich von einem Stuhl und legte ein Huhn, das sie gerade rupfte, zur Seite. »Ja, Signora?«

»Das hier ist – wie war dein Namen noch mal?«

»Antonella Battistoni.«

»Das hier ist Antonella. Sie arbeitet ab heute als Küchenmagd. Gib ihr erst mal eine Schürze und eine Haube und dann soll sie das Huhn fertig rupfen. Nachher zeigst du ihr die Kammer, sie wird bei dir und Celeste schlafen.«

Sie wandte sich wieder zu Antonella. »Stell dein Bündel dort drüben ab. Die Kleider bekommst du dann heute Abend nach der Arbeit. Los jetzt, beeil dich.«

Das Mädchen Farina winkte ihr. »Komm mit.«

Neben der Küche befand sich eine kleine Kammer mit Regalen, in denen Geschirrtücher, Putzlappen, aber auch Schürzen und Hauben lagen. »Hier findest du immer Schürzen und Hauben«, erklärte Farina. Sie nahm eine der Hauben aus dem Regal und zeigte Antonella, wie man sie umband, damit sie die Haare völlig verdeckte. Dann gab sie ihr eine schlichte weiße Schürze.

»Wenn du in die Küche kommst, musst du dir immer erst einmal die Hände waschen.« Sie deutete auf ein kleines Waschbecken neben der Küchentür. »Die Santos kriegt sonst Zustände. Wir könnten ja die Speisen verderben, wenn da ein bisschen Dreck an den Fingern klebt.«

»Ihr sollt nicht schwätzen, sondern arbeiten«, rief die Köchin.

»Wir kommen, Signora Santos!« Farina zwinkerte Antonella zu. »Wir unterhalten uns später.«

Antonella hatte eigentlich gehofft, noch einmal kurz hinausschlüpfen zu können, damit Marco wusste, dass sie die Stelle bekommen hatte, und um ihm noch einmal Lebewohl zu sagen. Doch sie wagte es nicht, die Köchin um Erlaubnis zu fragen.

Also rupfte sie das Huhn fertig und bekam direkt noch ein zweites zum Rupfen. Danach wischte sie Milch auf, die eine andere Magd vergossen hatte. Anschließend spülte sie mehrere große Töpfe, während die Köchin und Farina eine Fleischbrühe kochten, die Hühner brieten und Celeste, die ihre andere Zimmergenossin sein würde, Risotto zubereitete.

Nach mehr als zwei Stunden wurde zunächst die Rinderbrühe mit Eierstich in den Speisesaal der Herrschaften gebracht.

Als nicht noch mal Brühe nachverlangt wurde, durften sich die Küchenmägde jede eine Schale aus dem großen Topf schöpfen und sich auf die lange Bank an der Wand setzen, um zu essen. Farina setzte sich neben Antonella und fragte sie aus. Woher sie käme, wie lange sie schon in Genua wäre.

Sie sprach sehr schnell, Antonella verstand nicht alles, aber sie gab sich Mühe, alle Fragen zu beantworten. Farina nickte und begann nun ihrerseits ausführlich von sich und ihrer Familie zu erzählen.

»He du, Antonella!« Die Köchin winkte ihr. »Komm her und mahle den Kaffee, die Herrschaften wünschen Espresso nach dem Essen.«

Nachdem der Kaffee serviert war, musste das Geschirr gespült werden und anschließend ging es schon an die Vorbereitungen zum Abendessen. Die Familie Barrati bestand nur aus vier Personen, erzählte Farina, während sie und Antonella ganze Büschel von Basilikum klein hackten. Der Don, Emanuele Barrati, seine Frau Adele, Fabrizzio, der Sohn des Hauses, und seine Schwester Giulia.

»Der alte Herr ist nett«, sagte Farina. »Er ist Reeder, hat irgendwas mit Überseehandel zu tun. Er ist meistens in seinem Kontor am Hafen. Die gnädige Frau ist eigentlich auch ganz gut zu ertragen, aber die Tochter … schrecklich verwöhnt. Gerade mal sechzehn Jahre alt und sie liebt es, die Dienstboten springen zu lassen. ›Bring mir Zitronenlimonade, ich möchte Kekse, bring mir ein paar Canestrelli. Bring mir dies, bring mir das‹.«

»Und der junge Herr?«

Farina hob die Schultern und grinste. »Na, den kennst du doch!«

»Was? Nein, wie kommst du darauf?«

»Na, weil du gesagt hast, er hätte dich eingestellt. Das macht er nur, wenn er Absichten hat – du verstehst? Zur Zeit hat er es mit einem der Zimmermädchen, Lucia. Nimm dich in Acht vor ihr, sie ist ein Biest und wird nicht glücklich sein, dass du ihr den Rang abläufst.«

Also hatte ihr Instinkt sie nicht getrogen.

»Ich kam auf Empfehlung eines Freundes hierher. Den jungen Herrn habe ich heute das erste Mal gesehen und ich habe nicht die Absicht, etwas mit ihm anzufangen. Diese Lucia braucht sich keine Sorgen zu machen.«

Farina hob gleichmütig die Schultern. »Das sagst du jetzt. Wart's ab. Er hat noch jede rumgekriegt. Celeste hat wochenlang in ihr Bett geheult, als er sie wegen Lucia abserviert hat. Von mir wollte er leider nie etwas, ich bin wohl nicht sein Typ. Dabei finde ich ihn wirklich fesch. Du etwa nicht?«

Antonella verspürte keine Lust, noch mehr über den feschen jungen Herren zu hören, und wechselte das Thema. »Wo bekommt ihr denn im Winter Basilikum her?«

»Es gibt ein Glashaus im Garten, da ziehen sie Kräuter und auch Frühgemüse. Hier, schäle mal den Knoblauch.«

Farina reichte ihr eine Knolle und machte sich daran, Pinienkerne in einem Mörser zu zerstoßen.

»Spaghetti mit Pesto als Vorspeise, gegrillter Schwertfisch mit Gemüse als Hauptgericht und als Dolce Amaretti di Sassello«, schwärmte Farina. »Heute Abend kommt die Familie Salieri zu Besuch. Ihre Tochter Claudia ist im heiratsfähigen Alter und der Don hätte gerne, dass Fabrizzio sie heiratet. Aber ich glaube, er hat keine Lust.«

So ging es in einem fort. Farina schwätzte und schwätzte und als Antonellas erster Arbeitstag sich dem Ende zuneigte, hatte sie das Gefühl, nicht nur allen Tratsch über die Familie Barrati zu kennen, sondern auch noch bestens über die Streitereien und Affären des Personals Bescheid zu wissen.

Doch, selbst wenn Farina viel tratschte, schien sie nett und hilfsbereit zu sein.

Am Abend zeigte sie Antonella ihre Unterkunft. Das Zimmer lag im Zwischengeschoss und war somit recht niedrig, aber durchaus geräumig. Es hatte zwei Fenster, von denen man in eine schmale Gasse blickte. Zwei Betten standen an der langen Wand neben der Tür, eines an der kurzen gegenüber. Celeste war auch schon dort. Im Gegensatz zu Farina machte sie nicht viel Worte. Sie begrüßte Antonella kurz, aber nicht unfreundlich. Vielleicht sprach sie so wenig, weil Farina pausenlos redete. Während sie sich wusch, erzählte sie von einem der Hausdiener, den sie »schnuckelig« fand.

Selbst als alle drei Mädchen im Bett lagen und das Licht gelöscht war, erzählte sie noch, bis Celeste sie ermahnte.

»Maria und Josef, Farina, wenn du mal stirbst, müssen sie dein Mundwerk extra erschlagen. Morgen um halb sechs ist die Nacht vorbei, also sei jetzt still und lass die arme Antonella schlafen. Sie ist bestimmt müde.«

Antonella wickelte sich in ihre Decke. Ob Marco diese Nacht noch in Genua war? Lag er in der Hafenkneipe in dem Bett, in dem sie gestern ihre letzte gemeinsame Nacht verbracht hatten? Sie wünschte sich zu ihm. Sie wünschte, sie könnte ihm von ihrem ersten Arbeitstag erzählen, von den Menschen, die sie getroffen hatte. Er fehlte ihr.

Sie schloss die Augen und sprach ein Gebet. Heilige Muttergottes, beschütze ihn und bringe ihn gesund zurück nach Genua.

36. KAPITEL

Sie gewöhnte sich schnell an ihre neue Arbeit. Im Grunde war dieser Haushalt nicht viel anders als ein Dorf. Es gab Tratsch und Klatsch, es gab welche, die fleißig arbeiteten, und andere, die sich gerne drückten.

Die Familie Barrati beschäftigte zwei Diener, zwei Zimmermädchen, drei Küchenmägde, die Köchin und einen Kutscher, der sich auch um die Pferde kümmerte. Die Diener sahen auf die Zimmermädchen herab, die Zimmermädchen hielten sich für etwas Besseres als das Küchenpersonal, und in der Küche galten diejenigen mehr, die auch mal beim Kochen helfen durften oder vielleicht sogar einfache Gerichte zubereiteten.

Antonella erreichte diese Stufe in der Hierarchie kurz vor Weihnachten.

Zwei Tage vor dem Fest stürmte die Köchin ausgesprochen missgelaunt in die Küche.

»Da macht man sich Gedanken, plant ein Menü, bei dem alles perfekt aufeinander abgestimmt ist, und dann heißt es ...« Sie schnaubte und ahmte den hochnäsigen Tonfall der Tochter des Hauses nach: »Wir hätten dieses Jahr gerne etwas ganz anderes zum Nachtisch. Etwas Ausgefallenes.« Sie stapfte zur Arbeitsplatte, stützte die Hände auf und schüttelte den Kopf. »Ich soll mir ›etwas einfallen lassen‹. Pah! Bisher waren meine Dolci immer gut genug.«

Farina stupste Antonella in die Seite. »Die Santos kann wirklich gut kochen. Aber mit Nachtisch hat sie es nicht so. Kein Wunder wollen die Herrschaften mal etwas anders.«

Antonella blickte hinüber zu der Köchin. Sie dachte an das Rezept für die Cioccolatina, das Francesca ihr gegeben hatte. Sollte sie es wagen? Wenn der Kuchen ihr missglückte, würde nicht nur sie, sondern auch die Köchin Ärger bekommen. Vielleicht würde sie sogar ihre Stellung verlieren. Doch dann gab sie sich einen Ruck. Es war ihre Chance, zu zeigen, dass sie mehr konnte, als Gemüse putzen, Töpfe schrubben und den Fußboden aufwischen.

»Signora Santos?«

Die Köchin blickte nicht auf »Ich muss nachdenken. Was willst du?«

»Ich habe ein Rezept aus meiner Heimat mitgebracht. Es ist eine Art Kuchen, aber sehr saftig und nicht so arg süß. Er heißt Cioccolatina. Ich glaube nicht, dass die Herrschaften so etwas schon kennen.«

Jetzt hob die Köchin den Kopf. »Und du kannst ihn backen?«

Antonella nickte.

Die Köchin trommelte mit den Fingern auf die Arbeitsplatte, dann seufzte sie tief. »Also gut. Wir probieren es. Sag mir, welche Zutaten du brauchst.«

Am Tag des Weihnachsfestes stand Antonella in der Küche und schmolz dunkle Schokolade im Wasserbad. Anschließend trennte sie Eier, schlug das Eiweiß zu einem festen Schnee. Sie mischte zunächst das Eigelb mit pudrigem Zucker und zwei Löffeln Mehl, mengte es dann mit der Schokolade und hob den Eischnee darunter. Zuletzt kratzte sie Vanille aus einer Schote und gab sie zu der Schokoladenmasse. Die Köchin stand hinter ihr, die Hände in die Hüften gestützt und verfolgte mit grimmigem Gesicht jeden einzelnen Arbeitsschritt.

»So wenig Mehl?«, fragte sie, als Antonella die Masse in eine Form gab und in den Backofen schob.

»Mehr braucht es nicht.«

»Das kann nichts werden!« erklärte Signora Santis entschlossen und wandte sich ab, um Kalbsbeinscheiben für Osso Buco anzubraten.

Farina kicherte verhalten und stupste Antonella in die Seite. »Das kratzt an ihrer Köchinnenehre.«

Doch entgegen Signora Santis Vorhersage gelang die Cioccolatina und die Herrschaften schickten ein ausdrückliches Lob in die Küche. Nach Weihnachten wurde Antonella zur Hilfsköchin ernannt. Statt zu putzen und Hilfsarbeiten zu leisten, ging sie nun Signora Santos zur Hand und kochte auch selbst, wenn die Barratis keine Gäste erwarteten.

Sie versuchte, einen Brief an Francesca zu schreiben, um ihr von ihrem Erfolg zu erzählen, doch sie erinnerte sich nicht an alle Buchstaben, die Marco ihr gezeigt hatte. Sie hätte mehr Zeit zum Üben gebraucht.

Als sie ihren ersten Lohn bekam, ging sie zu einem Schreiber und diktierte den Brief an Francesca und einen weiteren an ihre Familie. Sie würden Wochen brauchen, bis sie Cerreto erreichten, doch dann würden ihre Leute wissen, dass es ihr gut ging.

Das Jahr ging zu Ende. Am Dreikönigstag des neuen Jahres, an dem nach der Tradition die Hexe Befana Geschenke brachte, versammelte Don Emanuele seine Angestellten in der großen Halle und hielt eine Ansprache, in der er sich für die gute Arbeit und die Treue der Bediensteten bedankte. Anschließend verteilte der junge Herr Geschenke. Es war das erste Mal, dass Antonella Fabrizzio wiedersah. Im Gegensatz zu Farinas Behauptung am ersten Tag, hatte er keineswegs versucht, sie zu treffen oder sie in irgendeiner Weise zu belästigen. Vielleicht war er noch zu sehr mit Lucia beschäftigt. Antonella hatte sie inzwischen kennengelernt und fand sie zwar sehr hübsch, doch auch ausgesprochen hochnäsig.

Als Fabrizzio Lucia lächelnd ihr Päckchen überreichte, knickste sie und errötete, doch dann blickte sie sich um und warf den anderen Angestellten Blicke zu, als wolle sie sichergehen, dass auch jeder Fabrizzios Lächeln gesehen hatte.

Als neuestes Mitglied der Dienerschaft erhielt Antonella ihr Geschenk zuletzt.

»Ich habe gehört, du machst dich gut in der Küche«, sagte Fabrizzio, als er ihr das Päckchen überreichte, und schenkte ihr ein Lächeln. »Gefällt es dir bei uns?«

Antonella knickste. »Danke. Ja, es gefällt mir sehr gut.« Sie spürte Lucias Blick wie einen Dolch in ihrem Rücken.

»Dann hoffen wir, dass du noch lange bleibst.« Er nickte ihr zu und trat zurück.

Don Emanuele sprach noch ein paar Worte, dann durften sie gehen.

In der Küche stupste Farina Antonella in die Seite. »Los, pack dein Geschenk aus.«

Vorsichtig wickelte Antonella das Päckchen aus dem Papier. Zum Vorschein kam ein Kästchen mit verschiedenen Sorten Garn, Nähnadeln in unterschiedlicher Stärke und einer Schere. Sie lächelte. Vor einigen Tagen hatte sie sich von der Köchin Nähzeug leihen müssen, um ein paar Knöpfe wieder anzunähen. Jetzt besaß sie ihr eigenes.

»Dacht ich's mir doch«, sagte Farina. »Sie fragen immer die Santos, was wir brauchen können.« Sie lachte. »Du hättest Lucias Gesicht sehen sollen, als der junge Herr mit dir gesprochen hat. Sie sah aus, als wolle sie dich ermorden.«

»Sie hat überhaupt keinen Grund dazu. Ich bin an dem jungen Herrn nicht interessiert.«

»Du scheinst an keinem Mann interessiert zu sein. Du hast noch nicht mal gemerkt, dass Antonio dich jedes Mal anhimmelt, wenn er in der Küche ist. Und seit du da bist, kommt er oft in die Küche.«

Antonio war der Kutscher der Barratis. Wenn er die Damen zu einer Ausfahrt abholte oder den Herrn zu einem Kunden fuhr, kam er oft ein wenig früher und trank noch schnell einen Kaffee. Antonella fand ihn recht nett und vor allem war er nicht so hochnäsig wie die beiden Diener, aber für sie gab es nur einen Mann, und das war Marco.

»Findest du ihn nicht nett?«, fuhr Farina fort. »Ich denke, er wäre eine gute Partie. Die Herrschaften sind sehr zufrieden mit ihm, er wird wohl noch lange in ihren Diensten bleiben.«

»Dann nimm du ihn doch, wenn er dir gefällt.«

Farina zog einen Schmollmund. »Ich würd ihn schon nehmen, aber mich sieht er ja gar nicht.«

Der Januar verging, es wurde Februar. Es war der erste Winter ohne Schnee, den Antonella erlebte. Es gab keinen Frost, das Wetter war eher frühlingshaft, und es schien oft die Sonne.

In Cerreto lag der Schnee jetzt meterhoch. Jeder, der konnte, musste mithelfen, die Wege zu den Nachbardörfern freizuhalten. Auch wenn sie noch oft Heimweh hatte, fand sie allmählich Gefallen an Genua. Die Menschen hier waren fröhlicher, das Leben hatte eine Leichtigkeit, die es in den Bergen nicht gab.

An einem regnerischen Tag Mitte Februar kam Farina vom Fischmarkt zurück, knallte den Korb mit dem Fisch auf den Tisch, sodass die Köchin ihr einen bösen Blick zuwarf. Sie beachtete sie nicht, sondern stürzte auf Antonella zu und packte sie am Arm. »Draußen vor dem Dienstboteneingang steht einer.« Sie war so außer Atem, dass sie innehielt und nach Luft schnappte. »Er hat nach dir gefragt.«

»Nach mir?« Ihr Herz schlug plötzlich so laut, dass sie glaubte, man würde es in der ganzen Küche hören. Konnte es sein?

»Wie sieht er aus?«

Farina rollte die Augen vor Begeisterung. »Ein schönes Mannsbild. Er ist groß und wirkt elegant, obwohl er ganz einfach gekleidet ist.«

»Hat er schwarzes Haar und blaue Augen?«

»Ja«, seufzte Farina. »Diese Augen. Blau wie das Meer. Kennst du ihn? Wer ist es?«

»Es ist – ein Freund.« Hastig blickte sie sich um. Wie konnte sie unbemerkt zumindest für ein paar Minuten nach draußen entkommen.

Farina blinzelte ihr zu. »Signora Santos«, rief sie hinüber

zur Köchin. »Wenn ich eine Senfsoße zum Fisch machen soll, brauche ich frische Petersilie.«

Gloria Santos drehte sich um. »Im Gewächshaus sollten wir noch welche haben.«

»Antonella, lauf zum Glashaus und hole mir welche. Und bring auch gleich noch Basilikum mit.«

Sie gab Antonella einen Schubs. »Los, raus mit dir.«

Vor der Küchentür band Antonella die Schürze ab, zog die Haube vom Kopf und legte beides in den Schrank zu den Handtüchern. Dann hastete sie zum Hintereingang.

Sie atmete tief durch und öffnete die Tür.

Da war niemand. Weder vor der Tür noch auf der anderen Straßenseite. War er etwa schon wieder gegangen? Vielleicht hatte er nur nach ihr gefragt, um zu wissen, ob sie noch dort arbeitete, und wollte sie gar nicht sehen. Sie trat hinaus auf den Bürgersteig.

»Antonella.«

Es gab nur einen Menschen, aus dessen Mund ihr Name wie Musik klang. Er stand vor dem Eingang des nächsten Hauses und strahlte über das ganze Gesicht. Mit Riesenschritten kam er auf sie zu.

»Marco!« Ihr wurde schwindelig vor Glück. Er hatte Wort gehalten, er war zurück. Er war ebenso einfach gekleidet wie damals in Cerreto, ein mehrere Tage alter Bart bedeckte sein Kinn und wie immer fielen ihm die Locken unordentlich in die Stirn. Unwillkürlich hob sie die Hand, um sie ihm zurückzustreichen, doch dann fiel ihr ein, dass sie sich in der Öffentlichkeit befanden und sie ließ die Hand wieder sinken. »Seit wann bist du zurück?«

Er war weniger zurückhaltend, sondern griff nach ihren Händen. »Seit gestern Abend.«

Trotz der Wolken und des Regens wurde ihr warm. Seit gestern Abend erst! Und heute war er schon bei ihr!

»Wie schön, dich zu sehen, Kastanienmädchen. Geht es dir gut?«

Sie nickte, während sie ihn mit ihren Blicken verschlang. Sein Gesicht war schmaler geworden, er wirkte trotz der offensichtlichen Freude, sie zu sehen, ernst, als hätte er Sorgen. In Gedanken verfluchte sie die Schicklichkeit, die sie daran hinderte, ihn zu umarmen. Sie wollte sich an ihn schmiegen und ihm die Sorge aus dem Gesicht küssen. Doch auf offener Straße war das nicht möglich. Stattdessen fragte sie höflich: »Und wie geht es dir? Hattest du eine gute Reise?«

Sein Lächeln war ihr so vertraut, als wäre er gestern erst abgereist. »Hatte ich. Hast du ein bisschen Zeit?«

»Leider nicht. Ich muss gleich zurück in die Küche«, erklärte sie hastig. »Bleibst du länger in Genua?«

»Ich weiß es noch nicht. Du hast doch bestimmt einen freien Nachmittag. Dann können wir uns treffen.«

»Am Freitag. Übermorgen. Zur Zeit ist nicht viel zu tun, weil Signor Barrati und der junge Herr unterwegs sind. Sie kommen erst nächste Woche wieder.«

»Ich hole dich hier ab. Sagen wir, um vier Uhr?«

»Vier Uhr.« Wenn sie um drei mit ihrer Arbeit fertig war, hatte sie noch Zeit, sich zurechtzumachen.

Er beugte sich vor und küsste sie förmlich auf beide Wangen. »Ich freu mich.«

Sie raffte den Rock und lief zurück ins Haus und durch den Gang in den Garten, an dessen Ende das Gewächshaus stand. Schnell pflückte sie ein paar Stiele von der glatten Petersilie und ein Büschel Basilikum, dann eilte sie zurück in die Küche. Außer Farina nahm niemand Notiz von ihr.

»Und, war es dein Freund?«, fragte sie, wobei sie das Wort Freund recht anzüglich betonte. Doch Antonella war viel zu glücklich, um es ihr übel zu nehmen.

»Ja, er war es. Soll ich die Petersilie hacken?«

»Mach das. Du hast also doch einen Liebsten. Wer ist er denn?«

»Sein Name ist Marco Rossi. Er ist der Sohn eines Landarbeiters, der irgendwo in der Toskana auf einem Weingut arbeitet.«

»Und was macht er?«, fragte Farina weiter. »Ist er auch Landarbeiter? Er sieht nicht so aus.«

»Er war es, doch zurzeit ist er wohl als Bote für irgendeinen reichen Herren unterwegs.«

»Hm.« Farina zog die Nase kraus. »Das hört sich ein bisschen nach einem Abenteurer oder Glücksritter an. Jedenfalls nicht nach einem soliden Lebenswandel und einem geregelten Einkommen. Na ja, aber hübsch ist er. Und verliebt heißt ja nicht gleich verheiratet.«

Antonella unterdrückte ein Lächeln. Sicher würde Farina irgendwann einen grundsoliden Mann mit einem guten Einkommen heiraten. Im Grunde hatte sie selbst das ja auch gewollt.

Früher, bevor sie Marco begegnet war.

37. KAPITEL

Die Zeit bis Freitag schien sich bis ins Unendliche zu dehnen. Am Freitagmorgen stand Antonella eine Stunde früher auf, tappte mit einer Lampe hinaus in den Garten und holte zwei Eimer Wasser. Mit dem einen wusch sie ihr Haar, mit dem anderen sich.

Die Kleider, die sie von ihren Herrschaften bekommen hatte, durfte sie nur während der Arbeit tragen. So legte sie den grünen Rock, das passende Mieder und die helle Bluse heraus.

In der Küche lauschte sie auf die Stundenschläge der Uhr

in der großen Halle. Als es endlich drei Uhr schlug, seufzte sie so laut, dass die Köchin sie erstaunt anblickte. »So müde? Dann solltest du dich an deinem freien Nachmittag ausruhen.«

Lächelnd schüttelte Antonella den Kopf. »Ich gehe ein bisschen spazieren. Es ist so schönes Wetter.«

Es war kein Vorwand. Die Sonne schien durch die großen Küchenfenster und am Himmel standen nur ein paar kleine Wolken.

Beschwingt eilte Antonella die Dienstbotentreppe hinauf.

Im Zimmer zog sie sich um, dann löste sie ihren Zopf und kämmte ihn aus. Dann flocht sie ihr Haar sehr locker und steckte es auf, bis auf ein paar Strähnen, die ihr Gesicht umrahmten.

Sie griff nach ihrem Schultertuch und verließ das Zimmer. War sie zu früh? Wenn ja, würde sie lieber draußen warten, dort konnte sie wenigstens Farinas Fragen entgehen. Sie mochte Farina wirklich sehr, denn obwohl sie gerne tratschte, war sie kein bisschen hinterhältig oder missgünstig. Sie redete einfach gerne. Nur im Moment mochte sie nicht ausgefragt werden. Sie wusste doch selbst noch gar nicht, was sie eigentlich wollte.

Sie huschte durch den Gang und trat ins Freie. Was für ein schöner Tag. Deutlich spürte sie die erste Ahnung von Frühling in der Luft. Ein leichter, schmeichelnder Wind wehte vom Hafen her. Der Himmel zeigte sich hellblau und mit Schäfchenwolken betupft.

Marcos Augen leuchteten blauer als der Himmel. Er bot ihr seinen Arm, als sei sie eine feine Dame. »Was möchtest du machen. Spazieren gehen oder etwas essen?«

»Lieber spazieren gehen.« Sie würde keinen Bissen herunterbringen.

Sie schlugen den Weg in Richtung Hafen ein.

»Erzähl mir, sind sie gut zu dir im Palazzo Barrati?«

»Ja, es ist viel Arbeit, aber ich bin inzwischen Hilfsköchin und keine Küchenmagd mehr.«

Sie erzählte von der geschwätzigen Farina, von der resoluten Köchin und von Celeste, die so unglücklich in den jungen Herren verliebt war.

»Stell dir vor, sie dachten alle, er hätte mich nur eingestellt, weil er mit mir anbändeln wollte. Sein Ruf ist ganz fürchterlich. Angeblich ist kein Rock vor ihm sicher.«

»Und? Hat er versucht, mit dir anzubändeln?«

»Aber nein. Ich habe ihn seit dem ersten Gespräch immer nur kurz gesehen. Er redet so gut wie nie mit mir.«

»Das will ich ihm auch geraten haben.« Er lachte, doch in seiner Stimme lag ein ernster Unterton. War er etwa eifersüchtig? Der Gedanke gefiel ihr.

Sie plauderten weiter, bis sie den Hafen erreichten. Die Fischhändler hatten ihre Stände abgebaut, einige Möwen zankten sich lautstark um Abfälle. Kleine Wellen schwappten träge gegen den Kai.

Antonella musterte ihn von der Seite. Er wirkte ruhiger, nachdenklicher als früher. Bisher hatten sie ausschließlich über sie gesprochen. Wie es ihr ging, wie ihr die Arbeit gefiel, ob sie sich in Genua eingewöhnt hatte.

»Wie geht es dir? War deine Reise erfolgreich?«

Was auch immer er in Marseille getan hatte, eine Nachricht überbracht, wie er gesagt hatte, er hatte seinen Auftrag wohl erledigt.

»Ja, man könnte es erfolgreich nennen. Das werden die nächsten Wochen zeigen.«

»Und was wirst du nun tun?«

»Ich bleibe etwa zwei Wochen hier. Dann gehe ich noch mal fort.«

»Zwei Wochen nur?«

Er blieb stehen und wandte sich ihr zu. »Ich habe noch eine Verpflichtung. Etwas, das ich tun muss. Aber im Mai komme ich zurück.«

»Und dann?«

»Dann sollte sich alles geklärt haben.«

Was redete er da? Was sollte sich klären? Plötzlich fiel ihr das letzte Gespräch mit Teresa damals in Cerreto ein. Sie hatten über ihren Vater gesprochen und warum er nicht einfach ihre Verlobung mit Paolo lösen konnte. »Hast du etwa Schulden?«

Ein seltsames, gezwungenes Lächeln spielte um seine Mundwinkel. »So könnte man es nennen.«

Farina hatte recht, er war unzuverlässig, ein Abenteurer, der heute nicht wusste, wovon er morgen leben würde. Warum nur liebte sie ihn?

»Und warum suchst du dir nicht eine Arbeit und versuchst sie zurückzuzahlen.«

Er sah sie nicht an. »Wenn es doch nur so einfach wäre.«

»Marco, du kennst dich doch mit Pferden gut aus. Vielleicht könntest du bei einer der großen Familien als Kutscher oder Pferdeknecht arbeiten. Ich könnte bei den Barratis fragen. Antonio hat schon ein paarmal gesagt, dass er Hilfe brauchen könnte, weil es für einen Mann zu viel Arbeit ist.«

»Antonio?«

»Der Kutscher und Stallmeister der Barratis. Er ist ein netter Kerl.«

»Einfach als Pferdeknecht irgendwo arbeiten«, sagte er sehr leise. »Es müsste gar nicht in Genua sein. Wir könnten nach Süden gehen, wo sie die Maremmapferde züchten. Oder nach Borgo val Taro. Die Bardigianopferde gefallen mir.« In seiner Stimme schwang eine solche Sehnsucht, dass Antonella ihn überrascht ansah.

»Ich wünschte, es wäre möglich.«

Was hatte er bloß angestellt, dass ihm jeder Weg in ein normales Leben verstellt schien? Sein Vater hatte ihn hinausgeworfen, doch das konnte nicht der einzige Grund sein. Sie dachte an die Nacht in der Schäferhütte, als Albträume ihn gequält hatten. Wer oder was trieb ihn?

»Warum sollte es nicht möglich sein?«

Er schüttelte sich, als wolle er die Traurigkeit abwerfen, die ihn spürbar umgab.

»Gib mir Zeit, Antonella. Wenn alles gut geht, kann ich in zwei oder drei Monaten vielleicht versuchen, eine Stelle auf einem Gestüt zu finden oder irgendwo anders, wo man mit Pferden arbeitet. Pferde sind tatsächlich das Einzige, mit dem ich mich noch auskenne, außer mit Wein.«

»Was meinst du damit: wenn alles gut geht?«

Nun klang seine Stimme wieder normal. »Ich kann es dir nicht sagen. Noch nicht. Aber Ende Mai wirst du das alles verstehen. Bitte …« Er strich mit dem Handrücken über ihre Wange. »Gib mir Zeit.«

Sie schluckte, dann nickte sie.

38. KAPITEL

Er brachte sie gegen acht Uhr abends zum Palazzo der Barratis zurück. Vorher hatten sie in einer Trattoria am Hafen gegessen. Über die Zukunft hatten sie nicht mehr gesprochen, stattdessen hatten sie Erinnerungen an ihre Reise durch die Berge wieder aufleben lassen.

Die Gasse, in der der Dienstboteneingang war, war nur spärlich beleuchtet. Er zog sie ein wenig von der Tür fort, nahm sie in die Arme und küsste sie. Lange.

»Wann hast du wieder frei?«, fragte er anschließend.

»Ich weiß es nicht. Nächste Woche soll der junge Herr wiederkommen und dann gibt es wieder mehr Gesellschaften.«

»Weißt du, wann er kommt?«

Sie zuckte die Schultern. »Montag oder Dienstag.«

»Ich komme am Dienstag vorbei und frage nach. Ist dir das recht?«

»Natürlich.« Sie löste sich nur widerwillig aus seinen Armen. »Bis dann.«

»Bis dann, Liebste.«

Er hielt Wort und klopfte am Dienstag darauf kurz nach Mittag an die Hintertür. Antonella ließ ihn ein und zog ihn rasch durch den Flur in den Küchengarten.

»Ich glaube nicht, dass sie mir diese Woche freigeben. Die Herrschaften erwarten fast jeden Abend Gäste.«

»Noch nicht einmal eine Stunde?«

»Ich muss fragen. Aber die Santos hat schlechte Laune, weil Celeste das falsche Kalbfleisch für Carne Cruda besorgt hat. Jetzt kann sie die Menüfolge für das Diner heute Abend nicht einhalten.«

»Wenn die Herrschaften sonst keine Sorgen haben«, knurrte er. »Wann glaubst du, weißt du mehr?«

»Vielleicht morgen.«

Er streifte mit seinen Lippen ihren Mund. »Ob ich morgen kommen kann, weiß ich nicht. Aber ich versuche es.«

Sie zupfte ein paar Blätter von einem Lorbeerbusch, der neben der Tür stand. Dann gingen sie zurück.

Vor der Küchentür blieb Marco stehen. »Ich finde allein hinaus. Nicht, dass sich die Köchin auch noch über dich ärgert und dir nicht freigibt.«

Lächelnd betrat sie die Küche, als ihr einfiel, dass sie ja am nächsten Vormittag mit der Köchin auf den Markt einkaufen gehen sollte. Unter Umständen würde Marco sie gar nicht antreffen, wenn er kam.

Sie wandte sich um und lief wieder hinaus auf den Flur.

Marco war noch da, er ging den Flur entlang – am Hinterausgang vorbei. In dieser Richtung lagen der Haupteingang, das Vestibül und die breite Treppe, die in den ersten Stock führte, wo sich die Gemächer der Herrschaften befanden. Wenn man ihn dort erwischte, würde er mächtig Ärger bekommen und sie ebenfalls.

Sie wollte gerade rufen und ihn warnen, da fiel ihr auf, wie zielstrebig er ging. Nicht wie jemand, der versehentlich eine falsche Richtung eingeschlagen hatte. Im Gegenteil, es wirkte, als wüsste er genau, wohin er wollte. Ohne weiter nachzudenken, folgte sie ihm.

Am Eingang zum Vestibül blieb er kurz stehen, wie um sich zu vergewissern, dass ihn niemand sah. Dann verschwand er aus ihrem Blickfeld.

Kurz zögerte sie, doch dann lief sie in die Eingangshalle.

Tatsächlich war niemand dort, auch Marco nicht. Er musste die Treppe hinaufgegangen sein. Sie raffte den Rock und hastete die Stufen hinauf. Auch hier war niemand zu sehen.

Wahrscheinlich hielt die ganze Familie Mittagsruhe.

Eine der Türen im Flur war nur angelehnt. Wenn sie sich richtig erinnerte, war es die des Salons, in dem der junge Herr sie damals empfangen hatte. Auf Zehenspitzen schlich sie an der Wand entlang, bis sie die Tür erreicht hatte.

Tatsächlich hörte sie jemand sprechen.

»Michele, du Teufelskerl! Wie gut, dich zu sehen!« Das war eindeutig die Stimme des jungen Barrati. Doch wer war noch im Salon? Vorsichtig spähte sie durch den Türspalt.

»Ich habe mir solche Sorgen um dich gemacht, nachdem ich erfahren habe, was in Modena passiert ist. Ich hätte nicht gedacht, dass du es bis nach Genua schaffst, mit der halben Kompanie von Venaria Reale und den Carabinieri des Herzogs von Modena auf den Fersen.« Es war Barrati, der sprach – und es war Marco, den er in seine Arme zog und ihm begeistert auf die Schultern klopfte. Doch wieso nannte er ihn Michele?

»Das war sehr schlau, dir zu Tarnung eine angebliche Gemahlin zuzulegen«, sprach Barrati weiter. »Während alle nach einem Mann auf der Flucht suchten, konntest du unerkannt und in angenehmer Gesellschaft reisen. Sie ist schön, deine Kleine aus den Bergen. Hat sie dir auch dein Bett gewärmt?«

»Cazzo Fabrizzio, ich bin nicht hier, um mit dir über Weibergeschichten zu reden.« Marcos sonst so melodiöse Stimme klang kalt und rau. »Carlo ist tot, Luciano und Angelo gefangen. Ich habe dringende Nachrichten vom obersten Apostel. Wir müssen eine Versammlung einberufen.«

»Ich habe von Carlo gehört. Schrecklich. Was genau ist in Modena passiert? Es gab Gerüchte, man hätte euch verraten?«

Durch den Spalt sah Antonella, wie Fabrizzio zum Schreibtisch ging und aus einer Karaffe zwei Gläser Wein einschenkte. Marco lief im Zimmer auf und ab. Außer diesen beiden befand sich niemand im Salon.

»Ja, wir sind verraten worden. Luciano und Angelo haben sie im Palazzo verhaftet. Carlo und ich waren zufällig noch in den Ställen. Wir haben die Pferde genommen und sind in die Berge geflüchtet. Nach drei Tagen haben sie uns gefunden. Ich hatte Glück, mich erwischten sie nur mit einem Streifschuss an der Schulter, aber Carlo trafen sie in die Lunge. Er ist elend verreckt und der Schuldige wird dafür bezahlen.«

Antonella presste die Stirn an den Türrahmen. Was sagte er da? Soldaten hatten ihn angeschossen? Nicht ein aufgebrachter Waldbesitzer beim Wildern, wie er es Aminta und ihr erzählt hatte. Wie hatte Fabrizzio ihn genannt? Michele.

Die Erkenntnis überrollte sie wie eine Lawine: Tommasos

Besuch im Oktober, zwei Wochen, bevor sie Marco begegnet war. Er hatte sie vor Verbrechern gewarnt, vor zwei Carbonari, die einen Anschlag auf den Herzog von Modena geplant hatten und sich im Wald versteckten. Und die Carabinieri an jenem Morgen in Ranzano, sie hatten nach einem Michele di Raimandi gesucht. Michele! Jetzt wusste sie, warum Marco lieber einen Umweg durch die Berge gemacht hatte, statt die Straße nach La Spezia zu benutzen. Nicht etwa ihretwegen, sondern weil dort sicherlich überall nach ihm gesucht wurde. Und auch seine Abneigung gegenüber den Carabinieri war nun völlig klar.

Der Mann, den sie liebte, war ein Verschwörer, vielleicht sogar ein Mörder, und er hatte sie benutzt, um unerkannt nach Genua zu kommen. Sein Angebot, sie könne unter seinem Schutz reisen, war reine Selbstsucht gewesen.

Der Schmerz war so heftig, dass jeder Atemzug zur Qual wurde. So vieles erklärte sich nun. Die Kaltblütigkeit, mit der er den Briganten getötet hatte. Seine ausweichenden Antworten, wenn sie ihn nach seiner Familie oder seiner Arbeit gefragt hatte. Die Ungereimtheiten in seinen Erzählungen. Er war kein Landarbeiter und auch kein Abenteurer. Er war ...

»Was tust du hier?«

Erschrocken fuhr sie zusammen. Fabrizzio hatte die Tür aufgerissen und starrte sie finster an.

Hinter ihm stand Marco, die Augen geweitet vor Schreck. Er sah fast genauso aus wie Paolo, als sie ihn mit Anna ertappt hatte.

»Verdammt, wie lange stehst du schon hier und lauschst?« Fabrizzio beugte sich vor, griff nach ihrem Arm, doch Antonella wich im selben Augenblick zurück, er verfehlte sie. Blitzschnell drehte sie sich um, raffte die Röcke und rannte den Gang entlang zur Hintertreppe, die nach unten in die Küche führte.

»Halte sie auf, wir wissen nicht, wie viel sie gehört hat!« Fabrizzios Worte brachten endgültige Gewissheit. Marco gehörte zu den Carbonari, die den Herzog von Modena hatten töten wollen. Und jetzt verfolgte er sie.

»Antonella, warte.« Seine Stimme klang eher flehend als drohend, aber darauf fiel sie nicht herein. Sie hatte Dinge gehört, die nicht für ihre Ohren bestimmt waren, und die Carbonari waren dafür bekannt, dass sie nicht zimperlich mit Spionen umgingen.

Schnelligkeit war schon immer ihre Stärke gewesen, jetzt beflügelte die Angst ihre Schritte.

Unten an der Treppe angekommen, lief sie nicht in Richtung Küche, sondern schlug den Weg zum Garten ein. Vielleicht konnte sie durch das Tor entkommen.

An der Tür zum Garten holte er sie ein und riss sie herum.

»Nein!« Ihr Schrei gellte durch den Flur. Er presste ihr die Hand auf den Mund und zerrte sie hinaus. Sie rang nach Atem, nach dem schnellen Lauf bekam sie nicht genug Luft. Verzweifelt versuchte sie, ihren Kopf freizubekommen, doch er zog sie mit sich, um die Hausecke, wo er sie an die Wand drückte, ohne seine Hand von ihrem Mund zu nehmen.

»Um Himmels willen, sei still. Ich tu dir doch nichts.«

Sein Körper war ihr entsetzlich vertraut, seine harten Beinmuskeln, die gegen ihre drückten, die Spannung in seinen Brustmuskeln, seine Arme. Panisch wehrte sie sich gegen seinen Griff, keuchte in seine Hand.

»Ist ja gut. Ich lasse dich los. Aber wenn du schreist, bringst du Fabrizzio in Gefahr. Seine Eltern wissen von nichts.«

Zunächst lockerte er den Griff an ihrem Arm. »Hast du mich verstanden? Nicht schreien.«

Langsam nahm er seine Hand von ihrem Mund. Erst jetzt merkte sie, dass er genauso nach Atem rang wie sie.

»Lieber Gott, du kannst vielleicht rennen.«

Immer noch drückte er sie mit seinem Körper gegen die Wand.

»Wie viel hast du gehört?«

Für einen Augenblick verdrängte Wut ihre Angst. »Genug!« Erbittert ballte sie die Fäuste und schlug sie gegen seine Brust. »Genug, um zu wissen, dass du mich benutzt hast. Du Mistkerl!« Ihre Stimme brach. »Ich habe dir vertraut.«

Er trat einen kleinen Schritt zurück, gab sie frei. »Es tut mir leid. Ich wollte dir niemals schaden, das musst du mir glauben.« Seine Stimme, jetzt wieder leise und melodisch, weckte Erinnerungen an die Nacht auf dem Monte Cervello, als sie sich eng aneinander geschmiegt hatten, um der Kälte zu entgehen. An seine Erzählungen von seiner Heimat, von den Weinbergen, in denen sein Vater arbeitete. Angeblich.

»Du hast mich belogen.«

»Ich habe dich nicht belogen. Ich habe nur nicht alles erzählt.«

»Du hast behauptet, dein Vater arbeite auf einem Weingut.« Als ob der Sohn eines einfachen Arbeiters der Freund von Fabrizzio Barrati sein könnte.

»Das ist die Wahrheit.« Seine Lippen verzogen sich zu seinem typischen schiefen Lächeln. »Mein Vater arbeitet auf einem Weingut. Allerdings gehört es ihm. Er ist Piero di Raimandi, der Herr von Alberi d'Argento.«

Alberi d'Argento. Natürlich. Also deshalb hatte er ihr so einfach eine Empfehlung schreiben können, deshalb war er so sicher gewesen, dass sie die Stelle bekommen würde.

»Antonella, bist du noch irgendwo dort draußen?« Von der Eingangstür her rief Farina nach ihr. »Wie lange brauchst du noch? Die Köchin sucht dich schon, du sollst die Polenta für das Essen heute Abend zubereiten.«

»Antworte ihr, bevor sie herauskommt«, flüsterte Marco ihr zu und zog sich in den Schatten eines Baumes zurück.

»Ich komme gleich.« Ihre Stimme klang überraschend fest.

»Beeil dich.« Das Klappen der Tür begleitete Farinas Rückzug.

Langsam wandte sich Antonella zu Marco um. »Du lässt mich gehen?«

Seine linke Augenbraue hob sich. »Was hast du denn gedacht?«

»Dass du ... Er hat gesagt, du sollst mich aufhalten. Signor Barrati, meine ich. Und ich dachte ...«

Sie stammelte wie eine Idiotin. Unwillkürlich glitt ihr Blick hinunter zu seiner Hüfte. Wo trug er sein Messer, wenn er sich nicht als Wilderer verkleidete?

»Was dachtest du? Dass ich dir etwas antun würde? Dich umbringen?« In seinem Gesicht stand eine Mischung von Unglauben und Zorn. »Bist du deshalb vor mir geflohen?«

»Du bist ein Carbonaro«, sagte sie, als würde sich damit jede weitere Erklärung erübrigen. Sie töteten Verräter und Spione, das war allgemein bekannt.

»Das bin ich. Aber ich bin auch derselbe Mann, mit dem du über die Berge gewandert bist. Wie kannst du glauben, ich könne dir etwas antun?«

Er hatte ihr bereits etwas angetan. Er hatte sie benutzt, sie glauben lassen, dass er sie liebte. Er hatte ihr Herz gebrochen. Sie wandte den Kopf ab. »Ich kenne dich nicht. Der Mann, mit dem ich durch die Berge gewandert bin, hieß Marco, nicht Michele.«

»Aber ich heiße Marco. Mein voller Name ist Marco Michele di Raimandi. Marco nach dem Bruder meiner Mutter, Michele nach ihrem Vater.« Er hob in einer hilflosen Geste die Hände. »Antonella, hör mir zu. Versprich mir, dass du mit niemandem darüber sprichst, was du heute gehört hast. Wenn es in falsche Ohren kommt, bringst du Barrati, mich und viele andere in große Gefahr. Bitte!«

Wahrscheinlich wusste er, wie sehr sie seine Stimme liebte, und ließ sie absichtlich so sanft und drängend klingen. Was er wohl tun würde, wenn sie Nein sagte? Andererseits, an wen sollte sie ihn verraten und was hätte sie davon? Gar nichts.

»Antonella?«

»Sag mir eines: Hast du etwas mit der Ermordung der vier Carabinieri in den Bergen zu tun?«

Er schüttelte heftig den Kopf. »Nein! Es waren Carbonari aus der Loge in Modena, das stand auf dem Papier, das sie zurückgelassen haben. Es – es war das erste Mal, dass ich dieses Gesicht unseres Kampfes gesehen habe. Dass wir unsere Landsleute töten, habe ich nie gewollt.«

Sie erinnerte sich, wie seine Hände gezittert hatten, als er die Worte auf dem Papier entziffert hatte, und an seine Worte: Doch nicht so.

»Ich werde mit niemandem darüber reden.«

»Ich danke dir. Und jetzt geh besser, bevor du Ärger in der Küche bekommst.«

Sie hob den Kopf und suchte seine Augen. Fand das Blau unter den schwarzen, geschwungenen Brauen. Diese Farbe, die so ehrlich und offen wirkte, als könne man dem Träger solcher Augen bis auf den Grund der Seele sehen. Wie man sich täuschen konnte. Stumm wandte sie sich ab und tat, was er gesagt hatte. Sie ging.

39. KAPITEL

Die Schelte der Köchin rauschte an ihr vorbei, ebenso wie die neugierigen Fragen von Farina und Celeste, was sie so lange gemacht hatte. Schweigend setzte sie das Wasser auf, und als es kochte, ließ sie den Maisgries hineinrieseln. Eine Stunde musste die Masse nun gerührt werden, damit die Polenta die richtige glatte Konsistenz bekam, und dabei durfte sie nicht anbrennen. Eine zeitraubende Arbeit, die Antonella verabscheute, doch heute war sie dankbar dafür. Sie hätte es nicht ertragen, gemeinsam mit den anderen Mädchen an dem großen Arbeitstisch zu sitzen und Gemüse zu schneiden, während man lachte und sich den neuesten Klatsch erzählte.

Mechanisch rührte sie in dem großen Topf und starrte ins Leere. Michele di Raimandi. Ein Adliger. Ein Herrensöhnchen. Heilige Muttergottes, wie dumm sie doch war. Noch viel dümmer als das dümmste Schaf in der Herde ihres Vaters. Seit sie zur Frau geworden war, fürchtete sie sich vor den Nachstellungen der Manenti oder Dalli. Hatte Angst davor gehabt, dass es ihr so ergehen würde wie Anna. Und nun war auch sie das Liebchen eines Adligen. War auf seine honigsüßen Worte reingefallen. Hatte ihm geglaubt, dass er sie liebte. Dabei hätte sie gewarnt sein müssen nach den Erfahrungen mit Paolo.

Er hatte sie geblendet.

Und sie hatte sich willig blenden lassen. Warum war ihr nicht schon bei der ersten Begegnung aufgefallen, dass er derjenige war, vor dem Tommaso sie gewarnt hatte?

Weil sie nur noch daran gedacht hatte, möglichst schnell aus Cerreto zu fliehen.

Was tat er wohl gerade? War er in den Salon zurückgekehrt und schmiedete Pläne mit Barrati oder saß er in einer geheimen Zusammenkunft der Carboneria und plante einen Aufstand?

»Heilige Muttergottes, das Mädel rührt und rührt, dabei ist die Polenta schon längst fertig.«

Schwungvoll zog die Köchin den Topf von der Herdflamme und nahm Antonella den Holzlöffel aus der Hand. »Du bist blass. Geht es dir nicht gut?«

»Mir ist ein wenig übel.« Es war die erste Ausrede, die ihr einfiel.

»Übel?« Der Blick der Köchin wanderte von Antonellas Gesicht zu ihrer Taille. »Du bist doch nicht etwa in anderen Umständen?«

»Das bin ich nicht.«

»Das will ich hoffen. Die Herrschaften dulden keine Huren in ihrem Haus. Sie würden dich sofort hinauswerfen.« Sie wedelte mit der Hand in Richtung Tür. »Geh und hol mir frischen Rosmarin und Thymian aus dem Garten. Das getrocknete Zeug hat keinen Geschmack. – Und wenn du das gemacht hast, bist du fertig für heute.« Sie zwinkerte ihr zu. »Ruh dich aus, morgen kommen die Salieris zum Mittagessen, da brauche ich dich.«

Dankbar nahm Antonella die Haube ab, wischte sich den Schweiß von der Stirn und folgte dem Befehl der Köchin.

Die meisten der Gemüsebeete waren noch leer, erst in einigen Wochen würden hier Zucchini, Tomaten und Gurken wachsen. Das Beet mit den Kräutern befand sich an einer windgeschützten Stelle direkt an der Gartenmauer.

»Antonella …«

Die Stimme, seine Stimme, kam von dem alten Olivenbaum, der nur ein paar Schritte entfernt stand. Ungläubig starrte sie ihn an, als er mit der ihm eigenen lässigen Eleganz auf sie zu trat.

»Was willst du hier? Hat der Sohn des Marchese di Raimandi etwa Lust auf ein Techtelmechtel mit einer Küchenmagd?«

Ein Zucken lief über seine linke Wange. »Ich will mit dir reden.«

»Aber ich nicht mit dir.« Entschlossen wandte sie sich ab und bückte sich nach dem Thymian.

Als sie sich aufrichtete, legte er die Hand auf ihre Schulter. Die Wut überkam sie so plötzlich, dass sie selbst erst merkte, was sie getan hatte, als sich seine Wange flammend rot färbte. Ihre Handfläche brannte von der Ohrfeige, die sie ihm versetzt hatte.

»Verschwinde!« Sie holte ein zweites Mal aus. Er machte keinen Versuch, den Schlag abzuwehren. Aufschluchzend ließ sie die Hand wieder sinken. »Lass mich allein.«

»Nein.« Er griff nach ihrer Hand und presste seine Lippen in ihre Handfläche. Dann sah er sie an. »Als ich dir sagte, dass ich dich liebe, habe ich nicht gelogen.«

Vergeblich versuchte sie, ihm ihre Hand zu entziehen. »Und doch bin ich für dich nur eine ›Weibergeschichte‹ über die du keine Lust hast zu reden.«

»Das hast du auch gehört?«

»Allerdings.«

»Ich habe das nur gesagt, weil ich es nicht ertragen konnte, mit ihm über dich zu sprechen. Und weil ich nicht hören wollte, wie er über dich redet. Fabrizzio ist für mich wie ein Bruder, aber seine Weibergeschi…« Er unterbrach sich. »Verzeih.« Mittlerweile stand er so dicht bei ihr, dass sie den Kopf in den Nacken legen musste, um ihm in die Augen zu sehen.

»Ich darf dich nicht lieben. Das Leben, das ich führe, kann ich keiner Frau zumuten.«

Das hatte sie schon einmal gehört. Als er sie vor Paolo gerettet hatte. Er werde niemals heiraten, hatte er gesagt, und als sie nach dem Grund fragte, genau diese Antwort gegeben.

»Aber warum?«

»Ich bin Carbonaro und Mitglied von Giovine Italia. Damit bin ich des Hochverrats schuldig. Und außerdem bin ich ein Deserteur. Wenn die Carabinieri mich erwischen, hängen sie mich auf, wenn das Militär mich kriegt, erschießen sie mich.« Sanft zog er sie an seine Brust und sprach in ihr Haar. »Ich würde dich am Tag der Hochzeit zur Witwe machen. Du verdienst etwas Besseres.«

Sie stieß ihn fort. »Hör auf mit diesem Gerede. Glaubst du, ich falle auf so was herein? Ich weiß wohl, dass ich keine geeignete Gemahlin für den Sohn des Marchese di Raimandi bin. Du hattest deinen Spaß mit mir, und nun, wo ich weiß, wer du wirklich bist, ist es vorbei.«

»Nein, glaube mir, das ist nicht der Grund.«

»Warum sollte ich dir glauben? Du hast mich vom ersten Augenblick an belogen. Du hast mich nur mitgenommen, weil ich die ideale Tarnung für dich war. Ein dummes Bergbauernmädchen, das keine Fragen stellt und dir noch dazu – wie war das – ›das Bett gewärmt‹ hat.«

»Das habe nicht ich gesagt.«

»Aber es war doch so.«

»Verflucht noch mal! Nein, so war es nicht!« Er wurde laut. »Natürlich dachte ich auch daran, dass wir als Ehepaar unerkannt reisen konnten, als ich dir meine Hilfe angeboten habe, aber das war doch auch zu deinem Vorteil. Meinst du wirklich, du hättest es allein bis nach Genua geschafft? Dieser Paolo hätte dich eingeholt, oder irgendein anderer Kerl hätte sich an dir vergangen.«

»So oder so, unschuldig bin ich nicht bis Genua gekommen.«

Jegliche Farbe wich aus seinem Gesicht, seine Stimme bebte vor Zorn. »Vielleicht erinnerst du dich daran, wie es dazu kam? Ich dachte bisher, ich hätte dich nicht genötigt, aber wenn doch, bitte ich vielmals um Entschuldigung.«

Sie schluckte die Tränen hinunter. »In Cerreto gibt es diese Frau, Anna. Sie ist wunderschön. Vor drei Jahren wurde sie schwanger. Alle vermuteten, dass es ein Kind vom jungen Herren aus Nismozza war. Doch sie verriet niemandem den Namen des Vaters. Ich dachte immer, der Mann hätte sie gezwungen, aber vielleicht war es das gar nicht. Vielleicht hat sie ihn geliebt.«

Und gehofft, der Mann werde sie heiraten, fügte sie nur in Gedanken hinzu.

»Jedenfalls kam das Kind zur Welt und es hatte keinen Vater. Weißt du, wie sie ihren Lebensunterhalt verdient? Indem sie den Männern für Geld zu Willen ist. Es ist die Frau, mit der ich Paolo ertappt habe.«

»Das ...«, begann er, doch sie unterbrach ihn.

»Mir würde es nicht anders ergehen. Die Herrschaften würden mich sofort hinauswerfen, wenn ich schwanger wäre.«

»Nein. Fabrizzio hat versprochen, dich zu beschützen, solange ich nicht da bin.«

Sie starrte ihn an. Fabrizzio, sein Mitverschwörer. Weil sie im Palazzo arbeitete, hatte Marco Gelegenheit gehabt, ihn unauffällig zu treffen. Und er hatte sie sofort genutzt. Deshalb hatte er wissen wollen, wann der junge Herr wieder im Haus war.

»Du hast mir diese Stelle nur verschafft, damit du einen Vorwand hast, hierherzukommen und dich mit Barrati zu treffen, nicht wahr?«

»Nein, das ist nicht wahr. Es war das Einzige, was mir auf die Schnelle eingefallen ist. Ich wusste, er würde dich einstellen, wenn ich ihn darum bitte.« Seine Stimme klang seltsam kraftlos, als wüsste er, dass er sie nicht überzeugen konnte.

»Wie auch immer. Du kannst beruhigt sein. Ich bin nicht schwanger und ich beabsichtige auch nicht, es zu werden. Verschwinde und lass dich nie wieder bei mir blicken.«

»Antonella ...«

Sie verschloss ihr Herz vor seiner Stimme.

»Ich verstehe ja, dass du wütend bist. Vielleicht können wir in ein paar Wochen noch mal reden. Du weißt, ich bin jetzt erst einmal unterwegs, aber wenn ich wiederkomme ...«

»... will ich dich nicht sehen. Fahr zur Hölle, Michele di Raimandi!«

Er schluckte. »Vielleicht tue ich das«, sagte er, drehte sich um und ging.

Antonella starrte ihm nach.

40. KAPITEL

Ihn zu vergessen erwies sich als unmöglich. Tagsüber war es erträglich. Da vergrub sie sich in ihre Arbeit, war dermaßen fleißig, dass die Köchin sie verwundert fragte, was denn mit ihr los sei. Doch nachts lag sie wach im Bett, sah sein Gesicht, hörte seine Stimme. Sie versuchte es damit, sich jeden Abend eine andere seiner Lügen in Erinnerung zu rufen. Was er ihr über seine Herkunft, seine Familie erzählt hatte. Wie dreist er den fahrenden Händler angelogen hatte und auch sie, als sie gefragt hatte, ob er ein Dieb sei. Sie dachte an die vielen kleinen Alltagslügen, die das Verschweigen seiner Identität mit sich gebracht hatte. Doch immer wieder schoben sich andere Bilder in ihre Gedanken. Sie sah sich mit ihm tanzen, er zog sie dicht an sich. Dann saß sie mit ihm über ein Blatt Papier gebeugt und er erklärte ihr das Alphabet. Sie ritt neben ihm den Taro entlang und er brachte ihr Ligurisch bei. Mit keinem Mann hatte sie jemals so offen gesprochen. Auch wenn es ihr jedes Mal schrecklich peinlich gewesen war, im Grunde hatte sie sich doch genau das erträumt.

Später in der Nacht, an der Grenze zwischen Traum und Wirklichkeit, fühlte sie seine Umarmung, hörte seine Stimme, sah das Leuchten in seinen Augen. Wenn sie dann weinte, schalt sie sich eine Närrin, eine dumme Gans, die auf honigsüße Worte hereingefallen war. Und das nicht zum ersten Mal. Und sie nahm sich vor, keinen Mann jemals wieder ihr Herz berühren zu lassen.

Tage vergingen, dann Wochen. Farina lud sie ein, am Samstagabend nach der Arbeit mit zum Tanz zu kommen, doch sie lehnte ab. Antonio kam öfter als je zuvor in die Küche und machte ihr ganz offen den Hof. Er war ein netter, ehrlicher, anständiger Mann, der sie sicher gut behandeln würde. Ein wenig erinnerte er sie an Tommaso. Er war schon dreißig Jahre alt und hatte seine erste Frau nach nur einem Jahr Ehe durch eine Fehlgeburt verloren. Wahrscheinlich würde er ihr auch niemals Vorwürfe machen, weil sie keine Jungfrau mehr war.

Farina redete ihr zu. »Nimm Antonio. Willst du etwa in der Küche arbeiten, bis du alt und grau bist? Dieser hübsche Hallodri wird sich niemals wieder bei dir blicken lassen, glaube mir. Ich kenne diese Sorte Mann. Die haben immer noch ein zweites Eisen im Feuer.«

Antonella plauderte mit Antonio, wenn er kam, und einmal ging sie auch mit ihm aus. Doch so nett sie ihn fand, er war ganz anders als Marco. Sie liebte ihn nicht und die Vorstellung, mit ihm das Bett zu teilen, ließ sie schaudern.

Lieber würde sie tatsächlich bis ans Ende ihres Lebens in der Küche arbeiten. Zumindest wurde sie für diese Arbeit bezahlt.

Als vier Wochen vergangen waren, ertappte sie sich dabei, dass sie insgeheim auf eine Nachricht von Marco hoffte. Er musste inzwischen wieder zurück sein, doch er meldete sich nicht.

Es wurde Mai. Antonella hockte am Tisch und palte Erbsen, ihr gegenüber saß Celeste und schälte Möhren. Heute Abend wurden Gäste erwartet, die Vorbereitungen waren im vollen Gange. Am Eingang zur Küche entstand Unruhe. Einer der Hausdiener stand dort und diskutierte mit der Köchin.

»Muss das jetzt sein?«, protestierte sie lautstark. »Heute Abend ist ein großes Bankett, ich brauche jede Hand.«

»Bedaure, der junge Herr besteht darauf.«

Seufzend drehte sich die Köchin um und winkte zum Tisch. »Antonella, der junge Herr möchte dich sprechen. Sofort!«

»Ich komme.« Im Gehen streifte sie die Haube vom Kopf und band die Schürze ab. Was mochte Fabrizzio von ihr wollen. Seit ihrer Trennung von Marco hatte sie ihn nie wieder gesprochen. Vielleicht hatte er eine Nachricht von Marco für sie? Kurz schlug ihr Herz schnell und heftig, doch dann schüttelte sie den Kopf. Torheiten. Warum sollte Marco ihr eine Nachricht zukommen lassen. Sie hatte ihm gesagt, sie wolle ihn nicht mehr sehen, und er hatte sich auch nicht mehr blicken lassen. Trotzdem blieb ein flaues Gefühl in ihrer Magengrube, das sich verstärkte, als der Diener sie nicht, wie erwartet, in den Salon führte, sondern die nächste Treppe hinauf in ein Stockwerk, in dem sie noch nie gewesen war. Sie zupfte ihn am Ärmel. »Wohin bringen Sie mich?«

Er wandte im Gehen den Kopf. »Zu den Privatgemächern des jungen Herrn.«

»Nein!« Sie blieb stehen. »Dahin gehe ich nicht.«

Was dachte sich dieser Fabrizzio? Dass sie nun, zwei Monate nach ihrem Streit mit Marco, bereit war, ihm »das Bett zu wärmen«, wie er sich damals Marco gegenüber ausgedrückt hatte?

Der Mann drehte sich um, nahm ihren Ellbogen und zog sie einfach weiter. An der nächsten Tür klopfte er. »Signor Barrati, das Mädchen ist hier.«

»Schick sie rein.«

Der Diener öffnete die Tür und nickte ihr zu. Langsam betrat Antonella den Raum, hörte das Knarren, als sich die Tür schloss. Barrati stand hinter dem Schreibtisch und stierte sie an. Er sah entsetzlich aus, sein Gesicht war totenblass, sein Haar so wirr, als hätte er es gerauft, und seine Augen gerötet.

»Warum?«, fragte er nur.

»Warum was?«

Mit Riesenschritten kam er um den Schreibtisch herum auf sie zu. Er packte sie an den Schultern und schüttelte sie. »Warum hast du das getan? Weil er dich hat sitzen lassen? War es das? Gekränkte Eitelkeit?«

Sie konnte nicht antworten, weil er sie immer noch schüttelte. So schnappte sie nur nach Luft und starrte ihn an. Er schien außer sich vor Wut. Was glaubte er, das sie getan hatte? Endlich ließ er ihre Schultern los. »Antworte mir!«

»Ich habe keine Ahnung, wovon Sie reden.«

Sein Gesicht färbte sich dunkelrot. Er ballte die Hand zur Faust und einen Augenblick lang glaubte sie, er würde sie schlagen. Doch er ließ die Hand wieder sinken. »Puttana! Lüg mich nicht an, du Flittchen. Du hast ihn verraten. Ihn ans Messer geliefert. Weißt du überhaupt, was du angerichtet hast?«

Er schrie so laut, man musste ihn noch drei Räume weiter hören.

»Wen?«, fragte sie, obwohl sie allmählich ahnte, von wem er sprach.

»Tu nicht so unschuldig. Sag mir nur, warum, und dann pack deine Sachen und verschwinde, bevor ich dir etwas antue.«

Der Mann war wahnsinnig. Rückwärts tastete sie sich an der Wand entlang zur Tür. Vielleicht konnte sie entkommen, bevor er sie zu fassen bekam. Doch er durchschaute ihren Plan. Grob packte er sie am Handgelenk und zerrte sie durch den Raum zum Schreibtisch. »Da!«

Er gab ihr einen Stoß, der sie taumeln ließ. Sie fing sich an der Schreibtischkante ab. Barrati schlug mit der flachen Hand auf eine Zeitung, die dort aufgeschlagen war. »Da siehst du es. Das ist dein Werk.«

Sie starrte auf die Zeitung. Ein Bild, eine dick gedruckte Überschrift und ein längerer Artikel. Sie konnte ihn nicht lesen, aber auf der Zeichnung erkannte sie mehrere Männer in Gehrock und Zylinder, die mit Handschellen aneinander gefesselt waren, flankiert von Soldaten mit Musketen.

»Sie haben ihn verhaftet, ihn und fünfzehn andere.« Barrati schrie nun nicht mehr, doch seine Stimme bebte immer noch vor Zorn. »Sie sind verraten worden, einen Tag, bevor es losgehen sollte.«

Sie sah auf das Bild. Die Gesichter waren zu undeutlich gezeichnet, um jemanden zu erkennen, aber anscheinend handelte es sich um Carbonari, wenn sie Barratis Vorwürfe richtig deutete. »Was sagst du nun? Leugnen nützt dir nichts mehr.«

»Ich«, sie schluckte. »Ich kann das nicht lesen.«

Sie drang überhaupt nicht zu ihm durch. Er packte sie schon wieder und schüttelte sie.

»Weil eine dumme Landpomeranze sich an ihrem ehemaligen Liebhaber rächen will, muss Michele, müssen sechzehn tapfere Männer sterben oder zumindest lebenslang in den Kerker. Sag, bist du zufrieden?«

Sie riss sich los. »Ich weiß überhaupt nicht, wovon Sie reden!«, schrie sie ihn an. »Ich habe von Marco seit Wochen nichts mehr gehört, ich wusste gar nicht, dass er wieder in Genua ist. Und diesen Artikel«, sie riss die Zeitung vom Tisch und warf sie ihm vor die Füße.

»Ich kann nicht lesen. Ich weiß nicht, was darinsteht.«

Das schien ihn zur Besinnung zu bringen. »Du kannst nicht lesen?«

»Nein!« Während seine Wut abnahm, wurde ihre mit jedem Augenblick größer. »Ich bin nur eine dumme Landpomeranze. Ich kann nicht lesen und nicht schreiben.«

Er zwinkerte, wischte sich über die Augen. Hatte er etwa geweint?

»Was ist passiert?«, fragte sie.

»Es sollte Aufstände geben. Ab morgen. Hier in Genua, in Chambery, Turin und Alessandria. Es war alles vorbereitet. Doch hier steht …« Er hob die Zeitung auf und legte sie zurück auf den Schreibtisch. »Hier steht, dass die Gendarmerie Hinweise bekommen hat. Von einer Frau, die anscheinend mit einem der Carbonari ein Verhältnis hatte. Sie hat einen anonymen Brief geschrieben. Man ist den Hinweisen nachgegangen und hat einen Pfarrer festgenommen, der die Treffpunkte kannte. Gestern haben sie zugeschlagen. Einige sind wohl entkommen, aber sechzehn Männer haben sie verhaftet.«

»Sie haben Marco verhaftet?«

»Ja. Weil du ihn verraten hast. Ich habe ihm von Anfang an gesagt, er kann dir nicht trauen.«

Sie hörte ihm kaum zu. Marco war verhaftet?

Wenn sie mich erwischen, werden sie mich hängen oder erschießen, hatte er gesagt.

Barrati starrte sie an. »Aber wenn du nicht lesen und nicht schreiben kannst, dann hast du diesen Brief nicht geschrieben. Oder hast du jemanden beauftragt?«

»Nein, Idiota«, zischte sie. »Habe ich nicht. Ich wusste nicht, was er vorhat. Er hat mir nichts erzählt.«

Er hatte ihr nur gesagt, dass ab Mai alles anders sein könnte – und sie gebeten, ihm bis dahin Zeit zu geben.

Barrati öffnete die Schreibtischschublade und holte eine Bibel heraus. »Schwöre. Schwöre auf die Bibel, dass du ihn nicht verraten hast.«

Sie legte die Hand auf die Bibel. »Ich schwöre, so wahr mir Gott helfe.«

Immer noch standen Zweifel in seinem Blick. »Ich werde

die Wahrheit herausfinden, und wenn du es getan hast, gnade dir Gott. Michele ist mein liebster Freund, fast mein Bruder. Und sie werden ihn zum Tode verurteilen.«

Jetzt traten tatsächlich Tränen in seine Augen.

Antonella versuchte, einen klaren Gedanken zu fassen. Schließlich deutete sie auf die Zeitung. »Lesen Sie mir vor, was da steht.« Zu ihrer Verwunderung gehorchte er ihr.

»Am Montag, dem 7. Mai 1833, gelang der Polizei ein überraschender Schlag gegen die verbotene Organisation Giovine Italia. Zeitgleich wurden mehrere Rädelsführer in Genua, Turin und Alessandria festgenommen. Die meisten der Verhafteten sind außerdem Mitglied der verbrecherischen Organisation der Carboneria. Es handelt sich hierbei um …« Barrati sah auf. »Die meisten Namen werden dir nichts sagen, aber Michele wird auch genannt. Weiter unten steht, dass der entscheidende Hinweis von einer Frau kam.«

»Vielleicht sprechen sie ihn frei.«

Barrati gab einen Laut zwischen Schluchzen und Lachen von sich und raufte sich die Haare. »Niemals. Selbst wenn sie ihm nicht nachweisen können, dass er ein Carbonaro ist und an dem geplanten Aufstand beteiligt war, er ist ein Deserteur, ein Vaterlandsverräter, und darauf steht der Tod.«

Dass er desertiert war, hatte Marco ihr ebenfalls gesagt, doch jetzt erst wurde ihr klar, was es bedeutete.

»Marco war Soldat?«

»Er war Offiziersanwärter in Venaria Reale. Wusstest du das nicht?«

»Ich weiß nichts über ihn.«

Kein Wunder, dass er so ein exzellenter Reiter war und so gut mit Pferden umgehen konnte.

»Wo sind die Gefangenen jetzt?«

»Wir wissen es nicht, aber wir werden es herausfinden.« Wieder wischte er sich über die Augen. »Zunächst können wir nur abwarten. Am besten, du gehst zurück in die Küche und tust, als wäre nichts geschehen.«

»Das dürfte mir schwerfallen. Jeder hat mitbekommen, dass Sie nach mir geschickt haben, und wahrscheinlich werden alle wissen wollen, warum.«

»Dann sag ihnen ... sag ihnen meinetwegen, ich hätte versucht, dich zu verführen.«

»Wie bitte?«

»Das ist mein Ruf. Ich kann die Finger nicht von den Frauen lassen, das weiß jeder hier im Haus.«

»Und was ist mit meinem Ruf?«, gab sie erbost zurück. »Sie werden mich rausschmeißen, wenn sie glauben, dass ich Ihr Liebchen bin.«

Er lachte, ein kurzes, bitteres Lachen. »Das wagen sie nicht. Und außerdem, ich werde mich beschweren, dass du ein widerspenstiges Biest bist. Komm, hau mir eine runter.«

»Wie bitte?«, fragte sie zum zweiten Mal. Der Mann war zweifellos verrückt vor Kummer.

Er winkte sie zur Tür und öffnete sie einen Spalt weit.

»Los jetzt, gib mir eine Ohrfeige und beschimpfe mich.«

»Aber ...« Sie blickte in sein Gesicht, dann auf ihre Hände. »Kann ich nicht einfach in die Hände klatschen?«

»Verdammt noch mal, wie hat es Michele mit dir ausgehalten? Du widersprichst doch ständig.« Er griff mit der linken Hand nach ihrem Arm und zog sie an sich. Mit der rechten langte er in ihren Ausschnitt und kniff sie in die Brustwarze. Sie stieß einen Schrei aus. »*Figlio di puttana*, was soll das, du verfluchter Mistkerl?« Klatschend landete ihre Hand auf seiner Wange, gleichzeitig trat sie ihn vors Schienbein. »Lass mich sofort los.«

Er folgte ihrem Befehl. »Na also, geht doch«, sagte er leise, riss die Tür auf und fügte lautstark hinzu: »Verdammtes Weib, das wirst du noch bereuen. Scher dich raus.«

Schwungvoll schubste er sie hinaus und knallte die Tür hinter ihr zu. Sofort kam einer der Diener um die Ecke, anscheinend hatte er dort gewartet.

»Was geht hier vor?«, herrschte er sie an. »Hast du unseren Herren verärgert?«

Barrati öffnete die Tür wieder. Seine linke Wange war flammend rot. »Schaff das Weib in die Küche und sorg dafür, dass sie dort bleibt.«

41. KAPITEL

Zwei Tage vergingen, ohne dass sie etwas über Marcos Schicksal erfuhr. In der Küche wurde zwar auch ab und an über die Verhaftungen gesprochen, aber im Grunde interessierte sich das einfache Volk nicht für das Schicksal der Carbonari.

Antonella verfluchte die Tatsache, dass sie nicht lesen konnte. Abends, wenn sie frei hatte, holte sie die Blätter mit den Buchstaben wieder heraus und versuchte sich daran zu erinnern, was Marco ihr erklärt hatte. Celeste lachte sie aus, wenn sie ins Zimmer kam und Antonella über den Schreibübungen gebeugt sitzen sah.

Nach etwa einer Woche riefen die Zeitungsjungen auf den Straßen aus, dass die sechzehn Verschwörer in den Palazzo Ducale nach Genua gebracht werden würden, wo ihnen der Prozess gemacht werden sollte.

Anscheinend hielt Barrati es nicht für notwendig, sie über Marcos Schicksal zu informieren. Warum auch, schließlich war sie nur die Gespielin seines besten Freundes gewesen.

Und Marco selbst? Er hatte ihr versichert, dass er sie aufrichtig liebte. Sie hatte ihn fortgeschickt, ihm erklärt, sie wolle ihn nie wiedersehen. Gekränkte Eitelkeit waren Barratis

Worte gewesen, als er sie des Verrats an Marco bezichtigt hatte.

War es das? Sie hatte sich verraten und benutzt gefühlt, hatte Marcos Beteuerungen, dass er keine andere Wahl gehabt hatte, nicht glauben wollen.

Und nun? Fast drei Monate waren vergangen, und immer noch tat ihr das Herz weh, wenn sie an ihn dachte. Wenn sie an ihren Schreibübungen saß, erinnerte sie sich an die Abende, die sie bei Valeria und Nunzio in Ghiare verbracht hatten, an den Klang seiner Stimme, als er ihr das Alphabet erklärte, ihr die Wörter vorlas. Es verging kein Tag, an dem sie nicht an ihn dachte, an dem sie ihn nicht vermisste. Sie musste aufhören, sich etwas vorzumachen: Sie liebte ihn immer noch, nur ihr Stolz hatte ihr nicht erlaubt, es sich einzugestehen. Doch nun saß er im Gefängnis, und wenn sie ihren Stolz nicht schluckte, würde sie ihn nie wiedersehen.

Und ihm niemals sagen können, dass sie ihm verziehen hatte, dass sie ihn liebte.

Vielleicht war ihm das inzwischen gleichgültig, aber ihr nicht.

Nachdem ihre Arbeit in der Küche beendet war, ging sie auf ihre Stube, wusch sich das Gesicht, kämmte ihr Haar und flocht es neu. Dann stieg sie die Treppe hinab und ging durch den Gang, der vom Dienstbotentrakt in das Haupthaus führte.

Sie versuchte, einen möglichst geschäftigen Eindruck zu machen und ging schnell, wie jemand, der einen wichtigen Auftrag hatte. Sollte sie jemand aufhalten, würde sie einfach behaupten, sie müsse Kaffeegeschirr abholen. Doch ihr Plan schien aufzugehen, sie kam unbehelligt in den Flur im zweiten Stock, in den der Diener sie letzte Woche geführt hatte. Ratlos sah sie sich um. War es die zweite oder die dritte Tür gewesen?

Die dritte musste es sein, sie erkannte sie an dem Gemälde mit der Jagdszene, das daneben hing.

In Gedanken sprach sie ein kurzes Gebet, dann klopfte sie energisch an die Tür. »Signor Barrati?«

»Herein.«

Schnell öffnete sie die Tür und schlüpfte hindurch.

Barrati saß am Schreibtisch, vor sich eine Zeitung.

»Du? Was willst du hier?«

»Wissen, was mit Marco passieren wird. Ich habe ein Recht darauf.«

Spöttisch hob er eine Augenbraue. »Hast du das?«

Sie trat zum Schreibtisch, stützte ihre Hände auf und beugte sich vor, bis ihr Gesicht dicht vor seinem war.

»Das habe ich!«

Er fixierte sie, doch sie senkte ihren Blick nicht.

Schließlich gab Barrati nach. »Ja, du hast recht.« Er deutete auf einen Stuhl. »Setz dich. Sie werden morgen in den Palazzo Ducale gebracht. Natürlich unter strenger Bewachung. Es gibt keine Möglichkeit, sie auf dem Weg dorthin zu befreien.«

»Und dann?«

»Der Prozess ist in zwei Wochen. Wer nicht zum Tode verurteilt wird, kommt nach Spielberg, in die Festung dort.«

Sie senkte den Kopf, um zu verbergen, dass ihr die Tränen in die Augen stiegen.

»Ich werde ihn besuchen.«

Barrati lachte. Es klang nicht froh. »Du kannst nicht einfach dorthin gehen und irgendeinen Gefangenen besuchen. Wenn sie jemanden zu ihm lassen, dann Verwandte, aber niemals …« Er brach ab.

»Aber niemals ein Küchenmädchen, das vielleicht mal seine Bettgespielin war«, beendete sie den Satz.

Er wurde tatsächlich rot. »Das war sehr überheblich von mir. Entschuldige.«

Wenigstens hielt er sie nicht für so dumm, dass er behauptete, er hätte etwas anderes sagen wollen.

»Warum willst du ihn besuchen?«

»Weil ich ihn liebe.«

»Er hat mir erzählt, du wolltest nichts mehr von ihm wissen.«

»Ich war wütend. Als ich erfahren habe, wer er wirklich ist, fühlte ich mich benutzt. Die Geliebte eines Herrensöhnchens zu sein, war niemals mein Wunsch.«

»Michele ist alles Mögliche, ein Draufgänger, ein Heißsporn, ein Spieler. Aber er ist kein Herrensöhnchen, und er ist keiner von der Sorte, der sich an weiblichen Bediensteten vergreift.« Er lächelte verhalten. »Das hat er auch nicht nötig.«

Unwillkürlich lächelte sie auch. »Genau das Gleiche hat die Heilerin in unserem Dorf über ihn gesagt.«

»Also«, fuhr er, jetzt wieder ernst, fort. »Wenn du bereit bist, dich bei deinem Besuch im Palazzo umzusehen, ob es eine Möglichkeit gibt, ihn zu befreien, dann bin ich bereit, dir zu helfen.«

»Natürlich bin ich das. Aber warum besuchen Sie ihn nicht auch? Sie würde man doch vorlassen?«

Barrati schüttelte den Kopf. »Ich darf ihn nicht besuchen. Offiziell muss ich empört darüber sein, dass mein Freund ein Verräter ist.«

»Und wie wollen Sie mir helfen?«

»Wir geben dich als eine Verwandte von ihm aus. Eine Cousine oder so. Ich denke mir etwas aus.«

»Eine Cousine der Raimandis?« Sie strich über ihren Rock. »Dafür bin ich wohl nicht die passende Erscheinung.«

»Keine Sorge, das bekommen wir hin. Gib mir ein paar Tage Zeit. Ich lasse dich holen.«

Inzwischen verstand sie, warum Marco mit ihm befreundet

war. Er war gar nicht so übel, wenn er das geckenhafte Getue ablegte.

Sie stand auf und knickste. »Vielen Dank, Signore.«

Er erhob sich ebenfalls. »Da wir jetzt sozusagen Verbündete sind, nenn mich Fabrizzio.«

Sie nahm die Hand, die er ihr anbot. »Würdest du mir Nachricht geben, sobald du etwas Neues über ihn hörst – Fabrizzio?« Die vertrauliche Anrede ging ihr nicht leicht über die Lippen.

»Das werde ich.«

42. KAPITEL

Doch die nächsten Nachrichten über die gefangenen Carbonari fanden so schnell den Weg in die Küche, dass Antonella schon Bescheid wusste, als Fabrizzio sie holen ließ.

Zehn der sechzehn Gefangenen waren zum Tode verurteilt worden, darunter auch der Deserteur und Vaterlandsverräter Michele di Raimandi. Bei den anderen sechs Gefangenen stand das Urteil noch aus.

Obwohl sie damit gerechnet hatte, traf sie die Nachricht wie ein unerwarteter Wintereinbruch. Trotz der Hitze in der Küche zitterte sie.

»Nächste Woche«, flüsterte Fabrizzio ihr zu, als sie ihm den Kaffee in der Bibliothek servierte, der als Vorwand für ihre Anwesenheit dort diente. »Dienstag oder Mittwoch. Sag der Köchin, du musst eine kranke Tante besuchen, oder denke dir irgendeine andere Ausrede aus.«

»Kann man nicht irgendetwas tun? Ein Gnadengesuch, oder …?«

»Ich weiß es nicht. Ich habe seinem Vater geschrieben.

Wahrscheinlich wissen sie auf Alberi d'Argento noch gar nichts von Micheles Verhaftung.«

»Er hat mir erzählt, er hätte sich mit seinem Vater gestritten.«

»Ach, das tun sie öfter. Der Alte ist genauso hitzköpfig wie Michele. Meistens hält es nicht lange an.«

»Hoffentlich. Vielleicht kann er ihn freikaufen.«

Antonella erzählte der Köchin von ihrer »kranken Tante« und diese gab ihr unter Murren und Schimpfen den Dienstag frei.

Am frühen Morgen ging sie zu der Tür, die in Fabrizzios Privatgemächer führte, und klopfte. Er öffnete umgehend.

»Komm rein.«

Er führte sie in einen Raum, in dessen Mitte eine Badewanne aus verzinktem Kupfer stand. Daneben wartete eine junge Frau. Sie knickste, als Fabrizzio und Antonella das Zimmer betraten.

»Guten Tag, Maria, hier bringe ich dir Signorina Battistoni«, begrüßte er das Mädchen und wandte sich dann an Antonella.

»Maria wird dir beim Baden und Anziehen behilflich sein. Wir sehen uns dann später.«

Maria lächelte Antonella an und wies auf einen Wandschirm in der Ecke. »Guten Morgen, Signorina. Wollen Sie sich bitte hinter dem Wandschirm entkleiden und dann in die Wanne steigen.« Sie sprach Toskanisch mit einem leichten Akzent.

Antonella nickte ihr zu und ging zum Schirm. Zu ihrer Überraschung folgte ihr Maria.

»Ich helfe Ihnen beim Ausziehen«, erklärte sie auf Antonellas fragenden Blick hin.

»Ach nein, das ist nicht nötig. Das kann ich allein.

Maria neigte den Kopf und zog sich zurück.

Kurze Zeit später stieg Antonella in die Badewanne. Das Wasser war heiß und duftete süß. Trotz ihrer Sorge um Marco schloss sie die Augen und genoss es, wie ihre Muskeln sich lockerten und das warme Wasser ihre Glieder umspielte. Schließlich bat Maria sie, sich aufzusetzen. Mit einem weichen Tuch fuhr sie über Antonellas Arme und Beine und anschließend über den Rücken. Dann goss sie ihr warmes Wasser über den Kopf und wusch ihr die Haare. Danach schlang sie ein Handtuch wie einen Turban um Antonellas Haar und bat sie, aus der Badewanne auszusteigen.

In ein großes Handtuch gehüllt, saß Antonella kurze Zeit später vor dem Kamin. Maria kämmte vorsichtig ihr Haar aus. Dann trat sie zurück und musterte kritisch ihr Gesicht.

»Schöne Haut haben Sie, Signorina. Vielleicht haben Sie ein bisschen zu viel Sonne abgekommen, aber das können wir mit Puder ausgleichen. Und die Augenbrauen müssen korrigiert werden.«

Sie griff zu einer Pinzette und begann flink, einzelne Haare aus Antonellas Brauen zu zupfen. Erschrocken fuhr Antonella zusammen. »Das tut aber höllisch weh.«

»Nur beim ersten Mal. Man gewöhnt sich schnell daran.«

Tränen liefen Antonella über die Wangen, während Maria ungerührt weiterrupfte.

»Basta!« Endlich war sie fertig. Sie trat ein paar Schritte zurück, legte den Kopf schief und begutachtete ihr Werk. »Jetzt kommen Ihre wunderschönen Augen viel besser zur Geltung, Signorina.«

Als Nächstes forderte Maria sie auf, sich zu erheben. Sie brachte ein Hemd und zog es ihr über den Kopf. Es war aus sehr dünnem Stoff, der angenehm kühl auf ihrer Haut lag. Der Ausschnitt war mit Spitze verziert. Darüber streifte Maria ein Mieder, trat dann hinter sie und begann die Schnürung zusammenzuziehen. Sie zog so fest, dass Antonella nach Luft schnappte.

»Ein bisschen geht noch«, erklärte das Mädchen ungerührt und zog weiter. Endlich war sie zufrieden. »So, der junge Herr meinte, wir sollen das blaue Kleid nehmen.«

Sie ging zum Schrank und holte ein Kleid heraus. Antonella hielt die Luft an. Maria hielt ihr einen Traum aus schimmernder blauer Seide entgegen. Gehorsam hob sie die Arme, damit Maria ihr das Prachtgewand überstreifen konnte.

Kein Wunder konnten sich die feinen Damen weder allein an- noch ausziehen. Marco würde es vielleicht gar nicht gefallen, sie in einem solchen Gewand zu sehen. Sie dachte daran, was er ihr nach dem Schneesturm in der Hütte gesagt hatte. Dass er niemals zuvor eine Frau wie sie getroffen hatte. Sie verdrängte die Erinnerung. Es ging nicht darum, was Marco denken mochte, sie sollte den Direktor des Gefängnisses beeindrucken.

Auf das Ankleiden folgte das Frisieren. Maria steckte ihr das Haar auf, bis auf einige Strähnen rechts und links von ihrem Gesicht, die sie mit der Brennschere zu schimmernden Locken drehte.

Anschließend wurde ihr Gesicht gepudert und Rouge auf die Wangen und die Lippen aufgetragen. Die gesamte Prozedur mochte zwei Stunden gedauert haben. Wer, bei der Liebe Gottes, hatte genügend Zeit und Geduld, so etwas jeden Tag über sich ergehen zu lassen, dachte Antonella. Sie jedenfalls nicht.

Doch dann reichte Maria ihr die Hand und führte sie vor den großen Spiegel, der in der Ecke des Raumes stand. Antonella starrte die Frau an, die ihr aus dem Spiegel entgegenblickte. Das war sie? Ihr Haar umrahmte in braun schimmernden Wellen ein ovales Gesicht. Ihre Augen wirkten ungewöhnlich groß unter den schwungvollen Bögen der Brauen, und seit wann hatte sie derartig volle, sinnliche Lippen? Ihre Taille wirkte so schmal, dass ein Mann sie mit zwei Händen umfassen könnte und der tiefe Ausschnitt des Kleides präsentierte ihre Brüste sündhaft verlockend. Wenn dieses Kleid der hier üblichen Mode entsprach, mussten die Männer über eine geradezu eiserne Selbstbeherrschung verfügen.

»Und?«, fragte Maria. »Wie gefallen Sie sich, Signorina?«

Antonella drehte sich einmal um sich selbst. Ihr Kopf schien seltsam leicht, ohne den Zopf, der sonst mitschwang. Sie glaubte, den Puder auf ihrem Gesicht fühlen zu können, und das eng geschnürte Mieder machte sie kurzatmig.

»Ich erkenne mich kaum.«

Maria lächelte triumphierend und reichte ihr einen Fächer. »Sie würden selbst die Marchesa Florenzi ausstechen, dabei gilt die als schönste Frau von Genua.«

Sie ging zur Tür und läutete. Kurze Zeit später trat Fabrizzio ein.

»Nun, Maria, seid ihr fertig?«

Maria hatte sich zurückgezogen und Antonella stand allein in der Mitte des Raumes.

Fabrizzio starrte sie an. »Heilige Muttergottes!«

»Gefällt es dir?«

Er machte den Mund wieder zu. »Ob es mir gefällt? Ich schwöre, du bist die schönste Frau, die ich in den letzten fünf Jahren gesehen habe. Wenn Michele nicht mein Freund wäre ...«

Antonella wandte den Blick ab.

»Verzeih.« Fabrizzio griff nach ihrer Hand. »Das war taktlos. Die Kutsche wartet.«

Er bot ihr seinen Arm und geleitete sie durch die Gänge des Palazzos nach draußen.

Als sie in der gemieteten Kutsche saßen, wiederholte Fabrizzio die Geschichte, die sie sich ausgedacht hatten. »Du bist Antonia di Amalfi, eine Cousine von Michele, und deine jüngere Schwester sollte vielleicht mit ihm verheiratet werden. Deine Familie hat von Gerüchten gehört, denen zufolge er als Verräter verhaftet wurde, und hat dich geschickt, um nachzuforschen, was an diesen Gerüchten wahr ist.«

Antonella knetete ein Taschentuch in ihren Fingern und nickte stumm.

43. KAPITEL

Es tut mir sehr leid, Marchesa, aber der Gefangene befindet sich gerade in einem Verhör.« Signor Gazotti, der Direktor des Gefängnisses, schüttelte bedauernd den Kopf und fuhr sich mit der Hand über die Glatze.

Antonella schluckte. Bisher war alles nach Plan verlaufen. Die beiden Wachen am Tor des Palazzos hatten sie ohne Weiteres passieren lassen, nachdem Antonella ihnen ihren – falschen – Namen und ihr Anliegen genannt hatte. Unter den Arkaden im Innenhof war sie von einem Lakaien empfangen worden, der sie über eine breite Treppe in den ersten Stock geleitete. Alles an diesem Gebäude war gewaltig. Angefangen vom Eingangstor, das sicher vier Mann hoch war, über den lichten Innenhof mit seinen marmornen Säulen, bis zu der Treppe, auf der bestimmt zehn Leute nebeneinander gehen konnten. Das Büro des Direktors war noch größer als Fabrizzios Salon. Es hatte zwei Fenster, die bis zum Boden reichten und den Blick auf die Straße, in der Fabrizzio mit der Kutsche auf sie wartete, freigaben.

Antonella atmete durch und schenkte dem Direktor ein liebenswürdiges Lächeln. »Ich kann durchaus ein wenig warten, Signor Gazotti. Meiner Schwester liegt sehr viel daran, zu erfahren, ob ihr Verlobter tatsächlich ein Mitglied der Carboneria ist.«

»Bedauere, Signora, aber daran besteht kein Zweifel. Er ist aus Venaria Reale desertiert, um sich dieser Geheimbewegung anzuschließen und wir haben Beweise, dass er an der Ermordung von vier Carabinieri beteiligt war.«

»Welche Beweise?«

Ihre Frage schien ihn zu verwirren, einen Augenblick lang zauderte er, bevor er antwortete. »Diese Carabinieri haben ihn und seinen Kumpanen von Modena aus verfolgt. Wer hätte sie sonst ermorden sollen, irgendwelche Bergbewohner? Die Bauern haben doch nur ihre Schafe im Kopf, die interessieren sich nicht für Politik.«

»Vielleicht waren es Briganten?«

»In dieser Gegend gibt es keine Briganten. Und außerdem überfallen Briganten mit Vorliebe reiche Reisende. Den Carabinieri gehen sie lieber aus dem Weg. Vier Soldaten sind kein lohnendes Opfer. Nein, nein. Es waren Carbonari und di Raimandi gehörte zu ihnen.«

»Trotzdem würde ich gerne selbst mit ihm sprechen und es aus seinem Mund hören. Meine Schwester würde es sonst vielleicht nicht glauben, sie hielt ihn bisher für einen Helden, verstehen Sie?«

Der Mann nickte, während sein Blick in ihrem Dekolleté versank. »Ich verstehe. – Nur leider …«

In diesem Moment öffnete sich die Tür zu seinem Büro und ein dunkel gekleideter Mann trat ein.

»Aus diesem di Raimandi bekommen wir nichts heraus, Signor Gazotti«, sagte er und rieb sich die Hände. Antonella entdeckte Blutspuren an seiner Hose. »Wir haben ihn jetzt drei Tage hintereinander verhört, eben noch mal über zwei Stunden lang. Er hat sich eingenässt, aber gesagt hat er nichts.«

»Sergio!« Der Direktor legte hastig den Finger an die Lippen und wies mit dem Kinn auf Antonella. »Es ist eine Dame anwesend, du kannst doch nicht einfach so hereinplatzen.«

»Tut mir leid, Signorina.« Sergio neigte kurz den Kopf in ihre Richtung und sprach unbeeindruckt weiter. »Vielleicht kriegen wir ihn klein, wenn wir ihm die Knochen brechen oder die Füße in kochendes Wasser tauchen, aber dazu brauche ich Ihre Erlaubnis.«

»Aber nein, das geht natürlich nicht. Das wäre illegal.« Rechtschaffene Empörung lag in der Stimme des Direktors.

»Hä? Was?« Einen Augenblick starrte Sergio seinen Vorgesetzten verständnislos an, dann schien er zu begreifen. »Ach so, natürlich.« Er verbeugte sich vor Antonella. »Dann lasse ich den Kerl wieder in seine Zelle bringen. Vielleicht kommen wir mit diesem Andrea Marini weiter.«

»Halt! Warten Sie!« Antonella sprang auf. »Lassen Sie mich mit ihm reden, bitte.« Flehend streckte sie dem Direktor die Hände entgegen. Der war sichtlich unangenehm berührt.

»Liebe Marchesa, Sie haben doch gehört, der Mann ist völlig verdreckt. Das ist kein Anblick für eine Dame.«

»Ich kann ihn ja mit ein paar Eimern Wasser abspritzen«, erbot sich Sergio hilfsbereit, was ihm einen erbosten Blick des Direktors einbrachte.

»Bitte …«, wiederholte Antonella. Sie versuchte, ein verlockendes Lächeln zustande zu bringen, doch ihre Lippen bebten und ihre Augen füllten sich mit Tränen.

Der Direktor gehörte offenbar zu den Männern, die es nicht sehen konnten, wenn eine Frau weinte. Vielleicht war es auch der Anblick ihres Busens, der sich in dem tief ausgeschnittenen Dekolleté heftig hob und senkte, der ihn überzeugte. Jedenfalls wandte er sich an Sergio. »Nun gut, verpass dem Kerl eine kalte Dusche und gib ihm saubere Sachen. Und dann bringst du ihn her.«

Sergio nickte und verließ den Raum. Im Gang hörte sie

seine Stimme: »Eh, Manfredo, bring das Bürschchen aus dem Verhörzimmer in den Hof, er braucht eine Wäsche.«

Angestrengt lauschte sie nach draußen, würde sie Marcos Stimme hören? Doch sie hörte nur, wie jemand »Jawohl« sagte, und kurze Zeit später schlurfende Schritte und das leise Klirren von Ketten. Gänsehaut zog ihren Rücken hinunter, als sie an seinen federnden, raumgreifenden Schritt dachte, mit dem er neben ihr durch die Wälder gegangen war. Was hatten sie ihm angetan?

»Liebe Marchesa, ist Ihnen nicht gut?« Besorgt blickte der Direktor sie an. Bitte setzen Sie sich doch. Es wird einen Moment dauern.« Er rückte ihr einen Stuhl zurecht. »Möchten Sie ein Glas Vin Santo?«

Ohne ihre Antwort abzuwarten, ging er zu einem Sekretär und füllte zwei Gläser aus einer Flasche mit einer goldgelben Flüssigkeit.

»Bitte schön.« Er prostete ihr zu und stürzte den Inhalt seines Glases in einem Zug hinunter. Danach ging er zum Fenster und blickte hinaus. Antonella nippte an ihrem Glas. Etwas Ähnliches hatte sie nie getrunken. Der Wein war süß und stark. Schon der zweite Schluck stieg ihr zu Kopf.

»So.« Der Direktor hatte sich umgewandt. »Wenn Sie mir bitte folgen wollen. Er müsste gleich kommen.«

Er führte sie in einen kleinen Raum, der seinem Büro gegenüberlag. Außer einem Tisch und zwei Stühlen stand nichts darin.

»Sie haben fünfzehn Minuten. Die Tür bleibt angelehnt. Wenn etwas vorfallen sollte, rufen Sie nach Manfredo, er hält Wache auf dem Flur.« Mit einer kurzen Verbeugung verließ er den Raum.

Antonella trat zum Fenster. Von hier konnte sie auf den Innenhof des Palazzos sehen. Ihre Hände waren feucht vor Aufregung. Sie ging ein paarmal auf und ab und dann hörte sie endlich Stimmen auf dem Gang und wieder das Klirren von Ketten.

»So, hier rein. Und benimm dich anständig, sonst zieh ich dir das Fell über die Ohren.«

Die Tür schwang auf. Mit gesenktem Kopf betrat Marco das Zimmer. Bei seinem Anblick presste sie die Hand vor den Mund, um ein Stöhnen zu unterdrücken. Er hatte keinerlei Ähnlichkeit mit dem gut gekleideten Sohn eines Kaufmanns, als den sie ihn in Genua gesehen hatte, noch mit dem draufgängerischen, jungen Wilderer, mit dem sie durch die Berge gewandert war. Sie hatten ihm graue Hosen angezogen und ein fleckiges Hemd, wahrscheinlich sein eigenes, das nicht zugeknöpft war.

An den Handgelenken trug er Ketten, seine Fingerspitzen waren blutig. Auf seiner Brust entdeckte sie einige feuerrote Male, an anderen Stellen war die Haut blasig aufgeworfen. Brandwunden.

»Marco.« Ihre Stimme war kaum hörbar.

Langsam hob er den Kopf. Sein Haar hing ihm wirr und nass ins Gesicht, ein struppiger Bart bedeckte sein Kinn. Die Unterlippe blutete, es sah aus, als hätte er sich daraufgebissen. Beim Klang ihrer Stimme zwinkerte er und kniff die Augen zusammen.

Zögernd ging sie auf ihn zu. »Marco …«

Sie konnte sehen, wie sein Kehlkopf sich bewegte, als er schluckte. Wie dünn er geworden war.

»Antonella? Bist du das?« Seine Stimme war nahezu unverändert, nur etwas leiser.

Warum erkannte er sie nicht? War etwas mit seinen Augen? Rasch legte sie die restlichen Meter, die sie trennten, zurück und sah zu ihm auf. »Ja, ich bin es.«

Seine Augen waren gerötet, aber das Blau der Iris war klar und die Pupillen schwarz.

»Wie hast du es geschafft, dass sie dich zu mir lassen?«

»Komm, setz dich erst mal.«

Auch an den Fußgelenken trug er Ketten, sie klirrten, als er zum Stuhl ging. Antonella half ihm, sich zu setzen.

»Ich habe mich als deine Cousine ausgegeben und behauptet, du wärst mit meiner Schwester verlobt und ich wäre in ihrem Auftrag hier, um herauszufinden, ob du wirklich Mitglied der Carboneria bist. Die Idee stammt von Fabrizzio. Das Kleid auch.«

»Wieso …?« Er sprach nicht weiter, aber sie wusste auch so, was er sagen wollte.

»Weil ich dich liebe. Es tut mir so leid, ich habe mich aufgeführt wie eine dumme Gans. Aber verraten habe ich dich nicht!«

»Ich weiß.«

»Fabrizzio dachte erst, ich hätte es getan.« Blinzelnd drückte sie die Tränen zurück, die ihr in die Augen stiegen. »Ich hatte gehofft, sie würden mich zu dir in den Torre Grimaldina bringen. Wir wollen versuchen, dich hier rauszuholen.«

Er schüttelte den Kopf. »Das ist aussichtslos. Aus dem Turm gibt es kein Entkommen. Wenn du mir helfen willst, versuche, ein Messer oder ein Stilett hereinzuschmuggeln.«

»Ein Messer? Aber warum? Du kannst dir doch nicht mit einem Messer den Weg freikämpfen.«

Sein Lachen erschreckte sie, so bitter war es. Er hob die Arme. Die Ketten hatten die Haut an den Handgelenken wund gescheuert. »Mit Ketten an Händen und Füßen? Wohl kaum. Aber ein Messer würde mir den einzigen Ausweg öffnen, der mir bleibt.«

Es dauerte einen Augenblick, bis sie begriff, was er meinte. »Nein. Das kannst du nicht. Das darfst du nicht.«

Er wandte den Blick ab. »Ich weiß, dass ich diese ›Verhöre‹ nicht mehr lange durchhalte. Und sie wissen es auch. Sterben werde ich so oder so, aber ich will wenigstens nicht als Verräter sterben.«

»Nein!«, wiederholte sie. »Das lasse ich nicht zu. Es muss eine andere Möglichkeit geben. Fabrizzio hat an deinen Vater geschrieben.«

»Mein Vater rührt keinen Finger für mich.«

»Dann muss jemand anders etwas tun. Und wenn ich mich vor Mazzini auf die Knie werfen muss.«

»Liebste, Mazzini ist in Marseille, er kann uns nicht helfen.« Seine Stimme klang so sanft, als würde er einem Kind erklären, dass es den Mond nicht haben kann. Doch sie wollte, sie konnte nicht aufgeben. »Und was ist mit diesem Garibaldi? Den kann ich doch fragen.«

»Der ist wieder im Schwarzen Meer. Außerdem, was sollte er denn tun? Den Turm stürmen? Allein? Antonella – « Die Melodie in seiner Stimme, als er ihren Namen aussprach, brach ihr das Herz. »Und wenn ich freikäme, was dann? Sie würden mich jagen. Wohin sollten wir gehen?«

Wir, nicht *ich*. Er liebte sie noch.

»Wir könnten wieder in die Berge gehen. Es gibt Dörfer, die sind so abgelegen, dort wird uns niemand suchen. Ich bin die Tochter eines Schäfers, ich kann dir zeigen, wie man Schafe hütet, züchtet, schert. Ich kann Käse und Butter machen. Im Sommer könnten wir Dinkel und Mais anbauen und für den Winter Kastanien sammeln. Es wäre ein einfaches Leben. Aber es wäre ein Leben! Und eines mit dir.«

»Ich habe davon geträumt. Alles hinter mir zu lassen und mit dir an einen Ort zu gehen, an dem uns keiner findet.«

Er hob die Hände, wie um sie zu umarmen – und ließ sie wieder sinken. Die Ketten klirrten leise. »Ich wusste seit Modena, dass es so enden wird. Ich war bereit, mein Leben zu opfern. Doch dann traf ich dich. Und ich begann, mir etwas vorzumachen. Ich klammerte mich an den Gedanken, dass ich mit dem Leben davonkomme, wenn der Aufstand erfolgreich ist. Und dass es dann einen Platz und eine Zukunft für uns gibt. In einer besseren, gerechteren Welt.«

Ihre Kehle war so zugeschnürt, dass sie nicht sprechen konnte. Sie beugte sich zu ihm, legte einen Arm um seinen Hals, die andere Hand an seine Wange und küsste ihn sehr zart auf die lädierte Unterlippe.

»Es gibt doch noch mehr Carbonari in Genua. Fabrizzio sagte, dass manche hohe Ämter bekleiden. Wenn man euch nicht aus dem Turm befreien kann, dann vielleicht auf dem Weg zum Verhör oder zur Verhandlung?«

Er schwieg sehr lange.

»Marco, wenn es einen Weg gibt, dann sage es mir.«

»Setz dich zu mir.«

Sie holte den zweiten Stuhl heran und setzte sich dicht neben ihn. Er beugte sich vor, bis sein Gesicht ganz nah bei ihr war, und sprach sehr leise. »Es gibt in Genua einen Großmeister der Carboneria, der tatsächlich großen Einfluss hat. Aber er darf seine Identität nicht preisgeben, deshalb kann er nichts tun.«

»Das heißt, sie opfern euch?«

»Manchmal geht es nicht ohne Opfer.«

Das hatte er auch in Berceto gesagt. Doch damals hatte sie nicht gedacht, dass er auch bereit war, sein Leben für seinen Traum von Freiheit zu geben.

»Versteh doch«, sprach Marco weiter. »Wenn der Großmeister gefasst wird, werden noch mehr Menschen sterben. Er kennt die Namen aller Mitglieder in Genua und im Piemont.«

»Aber vielleicht kann er helfen, ohne sich zu verraten. Vielleicht …« Ihre Gedanken flogen. »Wenn er die Namen aller Carbonari kennt, weiß er möglicherweise auch, ob es hier im Palazzo Bedienstete gibt, die zu euch gehören.«

Die aufkeimende Hoffnung in seinen Augen beflügelte ihre

Überlegungen. Sie sprach weiter. »Ich gehe zu ihm. Wenn ich ihm sage, dass sie euch foltern, muss er etwas tun.«

»Du kannst nicht einfach zu ihm gehen und ihn fragen. Er wird es abstreiten und dich hinauswerfen. Es gibt nur ganz wenige, die wissen, wer er ist.«

»Wer? Sag es mir.«

Er schüttelte den Kopf, das Leuchten in seinen Augen erlosch. »Nein. Es ist zu gefährlich. Wenn er dich für eine Spionin hält, wird er dich töten oder anderweitig aus dem Weg schaffen.«

»Aber ...«

»Sch, still. Es gibt keinen Weg, Liebste.«

Das Klopfen an der Tür verhinderte einen weiteren Einspruch.

»Die Zeit ist um.« Manfredo stieß die Tür auf, hinter ihm stand der Direktor. Marco erhob sich und ging langsam zur Tür. Dort drehte er sich um. Ihr Blick versank im Blau seiner Augen. Blau wie das Meer in der Bucht von Genua, wie der Sommerhimmel über dem Monte Ventasso. Sie wollte noch etwas sagen, irgendetwas Bedeutungsvolles, doch der einzige Gedanke, den sie fassen konnte, war, dass sie ihn nie wiedersehen würde.

Er lächelte, soweit es ihm mit seiner geschwollenen Unterlippe möglich war. Tränen liefen über ihre Wangen, als sie sein Lächeln erwiderte. Während Manfredo Marco hinausführte, betrat der Direktor das Zimmer.

»Ich hoffe, das Treffen ist zu Ihrer Zufriedenheit verlaufen.«

Antonella wischte sich über die Wangen, bevor sie aufstand. »Ja, danke sehr.« Der Raum drehte sich um sie. Hastig streckte sie die Hand aus, um sich an der Wand abzustützen.

»Oh. Geht es Ihnen nicht gut?« Der Direktor eilte herbei und griff nach ihrem Ellbogen.

»Es geht schon. Es ist nur die Hitze.«

Ihre Lüge schien ihn nicht zu überzeugen, sein Blick verriet Misstrauen. »Das Schicksal dieses Aufrührers scheint Ihnen sehr nahezugehen. Möchten Sie vielleicht noch einmal in meinem Büro Platz nehmen, bis es Ihnen besser geht?« Wiederum ruhte sein Blick auf ihrem Dekolleté. »Wir könnten noch ein wenig plaudern. Über angenehmere Dinge als diese Aufständischen.«

Auf keinen Fall. Sie ertrug diesen Mann keine Sekunde mehr. Das Einzige, was sie wollte, war, einen Platz finden, wo sie in Ruhe weinen konnte.

»Es ist so tragisch«, erklärte sie mit bebender Stimme und fächelte sich Luft zu. »Er kommt doch aus einer guten Familie. Meine arme Schwester wird furchtbar enttäuscht sein, wenn sie erfährt, was er getan hat.« Umständlich kramte sie ein Taschentuch aus ihrem Pompadour und tupfte sich die Augen. Dann richtete sie sich auf. »Es geht schon wieder. Wissen Sie denn, wann die Hinrichtung sein wird? Dann kann ich seiner Familie Bescheid geben.« Bei dem Wort Hinrichtung schwankte ihre Stimme.

Er kratzte sich am Kopf. »Wir haben Dienstag. Das Urteil soll Montag in zwei Wochen vollstreckt werden.«

Noch fast zwei Wochen. Einerseits war sie erleichtert, andererseits bedeutete das, dass diese Leute noch zwei Wochen Zeit hatten, ihn zu foltern.

»Nochmals vielen Dank, dass Sie mir erlaubt haben, mit ihm zu sprechen, Signor Gazotti. Das war sehr gütig von Ihnen. Wenn ich eine Nachricht von seiner Familie bekomme, dürfte ich sie wohl vorbeibringen? Und vielleicht möchte er auch noch ein paar Zeilen schreiben.«

»Das ist sehr großherzig von Ihnen. Selbstverständlich dürfen Sie ihm Post von seiner Familie bringen. Ich muss Ihnen allerdings sagen, dass die Post an die Häftlinge geöffnet wird. Wir wollen ja nicht, dass geheime Botschaften ihren Weg zu den Verschwörern finden.«

Noch nicht mal einen letzten Brief konnte sie ihm zukommen lassen.

Der Direktor öffnete die Tür, griff nach ihrem Ellbogen und geleitete sie fürsorglich die breite Treppe hinunter in den Innenhof. Dort verabschiedete er sich sehr höflich von ihr, doch sie hatte den Eindruck, dass er inzwischen erleichtert war, sie loszuwerden.

Es kostete sie all ihre Kraft, langsam und gemessen durch das Tor hinaus und über den Platz zu der wartenden Kutsche zu gehen.

Dort angekommen, klopfte sie an die Tür. Fabrizzio öffnete von innen, reichte ihr die Hand und half ihr hinein. Dann klopfte er mit seinem Stock an das Fenster und bedeutete dem Kutscher, loszufahren.

»Wie geht es ihm?«

»Er lebt.« Mehr brachte sie nicht mehr heraus. Sie barg das Gesicht in den Händen und schluchzte hemmungslos. Fabrizzio legte den Arm um sie. »So schlimm?«

»Sie foltern ihn. Sie wollen die Namen der anderen Verschwörer.« Sie konnte nicht aufhören zu weinen. Irgendwann lag ihr Kopf an seiner Schulter und sie schluchzte in seine Jacke. Die Kutsche hatte den Palazzo an der Piazza San Lorenzo längst erreicht, als sie endlich wieder in der Lage war, zu sprechen. Sie erzählte ihm, was Marco gesagt hatte. Dass eine Befreiung der Gefangenen unmöglich sei und dass er fürchtete, unter der Folter die Namen seiner Kameraden preiszugeben. Als sie von dem Großmeister der Vereinigung sprach, ging ein Ruck durch Fabrizzios Körper.

»Er hat dir nicht gesagt, wer es ist?«

»Nein, er meinte, es sei zu gefährlich für mich, ihn aufzusuchen.«

»Ich glaube, ich weiß, wer es ist.«

Die Hoffnung kam so plötzlich zurück, dass es beinahe schmerzte. »Aber dann könntest du doch zu ihm gehen.«

Fabrizzio schüttelte den Kopf. »Nein, das geht nicht. Aus dem gleichen Grund, aus dem ich Michele nicht besuchen kann.«

Die Vendita darf in Zeiten der Gefahr nicht zusammentreten. Wenn einer von uns erkannt oder denunziert wird, bringt er jeden anderen guten Vetter in Gefahr, mit dem er sich trifft.«

»Vendita? Ein Markt?«

»So nennen wir unsere Logen. Lass uns drinnen weiterreden.«

Er öffnete die Tür, stieg aus und half Antonella heraus.

Während er den Kutscher bezahlte, ging sie zu Haustür. Doch bevor sie klopfen konnte, wurde sie von innen aufgerissen.

»Fabrizzio!« Seine Schwester Giulia stand in der Tür. Antonella war ihr nur ein oder zwei Mal begegnet, es war wohl nicht zu befürchten, dass Giulia in der vornehm gekleideten Dame ihr Küchenmädchen erkannte. Außerdem ignorierte sie Antonella vollständig.

»Wo warst du? Mutter hat dich zum Mittagessen erwartet. Sie hat sich sehr aufgeregt, weil niemand wusste, wo du bist.«

»Warum hat sie sich aufgeregt? Es ist nicht das erste Mal, dass ich zum Mittagessen nicht anwesend war.«

Er nahm Antonella am Arm und führte sie ins Haus.

»Das ist übrigens Antonia di Amalfi, eine Freundin«, sagte er zu dem Mädchen und zu Antonella gewandt: »Und diese unhöfliche junge Dame ist meine kleine Schwester Giulia.«

Das Mädchen konnte sie nun nicht länger ignorieren.

»Ich bin erfreut, Sie kennenzulernen.« Ihre Stimme klang

frostig. Ihr Blick glitt von Antonellas verweintem Gesicht über ihr tiefes Dekolleté hinunter zu ihren Schuhen und dann hinüber zu ihrem Bruder. Es war völlig klar, dass sie Antonella für die Geliebte ihres Bruders hielt. Was sollte sie auch sonst glauben.

»Nun«, sagte sie gedehnt. »Du hast wohl vergessen, dass die Salieris heute bei uns gespeist haben. Claudia war äußerst indigniert über deine Abwesenheit.« Wieder sah sie hinüber zu Antonella.

»Das habe ich tatsächlich vergessen.« Fabrizzios Stimme verriet, dass seine Gedanken ganz woanders waren. »Ich werde mich nachher bei ihnen entschuldigen.«

»Das wird nicht möglich sein, weil sie nicht mehr hier sind«, entgegnete seine Schwester spitz.

»Auch gut, dann bleibt mir das erspart. Claudia ist eine furchtbare Langweilerin.« Er ignorierte den empörten Ausruf des Mädchens und zog Antonella mit sich durch die Eingangshalle zum grünen Salon. Dort angekommen, läutete er nach einem Bediensteten.

»Bring uns Wein und etwas zu essen.«

Er führte sie zu einem Sessel. »Setz dich. Was hast du noch erfahren?«

»Die H-H-Hinrichtung soll in zwei Wochen sein.« Sie schluckte heftig.

»Zwei Wochen.« Er nagte an seiner Unterlippe.

»Du hast gesagt, du weißt, wer dieser Großmeister ist?«

»Ich bin so gut wie sicher. Eigentlich kann nur er es sein.«

»Wer?«

Fabrizzio beugte sich zu ihr und flüsterte: »Monsignore Bonaffini.«

»Was? Der Bischof von …«

Hastig legte Fabrizzio ihr die Hand auf den Mund. »Nicht so laut, du weißt nie, wer zuhört.«

Antonella schluckte und senkte die Stimme. »Aber so einer hat doch Einfluss, er müsste etwas tun können.«

»Und was?« Fabrizzio saß ihr gegenüber, das sonst so sorgfältig frisierte Haar zerzaust, die Halsbinde hing lose, die ersten Knöpfe seines Hemdes waren geöffnet. Nichts erinnerte mehr an den eitlen jungen Mann, der sie vor sechs Monaten eingestellt hatte. Er wirkte völlig entmutigt.

»Er könnte verlangen, die Gefangenen zu sehen«, dachte sie laut. »Vielleicht braucht einer von ihnen besonderen geistlichen Beistand.«

»Es gibt einen Gefängnispriester als Beichtvater für die Häftlinge. Aber er könnte bestimmt irgendwie hineinkommen. Nur was dann? Er kann nicht einfach einem Wärter die Schlüssel abnehmen und Michele und die anderen freilassen.«

»Wir müssen sie irgendwie aus diesem Turm herausholen. Vielleicht könnte er ein Verhör ansetzen, behaupten, er müsse einige Gefangene befragen, weil ...« Sie wusste nicht weiter.

Fabrizzio beugte sich vor, seine Augen funkelten. »... weil der Heilige Vater geheime Informationen über eine Verschwörung der Carboneria in Rom hat, die er bestätigt haben möchte. Informationen, die so brisant sind, dass niemand von ihnen wissen darf. Noch nicht einmal der Chef der hiesigen Gendarmerie. Deshalb darf auch niemand bei diesem Verhör anwesend sein. Nur Monsignore und sein Sekretär.«

Er sprang auf, packte sie an den Schultern und küsste sie auf beide Wangen. »Mädchen, du bist großartig.«

»Und wenn die Gefangenen erst einmal im Palazzo Ducale sind, können sie Monsignore überwältigen und fliehen«, spann Antonella den Gedanken weiter.

Bedauernd schüttelte Fabrizzio den Kopf. »Das würde auffallen. Außerdem werden sie überall Wachen postieren.« Mit großen Schritten lief er im Raum auf und ab. »Man muss die Wachen ablenken, aber wie?«

Neben dem Kamin blieb er stehen, nahm eine der Porzellanfiguren vom Sims und drehte sie geistesabwesend in den Händen.

In Gedanken versunken musterte Antonella den Kamin. Er war riesig. Eingefasst war er mit weißem Marmor, der links und rechts die Form von Säulen hatte, den Sims zierten Ornamente, die Weinreben darstellten, in der Mitte prangte ein Gesicht, wahrscheinlich Bacchus. Welch ein Unterschied zu den schlichten Feuerstellen in den Häusern der Bergbewohner. Der Boden vor dem Kamin bestand ebenfalls aus Marmor, wahrscheinlich, um zu verhindern, dass fliegende Funken einen Brand entfachten.

»Feuer! Das ist es.«

»Wie bitte?« Fabrizzio stellte die Figur zurück auf den Sims und wandte sich zu ihr um. »Du sagtest, wir müssen die Wachen ablenken. Irgendjemand muss Feuer im Palazzo legen und dann Alarm schlagen. Das dürfte genug Verwirrung stiften.«

»Aber ja.« In seinen Augen leuchtete es auf. »Seit dem Brand von 1777 haben sie im Palazzo Ducale geradezu panische Angst vor Feuer. Unter den Bediensteten gibt es bestimmt auch Anhänger von Giovine Italia, die helfen können. Monsignore sollte wissen, wer sie sind.«

»Gut. Also werde ich Monsignore Bonaffini aufsuchen und ihn um Hilfe bitten.«

Fabrizzio setzte sich wieder zu ihr und griff nach ihren Händen. »So einfach ist das nicht. Michele hat recht, es ist gefährlich. Wenn er dich für eine Spionin hält, riskierst du deine Freiheit oder dein Leben, falls du ihn nicht überzeugen kannst.«

»Und wenn ich es nicht tue, sterben Marco und die anderen

Gefangenen. Und vorher verraten sie vielleicht noch die Namen der anderen Carbonari.«

»Das ist der einzige Grund, der Monsignore zum Handeln bewegen kann. Willst du es wirklich wagen?«

»Ja.«

»Michele wird mir nie verzeihen, wenn dir etwas zustößt.«

»Wenn mir etwas zustößt«, versetzte sie, »wird er nichts davon erfahren, weil er hingerichtet wird.«

Fabrizzio schloss die Augen und rang sichtlich mit sich.

Schließlich blickte er sie eindringlich an. »Also gut. Was ich dir jetzt sage, kann mich das Leben kosten, wenn es in falsche Ohren kommt. Schwöre, dass du niemals jemandem davon erzählen wirst, egal was passiert.«

Sie hob die rechte Hand. »Ich schwöre.«

Er atmete tief auf. »Es gibt ein Losungswort. Nur die Carbonari kennen es.

»Wie heißt es?«

Immer noch zögerte er. »Du kennst die Inschrift auf dem Kreuz? I. N. R. I.«

»Natürlich. Aber die kennt doch jeder. Warum sollte ein Bischof sich wundern, dass ich sie kenne.«

»Weil sie für die Carboneria eine andere Bedeutung hat. Nämlich *Iustum Necare Reges Italiae* – Es ist gerecht, Italiens Könige zu töten.«

Fassungslos starrte sie ihn an. Das war ihr Losungswort? Eine Aufforderung zum Mord?

Er beachtete sie nicht, sondern sprach weiter: »Wenn Monsignore Bonaffini tatsächlich der Großmeister der Carboneria ist, wird er wissen, dass du in die Geheimnisse eingeweiht bist, wenn du ihm die Buchstaben nennst. Ist er es nicht, wird er dich nur für ein wenig seltsam halten oder glauben, du seist nicht besonders klug.«

Er räusperte sich. »Du musst den lateinischen Text auswendig lernen, er wird nach der Bedeutung der Buchstaben fragen.«

Sie nickte.

»Wenn er dir nicht glaubt, wenn er denkt, du hättest das Losungswort durch Verrat erfahren, und dich für einen Spitzel hält, wird er dich töten.«

In ihrem Nacken prickelte es. Das passte alles nur zu gut zu dem, was sie bisher über Carboneria gehört hatte. Es hieß, sie bestraften Verräter ihrer Geheimnisse mit dem Tod. War es da verwunderlich, dass Marco versucht hatte, sie aus allem herauszuhalten?

Nur, wenn sie sich jetzt heraushielt, würde Marco sterben. Sie konnte nicht anders, sie musste es riskieren.

44. KAPITEL

Zwei Stunden später stand sie mit heftig klopfendem Herzen vor der Tür zum Palazzo Bonaffini. Fabrizzio wartete in einer Mietkutsche in einer kleinen Seitengasse. Sie atmete tief und richtete sich auf. Jetzt lag es an ihr. Wenn sie den Monsignore nicht überzeugen konnte, würde Marco sterben. Sie versuchte, möglichst hoheitsvoll zu wirken, und betätigte den Türklopfer.

Die Tür wurde umgehend geöffnet. Ein Diener in Livree verbeugte sich knapp vor ihr und fragte nach ihrem Anliegen.

»Ich möchte bitte Monsignore Bonaffini sprechen.«

Anscheinend machte ihre Aufmachung Eindruck, denn er zögerte keinen Augenblick. »Sehr wohl, wen darf ich melden und in welcher Angelegenheit?«

Darüber, dass man sie nach dem Grund ihres Besuchs fragen würde, hatten weder Fabrizzio noch sie nachgedacht. Wenn sie nun einfach sagte, die Sache sei geheim, würde der

Diener vielleicht Verdacht schöpfen. Doch etwas anderes blieb ihr nicht übrig.

»Ich bin Antonella di Amalfi, Marchesa von Servona, und habe eine sehr dringende private Mitteilung zu machen.«

Der Mann verzog keine Miene. »Bitte treten Sie ein. Ich melde Sie Seiner Exzellenz.«

Er führte sie durch die große Halle in einen kleinen Salon und ließ sie dort allein. Ihre Hände wurden feucht vor Nervosität. Wie würde der Mann sie empfangen?

Nach ein paar Minuten kam der Diener wieder. »Bedaure, Seine Exzellenz hat dieser Tage keine Zeit für Besuche. Er bittet Sie, in drei Wochen noch einmal vorzusprechen. Moment ...« Er beugte sich über ein Buch, das aufgeschlagen auf dem Tisch lag, und blätterte darin. »Am Mittwoch, dem 27. Juni um 15:00 Uhr.«

Entsetzt starrte sie auf die Zahl, auf die er deutete. In drei Wochen war Marco tot.

»Aber ich muss ihn unbedingt heute sprechen. Es dauert nicht lange.«

»Bedaure ...«, wiederholte der Diener.

Fieberhaft suchte sie nach einer Möglichkeit, den Mann von der Dringlichkeit ihres Anliegens zu überzeugen, doch ihr Kopf schien völlig leer. Ihr Blick fiel auf die Schreibutensilien auf dem Tisch. Papier, Tinte, eine Schreibfeder und Siegellack. Wenn sie Monsignore Bonaffini das Losungswort nicht sagen konnte, musste sie es ihm anderweitig zukommen lassen.

»Würden Sie ihm vielleicht eine Notiz von mir überreichen?«

»Bitte sehr, Madame, bedienen Sie sich.« Der Diener deutete auf den Tisch und wendete sich dann diskret ab.

Antonella griff nach der Feder, nahm einen Bogen Papier und malte langsam die Buchstaben auf. Zum Glück hatte sie diese in der Kirche oft genug gesehen, um sie schreiben zu können. I.N.R.I.

Sie faltete den Bogen zusammen und versiegelte ihn mit einem Tropfen Siegellack, bevor sie ihn dem Diener überreichte.

»Ich warte hier, vielleicht überlegt es sich Seine Exzellenz noch einmal.«

Dieses Mal hob der Diener die Brauen, ehe er sich verbeugte und sie verließ. Es dauerte keine drei Minuten, bis er wieder eintrat.

»Wenn Sie mir bitte folgen wollen.«

Monsignore Bonaffini erwartete sie in der Bibliothek. Allmählich fragte sie sich, ob die hohen Herrschaften ihren Besuch mit Vorliebe in der Bibliothek empfingen, um mit ihrer Bildung zu protzen.

Monsignore Bonaffini stand vor einem Bücherregal an der Wand. Als sie eintrat, wandte er sich um. Unwillkürlich knickste sie vor dem Mann, von dem ihr und Marcos Schicksal abhing. Sie schätzte ihn auf Ende fünfzig. Sein hellbraunes Haar lichtete sich an den Schläfen und war von grauen Strähnen durchzogen, sein Bart war bereits weiß. Er hatte ein schmales, asketisch wirkendes Gesicht. Unter den buschigen Augenbrauen lagen dunkelbraune Augen. Er blickte ihr ausgesprochen kühl entgegen. Der Eindruck wurde noch durch den strengen Zug um seinen Mund betont.

»Danke, Eure Exzellenz, dass Sie sich Zeit für mich nehmen.«

Er stützte sich auf seinen Gehstock, seine Stimme klang amüsiert. »Nun Marchesa, ich tue es nur aus Neugier. Warum glauben Sie, die Inschrift am Kreuze unseres Herrn würde mich dazu bringen, Sie zu empfangen?«

Jetzt war die Gelegenheit. Er stand immer noch vor dem Regal, also trat sie dicht zu ihm und sprach mit gesenkter

Stimme: »Weil Sie und ich wissen, wofür diese Buchstaben stehen.«

»Also wirklich, Marchesa.« Er schüttelte den Kopf. »Das weiß doch jeder einigermaßen gebildete Mensch. *Iesus Nazarenus Rex Iudaeorum.*«

»*Iustum Necare Reges Italiae*«, flüsterte sie.

Für einen so alten Mann reagierte er überraschend schnell. Er packte ihren Arm und im nächsten Augenblick schwang eine verborgene Tür im Bücherregal auf. Grob stieß er sie in den Raum dahinter. Die Tür schloss sich und sie befanden sich im Halbdunkel, spärlich erleuchtet durch eine Kerze auf einem Tisch in der Mitte.

Antonella stand an die Wand gepresst, an ihrer Kehle lag die Spitze eines Degens.

»Und nun, Signora, verraten Sie mir, woher Sie das wissen.«

Jede Spur von Amüsement war aus seiner Stimme verschwunden, sie klang kalt. Angst schnürte ihr den Hals zu, sie brachte keinen Ton heraus.

»Ich warte.«

Sie musste mehrmals schlucken, bevor ihre Stimme ihr gehorchte. »Von Fabrizzio Barrati.«

Der Druck der Degenklinge verstärkte sich. »Das glaube ich nicht. Barrati ist kein Verräter. Wie bist du an das Losungswort gekommen? Hast du ihn ausspioniert? Vielleicht nach einer Liebesnacht? Man sagt, er habe eine Schwäche für schöne Frauen.«

»Nein. Ich bin mit seinem Wissen hier. Wir brauchen Ihre Hilfe.«

Wenn er bloß den Degen von ihrer Kehle nehmen würde.

»Er weiß, dass du hier bist?« Die Strenge in seiner Stimme verdeutlichte ihr, dass nicht nur sie sich mit ihrem Besuch in Gefahr begeben hatte. Auch Fabrizzio riskierte sein Leben.

»Bitte hören Sie mich an.« Ihre Stimme bebte erbärmlich.

Langsam senkte er die Klinge und schob sie zurück in den Gehstock. Er griff erneut nach ihrem Arm und führte sie zum Tisch. »Setz dich. Du solltest wissen, dass dieser Raum geheim ist und außerdem so gebaut, dass kein Geräusch nach außen dringen kann. Niemand wird dich hören, wenn du schreist.«

Er zündete die restlichen Kerzen am Leuchter an und ließ sich ihr gegenüber nieder. »Fangen wir damit an, dass du mir sagst, wer du wirklich bist.«

Sie blickte in seine kühlen dunklen Augen. Er würde jede Lüge sofort durchschauen. Hier kam sie nur mit der Wahrheit weiter. Sie gab sich einen Ruck.

»Mein Name ist Antonella Battistoni. Ich bin die Geliebte von Michele di Raimandi.«

»Michele di Raimandi ...« Sein Blick verlor seine Schärfe, wurde nachdenklich. Er sprach langsam, als müsse er in seinem Gedächtnis nach den Worten suchen. »Der verlorene Sohn des Marchese von Alberi d'Argento. Verlobt mit ... Donata Frattini.«

»Nein, ist er nicht!«, entfuhr es ihr. Erschrocken hob sie die Hand zum Mund, als könne sie die Worte ungesagt machen.

Kurz sah sie in seinen Augen etwas wie Humor aufblitzen. »Dass du seine Geliebte bist, scheint jedenfalls die Wahrheit zu sein.«

Er hatte ihr eine Falle gestellt. Wie gut, dass sie sich entschlossen hatte, ihm reinen Wein einzuschenken.

»Woher kennst du ihn?«, setzte er das Verhör fort.

So knapp wie möglich schilderte sie, unter welchen Umständen sie Marco begegnet war, und ihre anschließende Reise durch die Berge. Und sie verschwieg auch nicht, wie sie erfahren hatte, wer er wirklich war. Monsignore Bonaffini lauschte ihr aufmerksam und ohne sie zu unterbrechen. Allmählich schöpfte sie wieder Hoffnung. Vielleicht konnte sie ihn von dem tollkühnen Plan überzeugen, den Fabrizzio und sie sich ausgedacht hatten. Doch als sie erzählte, dass sie Marco im Palazzo Ducale aufgesucht hatte, verschloss sich sein Gesicht.

»Das ist unmöglich. Sie lassen niemanden zu den Gefangenen. Glaubst du, wir hätten nicht alles versucht, um Kontakt aufzunehmen?«

»Es war Zufall. Sie haben ihn verhört, als ich bei dem Direktor war, und wollten ihn zurück in den Kerker bringen.«

Die Erinnerung an Marcos schlurfende Schritte, seine gebeugte Haltung, an die Brandwunden auf seiner Brust und das Blut, das unter seinen Fingernägeln hervorquoll, raubte ihr die Fassung. »Sie foltern die Gefangenen, um die Namen anderer Verschwörer aus ihnen herauszupressen«, erklärte sie unter Tränen. »Der Wärter sprach davon, ihm die Knochen zu brechen. Bitte, Eure Exzellenz, Sie müssen etwas tun. Marco sagte, er könne nicht mehr lange durchhalten.«

»Sie foltern sie?!« Zum ersten Mal zeigten sich Risse in seiner scheinbar unerschütterlichen Selbstbeherrschung. Besorgnis stand in seinem Gesicht, seine Hände zitterten ein wenig, als er nach einer Zigarre griff und die Spitze abschnitt. Er zündete sie nicht an, sondern drehte sie zwischen den Fingern. »Also deshalb lassen sie niemanden zu ihnen. Sie wollen keine Zeugen.«

Er stand auf und ging eine Zeit lang auf und ab. Zwischen seinen Augenbrauen zeigten sich tiefe Falten.

Antonella zwang sich zur Ruhe. Ungeduld brachte sie nicht weiter.

Endlich drehte er sich zu ihr um. »Deine Geschichte klingt beinahe zu fantastisch, um wahr zu sein. Doch genau deshalb glaube ich dir. Und es war Barrati, der dir das Losungswort verraten hat?«

»Bitte, Eure Exzellenz, es war die einzige Möglichkeit, Sie unauffällig von den Vorgängen im Palazzo Ducale zu informieren. Er darf nicht zu Ihnen kommen, aber mich kennt doch keiner und deshalb bringt mich auch niemand mit der Carboneria in Verbindung.«

»Hat er dir nicht gesagt, dass es verboten ist, die Geheimnisse der Carbonari schriftlich festzuhalten?«, fragte er streng.

Heilige Muttergottes, als ob das eine Rolle spielte. War es denn nicht wichtiger, Menschen zu retten, als irgendwelche seltsamen Regeln zu befolgen?

»Ich habe keine Geheimnisse aufgeschrieben, sondern nur die Buchstaben, die am Kreuze unseres Herrn Jesus Christus standen. Und wenn Sie ein anderer wären, hätten Sie mich wahrscheinlich schlicht für verrückt oder hysterisch gehalten.«

Sein Blick wurde milder. »In der Tat. Das hast du gut gemacht. Nur, wie glauben du und Signor Barrati, könnte ich den Gefangenen helfen?«

Endlich hatte sie Gelegenheit, ihm ihren Plan zu unterbreiten. Er setzte sich wieder zu ihr.

Als sie zu Ende gesprochen hatte, sah er sie lange an. »Das hast du dir zusammen mit Barrati ausgedacht?«

Sie nickte. »Fabrizzio hatte die Idee, dass Sie die Gefangenen noch mal verhören könnten, und ich dachte mir, selbst ein kleines Feuer stiftet genug Verwirrung, um ihnen zur Flucht zu verhelfen. Allerdings bräuchten wir die Hilfe von jemandem, der im Palazzo Ducale arbeitet.«

Ein Lächeln huschte über sein Gesicht. »Das dürfte machbar sein. Der Gefängnispriester wird leider ganz plötzlich erkranken, sodass ein anderer vorübergehend der Beichtvater der Gefangenen sein muss und sie informieren kann. Ich weiß auch schon, wer.«

Er stand auf und sah auf sie hinab, sein Gesicht nun wieder streng. »Aber es bleibt eine Tatsache, dass niemand, der nicht zu uns gehört, unsere Geheimnisse kennen darf. Deshalb …«

Er wandte sich um, ging zu einem mit Schnitzereien verzierten Schrank an der gegenüberliegenden Wand, öffnete eine Tür und holte ein weißes Tuch und eine Axt heraus.

Mit diesen Utensilien kehrte er zu ihr zurück. Antonella starrte auf die Axt. Was hatte Bonaffini vor? Wollte er sie töten, weil sie das Losungswort kannte oder um sich zu schützen?

»... deshalb«, fuhr Monsignore Bonaffini fort, »musst du den Eid leisten. Normalerweise nehmen wir keine Frauen auf, sie haben ihre eigene Gesellschaft, den *Ordine delle Giardiniere*, den Orden der Gärtnerinnen.«

»Es gibt weibliche Carbonari?«

Er winkte ab. »Später. Die Aufnahme eines Paganen, eines Heiden, bedarf einer Versammlung, doch unter diesen Umständen kürzen wir das Ritual ab. Bitte erhebe dich.«

Sein Tonfall war ausgesprochen höflich, doch sein entschlossenes Gesicht verriet ihr, dass sie keine Wahl hatte. Wenn sie am Leben bleiben wollte, musste sie ihm Folge leisten. Gehorsam stand sie auf und folgte ihm in die Mitte des Raumes.

Er stellte sich ihr gegenüber und hob die Stimme: »Du musst einen unwiderruflichen Eid leisten. Er verstößt weder gegen die Religion noch gegen den Staat, noch gegen die Rechte des Einzelnen; vergiss indes niemals, dass seine Verletzung den Tod bedeutet. Bist du bereit?«

Stumm nickte sie.

»Antworte!«

»Ich bin bereit.«

Er breitete das Tuch auf dem Boden aus und bedeutete ihr, darauf niederzuknien. Dann hob er die Axt und sprach ihr den Eid vor, den sie Satz für Satz wiederholte:

»*Ich, Antonella Battistoni, gelobe und schwöre, bei den allgemeinen Ordensstatuten und bei diesem Stahl, dem rächenden*

Werkzeug des Meineidigen, die Geheimnisse der Carbonari gewissenhaft zu bewahren und nie ohne schriftliche Erlaubnis irgendetwas darauf Bezügliches zu schreiben, zu stechen oder abzumalen. Ich schwöre, meinen guten Vettern im Fall der Not beizustehen, so gut es in meinen Kräften steht, und nichts gegen die Ehre ihrer Familien zu unternehmen. Ich willige ein und wünsche, dass, im Falle des Meineids, mein Leichnam in Stücke zerhauen und verbrannt sowie meine Asche in den Wind gestreut werde, auf dass mein Name immerdar verflucht werde von den guten Vettern auf der ganzen Erde. So wahr mir Gott helfe.«

Er schwenkte die Axt über ihrem Kopf. »Alle unsere Äxte stehen zu deiner Verteidigung bereit, wenn du treu bist und deinen Eid einhältst. Sie wenden sich gegen dich, wenn du meineidig wirst. Die Strafe für Verrat ist der Tod.«

Er reichte ihr die Hand und half ihr auf. Zum ersten Mal entdeckte sie ein echtes Lächeln auf seinem Gesicht.

»Ab jetzt bist du ein Mitglied der Carboneria. Willkommen, liebe, mutige Cousine.«

45. KAPITEL

Aufgewühlt verließ sie den Palazzo Bonaffini und eilte in die Gasse, wo Fabrizzio in der Kutsche auf sie wartete. Die Tür wurde von innen aufgerissen, Fabrizzio beugte sich heraus. »Dem Herrn sei Dank, du bist wieder da. Schnell, steig ein.« Er rutschte zur Seite und sie setzte sich neben ihn.

»Du warst lange bei ihm. Wird er uns helfen?«

»Ja.«

Sie berichtete ihm von dem Gespräch. Als sie endete, nahm er den Hut ab und wischte sich den Schweiß von der Stirn. »Jesus, Maria und Josef, du hast wirklich Glück, dass du noch lebst. – Und ich auch. Aber nun will ich dich auch willkommen heißen, gute Cousine.« Er beugte sich vor und küsste sie rechts und links auf die Wangen.

»Warum nennst du mich so? Monsignore hat das auch getan.«

Und der Begriff »gute Vettern« war in dem Eid vorgekommen.

»Es ist ein Code, an dem wir einander erkennen. Mitglieder sind »gute Vettern«, Nichtmitglieder sind Pagani, Heiden. Unsere Versammlungsorte nennen wir Baracken.«

Marcos eigenartiges Gespräch mit dem fahrenden Händler kam ihr in den Sinn. Marco hatte behauptet, er wolle einen Vetter besuchen, und der Händler hatte gefragt, ob es ein »guter Vetter« sei. Jetzt wusste sie, warum. Der Mann war ein Carbonaro und hatte sich mit seiner Frage zu erkennen gegeben. Danach hatten sie über Baracken und Wölfe in den Wäldern geredet.

Und nicht nur der fahrende Händler gehörte zu den Carbonari, wurde ihr plötzlich klar. Auch Nunzio war ein Eingeweihter. Sein anfängliches Misstrauen hatte sich schlagartig gelegt, als Marco gesagt hatte, der Pfarrer von Berceto sei ein entfernter Verwandter. Ein Vetter!

Gehörte der Pfarrer etwa auch dazu? Wahrscheinlich. Das erklärte, warum er ihnen den Hinterausgang in der Kirche gezeigt hatte.

Sie dachte an Marcos Abschiedsworte an Nunzio: »Mach weiter so. Und pass auf die Wölfe in den Wäldern auf, damit dir nichts passiert.« Noch ein Code?

»Was hat es mit den Wölfen in den Wäldern auf sich?«, fragte sie Fabrizzio. Er antwortete bereitwillig.

»Der Wald ist alles außerhalb des Versammlungsortes, der Vendita, und als Wölfe bezeichnen wir die italienischen Fürsten.«

»Warum?«

»Weil sie uns jagen und uns vernichten wollen.«

Oder, weil man Wölfe jagte und vernichtete, dachte sie.

Die toten Soldaten am Passo Cirrone. Das Gesicht des Jungen, der so gerne gut gefrühstückt hätte. Der Offizier, der ihre Papiere geprüft hatte. Er hatte nur seine Pflicht erfüllt und dafür war er ermordet worden. Aber das war nicht Marcos Werk gewesen.

46. KAPITEL

Fabrizzio entschuldigte sich dafür, dass er sie wieder in die Küche »schickte«. »Es würde auffallen, wenn du nicht mehr kämest. Und wir könnten uns nicht mehr treffen. So denken sie wahrscheinlich, ich hätte eine Affäre mit einer Küchenmagd.«

»Hilfsköchin«, verbesserte Antonella. »Ich bin Hilfsköchin. Aber es ist gut so, ich könnte ohnehin nicht herumsitzen und warten. Wenn ich schon nicht helfen kann.«

»Meine Schöne, du hast mehr geholfen, als du dir vorstellen kannst.«

Seine Worte entlockten ihr ein Lächeln. Er hatte ein loses Mundwerk und den Ruf, ein Casanova zu sein, doch sie vermutete inzwischen, dass dies nur Fassade war. Hinter seinen lockeren Sprüchen und den Liebeleien, seien sie nun echt oder erfunden, steckte ein kluger und nachdenklicher junger Mann.

So nahm sie ihren Dienst in der Küche wieder auf. Und das war gut so, die Arbeit lenkte sie von der Sorge um Marco ab, denn in den nächsten Tagen erfuhr sie überhaupt nichts von den Aktivitäten der Carboneria. Noch nicht mal Fabrizzio, dem sie jeden Tag Kaffee in seinem Arbeitszimmer servierte, äußerte sich. Auf ihre Nachfrage erklärte er nur, es laufe alles wie geplant.

Irgendwann erwähnte er beiläufig, dass der Gefängnisseelsorger leider auf dem Heimweg einen Unfall gehabt hatte und jetzt mit einem gebrochenen Bein das Bett hüten musste. Sein Nachfolger, Don Martino, hätte bereits seinen Dienst angetreten. Außerdem war einer der Gefängniswärter der Bestechlichkeit überführt und vom Dienst suspendiert worden, bis man die Vorwürfe geklärt habe.

Der Arm der Carboneria reichte weiter, als sie gedacht hatte.

Mehrere Tage vergingen ohne Neuigkeiten. Dann, endlich, ließ Fabrizzio sie rufen. »In drei Tagen ist es soweit. Monsignore hat die Erlaubnis, die gefangenen Carbonari zu befragen. Angeblich sitzen im Kirchenstaat Carbonari an führenden Positionen und planen einen Umsturz.

Natürlich darf nichts davon an die Öffentlichkeit, damit diese Leute nicht gewarnt werden und untertauchen.«

Er zwinkerte ihr zu. »Pack deine Sachen zusammen. Ich bringe Marco und dich in die Berge, ich habe ein kleines Haus gemietet. Dort versteckt ihr euch, bis der größte Aufruhr vorbei ist. In der Küche sagst du heute noch Bescheid, du hättest eine Nachricht erhalten, dass deine Mutter schwer erkrankt ist, und du nach Hause reist. Sie werden sagen, dass du nicht sofort gehen kannst. Lass dich darauf ein, noch zwei Tage zu bleiben.«

Stumm nickte Antonella. In drei Tagen würde sich Marcos Schicksal entscheiden. *Heilige Muttergottes, beschütze ihn.*

Wie er vorausgesagt hatte, erklärte die Köchin empört, dass sie auf keinen Fall sofort gehen könne. Was ihr überhaupt einfiele, sie jetzt, in der Ballsaison im Stich zu lassen.

Niemals würde sie so schnell einen Ersatz für sie finden.

Sie solle noch bis Mitte Juli bleiben, dann wäre die Saison vorbei, weil viele der vornehmen Familien die heißen Sommermonate in den Bergen verbrachten.

Antonella erklärte sich bereit, noch zwei Tage zu arbeiten, aber dann müsse sie gehen.

»Ist deine Mutter wirklich krank oder ist dein Liebster wieder aufgekreuzt?«, fragte Farina am Abend, als sie in ihrer Kammer im Bett lagen. »Mach bloß keine Dummheiten, Antonella. Ein Kerl, der sich monatelang nicht meldet, taugt nichts.«

»Meine Mutter ist wirklich krank. Ich gehe zurück nach Cerreto. Meine Schwester ist inzwischen nicht mehr dort, sie hat geheiratet und ist mit ihrem Mann nach Modena gezogen.«

So sollte es zumindest sein, wenn alles nach Teresas Wünschen verlaufen war, was sie von ganzem Herzen hoffte. Und sie hoffte auch, dass Tommaso dann in Modena seiner Arbeit nachgehen konnte und nicht auf Verbrecherjagd in die Berge geschickt wurde.

Der Abschied von Farina fiel ihr schwer. Im Gegensatz zu Celeste war sie immer herzlich und gut gelaunt gewesen.

»Vielleicht komme ich ja wieder«, sagte sie an dem Morgen, an dem sie ihr Bündel packte.

»Ich würde mich freuen. Wer weiß, wen wir jetzt als Stubengenossin bekommen. Antonio ist übrigens auch sehr unglücklich, weil du gehst.«

Antonella zwinkerte ihr zu. »Ich finde, du solltest ihn trösten. Er passt viel besser zu dir als zu mir.«

47. KAPITEL

Sie verließ den Palazzo Barrati schon früh am Morgen. In einer Hand trug sie ihr Kleiderbündel, in der anderen einen Korb mit Focaccia, Käse, Schinken und Gebäck, das Farina in den letzten zwei Tage für sie stibitzt hatte. Sie würde ihr fehlen. Sie und auch die Köchin und Celeste und Antonio. Obwohl sie sich immer noch nach den Bergen sehnte, war ihr der Palazzo zu einer zweiten Heimat geworden. Sie hatte dort Freunde gefunden. Während sie in Richtung Hafen schlenderte, dachte sie zum ersten Mal daran, wie es weitergehen sollte, wenn Marco frei war. Sie würden sich in den Bergen südlich von Genua verstecken, bis der Aufruhr vorüber war, wie Fabrizzio gesagt hatte. Doch was dann? Ein Leben auf der Flucht? Nie wissen, wem man trauen konnte? Ins Ausland gehen, wie es Mazzini getan hatte? Schon bei dem Gedanken zog sich ihr Herz zusammen. War das ihr Schicksal? Heimatlos umherzuwandern? Sie hatte Cerreto verlassen und in Genua eine neue Heimat und neue Freunde gefunden. Jetzt musste sie wieder fliehen. In dem Dorf, zu dem Fabrizzio sie bringen würde, konnten sie nicht für immer bleiben.

Sie seufzte. Erst einmal musste Marco frei sein, dann war immer noch Zeit, sich über die Zukunft Gedanken zu machen.

Zwischenzeitlich war sie am Hafen angelangt. Der Fischmarkt neigte sich dem Ende zu, die Händler priesen die noch nicht verkaufte Ware in den höchsten Tönen an.

Wie oft war sie mit Gloria Santos hier gewesen, um einzukaufen. Inzwischen wusste sie, dass man frischen Fisch daran erkannte, dass seine Augen noch klar waren, seine Kiemen rot und dass er nicht roch. Das Exemplar, welches ihr einer der Händler entgegenhielt, gehörte eindeutig nicht dazu. Sie hielt die Luft an und eilte an ihm vorbei.

Ein schriller Pfiff ertönte und danach eine Männerstimme: »Hallo, meine Schöne, wohin so schnell?«

Sie musste zweimal hinsehen, um Fabrizzio zu erkennen. Er war gekleidet wie ein Droschkenkutscher. Mit dem Kinn wies er in eine der Seitengassen. Sie warf den Kopf in den Nacken und stolzierte an ihm vorbei. Dann bog sie in die nächste Gasse ein und kam auf einem Umweg in die Straße, auf die er gedeutet hatte. Dort stand eine schlichte Kutsche mit zwei Pferden. Fabrizzio saß auf dem Kutschbock und nickte ihr zu. »Steig ein.«

Im Schritt lenkte er die Pferde durch die Straßen bis zur Piazza Matteotti. Dort stellte er den Wagen auf einen der dafür vorgesehenen Plätze, zog die Bremse und stieg vom Kutschbock.

»Du bleibst hier drinnen.« Er deutete auf die Ablage für Gepäck. »Dort liegt der Hut und der Umhang meiner Schwester. Zieh beides an, und wenn jemand klopft, sagst du, du wartest hier auf deinen Mann. Ich komme gleich wieder.«

Sie sah ihm nach, wie er zielstrebig auf einen Seiteneingang des Palazzos zuging und aus ihrem Blickfeld verschwand. Zum ersten Mal seit Langem zog sie ihren Rosenkranz hervor und begann zu beten.

Die Sonne stieg, die Luft in der Droschke wurde heiß und stickig. Sie griff nach ihrem Fächer, fächelte sich Luft zu und starrte angestrengt durch das Fenster auf die Piazza. Während für sie die Zeit stillstand, ging das Leben draußen seinen gewohnten Gang. Mädchen verkauften Veilchensträuße an Kavaliere, die mit ihren Damen über den Platz flanierten, ab und zu ratterte eine Kutsche vorbei. Ein kleiner Trupp Carabinieri ritt über die Piazza, die Hufschläge klangen unheilverkündend in ihren Ohren. Eigentlich hatte sie mehr Gendarmerie auf den Straßen erwartet, wenn eine wichtige Persönlichkeit wie Monsignore Bonaffini sich in das Gefängnis begab, aber offensichtlich wusste wirklich niemand von dem extra angesetzten Verhör. Die Zeit verrann. Es musste bereits Mittag sein. Ihre Kleider klebten an ihrem Körper, sie spürte den Schweiß auf ihrem Gesicht.

Dann plötzlich drängte sich hektisches Glockengeläut in die Geschäftigkeit des Alltags.

Keine Kirchenglocken, ein Feueralarm.

Kurze Zeit später bogen die ersten Löschwagen um die Ecke und hielten vor dem Palazzo.

Antonella schloss die Augen und versuchte sich vorzustellen, was jetzt dort drinnen passierte.

Angsterfüllte Diener, kreischende Küchenmädchen, Damen, die kurz vor der Ohnmacht standen. Würde der Gefängnisdirektor Ruhe bewahren oder in die allgemeine Panik verfallen, wie sie hofften? Und die Wächter? War es der Carboneria gelungen, einige zu bestechen?

Angestrengt starrte sie auf die prächtig verzierte Front des Palazzos, doch die gewaltigen Mauern verrieten nichts von den Vorgängen in ihrem Inneren.

Ihr blieb nichts anderes, als zu warten.

Endlich wurde die Tür der Kutsche aufgerissen und ein Mann taumelte neben ihr auf den Sitz. Die Tür schloss sich und kurz darauf setzte sich das Gefährt in Bewegung.

Sie starrte ihn an, fühlte ihr Herz bis in den Hals schlagen. Mager war er und er roch schrecklich nach Schweiß und Blut und anderen Dingen, über die sie nicht nachdenken wollte. Doch er wirkte weniger verstört, als sie erwartet hatte. Sein Gesicht zeigte den gleichen entschlossenen Ausdruck wie damals in Riano, als er den Briganten getötet hatte. Ohne ein Wort zu sagen, zog er das Hemd aus. Sie hielt die Luft an. Über seinen Rücken zogen sich rote Striemen, manche waren frisch verschorft, andere älter. Er bückte sich und zog einen Umhang und einen Zylinder unter dem Sitz hervor. Fabrizzio musste ihn instruiert haben. Vorsichtig half sie ihm, den Umhang umzulegen und zu schließen, sodass er die Verbrennungen und die Blutergüsse auf Brust und Armen verdeckte. Anschließend setzte Marco den Zylinder auf. Durch die Scheiben der Kutsche mussten sie nun aussehen wie ein bürgerliches Ehepaar, vielleicht auf dem Weg zu Verwandten. Immer noch sprach er nicht, sondern starrte geradeaus auf das schmale Fenster, durch das man Fabrizzios Rücken erkennen konnte.

Zögernd tastete sie nach seiner Hand. Er wandte sich ihr zu, führte ihre Hand wortlos an seine Lippen und hielt sie dann fest.

Seine Unterlippe war fast verheilt und zumindest im Gesicht hatte er keine weiteren Blessuren. Da er immer noch nichts sagte, schwieg auch sie, während die Kutsche sich in Richtung Stadtgrenze bewegte. Fabrizzio ließ die Pferde traben, sodass sie rasch vorankamen, ohne aufzufallen.

Bange Minuten vergingen, doch niemand hielt sie auf.

Als sie Genua endlich hinter sich gelassen hatten, trieb Fabrizzio die Pferde zum Galopp. Die Kutsche schwankte und holperte. Antonella wurde tüchtig durchgerüttelt und trotz ihrer Versuche, sich am Sitz festzuhalten, fiel sie irgendwann gegen Marco. Er zuckte zusammen, anscheinend war sie an einen der Blutergüsse gekommen, doch dann legte er den Arm um sie und hielt sie fest.

Je weiter sie kamen, desto mehr wich die Anspannung aus seinem Gesicht.

Schließlich verlangsamte sich die Fahrt, bis die Kutsche zum Stehen kam. Fabrizzio stieg vom Kutschbock und öffnete die Tür.

»Alles in Ordnung, Michele? Geht es dir gut?«
»Es geht mir so gut wie schon lange nicht mehr.«
»Du siehst schrecklich aus.«

»Ich lebe. Und ich bin frei. Wie kommt es, dass Monsignore – « Er verstummte und warf ihr einen erschrockenen Blick zu. Natürlich, er fürchtete, die Identität des Großmeisters preiszugeben. Er konnte ja nicht ahnen, dass sie inzwischen in die Geheimnisse der Carboneria eingeweiht war.

Fabrizzio lachte. »Das kann dir Antonella erzählen, wenn wir weiterfahren. Ich wollte nur kurz nachsehen, ob du verletzt bist.« Er schloss die Tür und kurz danach ruckelte der Wagen wieder los.

»Antonella?« Immer noch lag Musik in Marcos Stimme, wenn er ihren Namen sagte. Fragend blickte er sie an. »Was hast du damit zu tun?«

Und so erzählte sie ihm, was passiert war, seit sie ihn vor zehn Tagen im Palazzo Ducale verlassen hatte.

Er hörte ihr schweigend zu. Erst als sie berichtete, wie sie Monsignore Bonaffini aufgesucht hatte, unterbrach er sie. »Fabrizzio hat dir das Losungswort verraten und du hast es aufgeschrieben?« Sein Gesicht verriet blankes Entsetzen.

»Ich wusste ja nicht, dass man das nicht darf. Ihr habt einen Haufen seltsamer Regeln und ich finde durchaus nicht, dass es gerecht ist, irgendjemanden zu töten.«

»Du lieber Himmel, Mädchen. Hattest du keine Angst?«

»Doch, als er mir seinen Degen an die Kehle gehalten hat, hatte ich Angst. Und später, als er mit dieser Axt ankam, auch.«

»Axt?«

»Ja. Ich dachte erst, er wolle mich umbringen, weil er sagte, dass nur Mitglieder die Geheimnisse der Carboneria kennen dürfen. Aber die Axt gehörte nur zur Zeremonie.«

»Zeremonie? Moment, willst du sagen, es gab eine Einweihung?«

»So was Ähnliches. Monsignore sagte, er würde die kurze Form wählen.«

Ungläubiges Staunen zeigte sich in seiner Miene. »Du hast den Eid geleistet?«

»Ja. Also sei gewarnt, es gibt keinen Grund mehr, Geheimnisse vor mir zu haben«, sagte sie scherzend.

Statt zu lachen, zog er sie ungestüm in seine Arme, streifte ihr den Hut vom Kopf und verbarg sein Gesicht in ihrem Haar. »Meine Liebste, mein Kastanienmädchen. Ich verspreche dir: keine Geheimnisse mehr.«

Vorsichtig, um ihm nicht wehzutun, schlang sie die Arme um ihn und legte den Kopf an seine Schulter. Sie würden reden müssen, sich Gedanken über die Zukunft machen, doch dafür war später noch Zeit. Er lebte, das war das Einzige, was zählte.

48. KAPITEL

Es mochten etwa zwei Stunden vergangen sein, seit sie Genua verlassen hatten, als Fabrizzio die Kutsche erneut anhielt.

»Wir sind da«, verkündete er und half Antonella heraus. Marco stieg anschließend aus. Er hatte den Zylinder in die Stirn gedrückt und hielt den Umhang fest um sich geschlungen.

Sie standen vor einem kleinen Haus, das in hellem Terracotta gestrichen war. Fabrizzio schloss die Tür auf und überreichte Antonella den Schlüssel.

»Heute seid ihr erst einmal allein. Die Leute, die sich um euch kümmern, kommen morgen vorbei. Es sind Irma und Giulio Sari. Sie glauben, dass Michele an einer Lungenkrankheit leidet und sich in der frischen Bergluft erholen muss. Ihr seid natürlich verheiratet.« Er zwinkerte Antonella zu. »Oder hätte ich dich als seine Pflegerin ausgeben sollen?«

Sie lächelte ihn dankbar an. Während sie vor Angst und Sorge um Marco zu keinem klaren Gedanken fähig gewesen war, hatte er wirklich an alles gedacht.

»Falsche Papiere besorgt die Gesellschaft«, fuhr er fort. »Ich bringe sie in etwa zwei Tagen vorbei.«

»Ich danke dir«, sagte Marco, seine Stimme schwankte ein wenig.

»Danke nicht mir, sondern ihr«, erwiderte Fabrizzio. »Sie hat um dich gekämpft wie eine Löwin. Eine solche Frau findest du in deinem Leben nur einmal.«

»Ich weiß.«

»Nun gut.« Fabrizzio hob ein Bündel und einen Korb aus der Kutsche und trug sie ins Haus. »Hier sind Kleider für dich, Michele, und in dem Korb ist etwas zu essen und zu trinken für euch. Wenn du baden willst, es gibt warme Quellen hier. Sie stinken zwar fast genauso wie du, aber das Wasser ist heilsam.«

Er umarmte erst Antonella und küsste sie herzhaft auf den Mund, dann schloss er Marco in die Arme. »Erhol dich gut, mein Freund.«

Marco erwiderte die Umarmung. »Lass mich wissen, wie es im Palazzo lief. Ob sie es alle geschafft haben zu fliehen.«

Er starrte der Kutsche nach, bis sie hinter einer Kurve verschwand. Sein Gesicht wirkte angespannt.

»Marco ...«, begann sie, dann hielt sie inne. »Wie soll ich dich denn jetzt nennen? Michele?«

Er schüttelte den Kopf. »Ich würde gerne weiterhin Marco für dich sein. Und außerdem ist es ja auch mein erster Name.«

»Dann lass uns hineingehen, Marco«, sagte sie und zupfte ihn am Ärmel.

Man hatte für ihren Besuch vorgesorgt. Auf dem Tisch

stand ein Krug mit Wasser, daneben eine Schale mit Pfirsichen und Aprikosen, die einen betörenden Duft verströmten.

Während Marco sich auf einen der Stühle sinken ließ und nach einem Pfirsich griff, inspizierte Antonella die Küche. Teller, Tassen, Becher, Besteck, drei Töpfe und eine große Pfanne. Alles was sie in einem gut geführten Haushalt erwartete, war vorhanden. Sie holte zwei Becher und füllte sie aus dem Krug mit Wasser. Jetzt wo sie mit Marco allein war, fühlte sie sich befangen. Drei Monate war es her, dass sie ihm erklärt hatte, sie wolle ihn nie wiedersehen. Was sollte sie sagen? Über den Kerker wollte sie ihn nicht ausfragen und wie sie an die Vergangenheit anknüpfen sollte, wusste sie nicht. Sie stellte den Becher vor ihm auf den Tisch.

»Bist du sehr hungrig?« Es war eine dumme Frage. Natürlich war er hungrig, sie erkannte es daran, mit welcher Gier er den nächsten Pfirsich verschlang. »Soll ich nachsehen, was Fabrizzio uns zu essen eingepackt hat?«

»Ich habe Hunger, aber erst will ich mich waschen.«

»Ich helfe dir.«

Er schüttelte den Kopf. »Das kann ich noch allein. Meinst du, es gibt hier irgendwo einen Brunnen?«

Von der Küche aus führte eine Tür in einen kleinen Garten. Als Antonella nach draußen trat, hörte sie einen Bach plätschern. Neben dem Ausgang standen zwei Eimer, die offensichtlich zum Wasserholen dienten. Sie nahm beide und folgte dem Plätschern. Zwischen ihrem und dem Nachbarhaus floss ein kleiner Bach hinunter ins Tal. Sie schöpfte eine Handvoll Wasser. Es war klar und kalt und schmeckte ausgezeichnet. Rasch füllte sie die beiden Eimer und kehrte zum Haus zurück. Marco stand in der Küche und kehrte ihr den Rücken zu. Die grauen Gefängnishosen lagen auf dem Boden, das Hemd hing über einem Stuhl, ebenso der Umhang.

Als sie die Eimer abstellte, fuhr er herum, griff hastig nach dem Umhang und hielt ihn vor sich.

»Ich bin es doch nur.«

»Ich weiß. Aber es wäre mir lieber, du würdest das nicht sehen.« Er wies mit dem Kinn über die Schulter in Richtung Rücken.

»Ich habe es doch schon in der Kutsche gesehen.«

Sie trat zu ihm und er zog den Umhang höher, sodass er die Verbrennungen auf seiner Brust verdeckte.

»Du musst dich doch nicht vor mir verstecken …«

Er wandte den Blick ab. »Ich möchte mich vor jedem verstecken. Du kannst nicht wissen, wie es war. Ich dachte, ich sei stark, ich dachte, ich könne es aushalten. Beim ersten und beim zweiten Verhör ging es noch. Aber sie holten mich mehrmals in der Woche. Und sie brachten mich dazu, zu betteln, sie …« Schaudernd zog er die Schultern hoch. »Irgendwann zitterte ich bereits vor Angst, wenn ich nur ihre Schritte auf dem Gang hörte. Und irgendwann war ich so weit gesunken, dass ich hoffte, ja betete, sie würden einen andern holen, nur nicht mich.« Er schluckte. »Ich rede von Freunden, von Kameraden, denen ich wünschte, sie mögen an meiner statt gefoltert werden. Weißt du, wie armselig so etwas ist?«

Sie hätte ihn gerne berührt, doch sie wagte es nicht.

»Ich weiß, wie es ist, jemandem hilflos ausgeliefert zu sein. Und ich weiß, wie man sich fühlt, das einem anderen zu offenbaren. Ich dachte, ich müsste sterben vor Scham, als Paolo seine Hand zwischen meine Beine geschoben hat und du dazukamst. Du hast mich vor Schlimmerem bewahrt, trotzdem hätte ich dich damals am liebsten nie mehr wiedergesehen.«

Sie wandte sich um und holte Leinentücher aus einem der Schränke. Am Spülstein fand sie ein Stück Seife. »Das Einfachste ist, du wäschst dich auf der Veranda vor der Küche. Dort bist du vor fremden Blicken geschützt. Ich werde dich nicht ansehen, wenn du es nicht willst.«

Langsam ließ er den Umhang sinken. »Ich wusste damals nicht, wie beschämend es für dich gewesen sein musste, dass ich dich in dieser Situation gesehen habe, und wie schwierig, mir zu vertrauen.« Er legte den Umhang über einen der Stühle, nahm die Eimer und ging nach draußen. Antonella folgte ihm mit den Tüchern und der Seife, legte beides auf den Boden.

»Auf dem Weg hierher habe ich Aloe Vera wachsen sehen«, sagte sie. »Ich schaue, ob ich sie finde.«

Aus dem Schrank nahm sie ein Messer und verließ das Haus. Ihre Erinnerung hatte sie nicht getäuscht, in einiger Entfernung fand sie ein paar Pflanzen am Wegrand.

Sie schnitt eines der fleischigen, spitz zulaufenden Blätter ab. Das Gel der Pflanze half bei Verbrennungen und es würde sicher auch bei den Striemen auf seinem Rücken nützlich sein. Sie ließ sich Zeit für den Rückweg und sah sich um.

Das Dorf schmiegte sich an den Hang eines Berges. Die meisten Häuser lagen auf der Seite der Straße, die dem Tal zugewandt war. Auf der anderen Straßenseite entdeckte sie Gärten und sogar kleine Weinberge. Mauern schützten die Erde vor dem Abrutschen. In einiger Entfernung spannte sich ein Aquädukt über das Tal. Friedlich war es hier. Außer dem gelegentlichen Gackern von Hühnern, dem Meckern von Ziegen und dem allgegenwärtigen Sägen der Zikaden hörte sie keine Geräusche. Die Sonne schien, doch es war lange nicht so heiß wie in den Straßen von Genua. Sie hielt inne und atmete tief durch. Sie hatte ihn wieder, aber es würde nicht einfach werden, das war ihr jetzt klar. Die Gefangenschaft und die Folter hatte Spuren hinterlassen, auf seinem Körper und auf seiner Seele. Sie konnte nur hoffen, dass beides heilen würde.

Er goss gerade das Wasser aus dem zweiten Eimer über sich, spülte den Seifenschaum ab, als sie die Küche betrat. Mit dem Messer schnitt sie das Aloe-Vera-Blatt der Länge nach durch. Dieses Mal machte sie sich bemerkbar, bevor sie sich ihm näherte.

Er schlang eines der Tücher um die Hüften und drehte sich zu ihr um. »Was hast du da?«

Sie erklärte ihm, wozu die Pflanze gut sei. »Darf ich?«

Sachte strich sie mit dem Blatt über seine Brust, verteilte das Gel auf den Brandwunden und anschließend auf den wund geriebenen Handgelenken. Wieder fiel ihr auf, wie dünn er geworden war. Seine Rippen zeichneten sich deutlich ab und die Hüftknochen standen hervor. Nun, das konnte sie ändern. Wenn sie für ihn kochte, würde sein Appetit schon zurückkehren. Ihr Erspartes würde eine Zeit reichen, und wenn sie länger hierbleiben mussten, würde sie arbeiten. Irgendetwas gab es immer zu tun, und wenn ihr Lohn »nur« aus Lebensmitteln bestand. Sie würde sich nicht unterkriegen lassen.

»Was hast du?«, unterbrach Marco ihre Gedanken, seine Stimme klang amüsiert. »Du machst ein Gesicht, als wolltest du es gleich mit der österreichischen Armee aufnehmen.«

»Vielleicht will ich das«, gab sie lächelnd zur Antwort. »Für unsere Zukunft. Dreh dich um, ich möchte dir den Rücken einreiben.«

Einen Moment zögerte er, dann ging ein Ruck durch seinen Körper und er drehte ihr den Rücken zu.

Sie bestrich die Striemen mit dem Gel und versuchte die Bilder aus ihrem Kopf zu verscheuchen, die ihr Marco an einen Pfahl gebunden zeigten, hinter ihm den Henker mit der Peitsche. Vielleicht hatte er recht, und es wäre besser gewesen, sie hätte die Spuren der Folter nicht gesehen.

Nachdem das Aloe-Vera-Gel getrocknet war, zog er das

Hemd wieder über und schlüpfte in saubere Hosen. »Kannst du bitte mal nachsehen, ob Fabrizzio Rasierzeug eingepackt hat?«

Fabrizzio hatte an alles gedacht, sogar an ein Rasiermesser.

49. KAPITEL

Später saßen sie an dem Tisch in der Küche. Er hatte die verschmutzte Gefängniskleidung vergraben. Jetzt, wo der mehrere Wochen alte Bart entfernt war, sah sie erst, wie blass er war. Fabrizzio hatte Fladenbrot, Focaccia, eingepackt, dazu dicke Scheiben von Porchetta, geröstetes Spanferkel mit würziger Kräuterfüllung, und Torta della Nonna, einen Kuchen mit Pinienkernen. Dazu eine Flasche Rotwein.

»Erzähl mir, was heute im Palazzo passiert ist.« Sie suchte nach einem Gesprächsstoff, doch sie spürte, dass er nicht über seine Haft reden wollte.

»Es lief fast genauso, wie ihr es geplant hattet. Don Martino löste den bisherigen Gefängnisseelsorger ab und sagte uns, was geplant war und was wir tun sollten. Heute Morgen holten die Wächter die ersten fünf von uns zum Verhör. Einer von ihnen sorgte dafür, dass die Fußketten gelöst wurden, damit wir schneller die Treppe hinuntergehen konnten. Im Verhörraum erwarteten uns Monsignore Bonaffini und sein Sekretär. Während er uns »befragte«, brachten die Wächter bereits die nächste Gruppe herunter. Plötzlich hörten wir Schreie von draußen. Mehrere Leute riefen ›Feuer!‹ Monsignore Bonaffini riss die Tür auf. Im Nu schien der ganze Palast in Aufruhr. Überall brüllten Diener, irgendwo kreischten Frauen. Monsignore und sein Sekretär täuschten ebenfalls eine Panik vor, der Sekretär rannte auf den Gang und brüllte die Wächter an, sie sollten beim Löschen helfen. Währenddessen kam der falsche Wächter herein und schloss die Handschellen auf. Silvio Menardi schlug den Mann nieder und nahm ihm den Schlüssel ab. Das war so abgesprochen, damit man ihm nichts vorwerfen konnte. Während Silvio draußen den anderen die Handschellen öffnete, fesselte und knebelte ich Monsignore. Dann rannte ich zum Ausgang, wo Fabrizzio mich erwartete. Mehr weiß ich nicht.«

Er fuhr sich mit der Hand über das Gesicht. »Ich hoffe, sie haben es alle geschafft.«

Allmählich schien die Anspannung von ihm abzufallen. Er blickte sich in der Küche um. »Ein hübsches Häuschen hat Fabrizzio uns ausgesucht. Können wir in den Garten gehen? Ich war zu lange drinnen.«

Nebeneinander saßen sie auf der kleinen Holzbank vor dem Küchenfenster. Marco hatte die Augen geschlossen, sein Gesicht der Sonne zugewandt. Ein leichtes Lüftchen wehte. Die Zikaden veranstalteten ihr Mittagskonzert, nur ab und zu übertönt von dem Ruf des Schlangenadlers, der über ihnen kreiste.

»Ich hätte nie gedacht, dass ich mich freuen würde, dieses Sägen wieder zu hören«, sagte er, als ein Windstoß durch die Bäume fuhr und die Zikaden verstummten.

»Sie sind sehr laut.« In der Tat, die Stille war geradezu wohltuend. Doch sie dauerte nicht lange. Zögerlich fing erst eine Zikade wieder an zu sägen, eine weitere fiel ein und nach ein paar Minuten lärmte es aus jedem Baum.

Antonella beobachtete eine Eidechse, die sich Schritt für Schritt aus ihrem Versteck hervorwagte, bereit, jeden Augenblick zurückzuflitzen. Unwillkürlich lächelte sie. Ihr erging es ganz ähnlich. Auch sie wagte sich nur Stück für Stück an Marco heran. Zaghaft tastete sie nach seiner Hand. Als ihre

Finger sich berührten, griff er zu und hielt ihre Hand fest. Doch als sie sich an ihn lehnte, zuckte er zusammen.

»Entschuldigung.« Sie rückte von ihm ab.

»Nein, es ist gut, da ist nur ...« Eine der Brandwunden, erinnerte sie sich.

Er legte den Arm um ihre Schulter und zog sie vorsichtig an sich.

»Gibt es irgendeine Stelle, die dir nicht wehtut?«

Wie sie gehofft hatte, entlockten ihre Worte ihm ein Lächeln. »So schlimm ist es auch wieder nicht. Diese Stelle tut nicht weh.« Er deutete auf seinen Mund, beugte sich zu ihr und küsste sie.

Doch als sie ihn in der Nacht berührte, zuckte er wiederum zurück. Sie nahm ihre Hand fort. »Es tut mir leid. Habe ich schon wieder eine dumme Stelle erwischt?«

»Das ist es nicht. Ich muss nur wieder lernen, dass nicht jeder, der mich anfasst, mir Schmerzen zufügen will.«

Sie stemmte sich auf einen Ellbogen und sah ihn an. »Ich fasse dich nur an, wenn du es willst.«

»Ich will es ja, Liebste.« Er nahm ihre Hand und legte sie auf seine Brust, an die Stelle, unter der sein Herz schlug.

Es schlug zu schnell. Unter ihren Fingern spürte sie seine Rippen. Sie wartete, bis sein Herzschlag langsamer wurde, dann strich sie behutsam über seine Brust, seine Schultern, zeichnete mit den Fingerspitzen die Konturen seines Gesichts nach. Als sie über die Falte zwischen seinen Augenbrauen streichelte, lächelte er und schloss die Augen. Seine Gesichtszüge entspannten sich und kurz danach schlief er ein.

Sachte breitete Antonella die Decke über ihm aus, legte sich an seine Seite und schloss die Augen.

Ein Schrei schreckte sie auf, die Matratze bebte. Im fahlen Licht des Mondes sah sie, wie Marco sich stöhnend herumwarf, dann krümmte er sich zusammen, zog die Knie an die Brust und legte die Hände über den Kopf, als er wolle er ihn vor Schlägen schützen. Sein Atem ging schnell und keuchend. Sie sprach ihn an, doch er reagierte nicht.

Erst als sie ihn sachte an der Schulter rüttelte, erwachte er und fuhr hoch. Einen Augenblick blieb er sitzen, immer wieder ging ein Zittern über seinen Körper.

»Du hast geträumt«, sagte sie leise.

Er schien sie nicht wahrzunehmen, stattdessen blickte er im Zimmer umher. Seine Augen wirkten riesig in dem mageren Gesicht, er sah aus wie ein Tier in der Falle. Immer noch zitterte er, gleichzeitig traten Schweißperlen auf seine Stirn, seine Schultern, seine Brust und Arme, bis sein ganzer Körper schweißbedeckt war.

»Marco.« Sie wagte es nicht, ihn zu berühren. »Liebster, du bist in Sicherheit.«

Endlich schien sie zu ihm durchzudringen. Er drehte den Kopf und sah sie an. Seine Brust hob und senkte sich schnell, als wäre er gerannt, doch seine Augen verloren den gehetzten Ausdruck, wurden klarer.

»Ich war wieder im Torre.« Er hob die Hände und starrte sie an, als wolle er sich vergewissern, dass er keine Ketten mehr trug. Dann legte er sich langsam zurück, der Schweiß glänzte auf seiner Haut.

Antonella stand auf, zündete die Lampe an und goss Wasser aus der Kanne in die Waschschüssel. Mit einem Tuch und der Schüssel kehrte sie zum Bett zurück. Sachte wusch sie ihm den Schweiß ab, begann mit den Armen, strich über seine Brust, seine Beine, hinunter zu seinen Füßen. Als sie seine Fußsohlen sah, erstarrte sie. Dicht an dicht zogen sich Striemen quer über beide Sohlen. Manche waren fast verheilt, bei anderen blätterte der Schorf gerade erst ab. Kein Wunder, dass sein Gang sich so verändert hatte. Sie kämpfte gegen die Tränen und tat so, als wäre nichts geschehen. Mitleid würde ihm nicht helfen und ihre Tränen auch nicht.

Sie wrang das Tuch aus und hängte es über eine Stuhllehne.

»Soll ich die Lampe brennen lassen?«

Er lag unverändert auf dem Rücken und nickte kaum wahrnehmbar. Doch als sie sich wieder zu ihm legte und die Decke über sie beide zog, drehte er sich zu ihr und nahm sie in die Arme. Eng umschlungen schliefen sie ein und erwachten genauso am nächsten Morgen.

50. KAPITEL

Zwei Tage später kam Fabrizzio zurück. Antonella beobachtete seine Ankunft durch das Fenster. Schon als er vom Pferd stieg, beschlich sie das Gefühl, dass etwas nicht stimmte. Er bewegte sich anders als sonst, langsamer, seine Schritte, als er auf das Haus zuging, waren schleppend, als müsse er gegen einen Widerstand ankämpfen. Kurz vor der Haustür hob er den Kopf und straffte die Schultern. Dann klopfte er an.

Sie öffnete ihm. Wie an dem Tag, als er sie des Verrats an Marco bezichtigt hatte, waren seine Augen gerötet. Doch dieses Mal fehlte die unbändige Wut, seine Züge spiegelten nur Verzweiflung. Er nickte ihr nur kurz zu und heftete seinen Blick auf Marco, der in der Stube stand und ihm erwartungsvoll entgegensah.

»Fabrizzio!« Das Lächeln verschwand aus Marcos Gesicht. »Was ist geschehen?«

Fabrizzio wandte den Kopf in ihre Richtung. »Lass uns allein.«

Es war keine Bitte. Antonella presste die Lippen zusammen. Was hatte er Marco zu sagen, das sie nicht hören durfte? Hatte es nicht geheißen: keine Geheimnisse mehr? Sie sah Marco an, doch der nickte ihr nur zu und führte den Freund zu der Bank, die unterhalb der Treppe stand. Erbost begab sie sich in die Küche. Nun gut. Die Männer führten wichtige Gespräche, die Frau hatte zu kochen. Sicher würde Fabrizzio zum Essen bleiben, egal welche Nachrichten er brachte.

Sie goss Olivenöl in die schwere Pfanne, holte Tomaten aus dem Korb und schnitt sie klein. Dabei lauschte sie auf die Stimmen aus der Stube. Fabrizzio sprach, es folgte ein schmerzerfüllter Ausruf von Marco. »Nein! Lieber Gott, nein!«

Sie ließ das Messer fallen und stürmte zurück in die Wohnstube.

Marco hatte sich auf einen Stuhl sinken lassen und die Hände vors Gesicht geschlagen. Seine Schultern zuckten. Fabrizzio saß noch auf der Bank.

»Ihr könnt mich nicht ausschließen. Ich gehöre zu euch. Ich habe ein Recht, zu erfahren, was passiert ist.«

Sie hatte Widerspruch erwartet, doch Fabrizzio nickte. »Es konnten nur noch fünf entkommen. Die andern zehn wurden noch im Palazzo Ducale gefasst. Sie wurden alle zum Tode verurteilt, auch die, die es vorher nicht waren.«

Er stockte. Marco hatte den Kopf gehoben. Tränenspuren glitzerten auf seinen Wangen. »Giacomo Mazzone hat sich umgebracht«, flüsterte er.

»Angeblich hat er einen der Eisenbeschläge von seiner Zellentür abgerissen«, erklärte Fabrizzio. »In der Aufregung wegen des Brandes haben sie die Gefangenen in die Zellen gebracht, ohne sie zu durchsuchen. In derselben Nacht hat er sich die Kehle durchgeschnitten.«

»Ich hätte dort sein sollen«, stieß Marco hervor. »Statt

gleich zu fliehen, hätte ich den anderen helfen können, dann wären vielleicht noch mehr entkommen.«

»Nein, mein Freund.« Fabrizzio beugte sich vor und griff nach Marcos Händen. »Du hättest nichts tun können. Irgendjemand hat die Gendarmerie alarmiert, sie hatten den Palazzo umstellt. Sie hätten euch nur alle verhaftet.«

Marco schloss die Augen. »Nur fünf«, flüsterte er. »Nur fünf.«

Am liebsten hätte Antonella ihn geschüttelt. »Fünf Männer sind frei. Würde es den anderen helfen, wenn ihr jetzt alle hingerichtet werden würdet?«

Er öffnete die Augen. »Das verstehst du nicht.«

Allerdings nicht, wollte sie sagen, doch in diesem Moment stieg ihr ein durchdringender Geruch nach Verbranntem in die Nase. Sie hatte die Pfanne auf dem Herd vergessen!

Sie stieß die Tür zur Küche auf und beißender Qualm kam ihr entgegen.

Aus der Pfanne quoll dicker schwarzer Rauch. Sie packte sie am Stiel, öffnete die Tür zum Garten und stellte die Pfanne auf die Steinplatten vor der Küchentür.

Als sie wieder in die Wohnstube kam, saßen beide Männer noch so, wie sie sie verlassen hatte. Leise fluchend öffnete sie die Haustür, um den Rauch abziehen zu lassen. Der Gestank würde sich noch tagelang halten und die Pfanne war sicher ruiniert.

»Ich muss gehen, Michele.« Fabrizzio stand auf, beugte sich vor und umarmte Marco. »Mach dir keine Vorwürfe. Wir konnten fünf Menschen retten. Und dich.«

»Und was ist mit denen, die nur zur Kerkerhaft verurteilt waren und die jetzt sterben müssen?«

»Kerkerhaft kann schlimmer sein als der Tod. Du kennst die Geschichte von Silvio Pellico. Nach zehn Jahren in Spielberg ist er ein gebrochener Mann.«

Doch Marco schüttelte nur stumm den Kopf.

Fabrizzio küsste ihn auf beide Wangen und wandte sich an Antonella. »Meine Schöne, ich komme wieder, sobald ich es unauffällig arrangieren kann. Habe Geduld mit ihm.«

Sie umarmte ihn. »Pass auf dich auf.«

Sie wartete, bis er das Haus verlassen hatte, dann drehte sie sich zu Marco um. Er saß immer noch auf dem Stuhl, die Arme auf die Beine gestützt, den Kopf gesenkt. Zögernd trat sie zu ihm. »Es tut mir so leid.« Wie schwach das klang, angesichts der Tragödie.

Langsam, als schmerze ihn jede Bewegung, stand er auf. »Bitte lass mich ein paar Minuten allein.«

Er ging durch die Küche nach draußen. Hilflos blickte sie ihm hinterher. Dann straffte sie die Schultern. Es half nichts, wenn sie jetzt ebenfalls in Trauer versank. Sie ging in die Küche und sah nach, was noch an Vorräten für eine Mahlzeit vorhanden war. Anschließend holte sie Wasser aus dem Bach, sie wollte zumindest versuchen, die Pfanne zu säubern.

Marco saß auf der Bank an der Mauer und starrte ins Leere.

51. KAPITEL

Eine Stunde später saß er immer noch dort. Sie hatte inzwischen die Pfanne mit Sand und Wasser einigermaßen von den angebrannten Resten befreit und eine Minestrone gekocht. Immer wieder ging sie zur Tür und warf einen scheuen Blick hinaus. Er bewegte sich nicht.

Schließlich sammelte sie ihren Mut und setzte sich neben ihn. »Marco …«

»Es geht mir gut.« Die Worte kamen leise, ohne jede Betonung. »Es geht mir gut.« Sein Blick war starr geradeaus gerichtet.

Wut packte sie wie eine Faust, die sie umklammerte und durchschüttelte. Sie rang nach Atem und nach Worten. Sie fluchte. Sämtliche Flüche, mit denen die Schäfer ihrem Zorn und ihrer Hilflosigkeit Luft machten, wenn Wölfe oder wilde Hunde über die Herden hergefallen waren, wenn sie mit ansehen mussten, wie ein Mutterschaf an Milchfieber starb, oder der Winter zu früh kam, warf sie ihm an den Kopf. »Einen Dreck geht es dir. Seit fast zwei Stunden starrst du Löcher in die Luft. Sieh mich an und sag mir noch einmal, dass es dir gut geht.«

Er tat es. Er wandte den Kopf, doch sein Blick glitt über ihre linke Schulter ins Ferne. »Es muss mir doch gut gehen. Ich bin frei und ich lebe.«

Du bist nicht frei. Dich fesselt das, was sie dir in der Haft angetan haben, und jetzt fesseln dich auch noch deine gefangenen Kameraden.

Sie wagte nicht, es auszusprechen. Es war eine stillschweigende Übereinkunft, dass sie nicht über die Haft und die Folter sprachen. Vielleicht sollten sie es tun, vielleicht würde das endlich den Abstand zwischen ihnen überbrücken, doch sie hatte es am Tag seiner Befreiung nicht gewagt, und seitdem war es mit jedem Tag schwerer geworden, das Thema anzusprechen.

Sie versuchte es mit Vernunft. »Ja, du bist frei. Und mit dir noch fünf andere deiner Kameraden. Wenn wir nichts getan hätten, säßet ihr alle noch im Torre und würdet alle noch gefoltert werden – und irgendwann hingerichtet.«

»Das weiß ich.«

»Und?«

»Warum sitze *ich* hier und bin frei und nicht Giacomo Mazzone, der Arzt ist und der Welt mehr nützt als ich, oder Galotti, der eine Frau und drei Kinder hat? Mit welchem Recht lebe ich, wenn sie sterben müssen?«

Ihr Kopf schien zu platzen, so angestrengt suchte sie nach einer Antwort. Gottes Wege sind unerforschlich, wäre die Naheliegende, doch sie wusste, was er von derartigen Sprüchen hielt.

Weil es gerecht ist, dachte sie, weil Fabrizzio und ich unser Leben riskiert haben, um dich zu retten.

Doch damit würde sie der Schuldenlast, die er trug, noch eine weitere aufbürden.

»Du kannst doch nicht die Schuld für jeden ungerechten Tod auf dich nehmen. So viele sterben, obwohl sie etwas Besseres verdient haben. Und viele, die den Tod verdienen, dürfen leben. Daran kannst du nichts ändern und daran bist du nicht schuld.« Sie griff nach seiner Hand. »Und außerdem weißt du nicht, ob du der Welt vielleicht noch nützlich sein wirst.

War es vielleicht gut, dass Paolo mir im Wald aufgelauert hat? Nein. Doch wenn er es nicht getan hätte, wären wir uns niemals begegnet. Also war es vielleicht doch gut.«

Sie schaffte es schließlich, ihn dazu zu bewegen, eine Kleinigkeit zu essen, aber er blieb schweigsam und teilnahmslos.

Am späten Nachmittag des nächsten Tages ballten sich im Westen Wolkentürme auf.

Die Luft war drückend schwül, es war so windstill, dass sich noch nicht ein Blatt bewegte. Erst gegen Abend kam Wind auf und trieb die Wolken vom Meer in die Berge. Als die ersten Regentropfen fielen, ging Marco hinaus.

Es hatte wochenlang nicht geregnet, die Erde saugte das Wasser geradezu auf. Es duftete nach Moos, nach wilden Blumen und nach Macchia. Der Regen wurde rasch stärker, fiel in dicken schweren Tropfen, trommelte auf das Dach und die hölzerne Veranda. Marco stand im Garten, sein Gesicht nach oben gewandt, die Augen geschlossen. Sein Hemd klebte ihm am Körper, doch es schien ihn nicht zu stören, im Gegenteil.

»Ich wusste schon gar nicht mehr, wie schön Regen sein kann«, rief er ihr zu. »Komm raus.«

Kopfschüttelnd lief sie zu ihm. Der Regen war warm, doch der Wind frischte zunehmend auf und ein erstes Donnergrollen war zu hören.

»Ein Gewitter. Lass uns ins Haus gehen.«

»Nein, warte. Es ist noch weit weg. Spürst du, wie die Erde atmet?«

Vor allem spürte sie, wie nass sie wurde. Das Wasser floss ihr ins Genick und in den Ausschnitt. Es tropfte aus Marcos Haaren, lief über sein Gesicht, es sah aus, als weinte er.

Doch das tat er nicht. Er beugte sich zu ihr und küsste sie, dass ihr die Knie weich wurden.

Um sie herum rauschte der Regen unaufhörlich weiter, verströmte die Erde süßen Duft und sie spürte ein unbändiges Verlangen, bei ihm zu liegen, ihn in sich zu spüren. Sie zog das Hemd aus seiner Hose, knöpfte es auf und er streifte es ab. Dann löste er die Verschnürung ihres Mieders und schob die Bluse über ihre Schultern, umfasste ihre Brust.

Das Krachen des Donners ließ sie zusammenfahren.

»Jetzt sollten wir ins Haus gehen«, murmelte er.

Sie liefen hinein, warfen die nassen Sachen in eine Ecke und fielen aufs Bett. Und während draußen Blitz auf Blitz zuckte und der Donner dröhnend von den Bergen widerhallte, liebten sie sich.

Das Gewitter tobte mehrere Stunden in unverminderter Stärke. Erst um Mitternacht wurde das Krachen zu einem leisen Grollen. Antonella lag wach und lauschte auf das sanfte Rauschen des Regens. Marco schlief. Sein Gesicht war ihr zugewandt und so entspannt, wie sie es seit ihrer gemeinsamen Reise nach Genua nicht mehr gesehen hatte. Ein winziges Lächeln hatte sich in seinen Mundwinkeln eingenistet.

Am nächsten Morgen brachte Irma Brot und Milch und die Nachricht, dass es am Ortsausgang einen Erdrutsch gegeben habe, der die Straße nach Süden versperrte. Zum Glück war niemand zu Schaden gekommen. Aber die Straße sei wohl für einige Wochen unpassierbar.

Marco erbot sich, bei den Aufräumarbeiten zu helfen.

Antonella sah es mit Erleichterung, hoffte sie doch, dass es ein Zeichen dafür war, dass sein Lebensmut zurückkehrte. Aber nach zwei Tagen bemerkte sie, dass es nur eine andere Art war, seine Schuldgefühle zu bekämpfen. Er arbeitete bis zur Erschöpfung und fiel nach dem Abendessen todmüde ins Bett. Trotzdem quälten ihn immer noch Albträume, jede Nacht hörte sie ihn stöhnen und manchmal rief er im Schlaf die Namen seiner gefangenen Freunde.

Einige Tage später wurde Antonella von jemandem angerufen, als sie gegen Mittag vom Einkauf nach Hause kam und die Haustür öffnete. Marco war wieder mit den anderen Männern des Dorfes dabei, die Straße freizuschaufeln, wollte aber zum Mittagessen zurück sein.

»Entschuldigung Signora, können Sie mir sagen, ob die Straße nach Süden frei ist? In Calvari sagte man uns, sie sei wegen eines Erdrutsches gesperrt.«

Sie wandte sich um und ein Schreck fuhr ihr in die Glieder. Der Mann, der sie angesprochen hatte, war ein Carabiniere auf einem braunen Pferd. So ruhig wie möglich antwortete sie: »Das ist richtig, ein Teil der Straße ist letzte Woche verschüttet worden, Sie müssen leider umkehren.« Während sie noch sprach, erkannte sie den Mann. »Tommaso?«

»Antonella!« Freude erhellte sein langes Gesicht. »Ich dachte, du seist in Genua? Was tust du hier?«

Im ersten Moment freute sie sich, ihn zu sehen, doch dann wurde ihr klar, dass seine Anwesenheit kein Zufall war. Sie konnte nur bedeuten, dass ihnen die Gendarmen auf den Fersen waren. Heilige Muttergottes, was sollte sie ihm bloß sagen? Mein Geliebter und ich verstecken uns vor euch, war keine gute Antwort. Mit der Möglichkeit, dass ausgerechnet Teresas Verlobter sie aufspürte, hatte sie niemals gerechnet.

Er stieg vom Pferd, kam zur Haustür und küsste sie unbefangen auf beide Wangen. »Wie schön, dich zu sehen.« Ohne weitere Umstände nahm er ihren Korb und trug ihn ins Haus. »Sag, wie ist es dir ergangen? Teresa wird sich freuen, wenn ich ihr erzähle, dass ich dich getroffen habe.«

Fieberhaft zermarterte sie sich ihren Kopf, um einen Grund für ihr Hiersein zu finden, und hoffte gleichzeitig, dass Marco nicht gerade jetzt nach Hause kam.

Doch schon entdeckte sie ihn in der offenen Tür. Lautlos schlich er sich an Tommaso an. Dann presste er ihm die linke Hand auf den Mund und legte den Dolch an seine Kehle. In seinem Gesicht stand eine Mischung aus Entschlossenheit und wilder Verzweiflung.

»Nein!« Ihr Aufschrei durchschnitt die Stille. »Nicht. Das ist Tommaso.«

Mit einem Fußtritt schloss Marco die Haustür, ohne Tommaso loszulassen oder den Dolch von seiner Kehle zu nehmen. »Wer?«

Tränen strömten über ihre Wangen. »Teresas Verlobter. Bitte ...«, flehte sie. Teresa würde es nicht ertragen, Tommaso zu verlieren, und sie konnte es nicht ertragen, wenn Marco den Mann tötete, den ihre Schwester liebte.

»Der Verlobte deiner Schwester? Das ist aber kein Familienbesuch, oder? Was willst du hier? Bist du allein?« Er drückte die Klinge fester an Tommasos Kehle.

»Meine Truppe wartet in Calvari auf mich. Wir sind auf dem Weg nach La Spezia. Ich bin vorausgeritten, um zu fragen, ob die Straße nach Süden frei ist.«

»Deine Truppe?«, fragte Marco scharf. »Wie viel Mann?«

»Fünfzehn«, antwortete Tommaso. Sein Kehlkopf bewegte sich krampfhaft, als er schluckte. »Antonella, was geht hier vor?« Tommasos Stimme verriet deutlich seine Angst.

Ihr Mund war trocken vor Entsetzen. »Marco, tu das nicht.«

Über Tommasos Schulter hinweg blickt er sie an. In seiner linken Wange zuckte ein Muskel. Sie sah das Flackern in seinen Augen, die Schweißperlen auf seiner Stirn und wusste im selben Moment, was er vorhatte. Als er den Dolch von Tommasos Kehle nahm, rannte sie los. Sie prallte gegen seine Brust, schlug mit beiden Armen gegen sein Handgelenk, bevor er sich die Klinge an seine eigene Kehle setzen konnte.

Sein Nein gellte genauso laut wie ihres. Ihr Angriff brachte ihn aus dem Gleichgewicht, gemeinsam gingen sie zu Boden. Der Dolch flog aus seiner Hand.

»Nein!«, schrie er erneut.

Dann war plötzlich Tommaso über ihm, riss seine Hände nach hinten und fesselte sie. Anschließend packte er ihn am Hemd und zerrte ihn auf die Knie. »Wer bist du?«

Der Stoff zerriss unter Tommasos Griff und gab den Blick auf die Brandnarben auf Marcos Brust frei.

Tommaso warf einen kurzen Blick darauf, dann zog er Marcos Hemd am Rücken nach unten und entdeckte die Spuren der Peitsche.

»So ist das also. Du bist einer der Carbonari, die aus dem Torre Grimaldina entkommen sind«, sagte er leise.

Antonella sah das Zittern, das Marcos Körper überlief. Wieder und wieder. Er presste die Lippen zusammen und senkte den Kopf.

»Hat er dich entführt?«, wandte sich Tommaso an sie.

»Nein.« Sie konnte den Tränenstrom nicht eindämmen, der unaufhörlich aus ihren Augen floss. »Er ist der Mann, den ich liebe.« Schluchzend hob sie die Hände. »Ich bitte dich, ich flehe dich an, lass uns gehen. Er ist kein Verbrecher, er hat niemandem etwas getan.«

»Er ist ein Carbonaro.«

»Das macht ihn nicht zu einem schlechten Menschen. Er hat mich vor Paolo gerettet und mich sicher nach Genua gebracht.« Sie hob den Kopf und sah Tommaso in die Augen. »Bevor du ihn auslieferst, denke daran, dass er dein Leben verschont hat, weil du der Mann bist, den meine Schwester liebt.«

Sein Blick wanderte zwischen ihr und Marco, der mit gesenktem Kopf vor ihm kniete, hin und her. Er rang sichtlich mit sich. »Kann ich Teresa sagen, dass du glücklich bist?«

»Ja. Sag ihr, dass ich jetzt weiß, warum Lieder darüber gesungen werden.«

Einen Augenblick lang starrte er sie verständnislos an, dann trat er hinter Marco und durchschnitt die Fesseln.

»Ich sage meiner Truppe, dass die Straße nicht passierbar ist. Wir reiten zurück und suchen einen anderen Weg. Euch habe ich nicht gesehen.«

»Danke!«, sagte Antonella. Ihre Stimme zitterte. »Das werde ich dir niemals vergessen.«

Er umarmte sie. »Ich richte Teresa aus, was du gesagt hast. Wir werden nächsten Monat heiraten und dann ziehen wir nach Modena.« Er ging zur Tür und öffnete sie.

»Warte«, rief Antonella. »Wie geht es Giovanna und den Eltern? Und was macht Francesca?«

»Giovanna ist bildschön und verdreht allen jungen Burschen im Dorf den Kopf. Deinen Eltern geht es gut, sie waren natürlich sehr unglücklich über deine Flucht. Francesca hat sich mit Maurizio verlobt, dem Sohn des Bäckers aus Nismozza. Seine Eltern waren dagegen, aber er hat sich nicht davon abbringen lassen. Leb wohl.«

Er verließ das Haus.

»Leb wohl«, flüsterte Antonella.

Sie schaffte es gerade noch, die Tür zu verriegeln, dann gaben ihre Beine nach. Sie sank auf die Knie, verbarg das Gesicht in den Händen und schluchzte hemmungslos.

»Antonella.« Marcos Stimme, die ihren Namen sang, seine Arme, die sich um sie legten. Er lebte, kniete neben ihr, hielt sie. Auf den Knien drehte sie sich zu ihm um, legte ihre Hände an seine Wangen und presste ihre Lippen auf seine. Sie küsste ihn schamlos, wild, voller Verzweiflung. »Liebe mich.«

Verwirrt sah er sie an. »Jetzt?«

»Wann sonst?« Ihre Verzweiflung und die Angst, die sie in den letzten Tagen um ihn ausgestanden hatte, schlugen um in blanke Wut. »Wenn du dir erst die Kehle durchgeschnitten hast, weil du mehr mit den Geistern der Toten lebst als mit den Lebenden, kannst du mich nicht mehr lieben.«

Er öffnete den Mund, doch sie ließ ihn nicht zu Wort kommen. Noch niemals zuvor war sie so zornig gewesen. Es war ein gutes, starkes Gefühl. Viel besser als Angst.

»Schweig! *Ich* lebe und ich will spüren, dass du noch lebst.«

Sie griff nach seinem Hemd, und da es ohnehin zerrissen war, machte sie sich nicht die Mühe, es aufzuknöpfen, sondern zerrte es einfach herunter. Er schloss für einen Moment die Augen, dann packte er sie an den Schultern und küsste sie nicht minder hemmungslos als sie ihn zuvor. Antonella ließ sich zurücksinken, zog ihn über sich. Ohne seine Lippen von ihren zu nehmen, öffnete er seine Hose und schob ihre Röcke hoch. Sie keuchte vor Überraschung, als er mit heftigen Stößen in sie drang. Sein Atem ging schnell, als würde er einen Kampf ausfechten. Vielleicht tat er das auch, vielleicht kämpfte er auch jetzt noch gegen die Schuldgefühle, weil er frei war und lebte, während seine Kameraden auf ihre Hinrichtung warteten.

Ihre Wut war noch nicht verraucht. Sie biss ihn in die Schulter, zerkratzte seinen Rücken. *Mich sollst du spüren, mich!* Sie schlang ihre Arme und Beine um ihn, kam ihm bei jedem Stoß entgegen, trieb ihn an, spürte das Leben zwischen ihren Körpern pulsieren. Es war ein Anlieben gegen Angst und Tod.

Am Ende bäumte er sich auf und stieß in sie, als wolle er ganz und gar in ihr versinken.

Als es vorbei war, blieb er bei ihr, lockerte nur seinen Griff und schmiegte seine Wange an ihre.

So blieben sie eng umschlungen liegen. Die Sonne schien durch die Fenster, in irgendeiner Ecke raschelte es, wahrscheinlich einer der Geckos, die im Haus lebten. Draußen sägten die Zikaden. Ihre Schultern und ihr Steißbein machten sich bemerkbar, der Fußboden war kein weiches Lager. Überhaupt, sie lagen hier am hellen Tag ineinander verschlungen vor der Küche, nicht auszudenken, was Irma oder Giulio sagen würden, wenn sie gerade jetzt vorbeikamen, um nach dem Rechten zu sehen. Und doch fühlte sich alles richtig und gut an. Nur der Boden schien zunehmend härter zu werden. Sie bewegte ihre Schultern, versuchte, eine bequemere Haltung zu finden. Marco hob den Kopf.

»Tut mir leid, das muss furchtbar unbequem für dich sein.« Einmal noch drückte er sie an sich, dann zog er sich zurück, stand auf und half ihr auf die Beine. Ihre Knie zitterten ein wenig, als sie ihre Röcke glatt streifte. Er zog die Hosen hoch, legte den Arm um ihre Schultern und führte sie in die Küche. »Setz dich.«

Sie blieb stehen.

Aus einem Schrank holte er eine Flasche Wein, öffnete sie, schenkte zwei Becher ein und reichte ihr einen.

»Salute!« Es klang nicht fröhlich. »Können wir deinem Tommaso trauen?«

»Wenn wir es nicht könnten, wäre er jetzt wohl schon mit einem Trupp Carabinieri hier.«

Sie hob ihren Becher und trank einen großen Schluck. Ihr Blick fiel auf seinen Dolch, der noch auf dem Boden lag. Sie hob ihn auf und betrachtete ihn einen Augenblick lang. Vielleicht wäre das Beste, ihn zu verstecken. Doch wo?

»Gib ihn mir.«

Sie schüttelte den Kopf. »Damit du dir doch noch etwas antust? Ich ertrage das nicht mehr, diese ständige Angst um dich.«

»Ich habe nicht die Absicht, mich umzubringen.«

»Oh, dann habe ich vorhin wohl etwas missverstanden«, entgegnete sie, zwischen Zorn und Angst schwankend.

»Vorhin hatte ich nur die Wahl zwischen seinem Leben und meinem«, sagte er sehr leise. »Wenn sie mich erwischen, gibt es nur noch Folter und Tod für mich. Das weißt du. Ich gehe nicht wieder ins Gefängnis. Gib ihn mir.«

Zögernd reichte sie ihm den Dolch. Er steckte ihn zurück in die Scheide an seinem Gürtel.

Danach setzte er sich breitbeinig auf einen Stuhl und zog sie an sich, bis sie zwischen seinen Beinen stand.

»Sag mir nicht, dass du mich nicht verstehst.«

Doch sie verstand ihn. Sie wusste, was man ihm angetan hatte, und sie sah die Folgen.

»Wenn ich dich nicht verstehen würde, hätte ich vorhin auch nicht gewusst, was du vorhast.« Sie legte die Hände an seine Wangen. »Aber siehst du auch, dass es immer noch einen anderen Weg gibt? Du lebst.«

»Weil du mich gerettet hast. Und das schon zum zweiten Mal. – Ich muss Fabrizio eine Nachricht schicken, damit er weiß, was hier passiert ist, und die anderen warnen kann.«

Er holte Papier und seine Feder, setzte sich an den Tisch und schrieb. Währenddessen verstaute Antonella die Vorräte und begann damit, das Abendessen zu kochen.

Sie sprachen nicht viel, auch während des Essens nicht.

Später liebten sie sich noch einmal, dieses Mal ohne Zorn, voller Zärtlichkeit.

Als sie erwachte, war es noch Nacht. Frösche quakten und die kleinen Grillen sangen ihr Nachtlied. Der Mond schien durchs Fenster und erhellte den Raum.

Der Platz neben ihr war leer.

Ihre erste Regung war Angst um ihn, gefolgt von Ärger über sich selbst. Sicher musste er nur austreten oder wollte etwas trinken. Wenn sie nun jedes Mal befürchtete, er würde sich etwas antun, sobald er nur einen Schritt ohne sie machte, würde sie früher oder später verrückt werden.

Sie stand auf und stieg die Treppe hinunter. Die Küche war leer, aber die Tür zum Garten war nur angelehnt.

Er saß auf der Bank und blickte hinauf zum Mond. Tiefe Trauer stand in seinen Zügen. Ohne es zu wollen, suchte sie nach dem Dolch in seinen Händen, doch er war nicht da. Leise trat sie zu ihm, legte die Hände auf seine Schultern. Er sah zu ihr auf. »Auch wenn Tommaso uns nicht verrät, werden sie uns früher oder später finden. Wir müssen fort von hier.«

Ihr Herz wurde schwer. Es war schön in San Martino, sie mochte die Menschen und sie hätte sich ein Leben hier vorstellen können. Aber natürlich war es nun viel zu gefährlich.

»Aber wo sollen wir hingehen? Doch in die Berge?«

Nicht nach Hause, nach Cerreto, aber weiter südlich, in den Abruzzen, wo die Berge noch höher und unzugänglicher waren, gab es viele Möglichkeiten, sich zu verstecken.

»Nein. Ich habe nachgedacht. Ich kann nicht so leben, immer auf der Flucht, immer in Angst. Ich habe es dir nicht erzählt, aber Fabrizzio hat mir gesagt, dass ein Preis auf meinen

Kopf ausgesetzt ist. Ich werde niemals jemandem vertrauen können, weil jeder ein Denunziant sein könnte.«

Er atmete tief auf. »Es gibt nur eine Möglichkeit. Ich muss Italien verlassen.«

Unwillkürlich krallte sie ihre Hände in seine Schultern, ihre Gedanken rasten. Er wollte fort! Italien verlassen, und dann? Würde sie ihn jemals wiedersehen?

»Wohin willst du gehen? In die Schweiz?« Sie schaffte es tatsächlich, ihre Stimme fest klingen zu lassen.

»Nein. Ich hatte daran gedacht, nach Frankreich zu gehen oder nach England. Aber weißt du, im Grunde ist es überall in Europa ähnlich wie hier. Es gibt Fürsten, die über das Volk herrschen, es in Unwissenheit und Armut halten.«

Er griff nach ihren Handgelenken, zog ihre Hände von seinen Schultern und hielt sie zwischen seinen.

»Ich will nach Amerika.«

»Nach Amerika?« Nun zitterte ihre Stimme doch. Wenn er ins Exil in die Schweiz oder nach Frankreich ginge, wäre ihr zumindest eine kleine Hoffnung geblieben, ihn wiederzusehen, aber über das Meer, nach Amerika?

Was würde aus ihr werden, wenn er ginge? Natürlich konnte sie nach Genua zurückkehren. Fabrizzio würde ihr sicher helfen, eine Stelle als Köchin zu finden. Vielleicht konnte sie sogar wieder bei ihm arbeiten.

Marco blickte sie an und in seinen Augen stand ein Funkeln, wie sie es schon sehr lange nicht mehr gesehen hatte. »In Amerika gibt es keinen Adel, keine Herren oder Knechte. Die Regierung wird vom Volk gewählt und auch nur für fünf Jahre, dann wählen sie neu. Wenn jemand nicht gut regiert hat, wird er nicht wiedergewählt. Es heißt, es gibt genug Land für alle. Du musst nur hingehen und es abstecken, dann gehört es dir. Stell dir vor, ich könnte vielleicht sogar Wein anpflanzen.«

»Das – das klingt sehr schön.«

»Ich weiß, Liebste, es wird nicht leicht für dich werden, aber«, er drückte ihre Hände und versuchte ein Lächeln, doch es geriet schief, »würdest du mit mir kommen? Als meine Frau?«

Es verschlug ihr die Sprache. Sie schnappte nach Luft und starrte ihn an.

»Ich meine natürlich als meine richtige Frau«, setzte er hastig hinzu, als sie immer noch keinen Ton herausbrachte.

»Die Schiffe nach Amerika fahren ab Genua. Wir müssten dorthin zurück. Don Martino könnte uns trauen, bevor wir abreisen.«

Marco wollte sie heiraten und Don Martino, der Pfarrer, der zur Carboneria gehörte, sollte sie trauen. Es klang wie ein Märchen. Aber ...

»Aber du bist Michele di Raimandi, der Sohn des Marchese di Raimandi, du kannst nicht die Tochter eines Schäfers heiraten.«

Er hob die Augenbrauen. »Ich bin Marco Rossi, und ich heirate, wen ich will.« Er zog sie auf seinen Schoß. »Ich liebe dich. Ich habe noch keine Frau wie dich gekannt und ich glaube nicht, dass es eine zweite wie dich gibt. Wir können es schaffen in Amerika, du und ich.«

Seine Finger spielten mit einer Strähne ihres Haars. Antonella legte ihre Stirn gegen seine und dachte darüber nach, was es für sie bedeutete, Italien zu verlassen, ihre Familie niemals wiederzusehen. Sie hatte keine Vorstellung von Amerika. Es gab zwei Familien aus Nismozza und auch eine in Cerreto, deren Söhne nach Amerika gegangen waren. Sie hatte sich nie dafür interessiert, was aus ihnen geworden war. Wie hätte sie auch ahnen können, dass ihr Leben ganz anders verlaufen würde, als sie noch bis vor einem Jahr geglaubt hatte.

Um ihre Taille spürte sie die Hände des Mannes, den sie liebte. Den sie gerne küsste und mit dem sie noch lieber das Bett teilte. Mit dem sie ihr Leben verbringen wollte.

»Sag ja, Antonella. In Amerika ist es nicht wichtig, wer deine Eltern sind, ob sie reich oder arm sind, Adlige oder Bauern. Dort zählt nur, wer du bist und was du dir erarbeitest. Dort können wir unseren Traum von Freiheit leben. Hier ist es unmöglich.«

Sie blickte in sein Gesicht, sah die Begeisterung in seiner Miene. Allein für dieses Leuchten in seinen Augen würde sie mit ihm überallhin gehen.

»Ich komme mit dir.«

Das Echo der Worte hallte in ihrem Kopf. *Ich komme mit dir.* Damit vertraute sie ihm ihr Leben an, nahm Abschied von allem, was ihr lieb und wert war. Aber hatte sie das nicht schon einmal getan? Vor vielen Monaten in Cerreto?

52. KAPITEL

Fabrizzio kam bereits am nächsten Morgen. Es musste Zufall sein, Marcos Nachricht konnte ihn noch nicht erreicht haben. Als Marco ihm von dem Vorfall mit Tommaso erzählte, war er entsetzt. »Auf Dauer könnt ihr nicht hierbleiben. Wir müssen einen anderen Ort für euch finden. Vielleicht nach Neapel, oder ...«

»Nein, mein Freund«, unterbrach Marco ihn und dann erzählte er, worüber Antonella und er in der Nacht gesprochen hatten.

Fabrizzio kratzte sich am Kopf. »Amerika ... Viele von uns sind dorthin ausgewandert. Nach New York oder nach Chicago. Was soll aus Italien werden, wenn die besten Männer ihm den Rücken kehren?«

Wie eine wütende Katze fauchte Antonella ihn an: »Was willst du? Dass er hierbleibt, bis man ihn wieder verhaftet? Ist er als Märtyrer mehr wert für dieses Land? Mazzini lebt auch nicht hier und keiner wirft es ihm vor!«

Beschwichtigend hob Fabrizzio die Hände. »Aber nein, ich habe das nicht als Vorwurf gemeint. Es war nur ein Gedanke.«

Antonella warf ihm einen zornigen Blick zu. Diese Gedanken sollte er besser für sich behalten. In seiner jetzigen Verfassung war Marco nur zu empfänglich für Schuldgefühle.

»Nun gut. Ihr braucht eine Schiffspassage nach New York oder Boston. Ich werde mich gleich morgen erkundigen, wann die nächsten Schiffe auslaufen und welche Papiere ihr benötigt.«

Marco nickte. »Kannst du mir einen Gefallen tun und einen Brief an meinen Bruder weiterleiten?«

»Nur zu gerne.«

Marco zog sich zurück, um den Brief zu schreiben, Fabrizzio blieb mit Antonella in der Küche.

»Du gehst mit ihm nach Amerika?«

»Ja.«

Er lächelte. »Das ist gut. Er braucht dich. Ich kenne ihn schon viele Jahre. Frauen waren nie mehr als ein Zeitvertreib für ihn, seine wahre Liebe galt immer dem Land. Erst Alberi d'Argento, und dann, als ihm klar wurde, dass er es nicht besitzen kann, Italien. Doch jetzt ist es anders. Er hat sich sehr verändert.«

»Ich glaube, Haft und Folter verändern jeden.«

»Das ist wohl wahr, aber er war schon anders, als er nach Genua kam. Du tust ihm gut.«

Hoffentlich, dachte sie.

Kurze Zeit später kam Marco mit dem Brief zurück. »Schreib du bitte die Adresse«, wandte er sich an Fabrizzio.

»Wenn mein Vater meine Handschrift erkennt, wird er den Brief vernichten, selbst wenn er an Enrico adressiert ist.«

Eine Mischung von Unglauben und Entsetzen stand in Fabrizzios Gesicht. »Er ist dein Vater. Glaubst du wirklich, er würde so etwas tun?«

Der bittere Zug, der sich um Marcos Mundwinkel zeigte, tat Antonella weh.

»Er hat mir letzten September erklärt, dass ich nicht mehr sein Sohn bin und er mich den Carabinieri ausliefern wird, sollte ich Alberi d'Argento jemals wieder betreten.«

Fabrizzios Augen weiteten sich. »Deshalb hat er nicht auf meinen Brief geantwortet. Ich hatte ihm geschrieben, als sie dich verhaftet haben. Ich habe ihn gefragt, ob er Einfluss nehmen kann.« Er hob die Hände. »Ich dachte, der Brief wäre nicht angekommen.«

Marco zuckte mit den Schultern. »Ich wusste, was ich riskiere, als ich mich der Carboneria und Giovine Italia angeschlossen habe. Ich hatte gehofft, dass er mir zuhört, dass ich ihm verständlich machen kann, wie groß diese Idee ist, Italien von der Fremdherrschaft zu befreien und zu einigen. Aber das Einzige, was er wahrgenommen hat, war, dass ich mal wieder nicht das tat, was er wollte. Er hat mir gar nicht zugehört.«

»Das tut mir sehr leid. Ich dachte, es wäre nur einer eurer üblichen Streits gewesen.«

Später verabschiedete sich Fabrizzio von Antonella und umarmte Marco.

»Sei vorsichtig«, sagte Marco. »Geh kein Risiko ein. Noch sind wir hier sicher, die Carabinieri werden so schnell nicht wiederkommen. Wenn dir etwas zustoßen würde …« Er sprach nicht weiter, doch sein Gesicht verriet seine Sorge um den Freund.

Fabrizzio klopfte ihm auf die Schulter. »Mach dir keine Gedanken um mich. Ich passe auf.«

»Er ist großartig«, sagte Antonella, als Fabrizzio davonritt. »Woher kennst du ihn eigentlich?«

»Mein Vater macht mit seinem Vater Geschäfte. Seine Schiffe transportieren unseren Wein.«

Das erklärte auch, warum Fabrizzio das Weingut kannte. Doch es gab noch einiges, was sie wissen wollte.

»Marco?«

»Ja, Liebste?«

»Ich habe gesagt, ich gehe mit dir nach Amerika, aber da gibt es noch ein paar Dinge, über die wir reden müssen. Geht es dir gut genug, um mir einige Fragen zu beantworten?«

Erstaunt sah er sie an. »Aber ja. Was willst du denn wissen?«

Sie deutete auf einen Stuhl. »Setz dich.«

Seine rechte Augenbraue hob sich, er warf ihr einen prüfenden Blick zu. »Es dauert länger?«

Antonella zuckte die Schultern. »Kommt darauf an. Wer ist Donata Fra… – ich weiß den Nachnamen nicht mehr.«

»Donata Frattini? Sie ist die Tochter eines Nachbarn. Wer hat dir von ihr erzählt?« Er wirkte verblüfft, aber kein bisschen schuldbewusst.

»Monsignore Bonaffini. Er sagte, du seist mit ihr verlobt.«

»Merda! Das bin ich nicht. Mein Vater wollte es, aber ich habe mich geweigert. Hast du es etwa geglaubt?«

Sie schüttelte den Kopf. »Nein. Aber du verstehst vielleicht, dass es nicht einfach für mich ist, zu wissen, was ich glauben soll. Du hast mir nie viel von dir erzählt und das meiste war gelogen. Hast du denn wirklich einen Vetter in Genua, der Fischhändler ist?«

»Nein, den habe ich erfunden. Ich musste doch einen Grund haben, mich in Genua auszukennen.«

Er griff nach ihrer Hand. »Vielleicht ist es am einfachsten, wenn ich dir etwas über mich erzähle. Soll ich?«

»Bitte.«

Er stand auf, füllte zwei Becher mit Wein und setzte sich ihr gegenüber. »Ich wurde am 13. August 1810 geboren. Mein Bruder Enrico ist drei Jahre älter als ich, meine Schwester Emilia sieben Jahre jünger.«

So begann er und ließ mit seinen Worten eine Welt vor ihrem inneren Auge entstehen, die der ihren völlig fremd war.

Er beschrieb seinen Vater, den Marchese di Raimandi, unumschränkter Herrscher über Alberi d'Argento, unnachgiebig, stolz. Streng zu seinen Untergebenen und noch strenger gegenüber seinen Kindern, von denen er allzeit nur das Beste erwartete.

»Egal, was wir taten und wie sehr wir uns bemühten, er hatte niemals ein Lob für uns. Es hieß immer: Das kannst du noch besser.«

Dann sprach er von seiner Mutter, groß, dunkel und zart wie eine Elfe, die sechs Kinder geboren und drei beerdigt hatte. Von der Geburt des letzten Kindes, eines Sohnes, der nur drei Tage lebte, hatte sie sich nie wieder erholt. Der Arzt hatte Don Piero gewarnt, dass sie eine weitere Schwangerschaft wahrscheinlich nicht überleben würde. Daraufhin mied Don Piero ihr Bett und suchte Befriedigung bei seinen diversen Geliebten. Das hatte er auch vorher schon getan, erklärte Marco mit Bitterkeit in der Stimme, aber da hatte er noch darauf geachtet, seine Frau nicht zu verletzen. Doch nachdem sie »nutzlos« für ihn geworden war, kannte er keine Rücksicht mehr.

Als er von dem Gut erzählte, wurde seine Stimme weich. Gebannt lauschte Antonella, wie er den Wechsel der Jahreszeiten schilderte. Der Frühling, der in der Toskana viel früher kam als am Monte Ventasso, und die Olivenhaine mit dem flammenden Rot des Mohns und dem strahlenden Blau von Kornblumen betupfte. Der Sommer, in dem das Gras verdorrte, die Zikaden pausenlos sägten und die Trauben in den Weingärten allmählich rot und saftig wurden. Der Herbst, immer noch heiß, aber wenn es gegen Abend kühler wurde, stieg der Dunst aus den Tälern und verwandelte die Hügel mit ihren Zypressen in eine Feenlandschaft. Der Winter, der sich so völlig von den schneereichen Wintern in ihrer Heimat unterschied.

Er sprach mit so viel Liebe über das Gut, es musste ihm das Herz gebrochen haben, es zu verlassen. Als sie ihn fragte, hob er hilflos die Hände.

»Ich dachte immer, ich würde mein Leben auf Alberi d'Argento zubringen. Mein Vater hatte niemals eine Andeutung gemacht, dass es anders sein könnte. Unser ältester Bruder Lorenzo ist 1817 am Wechselfieber gestorben, als er zwölf Jahre alt war. Daraufhin hat mein Vater Enrico und mich als seine Erben erzogen. Damit er sicher sein konnte, einen Sohn zu haben, der fähig war, das Gut weiterzuführen. Immerhin ist es seit über dreihundert Jahren im Besitz der Familie.«

Er griff nach seinem Becher und leerte ihn. »Vor fünf Jahren, als Enrico einundzwanzig Jahre alt wurde, gab es eine große Feier, auf der er Enrico offiziell als seinen Erben und zukünftigen Herren von Alberi d'Argento vorstellte.«

Eine Gänsehaut lief über Antonellas Arme. »Er hat vorher nicht mit dir darüber geredet?«

»Nein, er hielt es wohl nicht für nötig. Warum auch? Er war es gewöhnt, dass man sich seinen Befehlen widerspruchslos fügte. Am selben Tag eröffnete er mir, dass er mich nach Pisa an die Universität schicken würde, wo ich entweder Theologie oder Jura studieren sollte. Immerhin ließ er mir die Wahl, obwohl er es bevorzugt hätte, wenn ich die Kirchenlaufbahn eingeschlagen hätte.«

Antonella unterdrückte ein Lächeln. »Du? Ein Geistlicher?«

Marco verzog das Gesicht. »Ich wollte weder das eine noch das andere. Alles was ich wollte, war auf Alberi d'Argento bleiben und Wein machen. Ich hatte immer geglaubt, Enrico und ich würden das Gut gemeinsam bewirtschaften. Wir hatten Pläne, wir wollten neue Anbaumethoden und andere Rebsorten ausprobieren. Und plötzlich war ich von allem ausgeschlossen.«

»Hast du deinen Bruder nicht dafür gehasst?«

»Enrico? Er konnte doch nichts dafür. Und außerdem kann man Enrico nicht hassen. Ich wünschte, du könntest ihn kennenlernen. Er ist großzügig, liebenswert, ein Mensch, der jeder noch so schwierigen Situation etwas Gutes abgewinnt. Er hat versucht, zu vermitteln, doch mein Vater …« Marco schüttelte den Kopf. »Er bestand darauf, dass der älteste Sohn das Gut führt und der zweite Geistlicher oder Jurist wird, wie es immer üblich war.«

»Und was hast du getan?«

»Mir blieb nichts anderes übrig, als nach Pisa zu gehen und mich für Jura einzuschreiben.«

»Du hast studiert?« Sie hatte von der Universität in Pisa gehört. Sie galt als eine der besten in Italien. Im Grunde war es eine Ehre, dort zu studieren, fand sie.

»Nicht wirklich. Die Hälfte der Jurastudenten bestand aus jungen Männern wie mir. Zweite oder dritte Söhne von Großgrundbesitzern, die nicht das geringste Interesse am Studium hatten. Wir besuchten ab und zu eine Vorlesung, damit man uns nichts vorwerfen konnte, ansonsten genossen wir das Nachtleben von Pisa. Wir vertrieben uns die Zeit mit Frauen, Trinken und Kartenspielen.« Er hob die Hände. »Ich bin nicht gerade stolz darauf …«

»Hat dein Vater dir denn so viel Geld gegeben?«

»Nein. Er wusste nichts davon. Meine Mutter hat mir Geld zugesteckt und später auch heimlich meine Schulden beglichen.«

Antonella runzelte die Stirn. Das Bild, das er von sich zeichnete, gefiel ihr nicht. Ein verwöhntes Herrensöhnchen, wahrscheinlich der Liebling der Mutter, die heimlich seine Schulden bezahlte. Doch so kannte sie ihn nicht. Es musste etwas eingetreten sein, das ihn verändert hatte.

»Nach zwei Jahren kam mein Vater dahinter, was ich in Pisa trieb und dass meine Mutter mich deckte. Er tobte und beschloss, mich zum Militär zu schicken, damit man mir dort die Flausen austrieb. So landete ich in der Kavallerieschule von Venaria Reale.«

»Hat es dir dort besser gefallen?«

»Es ging. Zumindest hatte ich mit Pferden zu tun und musste nicht in muffigen Hörsälen sitzen. Allerdings durfte ich nur noch zweimal im Jahr für eine kurze Zeit nach Hause. Ich hatte schreckliches Heimweh. Doch einer meiner Vorgesetzten dort war Andrea Mantelli. Er erzählte mir von einer Geheimgesellschaft, die es sich zur Aufgabe gemacht hatte, die politischen Verhältnisse in Italien zu ändern. Widerstand zu leisten.«

»Die Carboneria?«

Er nickte. »Ja. Die Idee faszinierte mich. Andrea führte mich schließlich in die Carboneria ein. Viele Offiziere gehörten dazu, doch auch Adlige, kleinere Grundbesitzer oder Kaufleute. Zu meiner Überraschung traf ich auf einer Vendita in Genua nicht nur Giuseppe Mazzini, einen der führenden Köpfe der Carboneria, sondern auch auf Fabrizzio und sogar meinen Freund aus Kindertagen, Luciano aus Neapel, der mir das Kämpfen mit dem Messer beigebracht hatte. Wir glaubten, wir könnten die Welt verändern, und wenn nicht die Welt, dann zumindest Italien. Immer wieder gab es

Aufstände in den Provinzen. Ganz Italien glich einem Pulverfass, das nur auf den zündenden Funken wartete, um ein Feuer zu entfachen, das die Fremdherrschaft der Habsburger, der Bourbonen, die politische Ohnmacht dieses Landes hinwegfegen würde.

Aber dann wurde Mazzini verraten und musste fliehen. Doch statt zu kapitulieren, gründete er eine neue Bewegung, Giovine Italia. Anders als die Carboneria agierte Giovine Italia nicht im Geheimen, sondern versuchte, so viele Menschen wie möglich zu erreichen. Das war auch meine Aufgabe. Ich sollte in den Dörfern auskundschaften, ob die Bauern, die Schäfer, die Arbeiter bereit waren, sich der Bewegung anzuschließend und den Aufstand zu wagen.«

»Und was hast du in Modena getan? Solltest du wirklich den Herzog ermorden?«

»Nein, ich sollte mit der Loge in Modena die Zeit des Aufstandes abstimmen. Wir wollten im ganzen Land gleichzeitig losschlagen. Doch wir wurden verraten. Den Rest der Geschichte kennst du.«

Er machte eine Pause. »Jetzt wo du weißt, wer und was ich bin, willst du mich immer noch heiraten? Ich bin kein reicher Mann, mein Vater hat mich verstoßen und enterbt. Du könntest einen Besseren finden als mich.«

Leidenschaftlich schüttelte sie den Kopf. »Ich sagte es schon in Santa Maria del Taro: Für mich gibt es keinen Besseren als dich. Ich heirate dich und ich komme mit dir.«

»Ich verspreche dir, dass ich alles tun werde, was in meiner Macht steht, damit du das niemals bereuen musst«, sagte er. Und dann küsste er sie. Lange und innig.

»Deine Familie sollte erfahren, dass du Italien verlässt«, sagte er später. »Wenn du möchtest, kannst du mir einen Brief für sie diktieren.«

Dankbar nickte sie. »Das ist eine gute Idee.«

53. KAPITEL

Zwei Wochen später kam Fabrizzio in einer Kutsche, die er mal wieder selbst fuhr, und er hatte Neuigkeiten. »Das nächste Schiff nach Amerika fährt in zehn Tagen«, berichtete er. »Ich habe zwei Plätze für euch gebucht, unter den Namen Marco und Antonella Rossi. Leider nur in der dritten Klasse, es tut mir wirklich leid, aber dort fallt ihr auch nicht auf. Und außerdem«, er errötete, »habe ich auch zurzeit nicht genug Mittel. Wir werden ein oder zwei Beamte schmieren müssen, damit sie bei euren Papieren nicht so genau hinsehen.«

»Ich danke dir sehr.« Rührung schwang in Marcos Stimme. »Wir schaffen das auch im Zwischendeck, nicht wahr, Liebes?«

Antonella wusste nicht, was ein Zwischendeck war, aber sie wusste sehr wohl, dass Marco und sie keine Lira mehr besaßen. Nach seiner Flucht aus dem Torre Grimaldina hatte Fabrizzio ihm Geld zugesteckt, wie sie vermutete, aus seinem eigenen Vermögen. Ohne Fabrizzio konnten sie sich die Passage nach Amerika nicht leisten.

»Wir sind der Ansicht, dass ihr in Genua sicherer seid als irgendwo auf dem Lande. Hier fallen Fremde auf, in Genua nicht. Wir haben ein Zimmer in einer Pension im Hafenviertel gemietet.«

»Wir?«, fragte Antonella.

»Die Carboneria. Sie kommen auch für die Miete auf.« Fabrizzio lächelte. »Wir fahren jetzt gleich los.«

So kehrten sie nach Genua zurück. Die Pension lag am alten Hafen. Auf Marcos Klopfen öffnete eine spindeldürre Frau von Mitte vierzig und starrte sie mürrisch an. »Ich habe keine Zimmer mehr frei. Alle vermietet. Aber drei Straßen weiter gibt es einen Gasthof, da könnt ihr es probieren.«

Sie wollte die Tür schließen, doch Marco trat vor und lächelte sein Verführerlächeln. »Mein Name ist Silvio Gaspoli und dies ist meine Frau Giovanna«, nannte er die Namen, unter denen das Zimmer gemietet worden war.

Die Miene der Frau heiterte sich ein wenig auf, sie zog die Mundwinkel hoch und zeigte ihre Zähne. Es war wohl das, was sie für ein Lächeln hielt. »Ah ja, Signor Gaspoli und Frau, so, so.« Sie musterte erst Marco, dann Antonella eingehend. »Wenn ihr verheiratet seid, ess ich morgen trockenen Stockfisch. Gebt es zu, ihr beiden seid durchgebrannt.«

Antonella spürte das Blut in ihr Gesicht steigen, während Marcos Lächeln noch ein wenig charmanter wurde. »Sie sind eine sehr kluge Frau, Signora …?«

»Moro.«

»Signora Moro, aber wir haben Papiere.« Er bückte sich nach der Reisetasche und begann, umständlich darin zu kramen. Antonella hielt den Atem an. Was tat er da?

»Natürlich habt ihr Papiere.« Signora Moro winkte ab. »Mir soll's recht sein. Kommt rein.«

Über eine steile Treppe ging es hinauf in den ersten Stock. Dort öffnete die Wirtin eine Tür. »Bitte schön.«

Das Zimmer glich denen der vielen anderen Herbergen, in denen sie übernachtet hatten. Die Einrichtung war spartanisch. Ein Bett, an der Wand ein schmaler Schrank, an der anderen Wand ein Tisch, auf dem die Waschschüssel und der Wasserkrug standen. Antonella seufzte. Das Häuschen in San Martino hatte ihr viel besser gefallen.

Marco umfasste sie von hinten und lehnte seine Wange an ihre. »Irgendwann werde ich dir ein Haus bauen, mit einer riesigen Küche, einem Garten für Kräuter und Gemüse, und im Schlafzimmer wird ein großes, weiches Bett stehen. Und wir nennen es Villa Antonella.«

Sie drehte sich in seinen Armen um und küsste ihn ungestüm.

»Wir brauchen auch ein Zimmer für die Kinder.«

»Natürlich. Am besten mehrere. Und einen Weinkeller müssen wir auch haben.«

So strahlend hatte sie ihn zuletzt vor ihrer Ankunft in Genua lächeln sehen.

Zwei Tage später klopfte die mürrische Wirtin früh am Morgen an ihre Tür und meldete, dass unten Besuch für sie da sei. Antonella war bereits angekleidet, Marco schlüpfte rasch in seine Hose.

»Wer ist es denn?«, fragte er durch die geschlossene Tür.

»Der Herr, der das Zimmer gemietet hat, und noch ein anderer.«

Fabrizzio also und wer noch? Ihre Unterkunft sollte geheim bleiben, wenn Fabrizzio doch jemanden hierherbrachte, musste er einen triftigen Grund haben.

»Sagen Sie ihnen, sie können heraufkommen.«

»Das hier ist eine Pension und kein Taubenschlag. Wohin kommen wir denn, wenn hier jeder Besucher empfängt. Als ob man sich nicht woanders treffen könnte.«

Das Murren der Wirtin verklang, als sie die Treppe wieder nach unten stieg.

Um Marcos Lippen zuckte ein Lächeln. »Was für eine angenehme Person.«

Antonella kicherte.

Kurz darauf hörten sie Schritte die Treppe heraufkommen und Fabrizzio riss die Tür auf. »Ich habe eine Überraschung für dich, Michele!«

Er hatte noch nicht zu Ende gesprochen, da drängte sich ein zweiter Mann an ihm vorbei ins Zimmer, stürmte auf Marco zu und umarmte ihn heftig.

Marco erwiderte die Umarmung nicht minder begeistert.

»Enrico!«

Antonella starrte auf Marcos Rücken und das Gesicht des Fremden. Seine Augen waren geschlossen, ein breites Lächeln lag auf seinen Lippen, während er Marco mit beiden Händen auf den Rücken klopfte. Er war kleiner und gedrungener als Marco. Sein hellbraunes Haar lichtete sich über der Stirn bereits ein wenig.

»Michele, Brüderchen, bin ich froh, dich zu sehen. Ich hatte solche Sorgen um dich.«

Das also war Marcos älterer Bruder. Der Erbe des Weinguts.

Schließlich entließ Enrico Marco aus seiner Umarmung, legte beide Hände an seine Wangen und sah ihm ins Gesicht.

»Dünn bist du geworden, aber du siehst gut aus.« Dann fiel sein Blick auf Antonella. Über Marcos Schulter hinweg nickte er ihr zu. »Signorina.«

Marco drehte sich um, ging zu ihr und ergriff ihre Hand.

»Liebste, darf ich dir meinen großen Bruder vorstellen: Enrico di Raimandi. Enrico, dies ist Antonella Battistoni, meine zukünftige Frau.« Bei den letzten Worten drückte er ihre Hand.

Enricos Lächeln erstarrte, er wirkte äußerst überrascht. »Du willst heiraten?«

»Jawohl.«

Die Verblüffung wich rasch aus seinem Gesicht, das Lächeln kehrte zurück, herzlich wie zuvor. »Das ist ja großartig! Ich habe mir immer gewünscht, dass du eine Frau findest, die du lieben kannst und die dich von deinen tollkühnen Unternehmungen abhält.«

Er trat auf Antonella zu und sie fand sich unversehens in seiner Umarmung wieder. »Meine Liebe, ich freu mich so für euch. Ich hatte befürchtet, dass er irgendwann doch nachgibt und Donata Frattini heiratet. Nichts gegen Donata, sie ist eine hübsche Frau und wirklich eine gute Partie, doch sie passt überhaupt nicht zu meinem Bruder. Du dagegen«, er schob sie ein Stück von sich fort und musterte sie mit sichtlichem Wohlgefallen. »Du siehst aus, als würdest du mit beiden Beinen im Leben stehen, und schön bist du auch noch.«

Fabrizzio räusperte sich. »Ich lasse euch sofort allein. Aber Don Martino lässt fragen, ob er die Trauung für übermorgen ansetzen kann und ob ihr Trauzeugen habt.«

Übermorgen schon? Antonella schluckte. »Ich habe doch gar kein Kleid«, entfuhr es ihr. Alle drei Männer lachten.

»Es wird auch keine große Hochzeit«, sagte Marco dann. »Tut mir leid, Liebes. Vielleicht können wir es irgendwann nachholen.«

»Aber ein Kleid soll sie haben. Ich besorge eines«, sagte Fabrizzio lächelnd. »Wie sieht es aus mit den Zeugen?«

Marco drehte sich zu seinem Bruder um: »Enrico?«

»Es wäre mir eine Ehre und ein Vergnügen.«

»Und als zweiten Zeugen hätte ich gerne Fabrizzio. Wenn Antonella einverstanden ist.«

Sie blickte in Fabrizzios warme braune Augen. Für einen arroganten Stutzer und einen Frauenhelden hatte sie ihn gehalten, doch er war der beste Freund, den man sich vorstellen konnte. Sie musste sich räuspern, bevor ihre Stimme ihr gehorchte. »Ich hätte dich sehr gerne als meinen Trauzeugen.«

»Dann ist ja alles klar. Das heißt, eines noch. Don Martino fragte, ob ihr einen besonderen Trauspruch wünscht oder ob er einen auswählen soll.«

Antonella sah hinüber zu Marco. Der hob die Schultern. »Darüber habe ich mir noch keine Gedanken gemacht. Du?«

Sie nickte. »Es gibt eine Stelle in der Bibel, die bei der Hochzeit einer Freundin vorgelesen wurde. Sie fängt mit ›Wo du hingehst‹ an.«

Enrico nickte. »Das ist aus dem Buch Ruth. Vers 16 und 17. Sehr schön und in eurem Fall besonders passend.«

Auch Fabrizzio nickte zustimmend. Marcos Miene war ratlos, er blickte von einem zum anderen. »Also gut, ihr habt mich ertappt. Ich bin nicht bibelfest. Verrät mir jemand, wie die Stelle heißt? Antonella?«

Ihre Stimme zitterte ein wenig, als sie anfing zu sprechen. *Wo du hingehst, da will ich auch hingehen; wo du bleibst, da bleibe ich auch. Dein Volk ist mein Volk, und dein Gott ist mein Gott. Wo du stirbst, da sterbe ich auch, da will ich auch begraben werden.«*

Marco öffnete den Mund und schloss ihn wieder, ohne etwas zu sagen.

»Meinem Bruder verschlägt es die Sprache. Ich hätte nicht gedacht, dass ich das mal erlebe.« Enrico öffnete die Tür und holte einen kleinen Sack herein. »Ich habe ein Hochzeitsgeschenk für euch.« Vorsichtig öffnete er die Verschnürung und rollte die Ränder des Sacks hinunter. Drinnen stand ein Eimer mit Erde, in dem kurze Stöcke steckten.

Marco stieß einen Laut aus, der irgendwo zwischen Lachen und Keuchen lag. »Enrico!« Er strahlte über das ganze Gesicht.

Ratlos blickte Antonella auf die unscheinbaren Stöcke. Was war das?

»Wenn du sie dunkel und mäßig feucht halten kannst, sollten sie die Fahrt nach Amerika überstehen. Es ist Cabernet Sauvignon. Ich habe sie von unseren besten Gewächsen geschnitten.«

Ihr dämmerte, warum Marco sich so freute. »Ist das Wein?«

Er nickte. »Stecklinge. Wenn wir sie einpflanzen und sie anwachsen, können wir in ein paar Jahren neue Stecklinge ziehen. Enrico, ich danke dir.«

»Ich kann dich doch nicht fortgehen lassen ohne deinen Wein.« Enricos Stimme bebte, er schien den Tränen nahe.

Marco packte ihn an den Schultern und zog ihn in seine Arme.

Einige Augenblicke umarmten die Brüder einander wortlos, dann schob Marco Enrico zu einem Stuhl. »Setz dich und erzähl: Wie geht es zu Hause? Deine Frau erwartete doch ein Kind.«

Ein Lächeln wischte den Kummer aus Enricos Gesicht. »Ja, Silvana hat im Januar einen Sohn geboren. Wir haben ihn Lorenzo genannt, nach Silvanas Vater, und mit zweitem Namen Michele.« Sein Lächeln verrutschte ein wenig, als er den Namen aussprach.

»Und das hat Vater zugelassen?«

»Das hatte nicht er zu entscheiden, sondern Silvana und ich.«

»Hat Vater jemals mit der Familie darüber geredet, was vorgefallen ist?«

Enrico schüttelte den Kopf. »Er spricht niemals über dich. Nachdem du im September fortgegangen bist, hat er gesagt, du wärst nicht mehr sein Sohn und er möchte deinen Namen nicht mehr hören.«

Antonella sah den Muskel in Marcos linker Wange zucken. Er mochte so tun, als sei es ihm gleichgültig, was sein Vater über ihn dachte, doch sein Gesicht verriet ihn.

»Keiner von uns wusste, dass sie dich verhaftet hatten«, fuhr Enrico fort.

»Vater wusste es«, sagte Marco. »Fabrizzio hatte ihm sofort geschrieben, aber er hat nie geantwortet.«

»Ich fasse es nicht. Ich dachte damals, er hätte dich im Zorn fortgeschickt und würde es bald bedauern. Dass er dich in so einer Situation im Stich lässt, hätte ich ihm niemals zugetraut.«

Marco hob die Hände. »Ich habe ihn immer wieder enttäuscht. Dass ich mich *Giovine Italia* angeschlossen habe, war wohl nur der letzte Tropfen, der das Fass zum Überlaufen brachte. Für ihn bin ich ein Verräter, und für dich?«

»Du bist mein Bruder.«

Antonella berührte Fabrizzio am Arm. »Lassen wir sie allein. Sie haben sich viel zu erzählen.«

Er nickte, bot ihr seinen Arm und geleitete sie die Treppe hinunter. »Möchtest du einen Kaffee?«, fragte er, als sie die Straße betraten.«

»Ja, sehr gerne.«

Sie setzten sich in eines der Straßencafés an der Piazza Pinelli. Der Kellner brachte Espresso, heiß und stark.

Die Sonne schien, vom Hafen her wehte ein leichter Wind, er führte den Geruch nach Salz und Meer mit sich.

»Ob es so etwas in Amerika auch gibt?« Antonella blickte auf das Treiben auf der Straße. Mägde in dunklen Röcken hasteten mit Körben am Arm vorbei, um auf dem Markt noch schnell Gemüse und Obst zu kaufen, bevor er schloss. Feine Damen, erkennbar an den bunten Kleidern mit den gewaltigen Keulenärmeln, schlenderten unter den Arkaden entlang, entweder von Freundinnen begleitet oder am Arm eines Herren. Fast alle trugen einen kleinen Sonnenschirm mit sich.

»Ich weiß es nicht«, sagte Fabrizzio. »Ich habe gehört, in New York gibt es Häuser, die noch höher sind als unsere Palazzi. Im Sommer soll es sehr warm sein und im Winter sehr kalt.«

»Es liegt am Meer, hat Marco mir erzählt.« Zumindest das wäre dann etwas, was ihr noch vertraut war. Doch sie würde die Berge vermissen. Genua hatte beides, Berge und Meer. Sie hatte die Stadt lieb gewonnen, obwohl sie ihr am Anfang zu groß und zu laut gewesen war. Sicher würde sie sich auch in New York einleben. Und solange Marco bei ihr war, würde sie es überall aushalten.

54. KAPITEL

Die Hochzeit fand am Samstagmorgen in einer kleinen Kapelle statt. Fabrizzio hatte Wort gehalten und für Antonella ein Kleid aus cremefarbener Seide besorgt. Es war schlicht geschnitten, ohne die riesigen Keulenärmel, die jetzt in Mode waren, und auch die Krinoline fiel eher klein aus, doch sie fand es wunderschön. Ihr Haar wurde von einem cremefarbenen Spitzenschleier bedeckt.

Als Fabrizzio sie zum Altar führte, dachte Antonella daran, wie sehr sich diese Hochzeit von der unterschied, von der sie letztes Jahr geträumt hatte.

In der Kirche von Cerreto hätte sie den Sohn einer der angesehensten Familien des Dorfes geheiratet, ihr Vater hätte sie zum Altar geführt, alle ihre Verwandten sollten dabei sein. Eine große Feier hatte sie sich gewünscht, an der das ganze Dorf teilnehmen sollte. Und danach hätte sie eine sichere Zukunft als Frau des Müllers erwartet.

Stattdessen stand sie in einer winzigen Kapelle, die Gemeinde bestand aus den beiden Trauzeugen, der Priester war Mitglied einer als kriminell geltenden Geheimgesellschaft und ihr Bräutigam war ein Mann, der als Verschwörer und Deserteur zum Tode verurteilt war, und Gott allein wusste, welche Zukunft sie in Amerika erwartete.

Doch sie war nicht mehr das naive, unschuldige Mädchen, das letztes Jahr an Ferragosto so stolz darauf gewesen war, dass ausgerechnet der begehrteste Junggeselle des Dorfes ihr den Hof machte. Als sie sich entschlossen hatte, nach Genua zu gehen, hatte sie weit mehr hinter sich gelassen als nur ihr Heimatdorf. Der Weg, den sie im letzten Jahr zurückgelegt hatte, war viel weiter als der von Cerreto nach Genua. Sie war erwachsen geworden auf diesem Weg. Ihre romantischen Jungmädchenträume von der Ehe waren schon in Cerreto gestorben, als sie Paolo mit Anna ertappt hatte. Doch dann hatte sie sich in Marco verliebt und gelernt, dass es nicht einfach nur gut und böse, richtig und falsch gab. Dass der Schein trügen konnte.

Sie ging an Fabrizzios Seite zum Altar und jeder Schritt gemahnte sie an die Entfernung, die sie zu ihrer Kindheit, zu ihrer Heimat zurückgelegt hatte.

Und dann stand sie neben Marco, blickte in sein Gesicht, sah das Leuchten in seinen Augen und vergaß alles andere. Enrico hatte für Marco Kleidung aus Alberi d'Argento mitgebracht. Marco machte in dunkler Hose und einem Frack aus hellgrauem Stoff eine blendende Figur. Sein Haar hatte er zu einem Zopf gebunden. Zum ersten Mal, seit sie ihn kannte, sah er tatsächlich aus wie ein Adliger, und plötzlich fragte sie sich, ob er unter seinem falschen Namen, Marco Rossi, das Gelübde ablegen würde oder ob er sie als Sohn des Marchese di Raimandi ehelichen würde. Sie hatten nie darüber gesprochen.

Don Martino nickte ihnen zu und sie knieten nieder.

»Gott ist bei euch. Er ist der Gott eures Lebens und eurer Liebe. Antonella Battistoni und Marco Michele di Raimandi, ich frage euch: Seid ihr hierhergekommen, um nach reiflicher Überlegung und aus freiem Entschluss den Bund der Ehe zu schließen?«

Marcos Ja klang in ihren Ohren sehr viel lauter als ihres.

Der Priester fuhr fort: »Wollt ihr einander lieben und achten und die Treue halten alle Tage eures Lebens?«

»Ja«, antworteten sie gemeinsam.

»Seid ihr beide bereit, die Kinder anzunehmen, die Gott euch schenken will, um sie im Geist Christi und seiner Kirche zu erziehen?«

»Ja.«

»In Gegenwart Gottes und vor den Trauzeugen, reicht nun

einander die rechte Hand und sprecht das Vermählungswort. Der Herr, Anfang und Vollendung eurer Liebe, sei allezeit mit euch.«

Marco griff nach ihrer Hand und sah ihr in die Augen. Seine Stimme war klar und laut, als er die Worte sprach:

»Vor Gottes Angesicht nehme ich dich, Antonella Battistoni, als meine Frau an. Ich verspreche dir die Treue in guten und in bösen Tagen, in Gesundheit und Krankheit, bis der Tod uns scheidet. Ich will dich lieben, achten und ehren alle Tage meines Lebens.«

Sie wiederholte die Worte mit seinem Namen, den Blick fest auf sein Gesicht geheftet.

Don Martino hob segnend die Hände: »Gott, der Herr, hat euch als Mann und Frau verbunden. Er ist treu. Er wird zu euch stehen und das Gute, das er begonnen hat, vollenden.

In Namen Gottes und seiner Kirche bestätige ich den Ehebund, den ihr geschlossen habt. Was Gott verbunden hat, das darf der Mensch nicht trennen.«

»Amen.«

Enrico trat vor und reichte Marco zwei Ringe. Verblüfft starrte Antonella auf die schmalen Goldreifen. Wann hatte Marco sie besorgt?

Sie blinzelte die Tränen zurück, als Marco nach ihrer Hand griff und den Ring überstreifte. »Antonella di Raimandi, trage diesen Ring als Zeichen meiner Liebe und Treue: Im Namen des Vaters, des Sohnes und des Heiligen Geistes.«

Sie wiederholte die Worte und schob den Ring auf seinen Finger. Er lächelte sie an und ihr Blick versank in seinen Augen.

»Na los. Küss sie schon«, raunte Fabrizzio und verhinderte damit, dass sie vor Rührung zu weinen anfing. Antonella hob den Kopf. Marcos Lippen senkten sich auf ihre und wie damals in der Schäferhütte spürte sie nur ein zartes Streicheln über ihre Unterlippe. Dieses Mal wiederholte es sich nicht.

Ein längerer Kuss wäre in der Kirche nicht schicklich. Doch Marcos Lächeln verriet ihr, dass er ebenfalls an den Morgen dachte, an dem er sie das erste Mal geküsst hatte.

Zum Abschluss zitierte der Priester ihren Trauspruch aus dem Buch Ruth: »Wo du hingehst, da will auch ich hingehen ...«

Jetzt konnte sie die Tränen nicht mehr zurückhalten. Sie flossen über ihre Wangen, tropften auf ihr Kleid. Marco drückte ihre Hand.

Nach der Trauung gingen sie zu viert in Matteos Taverne. In einem Hinterzimmer aßen sie Bourrida und tranken Wein aus Alessandria dazu. Fabrizzio überreichte ihnen gefälschte Papiere, die sie als Ehepaar Antonella und Marco Rossi auswiesen. »Für eure Passage nach Amerika. Sie suchen nach Michele di Raimandi, nicht nach Marco Rossi.«

»Wie kommt es eigentlich, dass er von allen Michele gerufen wird, wenn sein erster Name Marco ist?«, fragte Antonella.

»Marco heißt der Lieblingsbruder unserer Mutter. Er ist ein Künstler, schreibt Gedichte und auch mehrere Bücher. Vater hält ihn für einen Träumer, einen Spinner, der sich vorm Arbeiten drücken will. So hat er zwar zugelassen, dass Mutter ihren dritten Sohn nach ihm benennt, hat ihn aber immer nur Michele gerufen. Es hat sich einfach so eingebürgert. Doch ich erinnere mich, dass Mutter ihn ab und an Marcolino genannt hat, als wir noch sehr klein waren.«

»Marcolino«, wiederholte Antonella lächelnd. Mütter waren wohl überall gleich.

Der Blick, den Marco ihr zuwarf, verriet deutlich, was er von diesem Kosenamen hielt. »Sie ist meine Mutter«, sagte er entschuldigend. »Wenn wir alleine waren, hat sie mich auch später noch so genannt.«

»Meine Mutter nannte mich Lella. Selbst als ich schon

neunzehn Jahre alt und verlobt war, war ich für sie immer noch Lella.«

Fabrizzio hob die Augenbrauen. »Du warst verlobt? Und bist mit Michele gegangen?«

»Das ist eine längere Geschichte. Ich …«

Lärm aus der Schankstube unterbrach sie. Offensichtlich hatten mehrer Männer die Taverne betreten. Sie hörte schwere Schritte und Stimmen. Ein Mann fragte nach dem Wirt.

»Das bin ich.« Matteo schien unmittelbar vor der Tür zum Hinterzimmer zu stehen. »Was kann ich für Sie tun?«

»Wir haben Kenntnis davon erhalten, dass der Deserteur und Verräter Michele di Raimandi sich hier aufhalten soll.«

Fabrizzios Gesicht wurde kreidebleich. Marco sprang auf, seine Hand fuhr an seine Seite, wo normalerweise sein Dolch hing. Aber natürlich trug er ihn nicht zum Frack. Gehetzt blickte er sich um. Das Hinterzimmer hatte keine Fenster. Der einzige Ausweg war die Tür zum Schankraum. Und vor dieser standen Soldaten oder Carabinieri.

»Ich habe viele Gäste. Ich frage sie nicht nach ihrem Namen, solange sie sich anständig benehmen und ihre Zeche zahlen.« Matteos Stimme klang ruhig und gelassen.

»Leutnant Brunetti, kontrollieren sie die Papiere aller Anwesenden«, sagte der Mann, der zuerst gesprochen hatte.

Tumult brach aus, empörte Gäste verwahrten sich gegen die Kontrolle, irgendjemand versuchte wohl, die Taverne zu verlassen, und wurde daran gehindert.

Inmitten des Lärms öffnete sich die Tür und Matteos Frau Nerina schlüpfte ins Hinterzimmer. Sie legte den Finger an die Lippen, deutete auf Marco und Antonella und huschte zu einem Schrank an der Stirnseite des Raums. Dort öffnete sie eine der Türen und tastete nach etwas. Es musste ein verborgener Mechanismus sein, denn plötzlich drehte sich der Schrank geräuschlos zur Seite. Hastig schob Nerina Antonella und Marco in den Raum dahinter. Der Schrank glitt wieder an seinen Platz.

Antonella tastete im Dunkeln nach Marcos Hand. Seine Finger schlossen sich fest um ihre. Durch den Schrank hörten sie das Klappern von Geschirr, anscheinend räumte Nerina den Tisch ab. Natürlich, es standen vier Gedecke darauf, das war verräterisch.

Antonella sah sich um, versuchte, die Dunkelheit zu durchdringen. An den Wänden glaubte sie, Fässer zu erkennen. Es roch nach Alkohol. Schmuggelte Matteo etwa Schnaps? Es würde zu ihm passen.

»Ah, und was haben wir hier? Ein Hinterzimmer, soso.« Eine barsche Stimme, dazu schwere Schritte und das Klirren von Sporen drangen durch die Tür.

»Nicht so stürmisch, Signore. Ich bin die Wirtin hier. Darf ich bitte vorbei.«

»Bitte sehr, Signora.« Die Schritte kamen näher. »Wer sind Sie und was machen Sie hier?«

»Mein Name ist Fabrizzio Barrati und wir haben hier eine geschäftliche Besprechung. Vorne ist es zu laut dazu.«

»Eine geschäftliche Besprechung in einer Taverne, soso.« Deutlicher Spott lag in der Stimme des Sprechers.

»Warum denn nicht? Bei einem guten Glas Wein redet es sich leichter.« Enricos Antwort klang ruhig und beherrscht.

Antonellas Herz klopfte so heftig, dass sie glaubte, man könne es bis ins Hinterzimmer hören. Marco drückte ihre Hand. Sie konnte fühlen, wie er die Muskeln spannte, sein Atem ging schnell.

»Zeigen Sie mir Ihre Papiere!«

Stuhlbeine scharrten auf dem Boden. Einige Sekunden lang herrschte Schweigen, dann erklang der triumphierende Ruf des Soldaten: »Hauptmann, wir haben ihn! – Rühr dich nicht vom Fleck, Bursche.«

»Bestimmt nicht«, antwortete Enrico kühl.

Den Schritten nach zu urteilen, stürmten mehrere Männer in das Hinterzimmer.

»Wo?«, fragte jemand.

Marco zuckte zusammen. Kannte er den Sprecher?

»Dort sitzt er doch«, sagte der Soldat, der den Hauptmann gerufen hatte. »In seinen Papieren steht di Raimandi.«

»Der? Das ist nicht Michele di Raimandi. Wer bist du, Kerl? Zeig mir deine Papiere.«

»Mein Name ist Enrico di Raimandi. Mit wem habe ich die Ehre?«

Marcos Bruder musste über unglaubliche Selbstbeherrschung verfügen, so höflich und ruhig, wie er antwortete.

Einige Sekunden herrschte Schweigen, dann sprach der Offizier. »Ich bin Hauptmann Salviati von der Kavallerie in Venaria Reale. Es tut mir leid, Marchese di Raimandi, da liegt wohl eine Verwechslung vor.«

»Das denke ich auch, Hauptmann Salviati. Vielleicht sollten Sie in Zukunft die Zuverlässigkeit Ihrer Informanten prüfen, bevor Sie unbescholtene Bürger behelligen.«

Der Hauptmann räusperte sich. »Wir sind auf der Suche nach Ihrem Bruder, Michele di Raimandi. Wissen Sie vielleicht, wo er sich aufhält?«

»Ich habe meinen Bruder seit einem Jahr nicht mehr gesehen. Mein Vater hat ihn enterbt, er gehört nicht mehr zu unserer Familie. Ich bedaure, aber ich weiß nicht, wo er ist oder was er tut.«

»Verstehe. Bitte verzeihen Sie, dass wir Sie belästigt haben. Guten Tag.«

»Ich hab doch gleich gesagt, dass es sich um ein geschäftliches Treffen handelt!« Matteo musste das Hinterzimmer betreten haben. »Sie kommen hierher, verdächtigen unschuldige Menschen und vergraulen meine Kundschaft! Der

Schankraum ist leer. Wer ersetzt mir nun den Schaden? Die Kavallerie?«

»Jammere nicht«, entgegnete der Hauptmann. »Deine Gäste kommen schon wieder.«

Dann beorderte er seine Leute nach draußen.

»Ich muss mich vielmals für die Unannehmlichkeiten entschuldigen. Möchten die Herren noch etwas zu trinken?«, wandte sich Matteo lautstark an Enrico und Fabrizzio.

»Nein danke!« Frabrizzio antwortete ebenso laut, wohl damit man ihn bis in die Schankstube hörte. »Der Abend ist uns verdorben. Wir gehen.«

Matteo entschuldigte sich. Dann entfernten sich die Stimmen.

Marco atmete hörbar aus. Antonellas Knie wurden weich, sie setzte sich auf den Boden, ohne an das kostbare Kleid zu denken, das sie trug. Marco ging neben ihr auf die Knie und umarmte sie. Sie blieben stumm, lauschten auf die Geräusche aus dem Schankraum.

Kurze Zeit später öffnete sich die Geheimtür und Matteo betrat den Raum. Er stellte eine brennende Öllampe auf den Boden.

»Sind sie weg?«, fragte Marco.

»Ja, nachdem sie alle Räume durchsucht haben. Aber ich bin sicher, dass sie die Taverne noch überwachen. Außerdem habe ich gehört, wie der Hauptmann Anweisung gegeben hat, in den nächsten Tagen alle auslaufenden Schiffe besonders streng zu kontrollieren. Sie wissen, dass du in Genua bist.«

»Verdammt. Was machen wir nun?«

»Zunächst mal müsst ihr hierbleiben, bis es dunkel wird und ihr euch aus dem Haus schleichen könnt.«

»Und dann? Wir können nicht zu unserer Wirtin zurück.

Vielleicht wird auch sie überwacht. Und wir können nicht auf das Schiff gehen.« Er rieb die Fingerknöchel an der Stirn. »So kurz vor dem Ziel gescheitert.«

»Verlier nicht den Mut, Michele. Noch haben sie dich nicht.«

Er nickte ihnen zu und verließ den Raum.

Sie sprachen nicht viel, während sie im Halbdunkel saßen und warteten. Die Zeit erschien Antonella endlos. Sie fröstelte in ihrem Seidenkleid. Marco zog seine Jacke aus und hängte sie um ihre Schultern. Anschließend wanderte er unruhig mit leisen Schritten durch den Raum. Aus der Schankstube drangen Stimmen. In einer Ecke des Verstecks raschelte es. Sicher gab es hier Mäuse.

Endlich öffnete sich die Tür wieder. Doch es war nicht Matteo, sondern der junge Seemann, Giuseppe Garibaldi, der eintrat.

Er begrüßte Antonella mit einer schwungvollen Verbeugung, dann zog er sie in seine Arme und drückte ihr ungeniert einen Kuss auf den Mund. »Herzlichen Glückwunsch zur Hochzeit, Täubchen.«

Danach umarmte er Marco. »Im Hafen wimmelt es von Carabinieri und Soldaten. Signor Barrati lässt ausrichten, ihr sollt in seinen Stall kommen, da warten Pferde auf euch, und dein Bruder erwähnte einen Ort, an dem ihr untertauchen könnt.«

Antonella horchte auf. Ein sicherer Ort? Wo sollte das sein?

»Castagneto«, murmelte Marco. »Das wäre eine Möglichkeit.«

Garibaldi nahm die Lampe und ging zur rückwärtigen Wand. Jetzt erst entdeckte Antonella die Tür dort. Natürlich. Wenn Matteo schmuggelte, musste er seine Ware ungesehen hinein- und auch wieder hinausbringen. Die Tür führte in einen niedrigen Gang. Garibaldi ging voraus, Antonella raffte ihren Rock und folgte ihm. Marco kam als Letzter. Der Gang endete an einem Ausgang, der in eine der vielen Gassen am Hafen führte. Frischer Wind empfing sie, der Geruch nach Tang, Salz und Meer. Sie folgten dem Seemann durch verwinkelte Gassen, bis sie schließlich die Stallungen der Barratis erreichten. Dort verabschiedete sich Garibaldi.

»Leb wohl, Vetter! Ich hoffe, dich bald wiederzusehen. Unser Kampf ist noch lange nicht zu Ende!«

Nachdenklich blickte Marco ihm nach, bevor er sich umwandte und den Stall betrat.

Drinnen erwartete sie Fabrizzio. Er führte sie zu einer Box, aus der sich ihnen ein dunkelgrauer und ein brauner Pferdekopf neugierig entgegenstreckten. Ombra und Rinaldo. Rindaldo schnaubte leise, als Antonella an die Box trat und ihm ihre Handfläche hinhielt. Er schien sie zu erkennen. Es mochte angesichts ihrer Situation rührselig sein, aber sie freute sich, die Pferde wiederzusehen.

»Ihr müsst Genua heute noch verlassen«, sagte Fabrizzio. »Die Carabinieri waren bei eurer Wirtin und haben eure Sachen beschlagnahmt. Sie haben eure Schiffstickets und wissen, dass ihr übermorgen auf der Emanuele Vittorio das Land verlassen wollt.«

»Verdammt, sie haben alles beschlagnahmt?«

»Alles, nur das nicht.« Fabrizzio zeigte auf einen schlichten Eimer. »Damit wussten sie wohl nichts anzufangen. Sie haben ihn in den Hausflur gestellt.«

Enricos Stecklinge.

»Enrico lässt euch grüßen«, fuhr Fabrizzio fort. »Aber er glaubt, dass sie ihn beschatten, deshalb kommt er nicht.« Fabrizzio schluckte. »Er sagte, ihr sollt in die Toskana gehen. Du wüsstest, wohin?«

»Ja, ich weiß, welchen Ort er meint.«

»Du sollst nach Alessandro Menardi fragen, wenn ihr dort seid. Er ist sehr alt und seine Frau ist letztes Jahr gestorben. Enrico meinte, er würde sich über Hilfe beim Bewirtschaften des Landes freuen.« Er reichte Marco ein gefaltetes Blatt Papier. »Das ist die Wegbeschreibung.«

Fabrizzio hatte für sie beide Männerkleidung mitgebracht. Wehmut überkam sie, als Marco ihr aus ihrem Hochzeitskleid half. Ihre Hochzeitsnacht hatte sie sich anders vorgestellt. Aber war heute nicht alles anders gewesen? Wichtig war, dass sie zusammen waren und frei. Alles Weitere würde sich finden. Rasch schlüpfte sie in Hemd und Hose, versteckte ihr Haar unter einem breitkrempigen Hut. Dann legte sie den Umhang um.

Marco hatte sich ebenfalls umgezogen und sattelte Rinaldo. Er packte die Satteltaschen auf die eine Seite und den Eimer mit den Setzlingen band er so daran fest, dass er auf der anderen Seite hing. Danach legte er Ombra die Zügel an und sie führten die Pferde hinaus.

Vor der Stalltür nahm Fabrizzio Antonella in die Arme. »Ich bin froh, dass ihr erst einmal bleibt«, flüsterte er, bevor er Marco umarmte. »Ich weiß nicht, wie oft wir Abschied genommen haben, aber es war zu oft.« Seine Stimme klang, als weinte er. »Aber nun gibt es die Hoffnung auf ein Wiedersehen.«

EPILOG

Antonella schob den Topf mit dem Wildschweinbraten an den Rand des Herdes. Dort konnte er schmoren, bis es Zeit zum Abendessen war. Summend trat sie aus der Hintertür.

Wie schön es hier war. Vom ersten Augenblick an hatte sie sich in dieses zauberhafte Fleckchen Land verliebt. Direkt vor der Tür lag der Gemüsegarten, dahinter stieg das Land leicht an. Alessandro Menardis Pachtland erstreckte sich über eine halbe Meile in der Breite und in der Länge bis zu einem Wald. Vorne wuchsen Olivenbäume, Pfirsiche und Aprikosen und eine mächtige Feige. Dahinter war ein kleiner Weinberg angelegt. Die Stöcke waren allerdings vernachlässigt und trugen nur sehr kleine Trauben. Vom Waldrand aus konnte man das Meer sehen, und wenn der Wind wehte, brachte er den Duft von Macchia mit sich. Auf dem Hügel hinter dem kleinen Haus erhoben sich die schirmförmigen Kronen der Pinien.

Wie Enrico vorausgesagt hatte, war Alessandro Menardi nach anfänglichem Misstrauen sehr dankbar für ihre Hilfe. Marco half ihm beim Bewirtschaften des Landes, Antonella kümmerte sich um den Küchengarten und übernahm das Kochen. Alessandro hatte ihnen die Stube im ersten Stock des kleinen Hauses überlassen und schlief in einer Kammer im unteren Geschoss.

»Ciao, Bella!« Alessandro bog um die Ecke, in jeder Hand einen Eimer mit Pferdeäpfeln. Antonella untedrückte ein Grinsen. Wie hatte der Alte gezetert, als Marco für die beiden Pferde einen Pferch gebaut hatte. Sie würden zu viel fressen und trinken und sein Land verdrecken. Doch inzwischen hatte er entdeckt, dass die Hinterlassenschaften der Pferde ein lukratives Geschäft waren. Er verkaufte sie seinen Nachbarn als Dünger.

»Ich glaube, dein Mann hat noch nie einen Pflug angefasst«, sagte Alessandro und wies mit dem Kinn in Richtung Weinberg. »Aber er lernt schnell.«

Einen Pflug? Marco? Tatsächlich. Am unteren Rand des Weinbergs ging Marco hinter einem Pflug, vor den er Rinaldo gespannt hatte. Der Anblick entlockte ihr ein Lächeln. Der Sohn des Marchese di Raimandi bestellte das Land wie ein gewöhnlicher Bauer. Was sein Vater wohl dazu sagen würde?

Sie schloss die Tür und ging durch den Küchengarten zum Weinberg. »Was machst du?«

Marco blickte auf. »Ich pflüge.«

»Das sehe ich, aber warum?«

»Um den Boden für die Stecklinge vorzubereiten.« Er lächelte sie an. Wärme breitete sich von ihrer Mitte über ihren ganzen Körper aus. Seit sechs Wochen waren sie nun hier und hatten bisher nur eine kurze Nachricht von Fabrizzio bekommen, dass in Genua und Umgebung wohl immer noch nach Marco gesucht wurde. Er riet ihnen, bis zum nächsten Frühjahr zu warten, bevor sie sich wieder um eine Schiffspassage bemühten. Daraufhin hatte sie Marco vorgeschlagen, Enricos Weinstecklinge, die bereits austrieben, zu pflanzen. Er hatte nur den Kopf geschüttelt. »Vielleicht können wir im Oktober noch ein Schiff bekommen.«

Doch inzwischen war es Mitte September.

»Bis zum Frühjahr sind die Pflanzen zu groß, um sie auf ein Schiff mitzunehmen«, sagte Marco. »Bevor sie uns dann eingehen, pflanzen wir sie lieber hier.«

Deshalb also hatten Marco und Alessandro letzte Woche die ersten drei Reihen des Weinbergs gerodet.

Marco wendete Rinaldo. »Diese Reihe noch, und in ein paar Tagen können wir pflanzen.« In seinen Augen funkelte es wie früher, wenn er über den Wein und das Weinmachen gesprochen hatte.

Einige Tage später holte Antonella den Eimer mit den Stecklingen, der im Schatten des Feigenbaumes stand. Inzwischen trugen sie erste Blätter. Marco schulterte einen Spaten und trug einen Eimer mit Wasser. Gemeinsam gingen sie zum Weinberg. Dort stieß Marco den Spaten in die Erde. Antonella holte vorsichtig den ersten Steckling heraus und stellte ihn in das entstandene Loch. Marco goss ein wenig Wasser hinein und drückte die Erde an. Ihre Blicke begegneten sich.

»Es wird ein paar Jahre dauern, aber dann wächst hier ein großartiger Wein«, sagte Marco. »Im Winter werde ich die alten Reben zurückschneiden. Es sind gute Stöcke, mit der richtigen Pflege werden sie wieder tragen.«

Sie gingen ein Stück weiter und pflanzten den nächsten Steckling.

NACHWORT UND DANKSAGUNG

Die Idee zu diesem Roman entstand auf einer unserer Fahrten in die Toskana.

Mein Vater besaß dreißig Jahre lang ein Haus in der Maremma, in der Nähe von Donoratico. Zwischen 1986 und 2015 fuhren mein Mann und ich einmal im Jahr dorthin. Die Autobahn von Parma nach La Spezia führt durch den nördlichen Apennin, und jedes Mal, wenn ich diese abgelegenen Bergdörfer sah, fragte ich mich, wie und wovon die Bewohner dort gelebt haben. Die Antwort bekam ich auf meiner ersten Recherchereise. Mein ganz besonderer Dank gilt deshalb Rosa Maria Manari, Inhaberin des wunderschönen B&B Corte della Maddalena in Busana, und, wie sich bei unserem ersten Besuch dort herausstellte, Historikerin. Sie erzählte mir von der außergewöhnlichen Lebensweise in den Bergen, wo die Männer mit ihren Schafen Ende Oktober in die Maremma zogen und erst im Mai zurückkehrten, und auch von den Esskastanien, ohne die die Menschen in den Dörfern in den Wintern verhungert wären. Sie zeigte uns den Monte Ventasso, »den Berg, auf dem es Feen gibt« und auf dem sie die vorchristliche Kultstätte entdeckt hat, die am Anfang des Romans erwähnt wird. Ebenso erzählte sie uns von dem Dorf, das zerstört wurde, weil die Braut vor dem Altar Nein gesagt hat. Allerdings habe ich diese Geschichte stark romantisiert. In Wirklichkeit ging es nicht um Liebe, sondern um Geld und Land. Auch die Fabel von den zwei Köhlern und dem Wolf ist laut Rosa eine Überlieferung, die man sich an langen Winterabenden erzählte.

»Die Tochter der Toskana« ist eine erfundene Geschichte, Antonella und Marco sind mein Werk. Die historischen Hintergründe sind jedoch real.

Nach dem Wiener Kongress 1815 wurde Italien in mehrere Einzelstaaten aufgeteilt. Dabei erhielten die österreichischen Habsburger die meisten mittel- und oberitalienischen Fürstentümer. In der Folge setzte vor allem in Norditalien die vom österreichischen Staatskanzler Fürst von Metternich dominierte Restauration ein, die wichtige Reformen der Napoleonischen Ära wieder rückgängig machte.

In den nächsten Jahrzehnten entwickelte sich eine nationale Bewegung, die sich gegen die staatliche Zersplitterung und für einen einheitlichen Nationalstaat aussprach.

Ab 1820 kam es auf der italienischen Halbinsel zu bürgerlich-liberalen Aufständen und revolutionären Erhebungen: zuerst 1820 im Königreich beider Sizilien, dann 1821 im Piemont. Die italienischen Revolten wurden jedoch schnell – im Wesentlichen von österreichischen Truppen – niedergeschlagen.

Organisiert wurden diese Aufstände von einem freimaurerähnlichen Geheimbund, den Carbonari, die in relativ kleinen Gruppen revolutionärer Eliten zusammengeschlossen waren. Allerdings hatten die Carbonari besonders in den ländlichen Gegenden keinen großen Rückhalt in der Bevölkerung. Dieser Umstand erleichterte es den Behörden, viele Gruppen der aktiven Revolutionäre mit Hilfe von Spitzeln und Denunzianten auszuhebeln oder sie in ihrer Wirkungskraft zu schwächen.

Im Juli 1831 gründete Giuseppe Mazzini (der ebenfalls ein Carbonaro war) in Marseille die Vereinigung Giovine Italia, Junges Italien. Giovine Italia fand vor allem unter den jungen Männern in Ligurien, im Piemont, in der Emilia und der Toskana begeisterte Anhänger.

1833 plante Giovine Italia unter der Führung Mazzinis einen ersten Aufstand in Chambery, Turin, Alessandria und Genua. Aber noch bevor der Aufstand begann, erfuhr die Polizei von Savoy von den Plänen. Viele der Verschwörer wurden verhaftet und vor ein Militärgericht gestellt. Zu den Verhafteten gehörte auch Jacopo Ruffini, ein persönlicher Freund von Mazzini und Leiter von Giovine Italia in Genua. Er beging im Kerker Selbstmord, weil er fürchtete, unter der Folter seine Kameraden zu verraten. Zwölf der Verhafteten wurden zum Tode verurteilt.

In meinen Quellen steht: Einige haben es geschafft, durch Flucht zu entkommen – und hier habe ich mir die Freiheit genommen, die Befreiung aus dem Torre Grimaldina so zu beschreiben, wie sie hätte stattfinden können.

Der Ort Cerreto ist erfunden, seine realen Vorbilder sind Busana und Nismozza, beide an den Hängen des Monte Ventasso gelegen.

Den Wortlaut des berüchtigten Eids der Carbonari, den Antonella in Genua schwört, habe ich aus Jakob L. S. Bartholdy Heinrich Dörings Buch: Denkwürdigkeiten der geheimen Gesellschaften in Unteritalien, insbesondere der Carbonari, erschienen 1. 1. 1822.

Ein Manuskript schreibt man alleine, aber bis daraus ein Buch wird, gibt es viele Beteiligte: Wieder einmal danke ich meinen Testleserinnen und Kolleginnen: Ilona Schmidt, Nicole Botzem, Jenny Szabo und Jeanine Lefreve sowie meinen Töchtern Kristin und Katja für ihre immer hilfreiche Kritik. Und ganz besonders bedanke ich mich bei Ute Bareiss für ihre unendliche Geduld, die Geschichte schon während des Entstehungsprozesses zu lesen und mir immer wieder gut zuzureden, wenn mich die Zweifel packten. Liebe Ute, du bist ein Schatz.

Geduld und Verständnis bewies dieses Mal auch wieder

meine Familie, sowohl in der Zeit, in der es für mich nur ein Thema, nämlich diese Geschichte, gab, – als auch für die verspäteten Abendessen aus der Tiefkühltruhe, wenn ich mal wieder beim Schreiben die Zeit vergessen hatte.

Mein Mann war derjenige, der mir Mut gemacht hat, über diese Epoche Italiens zu schreiben. Er hat mit mir recherchiert – wie immer auch vor Ort – und nicht nur Ideen zum Plot beigesteuert, sondern auch das perfekte optische Vorbild für Marco gefunden, nachdem ich ihm beschrieben habe, wie ich ihn mir vorstelle.

Meiner Agentin Anna Mechler von der Literaturagentur Lesen & Hören danke ich für ihr immer offenes Ohr, ihren Zuspruch bei diversen Autorenwehwehchen und ihre Begeisterung für Antonellas Geschichte.

Und natürlich gäbe es das Buch nicht ohne den Aufbau Verlag und meine engagierte Lektorin Anne Sudmann, die der Geschichte den letzten Schliff gegeben hat. Herzlichen Dank dafür.

Und nicht zuletzt: Meinen Dank an die Leser, die mit mir in die Vergangenheit gereist sind und Antonella und Marco auf ihrem Weg begleitet haben.

QUELLENNACHWEIS

Bei den auf Seite 180–184 zitierten Liedern handelt es sich um Auszüge aus den italienischen Volksliedern: *La strada dell'amor*, *Mammà, non mi mandà fori la sera* und *Cade l'uliva*.

LESEPROBE

KAPITEL 1

Vor dem Portal der Kirche Klein St. Martin drängten sich Menschen, als der italienische Kramhändler Giovanni Paolo Feminis die Martinsgasse betrat, die am Gotteshaus vorbeiführte. Er kam vom Rheinhafen, wo er Glasperlen, verschiedene Knöpfe, Zitronen- und Portugalöl abgeholt hatte, die er bei einem Geschäftsfreund in Antwerpen bestellt hatte. Feminis und seine Familie gehörten der Gemeinde Klein St. Martin an, und seine Frau Sophia hatte an diesem Morgen zur Beichte gehen wollen. Warum ihm der Gedanke kam, dass der Auflauf vor der Kirche etwas mit ihr zu tun haben könnte, wusste er nicht; jedenfalls strebte er eilig der Menge zu. Er blickte in betroffene und fassungslose Gesichter. Eine Frau mit weit aufgerissenen Augen keuchte und musste gestützt werden. Sie sah aus, als hätte sie in den Schlund der Hölle geblickt. Feminis erkannte eine Nachbarin aus der Sternengasse.

»Was ist passiert, per amor di Dio?«, fragte er mit italienischem Akzent.

Die Frau war ungefähr eine Handbreit größer als er und neigte sich zu ihm. Hinter vorgehaltener Hand und mit gesenkter Stimme erzählte sie: »In der Kirche ist etwas passiert.«

»Hat es einen Unfall gegeben?« Er hatte von einem Fall aus seiner Heimat gehört, wo ein mannshoher gekreuzigter Jesus von der Wand gefallen war und eine davor betende Frau erschlagen hatte. Madre di Dio, lass so etwas nicht mit Sophia passiert sein!

»Kein Unfall«, flüsterte die Frau. »Die Kirche wurde geschändet.«

»Madonna Mia!« Feminis bekreuzigte sich. Er war entsetzt und erleichtert zugleich. »Wer macht so etwas?« In seinem Kopf wirbelten die Gedanken, und er fand die deutschen Worte nur mit Mühe.

»Das Böse geht um.« Auch die Nachbarin bekreuzigte sich.

»Das Böse?« Er wartete ihre Antwort nicht ab. »Meine Frau wollte zur Beichte gehen. Habt Ihr sie gesehen?«

Die Frau schüttelte den Kopf, und in der Menschenmenge stand Sophia auch nicht. Feminis drängte sich weiter nach vorne zum Portal. Dort verwehrten einige Älteste des Kirchspiels den Zugang.

Jemand erkannte ihn und flüsterte den anderen etwas zu, sie ließen ihn durch. Eine Hand winkte ihn Richtung Altar. War ihm vorher flau gewesen im Magen, begann er nun, sich richtig schlecht zu fühlen. Feminis eilte durch das leere Kirchenschiff, seine Schritte hallten auf dem Steinboden. Je näher er dem Altar kam, desto mehr fiel ihm ein eigenartiger Geruch auf: vergossener Rotwein, etwas wie Fäkalien oder Jauche und darunter ganz schwach der Geruch trockenen Brotes. Links hinter dem Altar befand sich die Sakristei, die Tür stand offen. Als Nächstes hörte er ein Schluchzen und erblickte den jungen Diakon von Klein St. Martin, der kreidebleich und mit bebenden Schultern an der Wand lehnte. Halb hinter einer Säule verborgen, in der Nähe der Tür, saß der Priester auf einem Stuhl. Er war ein kurzgewachsener feister Mann mit rundem Gesicht und grauem Haarkranz. Im Moment waren nur sein breiter Rücken und ein Teil des Hinterkopfs zu sehen. Neben ihm stand Sophia. Feminis seufzte erleichtert auf – was immer geschehen war, seiner Frau schien es gutzugehen.

Sie hatte sich zu dem Priester heruntergebeugt und redete auf ihn ein. Feminis näherte sich der Sakristei, und immer mehr Kleinigkeiten fielen ihm auf. Etwa, dass das stets rot angehauchte Gesicht des Priesters an diesem Tag die Farbe eines gekochten Krebses aufwies. Den Mund hatte der Mann geöffnet, als wollte er einen Schrei ausstoßen, der nicht über seine Lippen kam.

»Pater«, sagte seine Frau mit einer Stimme, als ob sie alles versucht hätte und nun nicht mehr weiterwusste. »Christus hat Euch nicht verlassen. So etwas dürft Ihr nicht einmal denken.«

Feminis trat leise zu seiner Frau und berührte sie am Arm. Sie schaute zu ihm auf. Erleichterung breitete sich auf ihrem Gesicht aus.

»Dem Himmel sei Dank, dass Ihr gekommen seid«, flüsterte sie. »Es ist schrecklich. In der Sakristei …«

Der Geruch von dort war so stark, dass Feminis beinahe würgen musste. An seiner Frau vorbei ging er zu der offenen Tür und warf einen Blick in den Raum, dessen Betreten den einfachen Gemeindemitgliedern verboten war. Er musste auch nicht weiter hineingehen, um das ganze Ausmaß zu erkennen: Auf dem Boden schwamm eine Weinlache, darin eine breiige Masse und etwas, das nur menschliche Fäkalien sein konnten. Feminis schüttelte sich, diesmal nicht nur wegen des Geruchs. Die Kirche war geschändet, und das einen Tag vor Mariä Lichtmess und dem Beginn des Karnevals.

Er schaute seine Frau fragend an.

»Jemand muss in der Nacht in die Sakristei eingedrungen sein und sie verwüstet haben. Das ist der Abendmahlswein da auf dem Boden. Darin schwimmen die Hostien, und das andere muss ich nicht erklären. Aus dem Kelch wurden die Edelsteine herausgebrochen, und man hat ihn in eine Ecke geworfen. Den Abendmahlsteller ebenso. Ich habe den Geruch bemerkt, als ich zur Beichte in die Kirche gekommen bin. Außer mir war niemand da, aber die Tür zur Sakristei stand offen. Ich habe gleich den guten Pater und den Diakon geholt«, erklärte Sophia leise. »Ihnen ist der Schreck in die Glieder gefahren und mir auch. Wer macht so etwas?«

»Ein im Geiste verwirrter Mensch.«

»So wirr kann er nicht gewesen sein, denn immerhin muss er an den Schlüssel des Paters gelangt sein.« Sophia deutete auf die Tür der Sakristei, und Feminis sah den Schlüssel im Schloss stecken.

»Es ist nicht an uns, Vermutungen anzustellen.« Er griff nach der Hand seiner Frau, die eiskalt war. Beruhigend streichelte er mit dem Daumen ihren Handrücken. Seine Sophia hatte sich tapfer verhalten. Er kannte eine Reihe Frauen – viele davon seine Kundinnen – die bei einem derartigen Fund schreiend aus der Kirche gelaufen wären und für den Rest des Tages kein vernünftiges Wort mehr herausgebracht hätten.

Behutsam zog er Sophia ein paar Schritte von dem Priester fort und bedeutete ihr, dass es am besten wäre, nach Hause zu gehen. Was jetzt getan werden musste, lag in der Hand der Gemeindeältesten und des Priesters, nicht mehr in ihrer. Sophia ließ sich von ihm den Mittelgang des Kirchenschiffs entlangführen.

»Das kann kein Mensch sein, der so etwas macht«, murmelte sie vor sich hin.

Die Frage nach dem Täter stellten sich auch die Menschen vor der Kirche, und ihre Antwort darauf lautete: Etwas Böses war nach Köln gekommen.